大鱼

有爱的青春陪伴者

不愧是你

闪灵 著

SHAN LING

花山文艺出版社

河北·石家庄

图书在版编目（CIP）数据

不愧是你 / 闪灵著. -- 石家庄 ： 花山文艺出版社，
2022. 2
　ISBN 978-7-5511-5808-4

Ⅰ．①不… Ⅱ．①闪… Ⅲ．①长篇小说－中国－当代
Ⅳ．①I247.5

中国版本图书馆CIP数据核字（2021）第239075号

书　　名：**不愧是你**
　　　　　BUKUI SHINI
著　　者：闪　灵
责任编辑：郝卫国
特约编辑：雪　人
责任校对：卢水淹
装帧设计：Insect　Cain酱
封面绘制：夏　杪
美术编辑：胡彤亮
出版发行：花山文艺出版社（邮政编码：050061）
　　　　　（河北省石家庄市友谊北大街330号）
销售热线：0311-88643221
传　　真：0311-88643225
印　　刷：长沙鸿发印务实业有限公司
经　　销：新华书店
开　　本：880mm×1230mm　　1/32
印　　张：10
字　　数：335千字
版　　次：2022年2月第1版
　　　　　2022年2月第1次印刷
书　　号：ISBN 978-7-5511-5808-4
定　　价：42.80元

目录

CONTENTS

目 录
CONTENTS

第一章

又见是你

Bukui Shini

1. 醒来

实验三中，高二9班。

盛夏炎热，教室里的电风扇"呼呼"转动着，带起一阵阵热风。

高二学生没有资格享受完整的暑假，8月中旬就开了学，今天正是开学返校的第一天。

一群男生在后面吵嚷着，小班长声音弱弱地说："静一静，下面发走班选修意向表，大家先看一下……"

"啊啊啊，要死了，谁的英语暑假作业做完了，贡献一下？"

"我这里有全套的，来源培优班2班，单科二十块，全套一百块。"一个小个子男生大声吆喝，"包你买不了吃亏，买不了上当。"

他身后的男生踢了一下他的椅子，怒吼："你怎么不去抢银行！"

"是啊，坐地涨价啊你！"有人跟着控诉。

出价的叫白竞，手指翻飞，正在跨班QQ群里狂发信息，此刻头也不抬地说："废话，我这儿也有便宜的，全套八十八块，要吗？"

"那我来个物理单科。我这成绩，作业整那么完美，多尴尬。"一个瘦瘦的男生说。

另一个男生凑过来和瘦男生商量："我买一份数学的，然后我俩共享？"

"行，就这么说定了。"瘦男生瞅了一眼白竞的手机，惊叫一声，"小白业务很繁忙啊！"

"一锤子买卖。"白竞谦虚地笑，"还得和提供答案的同学一起分，又防不了你们这样共享的人，赚不了几个钱。"

小班长拿着几张剩下的走班选修意向表，走到最后几排："还有没拿到的吗？"

"拿到了，拿到了，班长辛苦了。"男生们嬉皮笑脸地回答。

9班的小班长叫唐田田，说话柔声细气的，脸颊上有几点可爱的小雀斑，男生们虽然不太听指挥，可是都挺给她面子。

一片嘈杂中，靠窗最后一排，有个男生趴在桌上，一动不动。

电风扇的风吹着他柔顺又黑亮的半长头发，刺眼的阳光从飘扬的窗帘后照过来，在他发间洒了层淡淡的金黄。

大热天的，别人都穿着短袖，只有他穿着件长袖衬衫，袖子不规矩地胡乱挽着，一截白皙的手腕露出来。

一眼望过去，那手腕白得惊人，修长的手指蜷着，腕上的淡蓝色血管在冷色调的肌肤下若隐若现。

在他的课桌旁，赫然放着一对钢拐杖。

小班长轻轻地敲了敲男生的桌子："阮轻暮，醒醒，有表要填。"

阮轻暮动了动，发出了一声含糊的鼻音，慵懒又散漫。

他抬起头来的时候，半眯的眼睛有点迷糊，眼角带着点可疑的微红，怔怔地看向她……

他又开始做那个奇怪的梦了，一切都真实得纤毫毕现，在梦里，他成了另外一个人。

那人是一个声名狼藉的魔宗小少主，也叫阮轻暮。梦里的他惨死的时候是春天，处处草长莺飞，繁花漫天，他的血染红了整树桃花，浸透了桃树枝干。然后，他的魂魄四处漂泊，飘到了现在的世界，这里已是夏末，青梅全熟，百花已残。

不久前，阮轻暮出了场不小的车祸，醒来时是在重症监护室，原因是头脑受重创，心博骤停。

在那些浮浮沉沉的昏迷长夜里，他做的那个梦无比清晰，特别是另外一个

不憶是你

人浑身鲜血、怆然倒下的模样，在梦里总也挥之不去。

　　以至于醒来后，他总也想不明白，那位前途大好、侠名远播的秦少侠，明明拿他当仇人，两个人性命相搏也不止一次两次——等他死了，却又千里追凶，为他报仇，到底是怎么回事呢？

　　就算秦少侠真的信他无辜，查出了真相，知道是那几个人颠倒黑白，可就不知道从长计议、徐徐图之地为他报仇吗？非要当着天下人的面追杀那几个人，最终落了个血染黄沙，力尽而亡的下场……

　　唐田田看着阮轻暮迷迷瞪瞪的神情，愣了愣。

　　虽已同班一年，但对这个叫阮轻暮的男生，她印象并不深。

　　他不怎么说话，成绩垫底，也没什么朋友。虽然长得好看，可他这样懦弱内向的性格并不怎么受欢迎，所以也没多少人关注他。

　　男生懒洋洋地直起腰，雪白精瘦的手伸过来，接过意向表，说了句："谢谢班长。"

　　上学期期末的时候，阮轻暮出了场严重车祸，送进医院抢救，后来转危为安。

　　班委成员代表全班同学去看他，可是去的时候他还在昏睡，也没说上话。

　　总感觉开学后，他变得有些不一样了。

　　就像此时，他神态慵懒又随意，跟以前唯唯诺诺的样子判若两人。

　　"对了，你的腿好了吗？"唐田田小心翼翼地问。

　　阮轻暮看看桌旁的拐杖："石膏已经拆了，养几天就行啦。"

　　"那你知道这表怎么填吗？"

　　阮轻暮眼皮轻轻上撩："不知道啊。"

　　唐田田恍惚间发现，阮轻暮的眼睛竟然是一双桃花眼，眼尾略微上翘，内双的眼皮下蕴藏着不经意的多情。

　　顿时，她红了脸："就是这学期试点走班制……有三种进度班，我们可以先自选，然后老师综合报名情况，再统一安排。"

　　他们在后面小声说话，前面的男生们依旧闹哄哄的。

　　有女生回过头："百晓生，有没有1班秦渊的作业啊？"

　　外号"百晓生"的白竞马上在高二年级QQ大群里发了一条："高价求购

秦大佬的作业，价格可谈，有意私聊。"

这个大群是白竞建的，不仅跨班，还允许匿名加入，可以打探消息和传播八卦。白竞这一问，原本热闹的群聊忽然安静了，莫名地有点冷。

有人幽幽地说："秦大佬的作业……有给人抄过吗？"

"别说不给人抄作业了，考试也不给人递答案吧？"

"听说了。"

"+1。"

忽然，有个匿名成员发了个冷笑的表情："嘁，年级第一了不起吗？作业不给人抄，考试不给传答案，装什么冰山大佬呢？"

群里的气压骤然下降，只静默了短短一瞬，一条留言忽然跳了出来。

涟漪片片："年级第一不了起，那什么了不起？"

看着那个可爱芭比娃娃头像，很多人都认出"涟漪片片"，她是培优1班的文艺委员。

很快，说话的女生换了昵称，改成"1班-陆涟漪"，并说道："我实名。"

像是达成了某种一致，大串留言忽然激烈地冒了出来，全都顶着"1班"的前缀。

"我们班不喜欢抄作业抄答案，自己做小偷还瞧不惯正直的人，呵呵哒。"

"什么时候不给人抄作业要被抨击了？该不是对抄作业有什么自豪感？"

"身为1班的，大家表示想打死说怪话的。"

那个匿名成员被一群女生追着骂，也火了："不和你们一群花痴女生说话，脑残！"

围观的群众倒吸了一口冷气，忽然，又一条发言蹦了出来。

1班体委-傅松华："谁啊谁啊，谁诋毁我们的班长？谁在嘲讽我们班的女生？放屁！我们班男生女生都服秦老大，和花痴有什么关系？我自己还不够帅吗？"

他自信地赞美了自己的帅气后，又嚣张地骂："一个藏头藏尾的匿名小人，阴阳怪气的，有种别匿名，出来单挑啊！"

群众惊呆了，连1班男生也下场护着秦渊，几个意思啊？

9班教室里，男生啧啧着："秦大佬这么牛的吗？他们班那个体委这么护

不愧是你

着他？"

白竞神秘兮兮地压低声音："这题我会答。我给你们说啊，秦渊他——"

所有人都竖起耳朵，连神情慵懒的阮轻暮也猛地抬起了头。

秦渊？

刚刚梦里黄沙纷飞、满目血腥的画面此刻又在脑海里浮现出来。

阮轻暮心底蓦然一痛。

谁啊，竟然也叫这个名字。

白竞眉飞色舞地说："秦渊虽然长得帅、成绩牛，但脾气又臭又冷，刚入学时，他们班的男生有不少看不惯他。"

有人赶紧捧场："哦，那现在怎么一个个都维护他？"

白竞满意地接下去："事情的转折发生在第一学期期末的一场卡拉OK后，那一天，秦大佬把他们班所有人都收服了。"

大家继续捧场："难道唱了一首《征服》吗？"

白竞翻了个白眼："他们班那天晚上聚餐后去唱K，秦大佬没兴趣，就提前走了。结果在KTV时，他们班有两个女生，就是陆涟漪和吕涵涵，被隔壁包厢的小混混堵在卫生间了。"

"哇！"有人惊呼，"陆涟漪，我女神！"学校贴吧的校花评选，陆涟漪排名第一。

"然后呢？然后呢？"

"在场的1班男生有七八个，一个个都是品学兼优的乖宝宝，但真没尿，全都站出来保护女生了。"白竞感叹，"可没理论几句，他们班学委就被打哭了。"

"这么惨？他们体委傅松华呢？"

白竞叹了口气："傅松华也不含糊，直接上去把两个混混揍趴下了。可是再能打，人家那边好几个人呢。"

一个女生听得心惊胆战，急道："那怎么办啊？"

"还能怎么办，好汉也架不住人多啊。"白竞一副沉痛的神色，"据说秦渊赶到的时候，几个小混混正按着傅松华，狠狠地踹他，逼他下跪呢！"

听八卦的群众齐齐倒吸一口气。

"秦渊不是走了吗？"有人提出疑问。

"有个女生打了个电话给秦渊，反正秦渊是及时赶到了。"白竞眉飞色舞，仿如亲见，"秦大佬到了以后，冷着脸直接上去两脚，就把按着傅松华的那两个混混给踹飞了，飞出去几米远！"

"这么夸张？真的假的？"

"当然是真的。"白竞一昂头，"他们班女生说，秦大佬第一时间把女生全都推到包厢里，叫她们别出来。"

"哦哦哦，然后？"

"然后，就听见外面乒乒乓乓，惨叫声震天！包厢门再开的时候，那群小混混全都被打跑了，只见秦渊站在那儿，浑身煞气，冷笑着说了一句：'挡我者死，遇我者亡！'"

"……"

闹哄哄的教室里，大家忽然发出一阵狂笑："你是小说看多了吧，秦大佬怎么可能说这么弱智的话！"

白竞急了："好好好，最后一句是我发挥的，可秦大佬是真的能打啊！"

他唾沫横飞，继续说道："不骗你们，他们班男生亲口说的，秦大佬一上来就挑了对面最狠的那个，直接上去给干趴下了，那些人才被吓退。"

教室里，不知道是谁牙疼一样"嘶嘶"吸着冷气："简直震撼我全家。"

平时只知道秦渊是大学霸，每次月考、期末考的总分高出年级第二名起码50分，各项省级竞赛拿到手软，号称"双断层顶流"——颜值断层顶流和考分断层顶流，现在什么情况？

武力值也断层顶流了？

有女生感叹了一句："他们班女生太幸福了吧，羡慕了啊。"

说话的女生个子高大，长得壮实，立刻有男生嬉皮笑脸地说："你不用我们保护吧，我们被打的话还指望你呢。"

那女生从座位上跳起来："我去保护流浪狗也不会保护你！"

终于有人又问："那后来呢？"

"后来他们班无论男生女生都心服口服了。傅松华还放了话，以后他只服他们班长秦渊。所以说，考高分固然牛，拿奖项固然拉风，可是能打，才是终极技能啊……"

白竞正说得唾沫星子飞溅，忽然，背后就有东西顶了顶他。

他一回头，吓了一跳。

一只白到近乎透明的手握着根黑乎乎的钢拐杖，正慢悠悠地戳着他呢。

"阮……阮轻暮，你干啥？"

一向阴郁寡言的男生看着他，还露出了一个不友好的冷笑来，桃花眼弯起来的时候，像是一弯没有温度的月牙儿："喂，少吹点牛。"

白竞："……"

清瘦漂亮的男生举起手，比画了一个吹气球的口型："牛皮快吹破了，吓死人啦。"

教室里一片寂静……这是那个一直窝在后墙角，跟个自闭症患者似的阮轻暮吗？

白竞结结巴巴地咽了口唾液："没……没吹牛，秦大佬是真牛。"

阮轻暮嗤笑一声："秦渊啊……好名字。不过，不是人人都配叫秦渊啊。"

一群同学都尴尬地张了张嘴。

这什么逻辑啊？人家不配叫秦渊，谁配？他吗？

2. 上门挑衅

阮轻暮拿出手机，无聊地点开群，瞧了几眼。

群名叫"琅琊阁"，群主"高二百晓生"，群公告里写着"实验三中琅琊阁，各班消息尽掌握"。

老是有个刺眼的名字冒出来。

秦渊秦渊秦渊，什么阿猫阿狗也配叫这个名字，好烦。

阮轻暮直接就发了一句："你们这么吹，当事人知道吗？羞愧吗？会不好意思吗？"

他也没匿名，直接顶着"9班-阮轻暮"的备注。

培优1班教室里，有人迅速喊了一嗓子："快看琅琊阁，刚刚那个匿名的人现身了！"

好不容易平息的大群炸了锅，一大堆1班同学开始疯狂地攻击阮轻暮：

"呵呵，露面了啊。真小人，不解释。"

"怕是自己的女神喜欢人家秦学霸了，心里正在滴血吧？呵呵，你女神看到你的嘴脸，会更加讨厌你的。"

1班体委 - 傅松华怒气冲冲地跳了出来："终于出来了是吧？有胆子说怪话，有胆子出教室吗？一分钟后，走廊不见不散。"

阮轻暮望着手机，什么玩意，他这是捅了马蜂窝吗？

傅松华长得高大英朗，人也豪爽热情，身边时刻围着好朋友，他转头问身边的人："这个阮轻暮是谁？有人认识吗？"

"没听过啊。"旁边的同学也糊涂，"这是哪根大头葱在装蒜？"

有人悄悄努了努嘴："要不要和班长说一下？"

傅松华瞥了不远处那冰山一样的人一眼，悄悄摇头："别打扰老大做题！"

他又在群里气势汹汹地发了个"四十米大刀"的表情："出来，我就是想看看口吐芬芳的龟孙长啥样。"

阮轻暮慢悠悠地打着字："不去。"

傅松华秒回："哎哟，龟孙不敢啊？别怕，身高低于一米七五的我不打。"

阮轻暮不屑地回了一句："我怕自己忍不住打你啊。"

9班的群众有种本班垃圾挑衅1班全体学霸的感觉，怎么办？

教室门口，9班的学委和几个男生抱着新教材走进来，冲最后一排叫："阮轻暮，老简叫你去一趟办公室。"

老简是他们班班主任。

阮轻暮愣了愣，抓起拐杖，慢吞吞地往外走。

其实腿也不疼，可是医生一再叮嘱刚拆石膏要注意休养，那条受伤的腿别用力，他暂时也只能这样将就。

办公室里一片嘈杂，来领教材的，来交作业的，人来人往。

班主任老简中年发福，面目慈祥，就是人啰唆，喜欢唉声叹气。

看见阮轻暮吃力地拄着拐杖进来，老简吃了一惊："不是说已经好了吗，能坚持吗？"

阮轻暮嘴巴咧了咧："保护性措施，医生说过阵子就能扔拐杖。"

老简舒了口气："那就好。我找你来是问问，你这学期是住校吧？"

阮轻暮回答："嗯，住校。"

高一他是不住校的，现在这腿也不方便天天回家。

老简连忙说："那好那好，我这就给你报上去。给你分个一楼，省得你不方便。"

"哦，那谢谢老师。"

老简有点欲言又止："还有件事。你直接跟我说，在班上，是不是有人欺负你？"

阮轻暮抬眼看看他，一笑："没事，老师。我自己搞得定。"

老简一愣。

这个孩子以前总是眼神躲闪，可是现在不经意地会露出锋利来。

"你不用怕，有什么事跟我说，我听说刘钧他们……"

阮轻暮打断他："需要的时候，我会找您的。"顿了顿，他挥挥手，"没别的事那我就走啦，老师再见。"

这时，旁边1班的班主任扭头："这位同学，你回去路过我们班，帮我给秦渊捎句话，叫他带几个男生来搬教材。"

1班教室里，学生们一个个埋着头看书做题，备战明天的开学摸底考。

一片安静中，只听见窗边传来一道清亮的声音："哪位是秦渊？带几个男的出来。"

众人齐刷刷地看向窗口。

只见一个表情淡漠的少年单手揣兜，靠在窗前，一双桃花眼微眯着，称不上善意的目光在陌生的班级里转了转。

傅松华愣了愣："你是谁啊？"

"哦。"少年用手指撩了撩额前的碎发，"我叫阮轻暮。"

几秒钟后，跨班大群里，一句发言石破天惊，震动了整个高二年级：

"9班的阮轻暮来应战了！一个人来的，点名叫秦大佬带几个人一起上！"

1班的同学都愣愣地望着窗外。

傅松华猛地从座位上跳起："你还真来了？"

阮轻暮斜着眼看看他，叹口气："秦渊不在啊？他不在也行，你带几个人出买。"

这么高的个子，搬教材应该没问题吧？

教室里一片骚动。

在无数道惊愕的目光中，傅松华一个箭步冲出教室，伸手推搡了阮轻暮一下。

"小样，就揍你还要带几个人？"

阮轻暮被推得一个踉跄，差点摔在地上，拐杖"啪嗒"掉在地上。

傅松华愣住了，心想，一个拄着拐杖的瘸子还来挑衅？

隔壁班有人扒着窗户往这边偷看。

阮轻暮身体晃了一晃，好不容易才站稳了。

他抬起头，眯着眼看了看面前俊朗高大的傅松华。

"刚刚在群里叫嚣的，是你啊？"他慢条斯理地活动了一下手腕，淡淡地问。

傅松华深深吸了口气，在心里劝诫自己不能欺负残疾同学！不能不能！他弯腰把拐杖捡起来，恼火地嘀咕一句："你走吧，我不跟你这样的人打。"

阮轻暮忽然抓住傅松华的手，神色淡漠地说："说声'爷爷我错了'，这事就翻篇。"

傅松华差点气笑。

他用力地挣了挣，想甩开阮轻暮的手，谁知手腕上搭着的那几根白皙手指却骤然变紧，死死按住了他。

见鬼了，这么清瘦的人，哪来这么大的力气？傅松华急了，手臂一抬就想去推阮轻暮，却被一个人紧紧抓住了。

同时，一道清冷的声音响起来："谁找我？"

两个人身边，站着一个长身鹤立的少年。

一张俊美无瑕的脸上没有表情，两道剑眉下，一双凤目极冷极亮。

在听到那声音的第一秒，阮轻暮脸上的表情就凝固了。他慢慢扭过头，怔怔地望着那张熟悉的脸，整个人陷入了恍惚的状态中。

那人看上去比梦里稚气着那么一点点，眉宇间依然带着冰冷，一双眸子也依旧锐利得像是骄阳。在那个清晰的梦里，阮轻暮的魂魄跟着他，亲眼看着他搏杀六人，看着他力尽倒下。

阮轻暮张了张嘴，想说点什么，却发现失了声。

秦渊站在那里，迎着阮轻暮怔怔的目光，也没有再说话。

两人目光交错的瞬间，有刹那的时光凝滞。

不愧是你

阮轻暮看着面前的人，忽然有点心酸。那个梦虽然荒诞无比，可这个人血战到死的样子却很清晰，一向俊美无瑕的脸上在梦中是沾满血污的，发髻散乱，狼狈又悲伤。

他颤颤巍巍地伸出手，想摸摸秦渊那张脸。

秦渊的目光迅速落在阮轻暮伸过来的白皙手上，几乎是一瞬间，他松开了傅松华，飞快地擒住了阮轻暮的手腕。

阮轻暮呆呆地看着他，声音沙哑地道："你……叫秦渊？"

秦渊淡淡地看着阮轻暮，语气不紧不慢，冷静地开口："你刚刚说，叫我带人出来，有什么事吗？"

阮轻暮没回答他的问话，只是望着他。然后，阮轻暮好像极困惑，又极认真地反问了一句："你……不认识我吗？"

一旁的傅松华翻了一个白眼——你以为你是谁啊？干吗要认识你？

阮轻暮忽然伸出手，三两下就把头发全部往后拢，露出光洁的额头，殷切地问："你看看？你觉得我的脸熟悉吗？"他眼睛明亮地看着秦渊，似有期待。

围观的众人："……"

今天是返校日的第一天，都没开课，众多学生守在群里看八卦：

"最新播报，阮轻暮挑衅成功，傅松华愤而举拳！"

"再报！秦学霸横空出现，两招制住两人，杀气毕现！"

"再再报！阮轻暮撩起头发，凝视秦大佬，发出三连问：你叫秦渊？你不认识我吗？你不记得我了？"

…………

群里的留言像瀑布一样狂刷，窗户边，重重叠叠的脑袋争先恐后地往外探。

坐在教室里的人急得抓耳挠腮，在群里问："发生什么大事了？我刚进群，'软轻木'是谁？哪个班的妹子吗？"

秦渊微不可察地皱了皱眉，明明不认识对方，可不知怎的，看着对方灿若秋水的桃花眼，否认的话却说不出来。

好半天，他才反问："我该认识你吗？"

对面的少年原本明亮的眼睛瞬间暗淡下来。

阮轻暮久久地凝视着秦渊，好半天，才笑了笑，似有些落寞。他自嘲地摇摇头："没事，我认错人了。"

大群里，不知道是谁放上来一张偷拍的照片。

照片中，1班大学霸和9班小学渣面对面站着，一个冷如冰山，一个神情怔然。

傅松华偷偷瞧了一下群信息，立马有些愤然——这都是什么人啊，发照片就发照片，还专门把旁边的我P掉干吗？我堂堂1班体育委员，好歹也是校草排名前三，就这么不招人待见？

忽然，群里有人匿名发了一句："怎么有种奇怪的感觉？看软妹子，哦不，阮同学的表情，像是个被人欺负了的伤心人啊！"

立马有人跟着发言："哈哈哈，我赌五块钱，阮学渣的女神被秦大佬拒绝了，这是上门来见情敌来了。"

阮轻暮看了看秦渊，意兴阑珊地道："你们班主任托我带个话，叫你带几个男生去搬教材。"

傅松华瞪大眼睛："这位同学，下次说话能不能别大喘气？"

叫人出来搬教材就搬教材，被他说得像是叫古惑仔出街PK。

阮轻暮抓起拐杖放在腋下，刚要转身走，手臂就被人抓住了，他转头一看，是秦渊。

秦渊冷冷地问："你叫阮轻暮？轻重的轻，暮色的暮？"

阮轻暮的眼睛一下子亮了起来："是的，你还记得？"

秦渊再次皱了皱眉。

他以前没有见过这个人，也没有听过这个名字，可不知为什么，在今天听到这个名字的一刹那，他就可以断定，是"轻暮"这两个字。

他心里闪过一丝疑惑，但最终还是摇了摇头："抱歉，我不认识你。"

阮轻暮看着秦渊，心里涌起一丝异样的情绪。他忽然扔开拐杖，一只手揪住了秦渊的领子，重重地将其推到墙上，另一只手以迅雷不及掩耳之势，一把撕开了秦渊的衣领！

返校第一天，对着装没有要求。女生们穿着漂亮的裙子，男生大多穿着休闲的T恤和牛仔裤。

唯独这位大校草秦渊和平时一样，穿着校服。

校服是最普通的样式，白色短袖、深蓝长裤，领口和胸前口袋有深蓝斜杠，整套衣服平庸乏味，可穿在秦渊身上，宛如时装。

男生身姿挺拔，校服领口的每一粒纽扣都一丝不苟地扣得严密，只不过，现在两颗纽扣被扯掉了，上衣领口被扒拉开，露出了形状优美的锁骨和笔直的肩膀。

围观的人都蒙了。

几秒钟后，有人回过神，立马在群里汇报这一幕。

大群里——

"报！阮同学把秦渊按在了墙上，撕了他的衣服！"

"再报！阮同学现在正低着头，往秦大佬衣服里看！"

阮轻暮死死盯着秦渊的锁骨下方，那里有一块红色印记。

他手掌微微下移，手指按在了那块红色上："这儿……"

秦渊沉静的脸色终于变了，只见他手臂猛抬，擒住阮轻暮，再一转身，两个人的位置掉了个个儿，他胳膊肘压住阮轻暮的咽喉，逼其往后一仰，撞在墙上。

"你有毛病是吧？"秦渊明显已经动了怒，声音也更加低沉。

这利落的身手和剑拔弩张的气氛让围观的人顿时沸腾起来，有人立即在群里汇报：

"再再报！秦大佬正在实行反击！"

3. 奇怪的胎记

阮轻暮被秦渊的胳膊肘压得呼吸困难。

他死死地看着秦渊的眼睛，用只有两人听得到的声音问："那里是被毒蛇咬的吗？"

男生温热的吐息吹在秦渊耳边，这句声音轻柔的话像是在秦渊耳边炸开了一道响雷。

他那一瞬间震惊的神色没逃过阮轻暮的眼睛，阮轻暮嘴角微微翘起，含了丝极淡的戏谑，果然。

秦渊的呼吸粗重了点，他紧盯着这陌生少年，沉声反驳："是胎记。"

呵呵，是胎记啊。阮轻暮耸耸肩膀，没再说话，举起双手，以示投降。

秦渊松开手，转身就走，并丢下一句："傅松华，跟我去搬教材。"

傅松华应了一声，招呼了几个同班男生一起去。

几个男生路过阮轻暮身边时，都狠狠瞪了他一眼。

路上，秦渊突然开口："我们年级有身体残疾的同学吗？"

旁边的同学立刻摇头："是指阮轻暮吗？他那不是残疾，我找他们班白竞打听了，他是上学期期末出了车祸，才这样。"

秦渊的脚步放慢了，扭头看着说话的同学："会好吗？"

那同学有点蒙，惊讶地"啊"了一声，接着又不太确定地说："应该会好吧？说是拄着拐杖在康复呢。"

阮轻暮回到教室，迎接他的是一大堆复杂的目光。

"百晓生"同学像是一只跟屁虫似的，从阮轻暮进教室起，就一直跟着他转："阮同学，秦大佬那么能打，没揍扁你吗？"

阮轻暮拄着拐杖，不紧不慢地走到后排坐下。

这时，从门口走进来几个满头大汗、穿着运动背心的男生。

领头的男生刘钧五大三粗，额头和下巴布满了青春痘。

他走过白竞身边，粗鲁地冷笑一声："秦渊那书呆子会打架？你是个傻子吧！"

白竞大气也不敢出，缩着脖子不吭声了。

刘钧是班霸，经常逃课迟到不说，还爱欺负同学。

最烦心的是高一开学时，班主任老简看他体格好，给了他一个体育委员当，一年下来，整个班里没人敢惹他。

刘钧大摇大摆地走向教室后面，一眼就看到了走道上横着的拐杖。

他一脚踢了上去，拐杖腾空而起，重重砸在了阮轻暮前座的男生身上，男生吃痛，"啊"一声叫了出来。

被砸到的男生长相清秀，戴着副大黑框眼镜，一扭头，对上刘钧嚣张的脸，他微微愣了一下，没敢吭声，然后拾起拐杖，怯生生地递给阮轻暮："给你……"

刘钧随手拿起身边一本书往那男生头上砸："哎，你胆子很肥啊？"

不愧是你

从听到刘钧讥讽秦渊起，阮轻暮就已经不爽了，现在见对方又踢飞自己的拐杖，还打了自己前座男生的头，他眸光越来越冷。

注意到阮轻暮一直在盯着自己，刘钧没好气地横了他一眼："看什么看，想死啊？"

阮轻暮慢吞吞地伸出手，把自己的拐杖从前座男生手里接过来，然后活动了一下白皙的手腕，指节发出几声"咔嚓"，最后挺直了脊背，眼神凌厉，冷漠地说："我看你是在作死啊。"

所有人倒吸了一口凉气。

白竞惊恐地侧着头，这是什么情况啊？单挑完1班的，现在又来单挑班霸？

刘钧显然也蒙了，呆呆地看着阮轻暮——这是以前被自己按在厕所里打的阮轻暮？上学期期末刚教训了他一顿，听说回家的途中就被车撞了，这是被撞傻了吧？

回过神来的刘钧戏谑地弯下腰，想去扇阮轻暮的脸："不是瘸了吗，怎么脑子也撞坏了？"

阮轻暮身形一晃，刘钧那一巴掌没有扇到他，他反而将手里的钢拐杖甩了出去，狠狠地甩在了刘钧的腿上。

剧痛传来，刘钧整个人踉跄一下，瘫坐在了课桌中间的过道里。

阮轻暮再一用力，将拐杖的另一头压在刘钧的肩膀上，压得刘钧吃痛得脸色通红。

他满意地看着脸上猪肝色一样的刘钧："以后记住了啊，别在我面前打人。"

教室里响起一片倒抽冷气的声音。

刘钧疯狂地挣扎着。

面前的少年眉眼精致又锐利，手扬了起来，突然，阮轻暮像是想起什么似的顿了顿，扬起的手转了个方向，捡起地上一本脏兮兮的书，然后重重地向着刘钧的脸扇了下去

"啪！"

一声脆响。

"对了，还有，"阮轻暮的声音轻而平静，"我更不爱听人骂秦渊，懂吗？"

整个教室如炸开了锅。

班长唐田田急忙挤过来，嘴里大叫："别打架啊，都冷静……"

刘钧疯了一样，使劲抓住压在肩膀上的拐杖往上抬，嘴里乱骂着。

阮轻暮笑了笑，弯腰又一拳砸在了刘钧肚子上。

班上几个刘钧的跟班终于醒悟过来，有人伸手去解救刘钧，有人准备下黑拳打阮轻暮的背。

谁知，阮轻暮像感应到一般，随手抓起拐杖往后一抡，那些黑拳正撞上钢拐，顿时响起几声痛呼："啊啊啊！"

唐田田急得不行："别打了，别欺负人啊！"一抬眼，见窗外走廊的尽头班主任正往这边走，她连忙叫，"班主任来了！"

阮轻暮身子一顿，眼角余光向着窗外瞥了瞥，忽然像被揍了一拳一样跳开了，一下子缩到了角落里。

他紧紧抓着拐杖，一边护着自己，一边随手乱挥："不要打我，别打了……求求你们！"

几个跟班愣了一下，刘钧狂跳过去，抬脚欲踹阮轻暮："你装什么装！"

结果他脚刚抬，阮轻暮手里的拐杖就不小心似的重重抡在他脚踝上，嘴上却在说："别打了，我的腿又要断了……"

说完，阮轻暮又不小心似的用拐杖绊了一个准备下黑手的跟班的脚，那男生立刻摔了个狗啃屎，鼻血流了出来。

刘钧嘴里乱叫："阮轻暮你疯啦？"

一片乱哄哄中，同学们也没看清是谁打谁，这时，只听门口响起一声怒吼："怎么回事？"

班主任老简急匆匆地走过来，一眼就看见坐在地上的阮轻暮，脸都黑了。

"刘钧，你又闹事！"老简气得不行，"开学第一天就打人！"

刘钧呆住了，流鼻血的跟班哭丧着脸道："老师，是他打我们……"

刘钧满脸涨红，附和："对，我们是被打的。"

班主任老简瞪着他们，就像是看弱智："你们是说，他一个人，打你们几个？"

老简弯下腰，扶起阮轻暮："伤到没？"

阮轻暮眨眨眼，柔弱无比地接受班主任的帮助，站了起来："老师，他们没打我……是我自己不小心。"

老简叹口气，转头冲着刘钧怒喝一声："等会儿到我办公室来一趟！"

教室里终于安静了，同学们纷纷回到座位。

阮轻暮懒洋洋地挪回自己的座位，看了满脸通红的刘钧一眼，勾了勾嘴角，低声说："我有一百种法子对付你。小心点啊。"

老简站在讲台上，脸色很不好看："暑假放得心都野了是吧？走班选修意向表填好了吗？"

一群男生纷纷叫道："老师，我们等您讲解呢，不敢瞎填啊。"

白竞捣了捣前座死党的背，小声地说："你刚刚看见没，真的是刘钧他们打了阮轻暮？"

那男生悄悄扭头："不然呢？"

"我总觉得是阮轻暮把他们揍了，你说是不是我眼花？"

死党叹口气："不是眼花，是你眼瞎。"

今年教育局一共定了十所中学试点搞走班制教学改革，实验三中就是试点学校之一。

三中的领导不敢怠慢，综合别校经验，最后决定语数英三门固定教学，剩下的科目实行走班教学，分成三种进度班：竞赛班、领航班、稳健班。

竞赛班教学内容最难，为一些尖子生拿奖服务；领航班进度次之，为偏科的学生保驾护航；剩下的班级叫稳健班，顾名思义，主要对象就是普通学生。

老师可选、班级可选、进度可选后，做到因材施教，不用强迫每个学生在同一个班级里，听同一进度的课，好处是不言而喻的。

老简喝了口水："竞赛班我是建议大家别选了，但对自己单科有信心的，可以考虑报个单科领航班。"

"老师，领航班名额多吗？"有同学问。

老简和蔼地说："竞赛班和领航班都没限制，大家勇敢地报！此时不搏，更待何时嘛！"

可任他讲得激昂，下面的学生们依旧蔫巴巴的。

毕竟他们9班的班级平均分在全年级垫底，这次文理分科又分走了几个尖子生，眼看着班上的平均分还得降低。

老简接着说："还有，明天就是开学摸底考试，大家打起精神，因为最后走班怎么分班，也会参考这次成绩。"

阮轻暮托着腮，看了看手中的意向表，几门课都是三个选项——竞赛班、领航班、稳健班。

啧啧，还挺照顾后进生的自尊心，叫"稳健"呢。

他随手全都选了稳健班。

老简在上面抬抬手："大家第一天也别闲出病来，这儿有套综合卷子，大家练练手。"

下面一片哀号："老师，明天不是就有开学摸底考试吗？"

老简笑得慈祥："先熟悉一下手感。"

学委开始发卷子，很快传到了阮轻暮这里。

阮轻暮考进高中时，成绩并不差，可是上了高中后，成绩就直线下滑。

他刚醒来时整个人都是蒙的，常常对着课本发呆！

老简在教室里巡视了一圈："大家慢慢做，下午放学前交就行。"

紧接着，他把脸一板："刘钧，你们几个跟我来一趟办公室。"

看着老简把几个人拎走后，教室里"哗"地热闹了起来，既然没老师监考，就说明这份卷子不会批改。

不出分数的卷子，谁会怕啊！

有人摸出手机，继续在群里聊八卦，更多人开始研究意向表。

那个壮实的女生和唐田田凑在一起商量："田田，我们俩要不要选一个领航班试试？我化学好点，想试试。"

唐田田犹豫着："嗯，我想报生物。"

男生们也在交头接耳，虽然总成绩都够呛，但是大部分同学偏科，可以报个领航班试试。

忽然，有人冲着白竞喊："喂，小白你有没有别班同学选班的消息？"

"最迟中午！"白竞拍着胸脯承诺，"校草校花的第一手消息，中午能到我这儿，欢迎预约订购哈。"

有男生隔了几排叫："我私聊你了，收定金。"

白竞口气浮夸："好嘞！你女神的选班消息定金一元，余款九块！"

"十块钱？你要点脸。"那男生怒斥，"不买了，我自己不知道去隔壁班打听一下吗！"

白竞挥挥手："你好意思你就去啊，最好拿个大喇叭去问。"

不愧是你

"奸商！"

白竞一边和人打嘴仗，一边在跨班群里发公告："本校校草校花以及前十名的选班消息开预售了啊！每人十元，统统十元。"

群里的同学群起而攻之。

"群主疯了吧？一条信息也敢卖这么贵！"

"和班花校草一个班有屁用，说得好像能邻桌似的。"

白竞飞快地打字："十块钱你还想干啥？能和校草校花近距离接触，剩下的两年里都做同学，起码养眼不是？"

他拿手机对准前座死党的脸拍了张大头照，把照片发到群里，并说道："大家总不想对着这样的脸看两年吧？"

死党脸上的痘印和月球表面有一拼，又被这么近距离拍照，看着格外惊悚。

跨班群里立刻一片哀号。

"好好说话，不要一言不合上照片！"

"我出两块五，求这位仁兄的选班消息！买了好避开啊！"

群里一片拍地狂笑的表情排队。

死党伸手捶白竞："你皮痒了是不是？"

白竞笑嘻嘻地说："用用你的肖像权，待会儿分你十块钱。"

唐田田站起身叫："有没有填完的，可以交了。"

不是人人都要打听校花校草的，不少人填完了，开始将表往前传。

阮轻暮捣了捣前面的瘦弱男生，把走班选修意向表递过去，然后摸出手机。

跨班群里还是很热闹，有猜测阮轻暮去挑衅秦大佬的真正目的，有编造他暗恋1班女生被拒的，一条条说得有鼻子有眼，煞有介事。

忽然，群里跳出来一条匿名发言："1班大佬秦渊的选班消息呢，有吗？"

白竞发了个崩溃的表情："这位姐姐，理智点。秦大佬的信息需要买吗？"

接着，又有好几条回应跳出来。

"当然所有科目选竞赛班啊，还有别的选项吗？"

"是啊，百晓生这条卖不上钱，因为答案确定啊！"

阮轻暮看着QQ，忽然冲前面喊了一声："班长，我想改一下选班信息。"

唐田田从刚收齐的表里找出他的，亲自送过来："改吧。"

成绩垫底的阮同学接过来，把稳健班统统划掉，全都钩了竞赛班。

唐田田："这……"

阮轻暮挑起眉："怎么，不可以？"

唐田田结巴了："可、可以，就、就是可能会……"

她说不下去了，不是"可能"跟不上进度，是"铁定"跟不上吧？

阮轻暮忽然笑了起来，一双桃花眼温柔又懒散："那就一起加油。"

四周紧盯着他的同学都差点疯了，谁要去竞赛班那个烈火烹油的大锅里和那些怪物一起加油！

4. 特殊家庭

8 月的太阳火热地照在街头，把柏油马路晒得像是要冒出青烟一样。

阮轻暮拄着拐杖，站在大马路边，被烤得几欲昏倒。

身后一串铃响，一辆半旧的自行车在他身边停下来。

一个男生戴着顶白色遮阳帽，小心翼翼地看着他："你怎么回家啊？"

正是坐在他前面的那个男生，叫方离。

方离戴着大黑框眼镜，嘴唇的形状像菱角似的，有点好看。

和阮轻暮一样，他同样被刘钧他们欺负得厉害，如果说阮轻暮阴郁内向，那么方离就是软弱胆小。

阮轻暮有点无奈："太热了，叫不到车。"

三十六七摄氏度的高温，路上的出租车都满员，路过时跑得贼快，叫车软件也迟迟没有司机接单。

方离咬了咬嘴唇："那……那我陪你等车。"

阮轻暮有点意外："别别，谢了。干吗多一个人当烤鱼干？"

方离犹豫一下，只好走了。

马路斜对面，一辆黑色奥迪低调地停在路边，秦渊拉开车门，坐上后座。

"放学啦，外面热吧？"司机严叔启动车子。

秦渊坐在后面，轻声应了句："嗯，还行。"

严叔从后视镜里看他，忽然"咦"了一声，问道："你校服怎么了？"

小少爷从小到大穿衣服都很严谨，罕有不扣纽扣的时候，今天穿的校服领口却松散着。

不愧是你

秦渊眉头锁了起来，不知道怎么回答，目光随意地向外一掠。

黝黑的柏油马路边，一个肤色白得耀眼的男生孤单地站着，腋下架着拐杖。一辆出租车驶来，他刚拄着拐杖准备上前，结果不知道从哪里蹿出来一个男人抢上前，率先坐进车里。

出租车很快开走了。

奥迪驶过，从后车窗里望去，路边的那个少年举起手，冲着远去的出租车比了个中指。

严叔看着后视镜，试探着问："你同学？"

秦渊"嗯"了一声，笔直地坐正。

车后座上有冰镇矿泉水，秦渊拿起一罐，心不在焉地喝了一口："严叔，我身上的这个红印记，你小时候见过吗？"

严叔愣了一下："你光屁股我都见过，何况这个胎记。"

"出生就有吗？"秦渊的声音有点奇怪。

"对啊，怎么了？"

秦渊沉默了一会儿："严叔，你当过兵，见多识广，你瞧我这个胎记，像不像是蛇咬的伤疤？"

正好是红灯，严叔把车停稳，扭头看了看他。

秦渊把领口拉下了一点，那个艳红的印记露了出来。

严叔仔细看了一眼："你别说，还真像是蛇的牙印，不过要真是蛇咬的，可不会这么光滑。"

秦渊轻轻舒了口气。

"怎么想起来问这个？"严叔有点好奇。

"没事，就是最近老是做一个梦。"秦渊闷闷地道，"我梦见好像在一个山洞里似的，一片黑漆漆的，然后就有东西忽然蹿出来，咬了我一口。"

他摸了摸那块艳红的印记："就在这儿。"

严叔哈哈笑起来："你们这些孩子，武侠电视剧看多了才做这种梦，什么毒蛇啊暗器的。"

秦渊低声说："然后伤口又麻又痒，我就昏倒了。"

"再然后呢？"

秦渊答非所问："严叔，你会反复做一模一样的梦吗？"

严叔点点头："压力大就会这样，你这是高中学业繁重。"

秦渊沉默着。

反复做一模一样的梦是在这个暑假才开始的。

他本来没当回事，也觉得是学业压力或者幼年心理创伤导致的，直到今天听到那句叫他头皮发麻的话。

耳边那声轻软又清亮的发问："那里是被毒蛇咬的吗？"

而在那个梦里，有个一模一样的声音，还带着惊讶："啧啧，秦少侠也太不小心了，不知道这种地方虫豸毒物众多，要分外小心吗？我身上也没有能救你的解药呀。"

梦里什么也看不见，只隐约觉得伤口处越来越麻，鼻间是落叶的腐败气味，混着山中青草的清新。

好半天，那少年又道："虽然我俩是死对头，可我这人心善，见不得你中毒这么受苦。要不然——"

他幽幽靠近，语气轻慢："我干脆把你杀了吧。"

"严叔，能掉个头，回校门口一下吗？"秦渊忽然开口，又有点犹豫，"那个同学……好像打不到车。"

严叔连连应声："好啊好啊，我们捎你同学一程，应该的！"

从小看着秦渊长大，他比谁都知道这孩子有多不爱和人交朋友，也从没见他主动要求载过任何同学。

可这世上，哪有真的不喜欢小伙伴的孩子呢？

黑色奥迪很快在下个路口掉头，向三中校门开去。

可偌大的校门口已经一片空荡荡，那个挂着拐杖的男生不见了，只有明晃晃的铁门反射着阳光。

"应该是打到车了。"严叔遗憾地说，"下次记得叫你同学来坐车，我们送他。"

秦渊靠在后座上，半晌才淡淡回答："不用了，并不认识。我也只是，看他腿脚不方便。"

8月的风吹在脸上，都带着火辣辣的触感。

阮轻暮坐在方离的车后座上，艰难地搂着他瘦得可怜的腰。

不愧是你

"喂，谢了啊！"阮轻暮提高声音说了一声。

要不是方离回头来接他，他都不知道得在校门口站多久。

方离吃力地蹬着自行车，小声说："不客气。我沿着路往前骑，一直没看到有空车过去，就想着你大概也打不着。"

阮轻暮戳了他一下："之前拐杖砸到你了吧，有没有事？"

方离惶恐地摇摇头："没、没。"

"以后刘钧他们再来惹事，你跟我说，我罩着你。"

方离使劲蹬着车，不知该如何接话。

以前都是刘钧欺负他俩，差遣他们打饭买饮料，体育课上逼他们捡球，还当着全班人的面说他们两个娘娘腔。怎么一个暑假过去，阮轻暮忽然跟换了个人似的？

阮轻暮的家离三中有点远，方离骑了大约半个小时后，拐进了老城区的一条巷子里。

这些年新建的城区里全是高楼大厦，道路宽敞。

新城区有多光鲜亮丽，东边的老城区就有多破败萧条——道路狭窄杂乱，房屋破旧。

方离小心地绕过地上的坑坑洼洼，停在了沿街一个店面门口，迟疑地仰起头。

门头上写着：丽人盲人按摩，主营全身按摩、推拿拔罐、足浴推背……

阮轻暮从车后座挪下来，大大方方地努努嘴："我家，到了。"

方离赶紧收回迟疑的目光，"哦"了一声。

门帘掀起，一个穿着碎花短裙的中年女人走了出来，眼角已经有了点风霜痕迹，可依旧俏丽，看得出年轻时的貌美。

一看到阮轻暮，她连忙问："回来了？就等着你开饭呢。路上热吧？"

阮轻暮回答："天热打不到车，我同学载我回来的。这是我前座的同学，方离。"

"哎呀，是暮暮的同学吗？来来，快进来坐。"中年女人感激又殷勤地拉住方离，"留下吃个便饭吧！"

方离脸色通红，狼狈地推了推大黑框眼镜："不了不了，我父母也在等我回去吃饭呢，谢谢阿姨。"

他冲着阮轻暮挥挥手，骑上车，飞也似的走了。

阮轻暮妈妈热情地冲着他的背影喊："下次来玩啊！阿姨给你做全身按摩，保你神清气爽，浑身舒坦！"

远处仓皇离去的方离听到这话，蹬车蹬得更快了。

女人熟门熟路地喊完，才后知后觉，刚刚这话有些尴尬，小心翼翼地看了儿子一眼。

阮轻暮没有露出过去那种嫌恶的表情，神色如常地进了屋，吸了吸鼻子："有糖醋排骨啊？"

这是临街的居民楼，家家户户把一楼的阳台打通，可以面向街道开早点摊、小卖部，还有阮轻暮家这样开了个小按摩店的。

门口是迎宾台，现在临时支了张小饭桌，上面是四个家常菜——糖醋小排油亮诱人，白玉菇炒肉丝清清爽爽，鸡汁茄子码放整齐，清炒西兰花颜色青翠，色香味俱全，卖相极好。

饭桌边坐了个年轻男人，一双瞳仁泛着白，听到阮轻暮的声音，抬起头打招呼："小暮回来啦？"

视线的方向大致正确，角度却不对，显然眼睛是看不见的。

阮轻暮坐下来，夹了一块糖醋小排塞入嘴里："唔，好吃。"

阮妈妈打了一盆凉水，端过来："满身都是汗，也不洗洗再吃。"

阮轻暮腿脚不便，也不矫情，就着那盆水擦了把脸，汗津津的脸顿时清爽了，更显得唇红齿白，眼神清亮。

他挑了挑额前打湿了的碎发，微笑着说了声："谢谢妈。"

这话一出口，阮妈妈穆婉丽和盲人技师小郑都有点发愣。

阮轻暮在心里叹口气，他当然知道这是为什么。

阮轻暮家是个单亲家庭，母亲穆婉丽含辛茹苦地养大阮轻暮，可对阮轻暮来说，他受不了这屋子里进进出出的人和街坊邻居那戏谑的眼光，更对母亲的工作充满怨恨。在出车祸之前，他已经很久没有叫过一声妈了。

阮轻暮给穆婉丽夹了块小排："妈，你也吃。"

穆婉丽惊疑地看着儿子："快夹走，我不爱吃这个。"

"我们上学期上历史课。"阮轻暮腮帮子鼓鼓的，"老师跟我们说，大明王朝物价暴涨的时候，猪肉可比现在贵多了。"他声音含糊，"我们老师还说，她家最近买排骨都少了，只舍得给她家小孩吃。"

穆婉丽怔怔地望着碗里的排骨，忽然起身走向后厨："瞧我这记性，忘记……把汤盛出来了。"

阮轻暮扭头看了看后面的按摩间，问："芸姐还在工作吗？"

小郑回过神："嗯，三栋的老李来了，小芸在给他按摩。"

全身按摩四十八块钱，一个钟头。

这个价在正规按摩店里想都不要想，也只有这种开在老旧住宅楼里的小店面才能这么便宜，来的也都是老街坊。

阮轻暮吃饭的动作一停，接着，三两口扒完了饭，起身，走过去挑开了按摩间的门帘。

这套房子是两室一厅的小居室，两间卧室都被改成了按摩间，里面各放着三张按摩床。

临近傍晚，按摩间里光线不好。

大腹便便的老男人秃着头，闭眼仰面躺着，一个年轻女孩站在他身边，正在专心帮他按头部。

"李叔，转个身吧，我给你按按背。"女孩轻声说。

老男人应了一声，翻身的时候，手碰到了年轻女孩的大腿。

阮轻暮悄无声息地走过去，在女孩耳边放低声音："小芸姐，你去吃饭，我换你。"

他站到按摩床边，低头看了看，慢条斯理地在那胖乎乎的背上按起来。

老男人完全没察觉到换了人，迷迷糊糊地哼着，过了一会儿，不知道是有意还是无意，手又动了动，向旁边伸去。

就在这瞬间，阮轻暮利落地擒住那只手腕，猛地往上一抬，只听一声"咔嚓"，紧接着就是老男人的惨叫声。

阮轻暮弯下腰，漫不经心地说："不好意思，我比芸姐手劲儿大。"

他微微地扭了下男人的胳膊，满意地听着又一声惨叫，声音惊讶："哎哟，好像脱臼了呀？"

5. 立威

声音惊动了外面，穆婉丽急忙掀门帘进来，手忙脚乱地去扶老男人："哎哟，李叔，怎么了？"

老李叫得像杀猪一般："啊啊啊！你儿子他伤人！"

阮轻暮冲着穆婉丽耸耸肩："不小心而已。放心，没事的。"

还没等几个人反应过来，他一把抓住了老男人的手臂，狠狠地再一扭。

"瞧，好了。"

老李猛地号叫一声，闻言，抬起手臂上下左右活动了一下，果然好了。

他心头火起，伸手就想去打阮轻暮："你这小东西……你是故意的！"

阮轻暮伸手掐住他的手腕，龇牙冲他笑了笑："李叔小心，下次说不定就真的断了呢。"

老李看到少年冷笑着露出雪白的牙齿，眼里闪着锐利的光，莫名其妙地就是一个激灵。

"你你……"老李胖乎乎的身子往后一缩，扭头去看穆婉丽，"你看看你儿子！"

穆婉丽赶紧满脸堆笑，从口袋里掏出一张百元大钞，往老李手里塞："对不住对不住，这一百块你拿去买个菜。"

老李接过钱骂骂咧咧地往外走时，阮轻暮忽然说了一句："以后可别来了，来一次打一次啊。"

老李怒了："你个毛都没长齐的小杂种，你倒是问问小芸，她要不要我来！"

还没等阮轻暮回话呢，穆婉丽已经跳了起来。她随手抓起迎宾台上的苍蝇拍，一步跨出门，追上老李就打："你个老不死的再骂一句试试！我儿子也是你能骂的？"

老李被她打得直跳脚："你个疯婆子，小的发疯，老的也疯了？"

旁边小卖部的老板笑嘻嘻地往这边看："老李头干啥丧尽天良的事了，被人家孤儿寡母追着打？"

穆婉丽冷笑着揪住老李，伸手抢回了一百块钱："给老娘滚，给你脸不要！"

老李气急败坏，也不敢和她对打，冲着屋里叫："小芸啊，下次这小兔崽子不在的时候，我再来！"

穆婉丽气喘吁吁地理了理头发，走进店里，随手把一百元塞给小芸："给你了，那个老不死的按摩费。"

小芸摇头不接："他又没给钱……"

不惧是你

穆婉丽不由分说，还是塞给了她："叫你拿着，你就拿着。"

正说着话，门口又进来几个人。

一个三十来岁的男人走在前面，身后跟着两个黄毛小子，全都只穿着背心和拖鞋。

为首的男人精壮彪悍，裸着的手臂上密布着刺青，左青龙右白虎，花纹狰狞。

"这大热天的，丽姐生什么气呢？"他笑嘻嘻地问。

穆婉丽没好气地回："没事，老李那个王八蛋吃了熊心豹子胆，敢骂我儿子，被我打出去了。"

一个黄毛一拍大腿："该打！这是触了穆姐的逆鳞了啊。"

花臂男瞅了阮轻暮一眼，忽然狐疑地歪着头，奇怪，这小子以前看见他来就跟见了仇人似的，怎么今天一动不动，看人的眼光叫人心里毛毛的？

穆婉丽看看他们仨，招呼道："都要按啊？那进去躺下。"

三个男人应了一声，两个黄毛小子进了一个屋，花臂男自己一间。

花臂男坐在床边，正要脱背心，就听见身后一声又阴又冷的嗤笑："不用脱了，空调开得大，我怕你着凉。"

花臂男吓了一跳："你你……你进来干啥？"

阮轻暮反手把门关上，还反锁了。

穆婉丽在外面敲门，有点焦急："暮暮你怎么进去了？"

阮轻暮隔着门叫："妈，你累了一天，我来替你一会儿。"

任凭穆婉丽在外面怎么叫，他都不理，冲着花臂男抬了抬下巴："还不躺下？"

花臂男硬着头皮躺下了，心里嘀咕着：这小子会按吗？怎么这么别扭呢？

阮轻暮坐在床边，随手拿起一条毛巾，慢悠悠地抖了抖，然后忽然一把捂在了花臂男的口鼻上！

花臂男吓得不轻，想挣扎着起身。阮轻暮手肘迅速捣在他麻筋上，狠狠将他压制住。

"听着，以后别来打我妈的主意。"阮轻暮弯下腰，精致的眉眼中带着戾气，"要是敢欺负她，我能废了你，信不信？"

花臂男被捂得满脸通红，肌肉结实的手臂胡乱挥了几下，却没敢打阮轻暮，嘴里含糊地叫："放开我！"

阮轻暮冷冷看着他，终于松开了手。

花臂男猛地坐起来，大声咳嗽，又羞又恼："你个不懂事的小屁孩，要不是看在丽姐面子上，我这就能把你打出尿来！"

阮轻暮笑了笑，随手拉开床前的小抽屉，里面放了些按摩用的消毒毛巾。

他伸手抓起一把小剪刀，反手一甩，剪刀闪着寒光飞了出去，擦着花臂男的脖颈而过，"噌"的一声，剪刀狠狠扎在了后面的墙上。

花臂男扭头看看，瞠目结舌地叫："哇！你小子可以啊！"

阮轻暮抱着胳膊，把脸靠近了："你知不知道，我手再偏一点点，就能洞穿你的脖子？"

花臂男这才后知后觉地一抹脖子，怎么有血？

他忽然跳起来："你小子疯了？从哪儿学的这些歪门邪道？万一真伤了人怎么办？学什么不好，学你那个死鬼爹！"

话一出口，他忽然闭上了嘴，半晌才小心翼翼地说："我嘴贱……你、你别当真。"

阮轻暮目光凉凉地看着他，突然笑了笑："对啊，我爸当年可是捅死人了的，这种暴戾因子可能会遗传。"

花臂男急了："你个浑小子别不识好歹，好好读书是正经！丽姐养活你容易吗？你别跟人学坏，你想过你妈没？"

阮轻暮心想见鬼了，瞧他这苦口婆心的德行，倒像社区义工。

"别以为我不知道你心里想什么。"阮轻暮不耐烦地耷拉着眼皮，"给我滚远点，我妈不待见你。"

花臂男脸色涨红："要不是为了你，你妈早就嫁人了。我年纪轻轻的，身强体壮，又真心喜欢她，哪儿不好了？等你上大学了，你妈就不用再守寡了，到时候，我就向你妈求婚。"

阮轻暮脸色冰冷："我妈要嫁人也不会嫁你。"说完开门就往外走。

花臂男匆忙穿上鞋，跟着他往外走："你妈上哪儿找我这么好的男人，我还小你妈八岁呢，我都不嫌弃！"正嚷嚷着，他扭头就看见满脸怒气的穆婉丽正狠狠地瞪着他，吓得顿时腿都软了，"哎，丽姐，别生气，我和你儿子聊天呢。"

穆婉丽板着脸把花臂男往外推："滚滚滚，我儿子烦你，你就少在老娘面前晃悠。"

不憾是你

两个黄毛从隔壁按摩间蹿了出来，跟着花臂男。

花臂男被穆婉丽推出门，也不恼火："丽姐，你儿子不太对劲！你盯着他点，别叫他学坏……"

小客厅里恢复安静，盲人技师小芸和小郑摸索着走出门来，都有点茫然。

穆婉丽偷偷看了儿子一眼："我去给你收拾一下住校用的行李。"

阮轻暮看着他妈妈去了里面的屋子后，伸手拉着小郑坐下："郑哥，我要住校了，以后一星期才能回来一天。"

小郑睁着盲眼，点头："嗯啊，你好好学习，别叫你妈担心。"

阮轻暮轻声道："我担心你们。以后我不在的日子，你帮我护着她俩。有事回来告诉我。"

第二章

/

中 二 校 园

Bukui Shini

1. 同寝室

穆婉丽打了车，亲自把儿子送到三中。

学校不准外人进入，穆婉丽站在校门口，眼眶红了，碎花裙子随夜风飘起。

"注意身体。食堂有什么好吃的，尽管买。"她叮嘱，狠狠心又低声道，"这辈子……你老娘我都不再嫁人了，你别多想。"

阮轻暮定定地看着她，柔声道："妈，我不是那个意思。"

他忽然想起了那个梦里，那个小少主锦衣玉食，可是偏偏没有亲娘，打小身边只有乳娘和侍女跟着。

唯一见过的娘亲画像，是一幅挂在他爹寝宫里的工笔图，画像里的人眉目俏丽生动，竟然和现在的穆婉丽，有着七八分相似。

就在这时，校门口忽然驶来一辆车，无声地停下。

严叔跟着秦渊下了车，帮着从车后备厢里拿行李，一抬眼，乐了："哎呀，这么巧，这不是白天那个瘸腿的同学？"

秦渊去接行李的手微微一僵，他扭过头，一眼就看见了校门口的一对母子。

路灯很亮，正照在门卫室前的阮轻暮的脸上，他鼻梁秀挺，轮廓清晰，和白天挑衅嚣张的样子完全不同——面对亲人时，他脸上带着浅浅的笑意，锋利的眉眼只显得精致，没了戾气。

不愧是你

穆婉丽伸手帮儿子理了理衣领："和同学好好相处，好好学习。"

阮轻暮随口胡诌："妈，你放心，同学们都喜欢我。这学期，我考个高分给你看。"

忽然，身边响起一声淡淡的轻哼。

阮轻暮一抬头，眼睛瞬间瞪大了。

不远处，那个熟悉的人正静静地看着他。

秦渊慢吞吞地拖着行李箱走过来。

同学们都喜欢他？考个高分？

阮轻暮眼睁睁看着秦渊走近，他试探着冲对方挥了挥手："嗨——"

秦渊低垂着眉，没回应。他目光落在了阮轻暮脚边的拐杖上，犹豫了几秒后，伸手抓住了阮轻暮的行李箱拉杆。

阮轻暮目瞪口呆地看着秦渊。

突然，他似领悟了什么一般，精神抖擞地冲着穆婉丽挥手："妈，你回去吧！看，我同学来了。"

他指了指伫立在一边的秦渊，装作得意地笑着："全年级第一，大班长，我的好哥们！"

今天是高二学生返校的第一天，没强制要求上晚自习。

通往男生寝室的小道上绿树成荫，但没有什么风，只有声声细弱的虫鸣。

秦渊腰身挺直，脚步不紧不慢，和挂着拐杖的阮轻暮并肩而行。

阮轻暮歪着头看他："秦同学，谢啦。"

秦渊面无表情，默默向前。

"喂，你也住校吗？"阮轻暮也不气馁，依旧笑嘻嘻地问。

秦渊充耳不闻。

"对了，你是不是每门课都选了竞赛班啊？"

"喂喂，不要不理人嘛——秦班长？秦大佬？秦学霸？"

秦渊微侧过脸，清冷的目光在阮轻暮脸上停住："不无聊吗？"

阮轻暮眼神无辜："当然不无聊啊。我就爱逗闷人说话。"

秦渊不再开口，自顾自向前。

秦渊下午写完试卷后，心绪烦乱，在那个跨班大群里默默浏览了一番，获得了阮轻暮的一些相关信息——成绩差，性格软弱内向。上学期末出了车祸，这学期一来，就有点神经兮兮的，不仅和1班的人发生了莫名其妙的冲突，回他自己班后，还跟班霸刘钧打架！

"喂，秦同学，问你一件事啊。"阮轻暮又在他身后喋喋不休，"你这辈子天天看书做题的，上哪儿学的打架？"

秦渊冷冷地看了他一眼："这辈子？"

"是啊，以前的事就不提了，我们就说现在嘛。"阮轻暮表情诚恳。

秦渊冷冷地吐出几个字："满嘴胡说八道。"

阮轻暮扬扬眉，看着他，忽然笑了："我以前认识一个朋友，他和你一样，总爱这么骂我。不过他骂得比你凶多了。"

"是吗？"

阮轻暮慢悠悠地往前走，拐杖在小路上发出"咚咚"的声响："是啊，什么诡计多端、心狠手辣、巧言令色、卑鄙无耻……都骂过。"

秦渊忍无可忍地停下脚步："你是垃圾电视剧看多了吗？都高二了，不如抓紧时间做点题。"

阮轻暮似笑非笑："好啊，可是我不会，不如你教我啊？

"喂喂，不要生气嘛！你走得太快了，我追不上……"

男生寝室楼门口，宿管周大爷一脸慈祥："你就是阮轻暮啊？哟，这腿还真是瘸的。你们简老师专门来交代过，要好好照顾你。"

阮轻暮斜靠在宿管室的窗户边："是啊，是我，在哪儿签名啊？"

周大爷拿出登记本，摊开给他。

阮轻暮随手在登记本上龙飞凤舞地签了字，回头冲着秦渊挥挥手："谢啦，您老回寝室吧。"

秦渊站在寝室楼大厅里，没有放开他的行李箱。

阮轻暮有些奇怪："哎呀，千里送君终须一别呢，还不走吗？"

秦渊冷淡地看了看楼梯，吐出一句："你们9班寝室在四楼。"

阮轻暮看着他，终于恍然大悟，敢情他要帮自己把箱子送上四楼？

——果然，和梦里那位古道热肠的人这么像呢。

宿管周大爷终于找出门卡："喏，刷了就能进去。不准用大功率电器，熄

不愧是你

灯后不准玩手机、看小说、看漫画……我们有备用门卡，随时进去查勤，看到就无条件没收了。"

阮轻暮接过来："好。"

"一楼没有单独的空寝室了。这间寝室里只有一个高二的，不过他平时来住得少，你和他暂时凑合住一下。"

宿管周大爷说完一抬眼，就看见不远处的秦渊，大声说："哎呀，你也在啊，正好。来，这是你新室友，他老师专门过来交代了，说他腿脚不方便，不能住四楼，要帮着照顾一下。"

秦渊："……"

周大爷看着他木然的脸色，语重心长地开导："我知道你爱清静，这不是实在安排不过来吗？放心，等他腿好了，再给他分回四楼去！"

白竞和一个男生并肩冲进寝室楼，拎着个大塑料袋，里面是帮同寝室的哥们买的冰可乐。

正要上楼，白竞却突然停了脚步，碰了一下身边的人，问道："那边是？"

他身边的男生叫黄亚——就是那位脸上坑坑洼洼，白天被他拍大头照的死党。黄亚扭头一看，吓了一跳："阮轻暮和秦大佬？他俩干啥呢？"

那边的两人面对面站着，气氛诡异，这是又要开打吗？

秦大佬那可是单挑几个社会哥，且揍得对方满脸血的强者！

白竞牙一咬，拔腿跑了过去，猛地拍了一下阮轻暮："啊哈哈哈，你也来住校啦？"

他亲热地搂着阮轻暮："来来，我带你去寝室，你分在哪一间啊？"好歹是一个班的，不能眼看着自己班上的人吃亏。

阮轻暮差点没被白竞撞趴下，有些无语地看着他："我住一楼……"

黄亚也凑过来："哦，对，你腿不好。那我们送你过去，你的行李呢？"

阮轻暮抬起下巴，冲着他们示意身后的秦渊："我室友帮我拿着了。"

秦渊眉眼低垂，拉着两个行李箱，转身向着一楼的寝室走去，阮轻暮也跟了过去。

身后，白竞惊讶得张大了嘴巴："什么？"

好半天，黄亚才恍惚地问："你说……阮轻暮会不会被打死？"

白竞同样恍惚："按说不会吧，秦大佬是个冷静的人。"

黄亚掏出一瓶冰可乐打开，喝了一口后说道："要是……他再扒秦大佬的衣服呢？"

三中的住宿条件很好，且寝室楼在前两年翻修过。

全部寝室换了智能门锁，刷卡进门，且全都装了空调，有独立的卫生间和淋浴。二楼到四楼是四人间，上床下桌，每人都有属于自己的柜子，供学生放衣服和私人物件。

一楼是双人间，也是上床下桌，每人都有属于自己的柜子。不过双人间主要是提供给有特殊需求的学生，每年总有几个因为学习压力大而神经衰弱的学生，需要清静，还有像阮轻暮这样受伤的，不方便上下楼的。

实际上，一楼蚊虫多，有时候还容易出现管道堵塞，像秦渊这种主动要求住一楼的，是少数。

阮轻暮拄着拐杖，跟着秦渊，刷卡进了寝室。

一个多月没住人，整间寝室却十分整洁，一张床空着，另一张床上的床单平整干净，枕头摆得端正，薄薄的夏凉被叠得四四方方，像豆腐块。

秦渊抬手打开顶灯，开了空调，卸下背上沉重的书包，再把阮轻暮的行李箱放到那张空床前，然后没再管阮轻暮，而是打开自己的箱子，准备收拾一下。

箱子一打开，里面是叠得整整齐齐的换洗衣物，好几套一模一样的夏款短袖校服，还有装在透明塑料袋里的盥洗用品。

阮轻暮坐在自己的小桌前，一言不发地看着他的动作。

秦渊一抬头，就撞上了阮轻暮的视线。他皱了皱眉，直起腰，把盥洗用品放进卫生间，再转身出来，开始往自己的柜子里放东西。

阮轻暮看着他一口气拿出来四套夏款校服，终于忍不住问："不是每人两套吗，你怎么有四套？"

秦渊淡淡回道："没限制，你也可以申请买十套。"

阮轻暮"啧"了一声，还是这么爱干净啊。

秦渊默默整理好行李，拿着一套干净的换洗衣物进了卫生间。

淅淅沥沥的水声响起来。

好半天，水声停了，秦渊走了出来。刚刚淋完浴，他头发是湿的，发梢有水滴往下落。

他整个人清爽俊美，冷淡得像那些古装剧海报上的冰山男主角一样。

寝室的地上，阮轻暮的箱子敞开着，里面被翻得乱糟糟的。斜对面的上铺，凉席刚铺好，阮轻暮正蹲在床上挂蚊帐，只是怎么挂都挂不好，正苦恼地和裹着脑袋的蚊帐纠缠着，也不知道他是怎么拖着不方便的腿爬上去的。

无能为力的阮轻暮暂且放弃与蚊帐做斗争了，他从乱成一团的蚊帐里探出头来："喂，打听个事。"

秦渊慢条斯理地打开书包，拿出教材和资料："嗯？"

"这里晚上有蚊子吗？能不挂蚊帐吗？"

秦渊抬起头，看着他苦着脸的样子，默默站了一会儿，爬上去，三两下将蚊帐理好，把阮轻暮从一团乱麻中解救出来，又找到了被阮轻暮搞得乱糟糟的蚊帐角，麻利地绑在房顶垂下的小铁钩上。

数分钟时间，蚊帐就被挂好。

然后，秦渊迅速跳下了床。

阮轻暮从床上探出头："喂，谢谢大班长。"

秦渊冷冷地看了他一眼，转身拿起自己课桌上的书，毫不犹豫地出了门。

阮轻暮躺在新铺好的凉席上，瞪着雪白的天花板，无声地笑了笑。

他拿起手机，发了条短信给穆婉丽："我安顿好啦。同寝室的同学可好了，特友爱。"

很快，穆婉丽的短信回复过来："那就好。你行李箱里有我放的山楂锅盔，记得分同学们一起吃啊。"

阮轻暮爬下床，在行李箱里翻了翻，果然有两包山楂锅盔。

雪白的小饼里面是暗红色的山楂馅，咬下去，酸酸甜甜。

他想了想，拿起一包放在了隔壁的书桌上。

四楼男生寝室里，房门紧紧关着。

几个男生正头对头地打斗地主。

黄亚脸上贴着一串纸条，上身的衣服已经输得脱光了，他一边甩牌，一边扭头凑近对身后的白竞说："换我一会儿，我去撒尿。"

白竞抱着手机打字呢，一抬头就看见一张奇大无比、且坑坑洼洼的脸，直接叫出声："鬼啊！"

黄亚气得抱住他："那就给你来个鬼压床！"

旁边几个男生一个劲地催："百晓生你快点来，帮着摸牌！"

白竞挣扎着从黄亚身下钻出来，奄奄一息地说："黄鸭子你现在有一百八十斤了吧，压得我都快吐了。"

他身边的男生点头："以后输了别脱衣服了，他倒是凉快，但太辣我们的眼睛，赢家吃亏啊！"

"就是，要是秦渊那样的来打牌，输了脱衣服，偷偷拍一张，还能在女生那儿卖个高价。"

"哈哈哈，那还真是。秦大佬每天一丝不苟的，要是有张光膀子照片，那绝对卖疯了。"

一男生突然想起什么，"扑哧"笑出声来："哈哈哈，今天秦大佬不是有被迫露了肩膀吗？"

男生们发出一阵哄笑。

白竞忽然眼睛一亮，飞快地拿起手机打字。

楼下，阮轻暮跳着脚，从卫生间出来，听到桌上的手机 QQ 发出了一声提示音。

琅琊阁百晓生："阮同学，是我，看到回个信呗！"

阮轻暮一边擦头发，一边回："？"

"秦大佬在你身边吗？"

阮轻暮看了看空房间："拿着书上自习去了，怎么了？"

白竞发了个苍蝇搓手的表情，透着种奇怪的猥琐："阮同学，来做个生意。你拍几张你们寝室的内部照片给我。"

"干什么？"

白竞发了个害羞的表情后又说道："咳咳，那个……秦大佬之前都是一个人住，所以住的地方一直是神秘禁区。现在不是有你吗，带点他的书桌和床铺出镜，一张照片五块钱！"

阮轻暮震惊地看着手机："你要卖他的隐私照片？"

白竞慌忙否认："别瞎说！你拍你自己寝室的照片，又不违法！亲，要不十块一张？"

阮轻暮轻轻飘飘地回复了他一句："我把咱们的对话截图了，待会儿传给当

不愧是你

事人。"

白竞："o((⊙﹏⊙))o……"

2. 帮你带早餐

早上六点半，傅松华和两个室友跑到一楼，敲响了班长的寝室门。

刚刚敲了两下，门便开了。

秦渊穿戴整齐，背着书包出现在门口："来了。"

傅松华眼尖，一下子就看到了房间里的另一张床上有人，惊叫了一声："那是谁？"

秦渊反手把门带上，淡淡地往前走："新室友，昨天住进来的，腿脚不方便。"

傅松华的嘴巴忽然张大了："啊啊啊，是那个9班的瘸子？"

正式上课的第一天，一大早，食堂里就已经有了不少人。

秦渊和傅松华面对面坐着，一个冷峻如冰，一个热情英挺，像是一道风景线，旁边不少女生的目光偷偷往这边飘。

傅松华往嘴里塞着肉包子："老大，你也真是倒了八辈子霉，怎么就摊上他了，要不我跟你换寝室？"

秦渊慢条斯理地喝着豆浆，又撕开一个糕点的包装："不用。"

傅松华一眼看到他面前的糕点，伸手就想去抓："老大吃的山楂糕？给我一个。"

男生间分享点吃的太常见了，他和秦渊关系又铁，可是手刚刚一伸，秦渊就一把抓了回去。

傅松华吃惊地看了秦渊一眼，见鬼，不就是个糕点吗？以前老大请客动不动就几百块的，哪至于这样！

另一个男生浑然不觉："忍忍吧。反正班长每天出门早，上晚自习回去又晚，就当那个人是空气吧。"

他左右看看，神秘地小声说："少招惹那个人最好，我昨天听到一个八卦，好吓人。"

傅松华瞪着他："有话快说，别磨叽，说一半藏一半。"

男生小声嘟囔着："我听人说，刘钧他们欺负他，是有理由的。"

秦渊微微抬头，看着男生。

傅松华"嘁"了一声："扯淡，就他那种嚣张样，能被人欺负？"

男生急了："真的，刘钧他们不知道哪里打听到的，说他妈是按摩女，他爸是杀人犯。"

傅松华震惊得差点被包子噎到："真的假的？"

一直沉默不语的秦渊冷冷地开了口："捕风捉影的谣言，就不要传了。"他三两口喝完剩下的豆浆，站起身，"你们先去教室，我去买点东西。"

那男生困惑地望着秦渊往早点窗口走去的背影："老大又去买早餐？他吃得不少啊，没吃饱吗？"

手机闹铃一个劲地响，阮轻暮从睡梦中挣扎着伸出手，关掉了闹铃。

夏天的太阳升得早，才六点多，天就大亮了。

阮轻暮痛苦地睁开了眼。

他不禁有点怀念梦里那个少主的生活，潇洒恣意，日日逍遥，睡到日上三竿那是常态，而现在的他，穷也就罢了，莫名其妙的约束太多了——一大早就要起来，还要晨跑和晚自习，晚上十点半就要熄灯。太苛刻了！

隔壁床铺已空无一人，夏凉被叠得像豆腐块。

他正发着呆，门被敲响了，带着丝小心翼翼。

阮轻暮痛苦地哼："谁？"

一个男生的声音隔着门，显得很微弱："是我，方离。你起床了吗？"

阮轻暮愣了愣，赶紧爬下了床，跳着脚开了门："是你？"

方离穿着校服，清清爽爽，眉眼温顺："我昨天晚上听他们说，你被安排到一楼了。"

他举起手，一个塑料袋里装着两个包子、一个茶叶蛋、一根油条，还有一袋豆浆。

"食堂有点远，你腿脚不方便，我给你带了点早饭。"方离有点不好意思，"不知道你爱吃什么，就每样来一点。"

阮轻暮眼睛一亮："太好了，我正懒得动呢。"

不愧是你

方离小心地往房间里看了看，有点紧张："啊……进去方便吗？"

这可是秦大佬的寝室！

阮轻暮奇怪："有什么不方便？又没藏着女人。"

方离脸涨红了，赶紧走进来，把早点放在了桌上："那、那你快点吃，待会儿要考试的。"

阮轻暮应了一声，跑到卫生间里开始洗漱。

卫生间不大，洗脸池边摆放着两副牙刷和漱口杯，阮轻暮看了看右边那支看上去就很贵的电动牙刷，"啧"了一声。

出来的时候，只见方离正坐得规规矩矩的，双手摆在膝盖上。

阮轻暮看见他这样子，随口开着玩笑："干吗像个小媳妇似的，坐得那么端正。"

方离低下头，脸色僵硬。

"喂，真的谢谢了啊。"阮轻暮没注意到他的异样，抓起一个包子，"昨天载我回家，今天又帮我带饭。"

方离局促地摆摆手："顺手的事儿。对了，你这些天都不方便打饭，我都帮你带吧。"

"不用了，我能行。"阮轻暮晃了晃腿，"我其实能走，真的不是瘸子。"

方离小声说："你还不知道我们食堂中午多可怕吗？"

阮轻暮歪着头想了想，还真是。

每到中午，乌泱泱的一群人疯了一样向食堂跑，卖红烧大排和四喜丸子那几个窗口，能把人挤得七窍生烟。

"好，那就麻烦你一个月。"他也不客气，"等我好了，我再帮你打一个月饭！"

方离羞涩地笑了："那好。"

两人正说着话，门口传来"啪嗒"一声，智能门锁打开了。

秦渊面无表情，拎着一个食堂打包袋，站在门口。

方离吓了一跳，赶紧站了起来："秦、秦渊同学，你好！"

秦渊眉眼冷峻，没有答话。

他的目光淡淡扫过两个人面前的桌子，落在了摊开在那里的早饭上，似乎有刹邪的愣神。

阮轻暮一愣，笑着招招手："哎呀，你也带了早饭回来吃？"

门口的男生神情僵硬，好半天才冷冷地进门，独自坐在自己的桌前，一口一口地吃那份带回来的早饭。

不知道为什么，阮轻暮觉得秦渊有点食不下咽。

为期两天的摸底大考。

第一天上午考语文，下午考数学和英语。

绝大多数人已经就座，有人在临时抱佛脚看书，有人在哼哼唧唧地背单词，教室里闹哄哄的。

阮轻暮一进门，整个教室却忽然静了一下。

他慢悠悠走到自己座位上，刚一坐下，就明白了，难怪气氛诡异，原来有幺蛾子等着呢。

昨天大家领了新教材，阮轻暮懒得背回家，就全都堆在了桌子里。

可就这么一晚上的时间，七八本新教材全都烂了。封面和内页被撕了一大半，一本练习册被摊开了，上面是红墨水写的几个大字，触目惊心——死去吧，臭瘸子！

方离凑过来看了一眼，脸都白了，又惊又怕地看了看后面。

果然，刘钧和几个男生正抱着胳膊，嚣张地望着这边。

阮轻暮抬起头，望着刘钧："你干的？"

几个男生夸张地大笑起来。

刘钧开口："别冤枉人啊。老简昨天刚教育过我们，要对同学友爱和善。我们怎么会做这种事？"

另一个男生跟着叫："是啊。你得罪的人那么多，说不定是1班女生恨你骂他们班长，不好意思撕你的嘴，就来撕你的书喽！"

"哈哈哈哈！"

几个男生一起得意扬扬地狂笑。

阮轻暮静静地看着他们，点点头，忽然高声开口："诸位同学，麻烦看看班级群。"

大家一愣，回过神来后纷纷掏出还没上交的手机。

阮轻暮慢条斯理地打开班级QQ群，发了一条消息："谁撕了我的书，高价征集线索。"

"哗——"

大家立刻骚动起来，还带这样玩的？大手笔啊！

刘钧脸色铁青，眼睁睁地看着 QQ 群里又蹦出来一条消息。

阮轻暮："实名提供线索者五十元一条，我绝对保密。匿名提供线索者，二十元一条。"

刘钧一眼望去，只看到大家都在埋头看手机 QQ 群。

阮轻暮手指在手机上戳了一会儿，片刻后贴出一张图。

图里全都 P 掉了姓名，只剩下聊天框的内容。

齐刷刷的十几条，全是"刘钧""是刘钧""刘钧和李智勇他们撕的，就在早上教室里"……

阮轻暮转过身，冲刘钧举起手机："嘿，孙子！"

刘钧脸色铁青，恨恨地看了看四周："谁出来当面说是我干的，我就认。"

全班静悄悄的，白竞和黄亚胆战心惊地缩着头，把手机悄悄地往课桌里塞了塞。

看着噤若寒蝉的同学们，刘钧挑衅地看着阮轻暮："不敢站出来指认，就是谣言，算个屁证据？"

阮轻暮仰着头，忽然笑了。

他刚进教室时神情惬意，眉眼都好像发着光，而现在虽然笑着，却奇怪地显出些阴寒来。

"谁说我要拿它当证据？"他叹了口气，"我只是给大家看看，什么叫'先撩者贱'。"

"快快，监考老师来了！"坐在窗边的学生忽然叫了一声。

大家一阵骚动，藏手机的藏手机，藏小抄的藏小抄，只有阮轻暮懒洋洋地往后看了看，走到教室角落，把竹扫帚拿了过来。

他掰了两根粗点的竹枝，又伸手捅了捅旁边一排的白竞。

"喂，帮个忙，找你前面的……"他卡了壳，记不得那女生的名字，"那谁，找她借个东西。"

白竞困惑地看看他，拍了一下前面的女生："牛小晴……"

牛小晴就是那个体壮的女生，她扭过头："干吗？"

阮轻暮隔空冲她挥挥手："有橡皮筋吗？麻烦借一根呗。"

牛小晴摘下手腕上备用的橡皮筋，扔过来："不用还了。"

阮轻暮微微一笑："谢谢同学。"

他手指灵活，在老师进门时，用竹枝和皮筋正好做完了手里的小玩意儿。

监考老师是隔壁班的女班主任，嗓门贼大，中气十足地说："别的就不多说了，总之一句话，别打歪主意！"

她环视一下全班："传小抄的，抓到就两个一起罚。手机不上交，不管看没看，携带通信工具就是违纪。"

"嗯嗯，老师我们懂规矩！"

下面的同学应声，纷纷上交手机。

刘钧悄悄地把静音了的手机塞进大腿下面，一抬眼，脸色一僵。

不远处，阮轻暮正托着腮，目不转睛地看着他，那神情似笑非笑，带着讥讽。

卷子从前面传下来。

很快，教室里就安静了，沙沙的写字声响起来。

阮轻暮恹恹地打了个哈欠，开始答题，选择、填空、阅读分析……咦，这些古文题很简单嘛！

他精神一振，龙飞凤舞地写了一会儿，又胡乱写了几百字作文，考试时间才过去了一个钟头。

终于，安静的教室有点窸窸窣窣声了。有人开始抓耳挠腮，有人趁着老师没注意，四下悄悄张望。

女老师警惕地敲了敲桌子："都老实点，别东张西望的。"

阮轻暮合上试卷，开始打量四周。

在女老师没看到的地方，有扔小纸团的，有比画 ABC 的，还有人伸手往桌子里摸的。

刘钧轻轻地踢了一下前座的男生，前座的男生心领神会，趁着监考老师转身，飞快地捣了一下前面的男生。

那个男生成绩好，早就被他们威胁过，赶紧埋头开始写小字条，然后飞快地扔到了后面。

不愧是你

刘钧的前座火速抄完，踢了一下刘钧的桌子腿，飞快地往后一扬手，把小纸团扔了过来。

刘钧还没来得及去抓，忽然，另一个小纸团从不远处飞快地射过来，正好命中飞在半空中的纸团！

两个纸团撞在一起，打着滚儿，落到了几米外的地上。

刘钧目瞪口呆，慢慢转过头，看到不远处，阮轻暮拿着个制作简单的小弹弓，得意地冲他挥了挥手。

刘钧恶狠狠地瞪了阮轻暮一眼，又戳了戳前座的男生，小声道："再来一份，字条掉了。"

前座的男生有点蒙。

过了一小会儿，纸团又传来了。

这一次，结果一样，纸团在半空中就被呼啸而来的"暗器"截了和，同样落到了几米外。

刘钧心里暗骂：阮轻暮这王八蛋，是练过飞镖还是练过弹弓，怎么这么准？

3. 十倍奉还

整场考试，那个成绩好的男生被迫传了三次答案，整个人都蒙了。

考试铃一响，刘钧就冲到了阮轻暮的课桌前："你是不是疯了？整个后半场不做题，就盯着我？"

阮轻暮漫不经心地笑："对啊，就盯着你了。"

"你不考试了？"

阮轻暮诧异地看着他："我无所谓啊。怎么，你很在意吗？"

"你！"刘钧猛地举起拳头。

旁边的人赶紧扑上来，死死地拉住刘钧，在他耳边嘀咕："算了算了，消消气，老简昨天还说会盯着我们几个呢。"

前面的同学齐刷刷地往后看，一个个张口结舌的。

黄亚凑近白竞："你说阮轻暮是不是腿真的残废了，所以不想活了，索性鱼死网破啊？"

教室后面，阮轻暮歪着头，冲着刘钧几个人笑了笑，然后大声说了句："刚刚提供线索的，发红包了啊。"

私聊窗口上，都是一串二十元的红包。他低着头，给最后一个实名的 ID 发去了五十元红包，并说了句："谢谢啦。"

唐田田没有收，只回了一条："不用，我不要钱。"

顿了一下，她又回："你需要向老简说一下吗？我可以做证。"

阮轻暮轻轻一笑，打字："好姑娘，真不用。"

发完消息，他忽然有点怔，哎呀，自己这口气，怎么就跟梦里调戏那些名门正派的小姑娘似的。

他赶紧撤回消息，换了一句："好班长，真不用，多谢多谢。"

唐田田咬着嘴唇，看着那晃了一下就消失了的话，脸慢慢红了。

上午对待语文考试，阮轻暮还愿意乱写几下，到了下午，对数学和英语就完全没了兴趣——这都是什么稀奇古怪的玩意儿，真是闻所未闻，见未所见。

他恹恹地打了个哈欠，枕着手臂，趴在桌上，眼睛一眨不眨地望着刘钧。

刘钧是真的要疯了，无论他在学校里再蛮横，他也不敢不考试，因为回家他爸能把他直接打趴下啊。

手机在大腿下面焐得发烫，眼看着距离交卷只有半小时，他咬了咬牙，终于偷偷摸了出来。

他可不信阮轻暮真敢举报。

再怎么说，打小报告检举同学，这可是学生间的大忌。

手机上有备好的小抄和重点，他正飞快地单手操作着，忽然，眼角余光里有什么一闪。

一个小东西急速而来，带着利箭一般的凌厉，正中他的手腕。

剧痛下，还没等他叫出来，另一个粉笔头又接踵而至，准确地击中了他抓着手机的手。

刘钧再也抓不住手机，只见手机"啪"的一声落在地上，滑出去老远，正停在巡视的女老师的脚边。

附近的学生愣愣地低着头，看着地上依旧亮着的手机屏幕。嚯！密密麻麻的英语小抄？

女老师慢慢弯下腰，捡起手机，嘴都气歪了，这是反了天了？

不愧是你

"谁的？"她冷笑着问，"自己站起来。别以为我们查不到，我告诉你，手机里相册什么都有……"

还没说完，屏幕黑了。她按亮屏幕，要密码。

女老师急了："不出来认的话，手机就留在学校，高三毕业再来取！"

刘钧心里怦怦直跳，终究不敢站出来。平时玩手机被没收，写了检讨就能拿回去，可是考试作弊用手机，那可是会被记过的。

站出来承认，就是记过；不认的话，高三再还，那和丢了一部有什么区别？

那可是崭新的手机，这个暑假刚求家里买的，理由是要刷APP里的高考题库，现在成了作弊工具，被他爸知道还不把他的皮给扒了？

考试铃声响了，阮轻暮望着监考老师气呼呼地走出教室后，转头冲着刘钧挥了挥手，举起手中那个简陋的弹弓，像是在嘲讽他。

不少人往这边看，看到刘钧的脸色，都大概猜出了端倪——是阮轻暮把刘钧的手机给弄到地上了。

"哇，又杠上了？"黄亚呼吸有点困难。

"喂，你手机多少钱啊？"阮轻暮随手把弹弓扔到垃圾堆里，忽然问。

刘钧眼睛喷火："两千块，你赔我？"

阮轻暮饶有兴趣地看着他，傍晚的余晖从窗外斜射而入，透过淡蓝色的条纹窗帘，照在他慵懒的笑脸上。

"你撕我的教材两百多，我坑你的手机两千块。"

少年的表情淡然，眉眼中的讥讽隐约浮起，带着罂粟花般的危险："睚眦必报，十倍奉还。开不开心？意不意外？"

一整天考试下来，同学们都饥肠辘辘，肚子咕咕作响。

高一新生还没入学，学校的食堂只有高二和高三的学生用餐，秦渊和傅松华几个人一起打了饭菜，在固定的座位上坐下来。

"数学最后那道大题真恶心，刚刚对了一下，四个人四种答案。"傅松华扠头问身边的秦渊，"老大，你的答案是什么？"

秦渊惜字如金："0。"

傅松华沮丧地捶了一下桌子："我晕，第五种答案了！不过算了，我信你的。"

傅松华抬头看对面同寝室的男生:"看什么这么起劲,群里对答案呢?"

那男生头也不抬:"对个屁答案,过去的事就让它过去!"

傅松华敲了他的饭盆一下:"瞧你那德行,又在看哪个班的女生照片?"

"看八卦啊!"那男生两眼发直,"9班的那个阮轻暮的八卦,就是老大的新室友!"

一直安静吃饭的秦渊,默默抬起了头。

傅松华赶紧摸出手机,才看一会儿,就惊叫了一声:"哇!"

群里已经有三个热帖的链接了:

> 9班考试现场被收缴手机一部,主人是谁?手机为何神秘落地?——带你走进9班体委刘×和学渣阮××的恩怨内幕!
>
> 睚眦必报,十倍奉还——是谁给了一个弱者找死的勇气?
>
> 现场下注,9班阮轻暮被虐倒计时:到底是倒于1班大佬雷霆一击,还是死于9班班霸之手?

同学们正在投票最后一个帖的结果:投1班的人先出手教训的,选1;投刘钧先把阮轻暮干趴下的,选2。

傅松华一看,一边感叹:"啧啧……啧啧!"

秦渊瞥了他一眼,冷声开口:"吃饭别咂嘴。"

傅松华笑嘻嘻地把手机拿给秦渊看:"老大,现在赌刘钧的多,我们很没有面子。"

对面的男生兴致勃勃地一拍桌:"那我们当着大家的面整整那姓阮的?"

傅松华瞪眼:"我傅松华光明磊落,欺负一个受了伤的同学有什么意思?"

忽然,对面的男生直直看向了远处:"哟,事主来了!"

秦渊猛然扭头。

果然,那个熟悉的身影正慢悠悠地拄着拐杖,沿着走道走过来。一个神情畏缩的清秀男生扶着他,正四下看着,像是想要找个地方坐下。

正是用餐高峰期,食堂里的座位大多坐满了,秦渊他们这边只有三个人,

不惊是你

可是碍于"1班学霸加体委"强大的气场，没人敢冒冒失失过来。

不远处的阮轻暮一抬眼，就对上了秦渊的目光，脸上露出了一个浅淡的笑意。

阮轻暮伸手捅了身边的方离一下，努努嘴："那儿有空位。帮我打份饭，哦，对了，记住别超过三块钱啊。"

方离眼睁睁地看着阮轻暮往那边走，有点头疼：这是要干吗？班里班外，轮流挑事吗？

走道另一边，几个9班男生齐刷刷地一扭头，看着自己班的学渣径直坐到了某年级学霸面前。

黄亚首先反应过来，飞快地在手机上撤回了选项2："我改选1！"

他身边的男生两股战战，说："你们说，一会儿1班的两位大佬会把饭扣到阮轻暮头上不？还有，待会儿他被打，我们要不要上去帮一下，好歹是我们班的？"

黄亚飞快地缩了一下脖子："你行你上，我只负责观望。"

阮轻暮自然地放下拐杖，在秦渊和傅松华对面坐了下来。他眉眼弯弯，打了声招呼："嘿，这儿没人吧？"

傅松华目瞪口呆地望着他，又扭头看看身边的秦渊。

秦渊深深地望了一眼阮轻暮。

傅松华瞧着大佬绝不开口的冰山样儿，冲阮轻暮一瞪眼："我们又没包场。"

阮轻暮看了看秦渊的餐盘，一扬眉："还是这么爱吃鱼啊？"

而秦渊的筷子正准备夹起一块鱼。

傅松华惊疑地看了看秦渊，又看了看对面笑吟吟的少年。

"你是跟踪狂啊？从百晓生那里买了我们老大喜好的消息？"他震惊地叫。

阮轻暮懒懒地托着腮，修长十指放在白皙的下巴边。

"还是不爱吃虾吗，秦同学？"他也不理傅松华，自顾自地嘀咕，"怎么口味一点都不变的？"

秦渊心里一怔。

知道他爱吃鱼，也不是多困难，有心观察他平时爱打的菜，多少能猜出来，可是阮轻暮怎么知道他不爱吃虾？

没有道理。

学校里做基围虾这种大菜的时候本就不多，仅仅根据观察，根本没可能猜出来。

饭桌上很安静，阮轻暮迎着秦渊的清冷目光，笑得更加促狭。他也不知道为什么，总是会把梦里那个秦渊和现实的他重叠在一起，仿佛他们就是同一个人，喜好也会一样。

他靠近了点，问道："我说对了？"

正在这时，方离怯生生的声音插进来："那个……饭菜打好了，你看合口味吗？"

他一个人端着两个餐盘，鼻尖冒着汗，小心翼翼地将其中一个餐盘放在了阮轻暮面前，腿有点软。

阮轻暮总算收回了目光，冲着方离笑了笑："辛苦你啦。"

方离局促地摆摆手："没事，快吃吧。"

阮轻暮低头看了看面前的盘子，脸色有点僵。

少得可怜的几两白米饭，旁边是两份素菜，一份是千张炒豆芽，一份是凉拌黄瓜。

方离小心地看看他："两、两块八。我按照你说的……"

刚刚阮轻暮交代了不要超过三块钱，他没敢擅自加钱，可是三块钱要想买一份像样的饭菜，实在有点为难。

一个鸡腿都三块了呢！

秦渊淡淡瞥了一眼阮轻暮的盘子，沉默不语。

可是傅松华没有心眼，他一看到这样的饭菜搭配，忍不住就脱口叫出来："你减肥？"

阮轻暮抬眼看了看傅松华，又耷拉下眼皮："你是蠢货吗？看不出来我是穷啊？"

傅松华："……"

真服了，没见过把穷说得这么坦荡又理直气壮的。

方离犹豫了一下，夹起自己的两块红烧肉，小心地往阮轻暮盘子里放："那个……我、我吃不下，打多了。"

阮轻暮看看他："你也没几块啊。"

方离有点冒汗："我真的吃不下，太油腻了……"

阮轻暮不再矫情："哦，行，下个月我回请你啊。"

不愧是你

他刚刚征集线索，一下子就花出去两百多，用掉了这个月生活费的一半，来的路上他就想到这个问题了。

这还没算要买新教材的钱。

对面的傅松华默默地看着他俩，眼角跳了几下。

长见识了，学校里有这么惨的贫困生吗？一份红烧肉就四五块，还这么兄友弟恭地谦让，看着可怜巴巴的。

他一抬眼，身边的秦渊正直直地看着他，带着奇怪的神色，只是他没看懂对方的意思。

秦渊淡淡开口："你刚刚不是说没吃饱？"

傅松华一脸蒙，心想自己有说过吗？

秦渊皱皱眉，眼神平静："再不去打菜，要没了。"

傅松华终于恍然大悟，拿着饭卡跳起来："是啊是啊，食堂真垃圾，菜量越来越少，我又饿了！"

站在几个热门菜的窗口前，傅松华抓耳挠腮地想了半天，买了两只鸡腿和五个大肉丸，用个干净的餐盘端了回来。

"来来，见者有份，一人一个。"傅松华不由分说，硬着头皮往阮轻暮和方离盘子里各夹了一个肉丸，再转向两个小伙伴，"愿赌服输，那道多选是我错了，我请客，你俩的鸡腿。"

对面的男生："有这回事吗？"

秦渊挡住傅松华的手："我吃饱了。"

对面的男生正想接过鸡腿，一抬眼，正看见秦渊直勾勾地瞪着他，满脸写着"不，你不饿"，忽然明白了什么："我也好饱，一根土豆丝也吃不下了！"

秦渊站起身："走了，你们慢慢吃。"

傅松华怪叫一声："哎哎，等我！"

他三两口吞下一个肉丸，看也没看阮轻暮，把剩下的往方离面前一推："拜托帮个忙，别浪费，干净的，没动过！"

旁边，白竞和几个9班男生鬼鬼祟祟地凑过来，大眼瞪小眼地望着桌上的两只肥嘟嘟的大鸡腿和油光闪亮的四个大肉丸。

白竞伸着头，迟疑地问："这是什么情况？"

方离有点结巴："不、不知道……那个傅松华非要请我们吃。"

黄亚死死盯着鸡腿，忽然一拍脑袋："你们说，会不会这里面有泻药？"

阮轻暮低头看看面前的荤菜，望着几个远去的大男生，微微一笑。

在一片窃窃私语和窥探的目光里，他悠然扬声，冲着远处某个背影喊了一嗓子："晚上早点回来，我等你啊。"

4. 来看你啊

第二天，上午考理综，下午没安排课程，各个班的老师见缝插针，发了卷子下来，学生们都老老实实地坐在教室里埋头做题。

行政楼里，高二的老师们正紧锣密鼓地批改卷子。

年级主任在工作群里发了一张统计表："各位班主任，理科竞赛班的报名人数现在物理是 38 人，化学 32 人，生物 30 人。具体名单在下面，大家看看有没有遗漏。"

老简一边批卷子，一边瞥了眼电脑，看到最下面，在心里叹了口气。

年级组长意味深长地看着他："简老师啊，整个年级只有十来个同学同时报了三个竞赛班，其中有一个是你们班的。"

正在改卷子的几位老师都诧异地抬头："什么情况？"

有人好奇地看了看电脑："哎哟，还真是 9 班的——阮轻暮是谁？"

老简额头有点冒汗："哈哈哈，这个嘛……学生有上进心是好事。"

竞赛班的教学内容极难，进度超前，主攻方向根本不是高考，而是参加比赛，取得名次加分和保送。

他们就怕学生畏难，所以早早地定了个基调，鼓励成绩好的学生勇敢报名，还放出了"只要报名一定能选上"的口风。

走班制改革的宗旨之一，是"选班自由、随时调整"，现在真有差生报名竞赛班，难道要他改了不成？

这时，一个清瘦少年挂着拐杖，懒散地倚在办公室的门边："报告。"

正是阮轻暮。

老简赶紧招呼他进来坐下，酝酿了一下："老师找你来，是想问问这个。"

不愧是你

他指了指面前的走班选修意向表，最上面，阮轻暮的那一张赫然在目，三门副科的选项里，都嚣张地钩着"竞赛班"。

阮轻暮看了一下："哦，成绩不达标不能上是吧？没事，我就随便报一下。"

老简赶紧安抚："不不不，你有这样的决心是好事，我们绝不会拒绝任何一个对自己高标准、严要求的学生！"

这孩子进校时成绩中游，一年后就掉到了后排，现在好不容易有了上进心，绝不能打击呀。

"你能忽然奋起，这是大好事。"老简激动地拍了拍他的肩膀，"不过，我也有点建议，你不妨听听。"

"老师您说。"

老简诚心诚意地劝："竞赛班吧，毕竟进度有点难，一下子冲刺竞赛班的话，我怕你开始有点吃力。"

阮轻暮看着他，一双眼睛又黑又亮："啊，对。"

"我觉得，咱们不如三门课都报领航班，你看有没有道理？"

阮轻暮诚恳地点头："嗯，超级有道理。可我还是想上竞赛班。"

老简："……"

"老师，我觉得我虚度了一年光阴，非常悔恨。假如不给自己一个严苛的高压环境，我怕自己从此就废了。"

阮轻暮正襟危坐，望着老师的目光清澈干净，又仿佛带着忧郁和怅然："老师，给我一次机会吧。我想证明自己也可以成为秦渊同学那样的人。"

旁边竖着耳朵的一群老师心里都觉得这位同学是不是对"秦渊同学那样的人"有什么误解。

老简一口气差点没喘过来，只好从其他途径下手："是这样的，我发现啊，你的语文成绩完全可以提高一下，不如重点拔高这一门？"

他又点了点桌上的卷子："我注意到一个问题，这得分点很奇怪啊，是喜欢古文和古诗词吗？"

凡是古文的知识点全是满分，遇到现代的部分就错漏百出。

阮轻暮用清亮的眼神看着他："是啊，喜欢我们的古代文化呀。"

"那都喜欢什么呀？"老简立刻高兴起来，慈祥地看着学渣同学，越看越觉得这孩子现在眉清目秀，笑容喜人。

"诗词歌赋，琴棋书画，都喜欢一点点。"阮轻暮回答得挺恭敬。

"哈哈哈！"老简乐了，"来来来，背一首喜欢的，我听听。"

阮轻暮眨眨眼："啊，也就喜欢'满船红袖招，嬉笑丝帕抛。泛舟江渚上，绡帐同逍遥'这样的吧。"

不远处的年级组长"噗"一声，把一口枸杞菊花茶喷了出来。

老简脸都黑了，伸手轻轻敲了敲阮轻暮的头："别乱看那些三流网络小说，什么满船红袖招的，多看看李白、杜甫、王维、白居易的作品啊！"

一天后，走班制崭新的分班表和课表贴在了每个班上。各个班的学生们都挤在布告栏边，闹哄哄地围着看副科分班。

"哎哟，竞赛班人真少，都才三十几个人啊。"

"秦大佬果然三科全报竞赛班，啧啧。"

"打死我我也不去竞赛班。三十几个学霸在一间小教室，天天一起做竞赛题，想想都要窒息好吗？"

"是的，即将死亡的感觉。"一堆学渣果断附和。

忽然，有人发现了不对："是我眼花吗？这人也是三科全报了竞赛班？"

后面的学生挤不进来，纷纷叫："谁啊？这么牛？"

"是培优2班的学委李建荃吗？"有人问。

最前面，几个震惊的声音同时响起来："不，是我们9班的……"

真长脸。

第一天试点走班，所有的学生都挺兴奋的，学校教务处的老师甚至比学生们还紧张，各个教室门口，老师们都提前到了，拿着点名册一个个地对。

物理竞赛班里，一群学生激动地坐在一起，已经热情地聊了起来。

报竞赛班的学生几乎全都是来自培优班，彼此大多认识。

物理老师是个小老太太，姓李，又矮又胖，梳着个一丝不苟的发髻，是公认的物理名师。

上课铃响了，李老师威严地站在讲台上："座位我不刻意排了，个子矮的往前，个子高的自觉点，往后坐啊。近视严重的，自己举手。"

三十几个优等生十分听话，立刻主动微调了一下。一个表情冷峻的少年坐在后排没动，正是秦渊。

他的个子在男生中算是高的，刚高二就有一米八，视力也好，在原先的班里也是主动坐在后面。

一个眼镜厚得像酒瓶底似的男生举起了手："老师，我……"

李老师点头："你往前坐吧。"

那个男生是培优2班的学委李建荃，出名的万年老二，常年被秦渊的总分碾压，落后几十分。

他瞥了瞥后面的秦渊，脸涨红了："不，我想坐到秦渊同学身边！我想和他一起进步，讨教一下他的学习方法。"

李老师正要点头时，有人敲了敲教室前门："报告。"

9班的某位同学站在门口，全然没有差生的自觉，脸带微笑："老师，我也想坐在秦渊同学的旁边，可以吗？"

一群学霸："……"

这个班里还有不是来自培优班的？

李老师看了看他的拐杖，呵斥迟到的话又吞了回去。

"行了，随便坐吧。"

于是，阮轻暮堂而皇之地落座在秦渊身边，而李建荃则坐在了秦渊的前座。

一切就绪后，李老师傲然地说："我们这个班，进来的同学每一个想的都是拿到竞赛奖杯，这很好。"

三十来个人全是优等生，一旦专心听讲，教室里安静得吓人，她满意地撑着讲台："我教物理三十年，每一届参加物理竞赛的学生都是我带。我有信心在我们这个班，教出来一大批能拿奖杯的学生，我们来个开门红，怎么样？"

下面的一群小学霸被说得热血沸腾。

"好！开门红！"

"拿省奖算什么，我们要拿国奖！"

阮轻暮看了看四周激动的同学，再看看自己空荡荡的课桌，把身子靠近了窗帘，藏了半个身子进去。

他刚刚闭上眼睛，耳边就响起了极低的声音，悦耳又清冷："你的课本呢？"

阮轻暮睁开眼，看了看新同桌那熟悉的脸——剑眉凤眼，眸光锐利而明亮，看着人的时候，带着一贯的礼貌和教养，可是既冷又远。

啧，就和梦里那个家伙一样，好像和他这种邪门歪道多说几句话，就会近墨者黑、有损侠义一样。

"没了。"阮轻暮打了个哈欠。

秦渊蹙眉看着他。

李老师在上面声音洪亮："我的想法是，在10月底之前，把这学期的教材内容啃完，接下来就全部备战竞赛……"

秦渊坐得笔直，目光直视着台上的老师，头一次在上课时走神了。

看来，跨班大群里，9班的人说阮轻暮的教材被人撕了，是真的。

他的脑海里忽然浮现出午饭时的画面，那素得像斋饭一样的餐盘在眼前晃动着，叫人没来由地一阵烦乱。

所以，这个人是没钱买新教材了吗？

秦渊忽然伸出手，把自己的物理课本扔到了阮轻暮的桌上，小声道："先用这本。"

他说话的声音低，可是课本挺重，落在阮轻暮桌上，发出了"咚"的一声，在寂静的教室里格外清晰。

讲台上，李老师的注意力一下子被吸引了过来，正看见阮轻暮睡眼蒙眬地抬起头，大喝一声："你，玩什么呢！"

阮轻暮有些蒙。

李老师威严地说："来，给我答一下，这道题后半部分怎么解？"

阮轻暮回答："不会……"

"不会要听啊！"李老师恨铁不成钢，"自己不学，起码安静点，不要再发出怪声了！"

阮轻暮点头："哦，好的，老师。"

趁着李老师转身在黑板上写板书，他低头撕了张小纸条，草草写了几个字，夹在物理课本里，飞快地又丢到了秦渊桌上。

秦渊冷冷看了他一眼，打开了字条：

我不听课的，就不浪费课本了。

不愧是你

秦渊眉头轻跳了几下，在字条下面回了一句，又冷着脸把课本送了过来。

前座的2班学委李建荃偷偷瞥着他俩，心里像是有小老鼠在挠。他的偶像秦学霸和那位9班的学渣，到底在搞什么？怎么秦大佬上课也不听讲的？

阮轻暮无语地打开字条，看着上面一行字：

不听课你来干什么？

字迹凌厉又漂亮，潦草却有风骨。

阮轻暮细细地看了一会儿，忽然笑了。

在梦里，他只见过这人的字迹一次。

那封约战的信笺上，就是这样笔笔如刀、锋锐凛然的字迹。

阮轻暮扭过头，看向窗外。

阳光正烈，照在他白皙得近乎透明的侧脸上，隐隐有金色在少年细细的汗毛上微闪。

不听课来干什么？

他嘴角勾起来，似笑非笑，转过头来用口型无声地回答了一句。

虽然没有声音，但是因为说得缓慢，秦渊还是看明白了那句话：

"来看你啊。"

5. 竞选激烈

物理课后，第二堂是化学课。

走班制第一天的混乱，在第一个课间显露无遗。

一群学生兴奋地在走廊里乱窜，找自己的下一个教室。

竞赛班因为人少，所以上课的教室不变，三十多个人中，有一大半离开了教室，去往了别的班，继续留在这里上化学课的，只剩下了十来个。

教室后排，秦渊坐在座位上，冷冷地看着阮轻暮："你能正经点吗？我在和你说正事。"

阮轻暮抬起头，有点诧异："我一直很正经啊。"

看着秦渊脸上浮起的薄怒，他恍然大悟："哦，你说那个啊。那也是正经话。"

他刚刚睡了半堂课,眼角有点微红,一双桃花眼带着慵懒:"我也是真的来看你的啊。"

1班的文艺委员陆涟漪扎着高高的马尾,脚步轻快,抱着化学课本,走进教室的第一眼就看到了后排的一幕——他们那个从来都冷静自持、喜怒不形于色的班长忽然伸出了手,一把揪住了对面男生的领子!

秦渊微微俯下身,冷冷地看着阮轻暮,两个人的脸靠得极近,近到了彼此都看得清对方的睫毛和黑亮幽深的瞳仁。

"你给我听好。"秦渊慢慢收紧了手指,将阮轻暮的领口握得更紧,"这里没人陪你玩,但凡对自己负责点,就该去适合你的稳健班,懂吗?"

赶来上化学竞赛班的学霸们一个个吃惊地望着后面,面面相觑。

陆涟漪秀丽的眉毛蹙着,担忧地咬了咬嘴唇。

在班上一年了,秦渊不仅不轻易理女生,就连和男生们都保持距离,什么时候见过他这样和人接二连三地起冲突过?

阮轻暮仰着头,脸上的笑意淡了些,他伸出手,微凉的手指轻搭在秦渊的手腕上。

"你知道你自己很烦吗?"他迎着秦渊的目光,弯弯的桃花眼眯起来,"总是这样,对错黑白,正邪好坏,都是你一个人说了算。"

秦渊冷冷地看着阮轻暮:"总是?"

阮轻暮沉默了一会儿,忽然嗤笑了一声。

也对,那只是自己的梦而已,秦渊当然什么都不知道,也不会和他一样,知道梦境里那些发生在他们之间的事。

只不过呢,这模样倒是和梦里是一样的,时刻看他不顺眼,一副恨不得杀之而后快的模样。

他挣开了秦渊的手,说话轻描淡写,语气却强硬:"管好自己吧。别人怎么样——"他垂下眼,薄而白皙的眼皮上,细细的青色血管清晰可见,"与你何干啊,秦大班长?"

整整一个下午,后排的两位新同桌没有再说一句话。

最后一节课,生物老师在争分夺秒地拖堂,隔壁班的傅松华他们已经下课了,

不愧是你

探头探脑地往竞赛班的教室里望。

哇，又是什么状况？最后一排，秦大佬身边睡觉的那位，又是谁啊？

傅松华正惊讶着，身边突然多了一个人。他一转头，正看见方离和他一样，呆呆地望着窗户里面。

"你来干吗？"傅松华瞪着方离。

方离小声说："等、等同学去吃饭……"

傅松华浓眉一挑："等你们班那个阮轻暮？"

方离低着眉眼，不敢看他："嗯，他腿不好，我、我帮他打饭。"

傅松华翻了个白眼，他人生得英俊，就连翻白眼也显得肆意阳光："你是结巴吗？结巴配瘸子，难怪和他要好。"

方离的脸色有点白了："不、不是的……"

傅松华说完又有点后悔，赶紧挥了挥手："哎，我胡说的，别当真啊！你人美心善，帮助受伤的同学，是小天使来的。"

方离红着脸，抿了抿嘴巴。

实行走班制的第一天，晚自习和白天一样，有点鸡飞狗跳。

原先都是在自己班上自习的，可现在每个人上课的班级都可能有好几个，晚自习去哪儿，就是一个新问题。

学校领导本来想安排学生们在原班上晚自习的，但立刻就被几个竞赛班的名师联名抗议，强烈要求允许在走班的小班上，便于他们随时给这些尖子生加练习、做辅导。

年级教学会议开了三轮才定下来：竞赛班和领航班的学生允许去小班上晚自习；稳健班的学生原则上留在自己原本的班级教室里，两边都实行签到点名。

第一天晚上，几乎所有的老师都在岗，又是发放签到表，又是召开班会强调注意事项，教室里灯火通明，学生坐得满满的。

9班的老简站在讲台上："……总之别想逃，我天天拿着两边的签到本对名字，谁两边都不在，我一眼就看得出来。"

下面有胆子大的男生大声说："老师放心吧，寝室不准留人，我们也没地方去啊。"

老简瞪着他："少废话，学校后门的网吧、文体楼前的情人园，哪里没你们的'倩影'啊？"

下面一通哧哧的憋笑声。

实验三中是一所历史悠久的老中学，校园虽然不算大，可是颇有几个著名的景点。

一个是校园操场东侧的百年香樟树，一个是西边文体楼楼下种满合欢树的情人园。

那香樟树有百年树龄，枝叶繁密，树干极粗，当年修操场跑道时，为了保留这棵树，还绞尽脑汁绕开了一段。很多学生喜欢去那百年香樟树下散步、背书、玩耍。

至于那种满合欢树的情人园，就更加受欢迎了。那合欢树树冠巨大，生机盎然，每到夏季合欢花盛开时，满树粉红，似云似霞，是学生们最爱拍照的景点。

两个景点一东一西，在这个老校园里遥遥相望，在岁月中长成了从容又温柔的模样。

老简等大家笑完了，才又开口："今天的班会还有一件事。大家知道，高一时我们选班干部时就说了，一年后会调整。"

教室里安静了下来。

"这两天我充分征求了大家的意见，绝大多数的班委都表示愿意继续做，所以这次，我打算只拿出来两个位置重新选举。"

他看着台下的学生，郑重地说："我们班的宣传委员这学期去了文科班，空出了一个位置，有意愿的可以发言为自己拉票。另外——"

他顿了顿："体育委员的位置，这学期也需要重选。当然，刘钧同学去年做得也很好，依旧有竞选资格，别的同学，也欢迎踊跃竞选。"

刚刚还热闹的教室，气氛变得微妙起来。

不少人感到惊讶，悄悄往后偷看，心想着，班主任终于要对刘钧下手了吗？

说实话，刘钧这个体育委员真的不讨大家喜欢，身为班干部，没见到他以身作则，或者为同学服务，欺负人倒是一把好手，搞得很多人敢怒不敢言。

刘钧坐在座位上，脸色红得像是被人扇了一个耳光。

牛小晴首先举起了手："报告，我想竞选宣传委员。刚入学时我就竞选过，不过败给了柳斯媛，希望大家给我一个机会！"

牛小晴又高又壮，平时和男生处得像哥们一样，立刻有熟悉的男生叫："牛小晴，你美术课作业像狗屎一样哎。"

牛小晴昂头挺胸："我不会画画，可是我对设计很有想法，具体作画可以请人帮忙的。"

几个男生起哄地笑了："牛小晴你就是想当'官'吧？"

牛小晴声音拔高了："我就是想当'官'，锻炼一下自己不行吗？"

老简咳嗽一声："那有没有人想出来竞争一下？"

起哄的男生立刻都闭上了嘴。

宣传委员得负责出黑板报，谁干谁痛苦。再说了，他们9班真是没人会画画。

美术课上老师有句愤慨的名言：9班就是一个艺术黑洞，缪斯之神的光芒照到了走廊，在9班门口打了个转，三过而不入，掉头走了！

"那就定了。恭喜牛小晴同学当选新一任宣传委员，大家鼓掌！"

下面响起一片热烈的掌声。

牛小晴脸色红红地坐下，前面的班长唐田田开心地回头，和她击了一下掌。

"下面是体育委员竞选，有谁愿意竞选吗？"老简笑着问。

这一次，气氛陷入了冰冷。

忽然，教室后排，刘钧冷着脸举起手："我继续参选。"

他站起身，咬了咬牙："另外，不论我能不能选上，我都绝对会支持下一任体育委员的工作，不会拖后腿的。"

他身边，一个大个子嚣张地跟着举手："是啊是啊，我们跟着刘钧一起，会支持新体委的！"

教室里，别的男生们都缩起了脖子。

这明明是威胁吧？这样一说，谁还敢竞选？那将来岂不是被他们几个人往死里折腾，还开展什么工作啊？

阮轻暮冷冷地偏过脸，瞧了刘钧一眼。

本来今天就不爽，现在看到刘钧越看越不顺眼。

老简的脸色有点难看，却不好说什么。

刘钧的话叫他这个班主任也抓不到错处，没想到小小年纪就这么横，竟敢当着他的面玩这一套。

他点点头："好，欢迎刘钧同学的表态。那么还有其他同学竞选吗？白竞同学？"

白竞使劲地咽了口唾液，站了起来。

老简今天中午午休时就把白竞叫去了办公室，和他谈了心。白竞体育成绩还行，平时在男生中人缘极好，这次老简决心整肃班风，首先就想到了他来代替刘钧。

明明在办公室说好的，可是刚刚听了刘钧这一番威胁，他就吓得心里直跳。

"老、老师。我没有这个意愿，还是让给别的同学吧！"

教室里一阵尴尬的死寂。

刘钧嘴角咧了咧，又举起手："老师，我保证……"他的动作有点大，手臂把阮轻暮的一根拐杖碰倒了，"啪嗒"一声摔到了地上。

教室里本就安静，这一个突兀的声音，引得不少人都下意识地往后望去。

最后一排，阮轻暮缓缓扭过头，看了看地上的拐杖，又望向刘钧。

日光灯亮得刺眼，映着他瓷器一般雪白的脸，精致又冷漠。

一片寂静中，阮轻暮的声音清亮："你是瞎子还是手残？既然全身都不好使，别做体委了，退了吧。"

刘钧满脸通红："你——"骂人的话被他忍住没说出来——还在竞选呢，总不能当着老师的面骂脏话吧？

阮轻暮不耐烦地踢了一下桌子，发出了一声闷响。

"我竞选体育委员。"他站起身来，口气漠然，"没什么竞选宣言，就一句话。"

一片震惊的目光中，他扬起脸，依然带着不耐烦："烦他的选我，烦我的选他，就这么简单。"

6. 血手印

1班教室里，大多数人安静地做着今天的练习和作业。

离晚自习下课还有二十分钟，傅松华放下笔，揉了揉手腕："妈呀，曲大姐的数学卷子都能写累死过去。"

他们培优班的数学老师姓曲，布置起作业来那叫一个狠，学生们对她都是又敬又怕。

他旁边的男生羡慕地说："你做完了？我还没完呢。"

傅松华得意地说："那是，本人刷题速度年级前十，本班前五。"

不愧是你

他扭过头，伸手抓起秦渊桌上的作业："年级第一的这位同学，给我对一下答案。"

秦渊没抬头，低着眉眼，手中的手机屏幕亮着。

傅松华一眼瞥过去，有点奇怪："哎，老大你在看 QQ 群？你平时都不爱看的啊。"

秦渊反手一扣把手机翻过来："随便看看。"

傅松华没多想，拿着几份作业埋头对答案，后面的一个男生忽然叫了起来："哎哟，那个阮轻暮又闹事了！"

傅松华一愣，扭过头："他能消停一会儿吗？"

好几个男生纷纷问："什么什么？那个 9 班的又怎么了？"

上次在跨班大群里，那个家伙可是狠狠讨了一通嫌——1 班无论男生女生都拥护班长，对挑衅的外班学渣人看不顺眼。

那个男生看热闹不嫌事大，说："9 班刚刚开班会的时候，他跳出来竞选体育委员，把刘钧挤下去了！"

"哇！怎么做到的？"

"据可靠消息说，阮轻暮当场站出来说'烦他的就选我，烦我的就选他'，然后他们班现场匿名投票，他高票胜出了。"

傅松华大吃一惊，急忙说："为什么？瘸子当体委，9 班的人疯了吗？"

"他们班的人疯没疯我不知道，刘钧估计是气疯了。他超级横的啊，能服气才见鬼。"

大家八卦的热情全都点燃了，凑在一起激烈地讨论着。

没一会儿，各种小道消息纷至沓来。

"哎呀，真牛！现场唱票，刘钧只得了八票，阮轻暮得了三十多票！"

忽然，一个女生拿着手机，说："哇，他们班还有女生偷拍了视频！"

围在那边的女生们没看一小会儿，忽然齐齐地发出了一阵惊叹。

"哇，有点帅啊！"

"好像没有那么讨厌了哎，哈哈哈。"

傅松华被弄得心痒痒，大声冲着那边叫："喂喂，什么呀？你们女生也发给我们看看啊。"

有视频的那个女生抿嘴一笑，把小视频转到了班级群。

1班的优等生们赶紧点开了视频。

秦渊默默地点开了班级QQ群。

视频的画面角度很偏，一看就是偷拍的。

讲台上站着一个清瘦男生，正是阮轻暮，他丝毫没有一个学渣的自觉，表情傲慢。而他背后，是已经唱好的票数，31票遥遥领先，异常醒目。

画面外传来刘钧同伴的高叫："我们不服！瘸子怎么当体委啊，难道不是选体育好的吗？"

讲台上，阮轻暮淡淡地抬头看了那边一眼："我以前瘸，现在快好了呀。"

"腿好了，又不代表体育好！"

阮轻暮笑了笑，带着点漫不经心："就职感言我就不多说了，只说一句——谁不服气，现在依旧可以来战。"

镜头拉近了，显然是偷拍的女生悄悄调了焦距。

讲台上的少年低下头，找了根红粉笔，在手指上慢悠悠涂抹起来。

围观视频的1班学生都有点糊涂了："他要干什么啊？"

眉眼精致、黑发轻垂的少年转过了身，在所有人的目光里，纵身猛地跳起，身姿宛如一道凌厉的闪电，白皙修长的手臂伸出，在黑板上沿重重地拍了一下，几道殷红指印出现在雪白的墙壁上。

粉笔屑纷纷落下，细小，却张扬。

镜头里，少年转过身来，微笑着说："来，谁只要跳得高过我一毫米，我这就让位，不说二话。"

视频里传来了一阵骚动和惊叫，扬声器里，录下了一片窃窃私语。

"好高！他怎么跳的？"

"啊啊啊啊，超帅啊……"

1班教室里，围在一起的男生们全都愣了，然后抬起头，看了看自己班的黑板。

秦渊同样抬起头，盯着黑板上沿的某处，目光幽深。

"这个高度……能抢篮板了吧？"有人喃喃发问。

"他到底是不是瘸子啊，这腿上是安了弹簧吗？"

有男生转头问傅松华："喂，体委，你能跳这么高吗？"

傅松华愣愣地拉回进度条，盯着阮轻暮起跳的动作，反复看了几遍，才蓦

不愧是你

然转过头问："老大，看视频了吗？"

秦渊抬起头："嗯？"

傅松华压低声音："这个弹跳高度，我们1班恐怕就我俩能做到了吧？"

秦渊淡淡扫了他一眼："你确定你行？"

傅松华咬了咬牙，不服气地砸了一下桌子："我还就不信了！"

下了晚自习，学生们走得差不多了，走廊里，一群男生跑出1班教室，鬼鬼祟祟地冲着9班而来。

傅松华扯着秦渊，死命往前拽："班长，来嘛来嘛，我们就看一下！"

9班教室里，两名留下来的值日生被这蝗虫一样狂涌进来的人吓得一哆嗦。前面走着的，是风云人物大学霸秦渊和他们班的体育委员傅松华。

1班男生闹哄哄地围在9班讲台前，发出一阵惊叹："真的好高！"

真是嚣张，红指印清清楚楚地印在雪白的墙上。

有个高个子男生跳起来摸了一下，距离那道手指印还差一大截呢，他脸都臊红了！

一片哄笑中，有人叫："我们就不丢人了，老傅上！"

傅松华得意扬扬地应了一声，一个箭步冲上讲台，拿起红粉笔，照样在手指尖涂了涂，猛然原地起跳。

"啪"的一声，手掌打在原先那个指印右边。稳稳落地后，他抬头一看，居然还是比阮轻暮的指印低了那么一点！

"哈哈哈哈，老傅不行啊！"

一群男生狂笑起来。

傅松华急了："你们说谁不行？"

他身高足足有一米八，在同龄的高二男生中，绝对算是身材高挑。

他不仅是1班体委，更是校篮球队的主力队员，平时在球场上大放异彩，现在居然跳得还没一个小瘸子高？

他搓了搓手，重新站在讲台边，酝酿了半天，再度起跳。

"啪！"

这一下，终于比阮轻暮的那一个掌印高出了一点。

傅松华松了口气，得意扬扬地说："看到没，盖了这小子的帽了！"

"哦哦哦，老傅牛！"

在男生们的笑声中，一直站在后面的秦渊拨开人群，站在讲台正上方。

四周闹腾的男生们安静了下来。

一片静默中，秦渊用粉笔轻扫指尖，然后屈膝，弹跳，他骨节分明的手掌落处，最终高出了旁边傅松华一两厘米，却整个覆盖在了阮轻暮的指印上。

覆盖的同时，指印错落重叠，就像是十指交握，友好无间。

"哇哦，老大才真厉害！"

"班长最高，班长两米八！"

"老傅被压了，还是只配给班长提鞋，哈哈哈哈哈……"

傅松华一点也不恼，龇着雪白的牙齿一乐："那必须的，我们老大压我，我服气嘛！"

秦渊看向了傅松华，神情有点奇异："我们俩都输了。"

傅松华的脸有点红，心虚地仰着头，再次看了看那几个手印。

秦渊的话没错，摸高减去身高，才是真正的弹跳高度。算上身高因素，他俩的弹跳力，比不上阮轻暮，更何况，那个怪物现在脚上还有伤呢。

两个 9 班的值日生互相看了看，战战兢兢地喊了一声："你们再污染我们班的墙，我们要报告老师了！"

傅松华一缩脖子："好好，走啦走啦。"

一群男生龙卷风一样跑了出去。

一个 9 班值日生看着黑板上方的红手印，掏出手机，"咔嚓"照了下来。

"你真的要去告状啊？"他身边的同学小声问，"别惹他们了，那可是 1 班的大佬。"

拍照的男生咬牙："哪敢告状啊，我是告诉阮轻暮一声，叫他提防点。"

"啊，提防啥？"

拍照的男生激动地说："看过《神雕侠侣》没？"

对面的同学茫然了："好几版啊，你说哪一版的？"

"管它哪一版，就那个女魔头李莫愁要杀人满门时，就是这样上门留下血手印的，什么意思你还不懂吗？"

不愧是你

第三章

新 的 体 育 委 员

Bukui Shiwi

1. 梦境

男生寝室楼的一楼很热闹。

白竞和黄亚等几个男生围坐在阮轻暮身边，正兴高采烈地聊天。

"说实话，我今天真的服了你了。"黄亚满脸泛着油光，感慨万分，"我们早就看刘钧他们几个不顺眼，今天真解气！"

白竞也竖起大拇指："我是真的不敢和他争，心里憋屈死了。看你怼他爽翻了！"

阮轻暮半趴在桌上，刚刚精神气十足的样子没了，又恢复了懒洋洋的神情。

他看着白竞："那我把体委让给你吧，真的。"

白竞慌忙摇头："不不不，我不敢，可只要你敢和他们杠，我就敢挺你。"

旁边一个精瘦的男生羡慕地伸出手，去摸阮轻暮的大腿："哎，你怎么跳得那么高的？学过跳高吗？"

阮轻暮斜着眼，淡淡瞥着那男生的手，脸色冷得发寒。

那男生手抖了一下，慌忙缩了回去。

忽然，白竞的手机响了，他看了一眼后，慌忙向大家说道："看群！"

几个男生赶紧打开班级 QQ 群，都被一张图吓了一跳，刚刚阮轻暮摸到过的地方，怎么群魔乱舞一样，多了几道红手印？

白竞直接发语音："王达源，这是什么照片，教室里有丧尸进来了吗？"

很快那个值日的男生王达源回话了："百晓生，你赶紧通知阮轻暮一声，那几个手印是1班的人来留下的，来者不善！"

白竞愣了愣："谁？"

"他们班班长秦渊，还有体委傅松华！"

阮轻暮正懒懒地瘫坐着，听着这句，忽然坐直了身体。

"《神雕侠侣》，李莫愁！懂了吧？"语音里，王达源急吼吼地说。

一屋子的男生："……"

牛了，这个思维发散的方向。

寝室里一片乱哄哄，方离微弱的声音夹在里面："不会吧，应该不是那个意思。他们人挺好的……"

黄亚怒吼一声："好个鬼，这就是上门羞辱挑衅！"

"就是就是，想灭我们9班，太嚣张了！"

有人质疑道："会不会只是想灭我们的新体委，上门来的是傅松华和秦渊啊，你们懂的……"

阮轻暮被吵得头疼，终于摆摆手："行了，你们不用管。"

白竞一挺胸膛："那不行。有什么事你叫一声，我们不会看着他们1班的人欺负你的！"

阮轻暮懒洋洋地揉了揉手腕："能欺负我的人还没出世呢，懂吗？"

黄亚看了看他，转头冲着大家一竖大拇指："我跟你们讲，就冲我们新体委说话这劲儿，叫他一声阮哥也不亏。"

阮轻暮伸出白皙清瘦的手腕，放在桌子上。

"来，给你们看看，什么叫真的有劲。"他冲几个男生勾了勾手指，"输了的人从今以后都叫声阮哥，赢了的……"

几个男生抻长了脖子："什么？"

阮轻暮笑了笑："不会有人能赢的。"

男生们一个个撸起袖子嗷嗷叫："我来我来！"

扳手腕而已，谁怕谁！跳高他们不行，手劲还能比这家伙小？

"咚！"

"咚！"

随着一个又一个人的瞬间败北，屋子里的惊呼一声接一声。

不愧是你

黄亚一屁股坐在了阮轻暮对面，狠狠一攥拳头："看我的！"

阮轻暮看了看他铁塔一样的身躯，微微一笑。

两人双手相握的一瞬间，阮轻暮猛然脸色一肃，手腕上的青筋骤然暴起。

比任何一次都快，黄亚的手臂倒在桌上，发出了一声巨响。

几个男生都惊呆了，那可是黄亚，去年学校运动会上，拿了铅球亚军的！

白竞忽然伸出手，搭上阮轻暮的前臂，狐疑地来回摸了摸："你这也没啥肌肉啊，怎么就……"

众人的头顶上忽然伸过来一只手，把白竞拉开了。

一个声音平静沉稳："不如我来试试？"

阮轻暮抬起了头，懒洋洋的笑意消失了："呀，我室友回来了。"

秦渊缓缓扭过头，看着抻长脖子的9班男生："你们打算今晚都睡在这儿？"

一群人狂奔而出，白竞站在走廊上小心翼翼地贴着门听。

"怎么样？里面啥情况？"其他几个男生压低嗓子问。

白竞挠挠头："静悄悄的，没声音。"

忽然有人开口："你们说，是不是1班的人，和刘钧他们杠上了？你们看看那个投票帖，票数交替着上升，胶着着！"

一开始，投刘钧他们先出手的占多数，可是随着阮轻暮跟着秦渊去了竞赛班，投秦渊的又开始逆转，然后阮轻暮抢了刘钧体育委员的位置，这票数又偏向刘钧了，难不成……

白竞狠狠拍了一下那男生的肩膀："哥，你是个人才！经你这么一梳理吧，就全理清楚了。"

阮轻暮拉开卫生间的门，擦着头发走出来。

白色小背心松松地挂在身上，蓝色短裤也略显肥大，一双修长的腿线条笔直。

他慢吞吞地走到书桌边，刚想往上爬，手臂一沉，被人拽住了。

秦渊坐在桌边，看着他，把胳膊竖到了桌上，扬扬眉："来一把？"

阮轻暮笑了笑，目光晶亮，带着点奇怪："不是已经跳高赢了我吗？你这是要事事都压我一头？"

秦渊皱了皱眉："只是随便比试一下，没其他的意思。"

阮轻暮转过身，斜靠着床架："没必要。"

"哦？你怕啊？"

阮轻暮脸色有点微妙的变化，嗤笑一声："对啊，我怕我不小心，扳断了你的手腕。"

在梦里他就没在力气上赢过这家伙，现在为什么要自取其辱！

秦渊缩回手，淡淡地蹦出两个字："呵呵。"

阮轻暮就知道这人会得理不饶人，可恶！

灯熄了。

两个人的上铺挨在一起，一张床上的人安静躺着，另一张床上的人则翻来覆去。

良久，秦渊终于伸出脚，踢了一下："你身上安了永动机？"

阮轻暮静了下来，半晌没好气地回踢了一脚："你等我一个月。"

秦渊等了一会儿，才问："什么一个月？"

窗外的月光安静地照进来，在蚊帐上洒下一片轻柔的银色，空调的气流吹动着蚊帐，银色光华在纱幔间流淌。

阮轻暮望着窗外的那轮明月，幽幽地叹了口气。

"一个月后，我腿就彻底好了，到时候，我申请搬回四楼去。"阮轻暮轻声道，不知道是说给那个人听，还是说给自己听。

"还有，一个月后，也允许重新调换走班的班级。"阮轻暮的声音越来越轻，像是快要睡着了，"放心，我不会赖在竞赛班的。"

月凉如水。

这一晚，秦渊再次做了那个梦。

依旧在潮湿黑暗的山洞里，身侧依旧是那个熟悉的声音，喃喃自语着："算了，一时半会儿也出不去，杀掉的话，难道和一具尸体在这里待着吗？"

他身子不能动，锁骨下的麻木传到了半个胸膛，半边灼烧得火热，半边又冷得像冰。

一片静谧的黑暗中，一个微凉的唇覆下来，压在了他又烫又麻的伤口上。

不愧是你

吮吸，又移开；再吮吸，再移开……

反反复复，一直到伤口处的麻痒渐渐淡了，一直到他终于沉沉睡去。

再醒的时候，有人在窸窸窣窣地走动，他被人搬了起来。

身下换成了柔软的干草，又不知过了多久，有人在他身边躺了下来。

他眼皮沉重，睁不开。

身边的那人躺着也不安稳，一会儿翻来覆去，一会儿又伸出手，在他额头摸了摸。

他心里烦躁，迷迷糊糊地挣扎着踢了一下乱草："你到底睡不睡？"

那个熟悉的少年好像怒了，不轻不重地踢了他一脚，凶巴巴地说："秦少侠，别说我没警告你，再叽叽歪歪，我把你丢到外面，喂蛇去，信吗？"

2. 体育课风波

"什么？新体委？"男体育老师几乎不敢相信自己的耳朵，望着班长唐田田，"就他？"

今天虽是阴天，但气温依旧炎热，学生们一个个蔫巴巴的，只有一个人惬意地坐在著名的百年香樟树的树荫下。

阮轻暮看见体育老师的目光扫过来，他慢悠悠地举起拐杖挥了挥，一副病号的理所当然。

唐田田点了点头："嗯，我们班昨晚刚刚竞选的。"

体育老师姓吴，精气神十足，此刻眼睛都瞪圆了："那也不能给我选个……"

他好不容易把"瘸子"两个字咽下去："选个身体不好的来吧？"

这个叫阮轻暮的从来不喜欢运动，一天到晚阴郁地坐在边上，这怎么就忽然变成体育委员了，开什么玩笑？

唐田田扭头看看阮轻暮，脸色微红："吴老师，他身体可好了，跳高超级棒。"

男生队伍里，黄亚忽然举起手："报告老师，昨晚和他扳手腕，我输了！"

队伍最后一排，刘钧脸色铁青，他的几个损友也都脸色臭臭的。

上次被阮轻暮打出鼻血的叫李智勇，此刻他"呸"了一声："就他那小身板，扳手腕能赢黄亚？别放屁了。"

吴老师猛吼一声："闭嘴！再吵，给我都去操场跑三圈！"

过了一会儿，吴老师眉头为难地皱了起来："那谁去领体育器材？"

平时都是体育委员带人去领器材的，现在那位新体委在树荫下歇着呢！

白竞咬咬牙，举起手："老师，我们去。"

他们寝室的几个男生鼓起勇气说："我们一起去。"

不一会儿，白竞一行人抱着一兜体育器材回来了，吆喝着："谁要谁要，来拿啊！"

刘钧沉着脸，伸手从网兜里拿起一只篮球，李智勇和另外几个人也都伸出手，一人一个篮球，把篮球全都抢光了。

黄亚拿着羽毛球拍，不服气地小声骂："什么德行！"

几个男生扭头看了看树荫下的阮轻暮，都有点发愁："我怎么觉得我们选的新体委不太靠谱呢，以后体育课该乱成啥样啊？"

以前阮轻暮那么毫无存在感，又阴郁又孤僻，一副生无可恋的模样，如今性格大变，让人怎么想怎么觉得诡异，而且他是一时好玩弄个体委当当，接下来就不闻不问了吗？

黄亚捅了捅白竞："早知道，还不如你上呢！"

白竞苦着脸："得了，别把我架在火上烤。"

操场另一边，1班正好也是体育课，一群女生嘻嘻哈哈地围在体委傅松华身边，秦渊正安静地帮着分发器材。

9班的男生望了望不远处，都有点丧丧的。

这样一对比，他们班就像盘散沙，除了几个活泼点的女生主动来领了乒乓球拍，别的都躲在边上聊天去了。

刘钧那伙人人手一个篮球，玩起运球来。

"吴老师去乒乓球馆指导了。"李智勇迫不及待地小声说。

刘钧向着几个损友使了个眼色，运球的圈子逐渐向着操场边移去。

操场另一头，秦渊把最后一副羽毛球拍递给了两个女生，眼帘一抬，余光瞄到了什么，顿时眉头轻蹙了起来。

傅松华拿着个篮球招呼："走走走，打球去！"

秦渊淡淡地瞥着某处。

傅松华顺着他的目光看过去，然后暗暗骂了一声："刘钧那几个龟孙要干

不愧是你

什么？"

树荫下，阮轻暮无聊地躺着。方离抱着膝盖，安静地坐在他身边。

"体育委员到底要干些什么啊？"阮轻暮恹恹地问。

方离想了想："上体育课时要帮老师点名，要负责去领大家用的体育器材，课后还要签字归还。

"还有，期末考试要帮体育老师算成绩，如果大家上课渴了想喝东西，可能还要去帮大家买……"

"哎哟，我的天！"阮轻暮大吃一惊，"刘钧当时也没做这么多啊？"

方离小心翼翼地看着他，大黑框眼镜后面，长睫毛忽闪着："所以大家不喜欢他们啊。"

方离指了指另一边满场飞的大高个："嗯，他们1班的体委，就做得超级好，他们班的人都喜欢他。"

阮轻暮侧过身，眯起眼睛看了看，"哦"了一声："那个傻大个啊。"

想了想，他又问："那我不需要人喜欢，能不干活吗？"

方离笑了，有点琥珀色的瞳仁闪着光："可班委本来就是服务大家的呀。"

阮轻暮"喊"了一声。

服务什么啊，从来都是别人服侍他，他什么时候服侍过别人。

不远处，刘钧和几个男生运着球，慢慢逼近。李智勇忽然手腕一甩，篮球就冲着方离这边砸来。

方离慌忙抬起胳膊一挡，篮球正砸中他手臂。

李智勇龇牙，冲着他指了指："喂，帮我捡个球。"

阮轻暮冷冷看过去。

方离脸色涨得通红，手有点抖，可是被他们欺负惯了，终究不敢反抗，刚想去捡球，手臂却被人抓住了。

阮轻暮半坐起来，面无表情："不要帮他们捡。"

方离脸色煞白，看看那几个人高马大的男生，心里怕得厉害，还是跑到一边捡起篮球，小心地送过去。

刘钧伸手接过球，冷笑着开了口："给你一个机会。"他凑近方离小声威胁，"离他远点，以后不为难你。不然……"

他举起手，忽然用力一掷，篮球带着风声，狠狠砸在了方离的半边脸上。

"不然这就是你的下场。"

方离躲闪不及，鼻梁上的黑框眼镜"咣当"落地，脸上立刻红了半边。他无声地捂着脸，鼻梁一酸，眼泪不由自主地流了下来。

不远处，几个一直关注这边的1班男生脸色都变了。

傅松华嘴里骂了一声，身子一动，就想往这边冲，旁边的男生赶紧拉住了他："哎哎，老傅，人家班的事别掺和。"

秦渊站在那里，汗水顺着额头淌下来。

天色半阴，没有阳光，他冷冷望向那边的神情，夹杂着点和天色一样的阴霾。

另一边，9班男生全都停下了运动，胆战心惊地看过来。

树荫下，阮轻暮缓缓站了起来，没有抓拐杖，他在原地跳了跳，就好像是一台刚刚出厂的机器，正在做最后的质检一样。

他弯下腰，手腕一动，将再次滚到这边的篮球捡了起来，然后没给人任何准备的时间，也没说任何话，忽然高高跃起，矫健的身姿凌厉得像是一把出鞘的剑，将球砸出。

只见那个篮球带着一道弧线，从空中划过，重重地砸到了刘钧的脸上！

刘钧整个人一歪，身子撞到一旁的李智勇身上，两个人跌跌撞撞地往后退了好几步才稳住。

刘钧被砸蒙了，呆呆地伸手抹了一下鼻子，看着满手的血。

阮轻暮冲着刘钧笑了笑，雪白的牙齿配着白皙肌肤，隐约带着邪气："来，我服务同学，帮你们捡球啊。"

刘钧终于反应过来，怒吼一声："你找死！"

他身边的李智勇也气得哇哇叫，就往这边冲。可他们身子刚刚一动，另外两只篮球已经接踵而至，从后面追上了他们。

一个正中刘钧后脑勺，一个正中李智勇后背，将两个人砸得又是一个趔趄。

两个人扭头一看，1班的几个男生正站在后面，目光不善。

"你们干什么？"李智勇又惊又怒。

傅松华抱着双臂，毫无诚意地龇牙一笑："哎呀，抱歉抱歉，手滑。"

秦渊静静立着，没理会李智勇，一双凤眼锐利而狭长，只看向刘钧。

"砸你的是我。"秦渊语气平静，像是在和人探讨习题，"我没手滑。"

不愧是你

3. 请你吃鱼

1班学霸和9班学渣并没真打起来，被两个班的体育老师制止了。

最后一节课下课，学生们从教学楼里出来后，都发现了操场上的诡异一幕。

四个男生大汗淋漓，正在闷热的户外操场上一圈圈地跑步呢。

体育课有人被罚是常事，可仔细一看，被罚的人可有点稀罕。

学生们放慢了奔向食堂的脚步，好奇地互相打听："怎么回事？那是1班的两大校草秦渊和傅松华？"

"这两个不是领奖台上天天见吗？这是下凡了？另外两个是9班的吧？"说话的人眯着眼睛认真地看着，"哦，是刘钧和他的跟班。"

很快，有人掏出手机，在大群里搜索信息，不多久就说："嘻，是9班和1班的人打架，被体育老师联手罚呢！"

围观的人都大吃一惊："1班学霸和9班前体委打架？为什么啊？"

那人也有点犹豫："啊，说是为了……阮轻暮？"

"不会吧，为了抢着阮轻暮这个首杀，他们先干了一架？"

终于，有人打探到了消息："不是不是。他们班的人说，刘钧的体委位置被阮轻暮抢了，今天是刘钧先过来打人的。"

"哦哦，打到了吗？"

那男生说："据说打了一个叫方离的，和阮轻暮很要好，然后阮轻暮就拿个篮球，一下子扣到刘钧脸上了！"

"哇，这么刚？"

"把刘钧鼻子砸出血了。"

"然后呢？快说，还要去食堂抢菜呢！"

"刘钧那能忍吗？正扑上去要打阮轻暮，不知道怎么回事，1班的两位大佬忽然就出手了，一人一个，按着刘钧和李智勇打。"

男生们一边扭头看操场，一边往食堂跑："1班的人疯啦？图啥？"

"那就不知道了，反正刘钧他们先动手，然后秦渊他们插手，所以都有错，两个班的体育老师气得半死，就都罚跑了呗。"

"鬼扯，阮轻暮哪里被罚了，他不好好坐着的吗？"

有人翻了个白眼："所以说阮轻暮才最牛啊。他挂着拐杖呢，老师只能罚他写检讨。"

一群男生全都惊叹起来："确实牛，这是旋涡中心岿然不动的男人啊。"

可不是牛吗？操场上被罚跑的四个男生跑得气喘吁吁，而一手搅动了两个班风云的阮轻暮正坐在树下，无聊地看着膝盖上的本子——"死罪可免，活罪难逃"，一千字检讨，下午上课前交。

方离抱着几瓶冰汽水，从小卖部回来。他跑到了树荫下，递了一瓶给阮轻暮，又把剩下的放在了阴凉的地上。

阮轻暮捅了捅他："喂，检讨包给你了，帮我写一千字。"

方离赶紧接过作业本，低着头开始写检讨。

阮轻暮抬起头，往操场那边看了看。

跑道上，秦渊和傅松华紧挨着，不紧不慢地匀速跑着，绕了一圈，两个人终于跑了回来，在香樟树近处，弯着腰停了下来。

毕竟是炎热的 8 月天，每人两圈八百米，跑下来谁也不好受。

傅松华喘着气走到树底下，满身都是汗，一头黑发湿漉漉的。

秦渊慢悠悠地跟在他后面，平时面如冠玉的脸也微微发了红，一双剑眉的眉梢有汗滴凝聚着。

阮轻暮看看他们俩，弯腰拿起地上的两瓶冰汽水："嗨，喝点水。"

傅松华只当没看见，四下张望："哎，我们班的那几个去哪儿了，竟然不等我们？"

秦渊默默伸出手，接过了阮轻暮的汽水，拧开了盖子，递了一瓶给傅松华。

傅松华没辙了，翻了个白眼，举起汽水"咕嘟咕嘟"往喉咙里灌。

方离赶紧站起身来，局促地说："你们班的人托我带个话，说帮你们去食堂抢菜去了。"

傅松华这才开心了点，一胳膊伸出来，搂住了方离的肩膀："走走走，吃饭去！"

方离脸涨得通红，想要挣脱，可是傅松华足足高出了他十厘米，长臂这么一圈，他动都动不了。

傅松华威胁地紧了紧他的脖子："你还要扶他呢？你长点心，他是装的！"

不愧是你

都被那小子骗了，挂着拐杖看起来可怜兮兮的，可跳起来比谁都高，打起人来，比谁都狠。这要是个病号，天底下还有健康人吗？

方离小声辩解："没有……医生叫他挂拐杖的。"

傅松华看着他瘦得楚楚可怜，还非要巴巴地贴着阮轻暮那个大麻烦，心里有些恨铁不成钢："你离他远点，也就不会被刘钧他们盯上了！"

秦渊默默拿着汽水瓶，仰头喝了一口，隆起的喉结上，汗水悄然滑过。

他身边，阮轻暮拄着拐杖，和他并肩走着："谢了啊。"

秦渊淡淡地说："没事。"

"下次不用了。"阮轻暮笑了笑，"我自己搞得定。"

秦渊眼角余光轻扫了他一眼："就这么一个人去打？打得人满脸开花，就算搞定了？"

阮轻暮轻哼了一声："你不也是直接上来就打，和我有什么不同吗？"

秦渊停下了脚步，看着他："我是外班的，打完了就走，大不了写个检讨。你呢？"他声音带着忍耐，继续一字字地开口，"你既然主动竞选体育委员，那就要负起责任来。就算不能维护体育课的基本纪律，起码也别破坏它；就算不能团结每个人，起码也别带头去打同学。刘钧打人，你只知道打回去，那么他们独霸器材，你管了吗？"

阮轻暮："……"

傅松华吃惊地扭过头，狐疑地看了秦渊一眼。

老大平时说话那么惜字如金的，这会儿说这一大段，都快赶上一星期的说话量了。

阮轻暮轻轻眯起一双桃花眼，似笑非笑地看着英俊冷漠的少年："秦大班长，你不累吗？见到刘钧那样的，路见不平要管；见到有人穷得吃不起午饭，你也要管；公道正义要管，别人不负责你也要管。"

前面的傅松华和方离都悄悄竖起了耳朵。

上次老大暗示他去买鸡腿和肉丸，被这家伙看出来了吗？眼睛真毒！傅松华有些佩服阮轻暮了。

阮轻暮不知道想到了什么，漫不经心地笑了："对了，你知道你这个样子，像什么吗？"

秦渊冷冷地看着他，不说话。

"很像武侠电视剧里，那种满心都是正道侠义的名门少侠啊。"

"班长，老傅！这里这里，帮你们打好饭菜了。"

"阮哥，方离，这边，来吃啊！"

一进食堂，十来个男生聚在一角，一起冲着他们喊。

有1班的，有9班的，泾渭分明地坐在两处。

秦渊和傅松华坐到了1班人群里，几个要好的男生早就打好了一桌子饭菜，四喜肉丸、海带烧排骨、红烧大肠，还有好几种蔬菜，整得像是聚餐一样。

"来来，班长和老傅罚跑辛苦了，快吃饭！"1班的男生闹哄哄的。

白竞他们坐在另一张桌上，同样不甘示弱地在桌上摆满了各种好菜，一个劲地喊："阮哥快来，有糖醋小排和红烧鱼！"

阮轻暮坐下来，看着他们："这是干吗？"

几个男生一起叫："新体委上任，给你庆祝嘛！"

白竞嘿嘿地笑，压低了声音："顺便还庆祝一下把刘钧打成猪头。"

阮轻暮笑了笑："不是我一个人打的。"

几个男生有点尴尬。

白竞小声说："嗯啊，本来和他们班坐一起的，结果……"

阮轻暮夹起一块鱼："怎么样？"

"结果他们班非要跟我们抢红烧鱼，说他们班长爱吃。"黄亚不服气地小声说，"那我们能答应吗？就各坐各的了。"

方离偷偷扭过头，看了看1班那边："可是他们帮我们……"

黄亚不客气地拍了方离一下："你懂啥，小心他们有阴谋。"

阮轻暮看着满满的一盘红烧鱼块，忽然站起身，端着盘子，走到了隔壁桌1班男生那边。

1班男生都停了筷子。

秦渊缓缓抬起头。

阮轻暮一双桃花眼笑得眯起来，他弯下腰，亲手拨了几块红烧鱼，放在了秦渊的餐盘里，然后声音清亮地说："请你吃鱼啊，秦少侠。"

众人："……"

秦渊看着阮轻暮，又低头看了看盘子里的鱼。

不愧是你

所有人都屏住了呼吸。

一片安静中，学霸同学开了口："还要，这点不够。"

4. 其乐融融

傅松华差点喷了饭，目瞪口呆地望着秦渊。

什么情况，怎么在老大冷冰冰的口气里，听出了一点"我要投喂"的诡异感？

傅松华一把抢过阮轻暮手里的餐盘，放在桌上："我说你们9班的怎么回事，抠门不抠门？起码留一半下来啊。"

秦渊"嗯"了一声，伸手端起面前的海带烧排骨，递给阮轻暮："也分你们一半？"

阮轻暮瞪着秦渊，终于绷不住，笑了起来。

他回过头，冲着探头探脑的9班男生招招手："过来坐吧。"

9班的男生互相看看，欢呼了一声，端着餐盘都走了过来。

方离端着一盘菜，红着脸，放在了傅松华他们面前。

傅松华让出一个位置，让方离坐在自己身边，又看了看阮轻暮："还不坐，等人八抬大轿请你吗？"

阮轻暮斜了他一眼："我要是说我真的坐过八抬大轿，你信吗？"

傅松华忽然不怀好意地龇牙一笑："哦，坐的时候一定是凤冠霞帔、十里红装吧？"

阮轻暮："……"

大意了，以后和这个傻大个不共戴天。

9班男生们闹哄哄地坐了下来，大热天的都挤在一起。

只有秦渊身边没人，自动地空出了一小片。

阮轻暮扬了扬眉，在他身边坐了下来。

一个1班男生拿了几杯冰红茶，豪气地往9班男生面前一放："来来，整点喝的！"

9班男生接了过去，也连忙把荤菜往他们那边推："不好意思，刚刚把最后三份红烧鱼全打光了，一起吃一起吃。"

秦渊接过来一杯冰红茶，默默放在了阮轻暮的面前。

阮轻暮扭头看了看秦渊，忽然笑了。他端起饮料，看向了方离，方离怔了怔，反应过来，赶紧也端起冰红茶。

阮轻暮转过头，对着秦渊和傅松华举起杯子，晶亮的眸子里带着笑："正式谢了啊，两位少侠。"

秦渊扫他一眼，默默地端起杯子。

冰红茶晶莹剔透，里面还微微冒着小小的气泡。

傅松华挠挠头，猛地一搂身边的方离，和他碰了一下杯："哈哈，铲奸除恶啊，不客气！"

一片乱哄哄的"干杯"声中，1班和9班的男生聚餐开始了，史无前例，参与人员成分复杂。

有培优班最牛的学霸，有三好生傅松华，有9班的新晋风云人物阮学渣，有最胆小怯懦的方离，还有一堆混坐着的学霸和学渣。

傅松华一边吃，一边说："哎，我说句实话，你们别嫌我多管闲事啊。"他端着杯子，又和方离碰了一下，"刘钧要是在我们班，早就被修理得不成人样了。"

黄亚嘴里塞着个肉丸，摇摇头："废话，我们又不像你那么壮，打不过啊。"

傅松华不屑地瞪着他胖墩墩的身材："你好意思吗？"他戳了戳身边方离的脸，"说他不行，我还理解点。"

方离的黑框眼镜被刘钧打坏了，现在不戴眼镜就有点看不清，老是眯着眼睛。傅松华这么一戳，正戳在他被打肿了的半边脸上，眼睛里立刻有点湿漉漉的。

阮轻暮不满地伸手打了傅松华一下："'爪子'别乱戳行吗？"

傅松华忽然发现了什么似的，稀罕地凑近了方离的脸："哎，你摘掉眼镜，更像小媳妇了！"

原先戴上大黑框眼镜还显得木木的，现在一双琥珀色的瞳仁露出来，像是汪着潭清水似的，皮肤比女孩子还嫩些。

9班的男生有人抢着说："所以才被刘钧他们说娘啊。"

男生们全都哄笑起来，方离的脸色却有点白了，低着头沉默着扒饭。

傅松华不乐意了："乱叫什么，哪里娘了？我瞧欺负他的，也有你们一份！"

"哎呀，我们才没有乱叫，就是转述一下。"白竞他们几个叫起冤来，"又不是只有他，刘钧他们还打过阮轻暮呢。"

不愧是你

秦渊转过头，静静地看了阮轻暮一眼。

阮轻暮拿杯子和秦渊碰了一下，漫不经心地说："都是以前的事了，放心吧，以后没人会被欺负了。"

他的声音虽然不大，却清楚地传到了大家耳朵里。

一片短暂的寂静。

"以后9班，没人能在体育课上霸占器材，没人能再叫人去捡球跑腿。"阮轻暮一昂头，灌了一口冰凉的饮料，好像在喝着大碗的烈酒，"有的话，来一个我打一个，来两个我打一双。"

四周，一堆人在密切关注着他们，在各个QQ群里进行现场报道。

不知道是谁偷偷拍了一张一群男生举着冰红茶碰杯，一片其乐融融的照片放进群里，引起一片议论：

"我惊呆了！这两个班的人是怎么能凑到一起的？"

"还在一起喝上了？有点魔幻啊。"

"小声说一句，我觉得9班要变天，你们觉得呢？"

…………

另一边，刘钧和几个损友坐在角落里，都沉默着。

李智勇忽然狠狠地一摔筷子。

旁边的两个男生有点犹豫，看了看那边热闹的人群："小声点。"

刘钧冷着脸："干什么，你们俩怕啊？"

"没、没，刘哥。"那两个男生赶紧表忠心，"这不是老简刚敲打过我们吗？"

刘钧滑开手机，看着各个群里的匿名发言，脸色越来越沉。

白竞一边吃，一边刷着手机，忽然叫了一声："阮哥，老简在班级群里叫你！"

阮轻暮的筷子顿住了，有点头疼："他说啥？"

白竞念得抑扬顿挫："老简说：'我知道你们有人在看手机，看到阮轻暮给我带个话，叫他吃完饭，给我立刻到办公室来！'"

阮轻暮："你们谁回他一句，说不知道我躲在哪里哭着写检讨。"

9班的男生笑得喷饭："得了得了，去吧，老简骂几句又不会死。"

阮轻暮叹了口气，飞快地扒完了碗里的饭菜："行了，你们吃啊，我'面圣'

去了。"

正说着，一个女生从不远处跑到秦渊这边："班长，班主任叫你去一趟。"

中午的办公室里，不少老师都在，有的下课晚，还在吃从食堂打来的饭菜，有的在批作业。

老简瞪着阮轻暮，眼神幽怨："你说说你，第一天上岗，就打人！你这是来当体委的，还是来搞砸班干部队伍的？"

阮轻暮看着他："老师，我以为吴老师调查清楚了。"

老简竭力忍耐着："我知道，是刘钧他们不对，可你是班委！班委能动不动和人打架的吗？"

"真没有，就他先用球砸了方离一下，我用球砸了他一下。"阮轻暮诚恳地说，"老师您看，这身体接触都没有，哪能叫打架啊？"他沉思了一下，"要真是打架，他们不可能现在还站着。"

老简气得差点呛着："你，你……"合着这意思，他还打轻了是吗？

另一边，1班班主任怀老师揉着太阳穴，看着秦渊。

"你说说，怎么回事？好好的，干吗去打别班的同学？傅松华说他带的头，当我不知道呢，他什么都是听你的。"

秦渊静静站着，也不辩解，只是听着。

"你不要给我消极抵抗！"怀老师平时很喜欢这个班长，有点急了，"要真的追究，你主动去打别班同学，挨个小处分也是该的，到时候三好生、优秀团员什么都泡汤了，你想过吗？"

表现再好，成绩再棒，受了处分就不能评优，平时那么理智又成熟的孩子，现在这脑子到底想的是什么？

"老师，是我不对。"秦渊终于开口，声音平静，"毕竟是别班同学霸凌人，人家的班主任不管，体育老师不管，我也不该乱管，下次会注意的。"

一边的老简听到这话，心想，敢情这是在骂他不作为呢？

怀老师感到有些奇怪，原来那个懂事的班长哪儿去了？什么时候变成刺儿头了？

阮轻暮扭头看了看秦渊，再转头看看老简："那我也错了。毕竟受霸凌的不是我，您也不管，吴老师也不管，我也不该……"

不愧是你

"你给我闭嘴！"老简一拍桌子，"不准学别人阴阳怪气的！"

这一下，1 班班主任不干了："老简同志，你这么说话我就不爱听了，我们秦渊虽然有错，也是跟着你们班这位打的人，怎么就阴阳怪气了？"

老简忙解释道："怀老师，我不是那个意思。我是说我们班这个阴阳怪气……"他转头看着阮轻暮，"一千字检讨写好交来，下周一早操的时候，你和刘钧一起，都给我上台读检讨。"

阮轻暮郑重地看着他："老师，我挂着拐杖呢，到时候爬上领操台，全校恐怕得等我十分钟。万一我不小心再摔下来，我妈来闹，学校搞不好还要赔钱。"

老简扶额："你给我滚吧，不用上去读了！"

这个熊孩子，竞选时跳得比猴子还高，一有事就又把个拐杖抓起来，开始装柔弱了？

5. 我有个朋友

怀老师看了一眼阮轻暮，心里不太舒坦。

这个 9 班的差生不仅选了三门竞赛班，还每节课都挨着秦渊坐，这是什么情况？

她转头看向秦渊："你一样，回去写份检讨交来。还有，自己注意点，把精力放在学习上，不要结交不好的朋友。"

阮轻暮扭过头看向秦渊。

秦渊低垂着眼，薄薄的眼皮漠然耷拉着，没有说话。

"以后上竞赛班的课，记得换个座位。"怀老师声音轻了些，"有的差生不要理会，会把你也带歪的。"

老简的脸色有点难看，他张了张嘴，想说点什么，可阮轻暮已经转过了身，声音恭敬："老师，差生的标准是什么呀？"

怀老师淡淡地说："我是教英语的，在我眼里，英语成绩不在年级一百名内，都算是差生。"

秦渊微微皱起眉，凝视着班主任："老师，这不是差生的标准。"

阮轻暮站在那里，忽然笑了笑："英语，不是最好学的课吗？"

怀老师满脸鄙夷："英语好学？谁给你这样的错觉？英语可不只是背背单

词就行，听力、语法、语感缺一不可！"

阮轻暮想了想："老师，我还是觉得英语最好学。这样吧，这学期期中考试时，我英语考到前一百名，怎么样？"

怀老师气得笑了："是吗？那你这次开学摸底考了多少分？"

阮轻暮摸了摸鼻子："这次有点失常，53 分。"

本来也不至于这么差的，主要是考试的时候，光顾着盯刘钧了。

办公室里，听热闹的老师们都乐了。

"哈哈哈，老简你们班学生有志气。"

"怀老师你也别气，英语的确比我们数理化好学一点嘛。"

…………

怀老师脸都绿了，扭头看向老简："简老师，你们班体育委员口气很大啊！"

老简老脸一红，看着阮轻暮，使劲一挥手："你可别胡说，就没有好学的课，懂吗？"

"不啊。"阮轻暮瞧着他，眼神更加诚恳了，"语文课也好学。我也给您考个前一百吧。"

老简："……"

原先担心这孩子自闭孤僻，现在怎么忽然又嫌他话太多，气得人心梗呢？

秦渊走出了行政楼，小声地打电话："学姐，我昨天找你借的东西到了吗？好，我立刻去拿。"

电话里，女生温柔的声音甜甜的："不过有点旧，做了不少笔记，没关系吗？"

秦渊的声音很轻："这样最好了，学姐您的笔记一定很有帮助的。"

挂了电话，他快步向不远处等着的阮轻暮小步跑去。

外面的天闷热又阴暗，走在校园的林荫路上，四下无风，只有阵阵蝉鸣声。

秦渊忽然开口："你不是开玩笑的吧？"

阮轻暮知道他问什么，笑了笑："不开玩笑。两门课而已，半学期还赶不上来？"

秦渊不吭声了。

如果没记错，阮轻暮的成绩就算在 9 班都是垫底的，全年级六百多人，他

不愧是你

上学期期末总分排名大概在五百多名。

"我又不笨。"阮轻暮笑着，"我可是从小被夸到大的。"

秦渊淡淡地看他一眼："夸你会打架？"

阮轻暮眉目间有丝得意："会打架那是自然，更多的呢，是夸我天生聪慧、钟灵毓秀之类的。"

秦渊深深地看了他一眼。

"哎，你别不信啊，真的。"阮轻暮笑嘻嘻的，眸光清透，"我学什么可快了，教我的师父和先生，都夸赞我一点就透，会举一反三。"

秦渊忍无可忍："师父和先生？你上私塾啊？"

"是啊，我以前学的琴棋书画、武功杂学，可都是很厉害的人亲授的。"

秦渊冷冷地垂下眼："你将来可以考虑去写小说。"

阮轻暮哈哈大笑起来，有丝顽皮："那我以后写一本，用你的名字做主角，秦少侠？"

秦渊犹豫了一下，低声道："你真的想学的话，可以先补一补基础，但是最好还是去稳健班，毕竟那里的水平……"

阮轻暮脸上的笑意淡了："哦，我一个月以后一定走，不用你赶。"

秦渊沉默片刻，低声说："我不是那个意思。"

"我明白，你们班主任也说了，少和差生来往嘛。"

秦渊停下脚步："她的话，你不要放在心上，我也不会放在心上。"

阮轻暮歪着头，细细地看着他，目光悠远，好像透过他的眸子，看到了他心里一样。

"没事，我也没生气，就是觉得挺有意思的。"阮轻暮漫不经心地用拐杖点着地面，"我以前只听说过贫富不相交，听说过正邪不两立。今天才知道，考试成绩也是交往的一个标准呢。"

秦渊安静地走着，树叶间的光影落在他脸上，斑驳陆离。

远处文体楼前的合欢花有的谢了，没有了繁花似锦时的绚烂，此刻远远看去，亭亭如盖，青翠欲滴，分外静谧温柔。

"并不是。你说的那些，都不是交朋友的前提。"秦渊的眼睛里幽黑一片，"朋友之间，贵在交心。"

阮轻暮看着他，忽然哈哈大笑起来，好像听到了什么特别有趣的话。

秦渊脸色微冷："我的话很好笑吗？"

"是啊是啊，超级好笑。"阮轻暮笑得发抖，拐杖戳进脚下青石小路的间隙里，差点崴了一下。

秦渊手疾眼快，一把扶住他。

阮轻暮倚靠着秦渊，一双桃花眼眯成月牙儿。

他好半天才停下笑来："你和我一个朋友以前说的话，一模一样。"

秦渊扶着阮轻暮胳膊的手，微微发僵。

两个人站在教学楼的楼梯口，阮轻暮收起拐杖，跳上楼梯，扬眉看着楼梯下的高大少年："不去教室吗？"

"你一开始认错我，就是因为那个朋友吗？"秦渊平静地问，"不仅和我长得像，说的话也一样？"

阮轻暮靠着楼梯的扶手，眼里笑意依稀："对呀，一眼看过去，我以为又遇见他了呢。"

秦渊的手慢慢搭在楼梯扶手上，指节有点发白："小时候的朋友，后来分开了？"

阮轻暮摇摇头："也没分开多久。"

那就是初中时的朋友了？

秦渊看着他，目光有点冷，忽然，他的视线望向了阮轻暮的后面。

他三两步跑上了楼梯，向走廊不远处的一个女生跑去："学姐！"

不远处的女生留着齐刘海，长相秀丽又温婉，甜甜一笑，宛如春花初绽。她伸手把一个手提袋交给了秦渊，脸颊微红。

两人说着什么，并肩走远了，连上课都不管了。

下午的第一堂课，是化学课。

老师在上面讲着课，进度飞快，阮轻暮身边的位置还空着，他恹恹地趴到桌上，愣了一会儿。

阮轻暮趁着老师在黑板写化学公式的时候，戳了戳斜前方的男生，小声问："有英语书吗？"

那个男生是培优 2 班的学委李建荃，扭头看看阮轻暮，目光带着一言难尽。

这位混迹在他们竞赛班的学渣同学，带着学霸秦渊一起打群架，差点害得

不愧是你

秦渊受处分，简直就是个天降的大灾星。

然后这个灾星不知用了什么高明手段，不仅把他们 9 班男生笼络了大半，还得到了 1 班两位大佬的谅解，简直是匪夷所思！

李建荃抽出英语书，飞快地传给他："下课还我，不准乱涂乱画。"

阮轻暮"嗯"了一声，托着腮，打开了陌生的英语课本。

过了一会儿，秦渊的身影终于出现在门口："报告。"

化学老师上学年就带 1 班的课，对这个优等生喜欢得不得了，直接点点头："进来吧。"

这样的好学生，一定是有什么"公务"在身，才来迟了。

秦渊拎着一个手提袋，走到自己的座位上，自顾自地翻开化学课本，开始凝神听老师讲课。

阮轻暮瞥了一眼他脚下的那个袋子，把目光移开了。喊，学姐学姐的，叫得真甜。

一堂课很快过去了，前面的李建荃扭过头："我要走了，课本能还我了吗？"

阮轻暮迅速合上课本，还给他："谢了啊，眼镜兄。"

旁边有个男生好奇地凑过来："干吗上化学课看英语啊？"

阮轻暮随口说："哦，我要把英语考到比你还好。"

那男生呆呆地看着他："大哥，你知道我英语多少分吗？"

"不就是培优班的人吗？"阮轻暮没精打采地说，"全年级前一百不行，前五十能碾压你吗？"

那男生扭头就走——开什么玩笑！一个 9 班的学渣，这吹牛吹的，是脑子不清醒吗？

秦渊目光看过来，阮轻暮也扭头看着他，忽然笑了："对了，我要是有什么不懂的，你能教教我吗？"

秦渊冷峻的眉峰微微舒展，眼神柔和："好。"

阮轻暮凝视着秦渊，很快又把目光移开了："嗯，那就麻烦你……这一个月吧。"

一个月后，他就要从这个不属于他的教室离开。

梦里的他，就是莫名其妙和秦渊走得太近，近到不知道怎么就从仇敌变成了可以在桃花树下喝同一杯酒的熟人；变成了可以在厮杀数百招后，忽然在同一刻住手的朋友。

然后，就害得秦渊也死了。

死在了漫天黄沙的千里大漠，死在了前程正好的时候。

无论梦境多么荒诞无稽，他也不要再靠近这个人了。

因为每次靠近的时候，他就好像背了一身的债，对秦渊笑的时候，心里会忽然就闷闷地疼起来。

6. 身世

秦渊伸手把座位边的袋子提起，递给阮轻暮："以后不要再找人借书了。"

阮轻暮一愣，打开袋子一看，里面是整整齐齐的一套高二教材。

翻开来，是旧的。上面密密麻麻地记着不少笔记，却并不脏乱。

"你……帮我借的？"

秦渊淡淡道："你说了，有两门课都要考进全年级前一百。"

阮轻暮轻轻叹了口气："哦，是啊。我是不是给自己挖了个坑？"

秦渊眉头轻轻一跳："不用真的考前一百，你认真点，就算是达到全年级的均分，都是好的……"

阮轻暮唇边挑起散漫的笑意："打住打住，我尽力吧。"

晚自习课上，同学们都埋着头，抓紧时间做各门课的作业。

方离做完了数学，扭头看了看后面的阮轻暮："那个……你不做作业吗？明天要交的。"

阮轻暮头也不抬，眼睛盯着面前的英语课本，嘴唇轻轻嚅动，半晌才恍然抬头："啊，什么？"

方离好奇地看着他的课本："你一直在背单词吗？"

阮轻暮恹恹地打了个哈欠："鸟语真烦。"他想了想，随手把课本递给方离，"你找单词表随便抽着问，我瞧瞧记住了多少。"

方离迟疑着接过课本："哪一篇？"

"前十篇课文吧，都行。"

方离微微吃了一惊。

不懂是你

开学才一周时间，英语老师连两篇课文都没上完呢。他随便翻开一篇，挑了几个问。

阮轻暮懒洋洋地托着腮，张口把单词背了出来，丝毫不差。

方离又换了一篇，再问了几个，阮轻暮又是全对。

"啊，你好厉害。"方离有点羡慕，"这么多篇的单词都记得了啊。"

冷不丁地，白竞幽怨的脸从阮轻暮身后冒出来："阮哥，暑假瘸在病床上发愤图强了呀？"

阮轻暮猛地往旁边一倒："别吓人行吗？"

这都是教室最后一排了，这小子哪儿冒出来的？

白竞一屁股坐在他边上："体委同学你这是在干吗？又想抢英语课代表的位置吗？"

阮轻暮叹了口气："今天我跟老简说，期末考试时要把英语和语文成绩搞上去。"

黄亚一竖大拇指："厉害了，这当班干部就是能激励人向上！"

阮轻暮斜着眉看黄亚："要不要一起向上，我带你飞啊。"

黄亚一拍胸脯："阮哥你号召，我们就响应。行吧，你说个目标，一起干！"

已经高二了，虽然都是些学渣，但都怀着大学梦，谁也不至于真的破罐子破摔了。

阮轻暮点点头："就前一百名吧。"

"有病啊，我们班才四十个人！"

阮轻暮轻描淡写地说："全年级前一百。"

"噗——"刚刚拧上随手杯的白竞一口水喷出来。

然后，他伸出手，探了探阮轻暮的额头："阮哥，你没发烧吧？"

阮轻暮面无表情："熟归熟，再动手动脚，我打得你和刘钧一样啊。"

黄亚凑过来，狐疑地盯着阮轻暮："阮哥你说全年级前一百如果是真的，我就不跟你一起飞了，你自己引体向上吧。"

阮轻暮淡淡地看他一眼："真的啊，又不难。"

黄亚看着他的目光，越发复杂。

白竞忽然鬼鬼祟祟地问："阮哥，我能求您老一件事吗？"

阮轻暮瞪着他："什么？"

白竞觍着脸："请恩准我开个帖，PK 一下你能不能期末考试考到年级前一百名吧。"

猜谁先对阮轻暮动手的帖子基本已经废了，由于中午 1 班和 9 班的这次小规模聚餐，"1 班大佬先灭阮轻暮"这一派一溃千里，可是"刘钧先灭阮轻暮"也没占任何上风。

看到刘钧被打得满脸血的，谁还会觉得他能灭阮轻暮啊？

阮轻暮看着他："我赢的概率大吗？"

白竞来劲了："我去论坛开个帖，这就搞起来。"

班长唐田田在前面咳嗽了一声："不要老是开这种帖啊，被老师看到会找你麻烦的。"

白竞嬉皮笑脸地说："老师看不懂的，我们用的都是'江湖话'。"

忽然，黄亚低下头，看到了阮轻暮的英文课本，随手一翻，扉页上的姓名就露了出来："黎思……哎？"

周围的男生全都齐齐"哦"了一声，意味深长。

黎思可是校花投票榜里高居榜首的超级甜美系大美女啊。

她不仅人美笑甜，关键是学习还好，从来没有掉出前三名过，不知道是多少男生偷偷喜欢的对象。

"阮哥，你老实交代，你怎么认识女神的？"黄亚看着那娟秀的字迹，"啧"了几声。

阮轻暮抬起眼皮："女神是谁？"

黄亚狠狠捶了他肩膀一下："少装啊，那可是合欢树下的表白收割者！"

文体楼前的合欢花每年都开得太美太绚烂，实验三中不知道从哪一届开始，有了一个浪漫的毕业告白仪式。

高考填报志愿结束后，很多男生女生都会做一张塑封的卡片，里面写上告白的话，有的署名，有的匿名；有的只写着告白书却不写对象，有的则热烈大胆地直接喊话。

塑封卡片下面系着红丝带，代表着少男少女在这个校园里的明恋和暗恋，象征着满满的青春气息，一到毕业季，各种各样的卡片和红丝带就在合欢树的枝条上呼啦啦地飘。

上一届高三男生留下的表白卡片上，那可都是写给黎思的告白！

不愧是你

"老实说，学霸的旧教材都不轻易借人的，你到底怎么弄到手的？"黄亚捅了捅他，笑容猥琐，"偷的，还是捡的？"

阮轻暮低头看了看课本，脸色有点异样："哦，不轻易借人啊？"

啧，秦渊好大的面子。

1班教室里，傅松华扭头叫秦渊："班长，一起回寝室啊。"

秦渊没抬头："你们先回去吧，我再晚一点。"

傅松华好奇地凑过来："干什么呢？"

秦渊从来都是早早地做完所有作业，开始预习新内容的，今天怎么竟然比大家都晚，而且这么密密麻麻的，写的全是英文。

秦渊头也不抬："嗯，总结一下。"

傅松华觍着脸说："总结好了给我看看呗，老大！"

秦渊抬起头，简短地道："不适合你，高一的。"

傅松华惊讶得眼睛都瞪圆了："老大你干什么呢，温故而知新做到这份儿上？"

秦渊坐姿端正得像一棵小松树，不像很多男生那样弯腰驼背的，他低下头："嗯，我复习一下。"

教室里的人走光了，明亮的灯光打在秦渊的脸颊上，显得安静又专注。

又过了半个小时，教学楼统一熄了灯，他才收拾起桌上的书本，走出教室。教学楼走廊上的应急灯亮着，浅浅的绿色，映着外面明朗的月色。

从小路走向寝室的时候，正好可以看见一楼的窗。自己的那间寝室，以前总是黑着的。就像每周末他要面对的那个孤独的家，冰冷而漆黑，没有半点烟火。

可现在寝室亮着灯，和别的很多热闹的寝室一样，推开门的时候，满屋子的光扑面而来，桌子前，阮轻暮正埋头看着什么。

对方的黑发微湿，像是刚洗过澡，换上了小背心，白皙的胳膊露在外面，像是洁白的玉石。

以往这时候回来，寝室的灯虽然亮着，可是这个人总是早早地就躺下来了，比谁都缺觉似的，今天这样子还是第一次见。

秦渊走过去，目光微微一凝，阮轻暮面前摆的竟然是英语书和单词表。

"你在背单词？"他放下书包。

阮轻暮回过头，一双眼睛清亮透彻："对啊。"

秦渊沉默了一下，从书包里掏出了一个小笔记本："正好，我整理过去的旧笔记时，翻到了这个。"

他把本子放在阮轻暮桌上："高一时我总结的基础要点。你不嫌弃的话，可以看看。"

阮轻暮怔了一下，接过去打开，默默翻看了一会儿。

重点突出，知识点密集，基础薄弱者容易犯的错误全都有，字迹虽然有点潦草，可连体书书写极为漂亮。

阮轻暮看了好一会儿，然后抬起头，微微一翘嘴角："秦大班长笔记做得真好。"

秦渊淡淡地转身："嗯，有用就好。"

就在他向卫生间走去时，背后，阮轻暮冷不丁地问："写了几个小时啊？"

秦渊挺直的背脊似乎有那么一瞬的僵硬。他回过头，英俊的眉目上看不出表情："什么？"

阮轻暮并不掩饰目光中的狡黠："本子很新嘛。"

秦渊站在那里，冷如美玉的脸上有种奇怪的表情，一丝浅浅的红色再也藏不住，在脸颊上透出来。

"你做体委屈才了。"他冷淡地说，"应该去竞选学生会的风纪部长，一定明察秋毫。"

秦渊走进卫生间，重重关上了卫生间的门。

阮轻暮趴在桌子上，看着那个笔记本，低声闷笑起来。

旧资料就该像那位女生的课本一样皱巴巴的，会是这么毫无折痕、干净雪白的纸面？

秦渊出来的时候，阮轻暮已经爬上了床，趴在那里正在看着什么。

秦渊攀着扶手上了床，隔着蓝色蚊帐瞥过去，阮轻暮果然在看他的那个笔记本。

阮轻暮抬起头，笑了笑："真的很好，就像是专门为差生写的。"

秦渊没回话，撩起蚊帐一角，把手机伸到了阮轻暮面前。

阮轻暮看着手机上的那个二维码："什么？"

秦渊淡淡地说："我的微信。"

不愧是你

阮轻暮愣了一下,笑了,立刻从枕头下摸出手机,对着二维码扫了一下,很快,对面的人同意了好友申请。

"有什么不懂的,可以问我。"秦渊垂着眼,声音温和,一双凤目依旧有点凌厉,"平时有急事,也可以找我。"

阮轻暮眨眨眼:"微信多慢啊,你又不爱看手机,要不手机号也给我一下?"

秦渊头也不抬:"微信号就是手机号。"

阮轻暮拨了一下,果然,对面的手机响了起来。他心满意足地挂了电话,点开了某人的微信头像。

朋友圈里空荡荡的,除了一些分享的英文歌曲,就没别的了,仔细看看,每一篇动态都隔了一两月。

阮轻暮翻了半天,从兴致勃勃变成了兴趣索然,一抬头,正看见秦渊也抱着手机轻轻滑拉着,不知道在看什么,眉宇间有丝凝重。

阮轻暮心里微微一动,伸出手晃了晃:"在看我的朋友圈啊?这么入神?"

秦渊飞快地把手机往后一缩,用清冷的眼神看向他,心想,这个人怎么脸皮这么厚,自作多情成这个样子?

阮轻暮轻轻叹了口气:"都过去了。这些东西,我以后不会再发了。"

秦渊默默放下手机,转头开始整理枕头:"不知道你在说什么。"

阮轻暮忽然爬到床的另一头,把自己的枕头也拿了过去。

寝室只有两个人,阮轻暮一开始搬进来时,他们两个人是脚对脚睡的,阮轻暮头冲着门,秦渊的头靠着窗。

阮轻暮把枕头掉了个方向,冲着秦渊"喂"了一声:"我睡这边,你呢?"

他的眼睛亮晶晶的,里面的笑意像是要溢出来,带着点小小的傲娇,好像笃定只要他这样说,对面的人就一定也会换到这边来,因为猜想秦渊肯定不好意思把脚对着别人的头。

秦渊皱眉看着他,忽然,寝室里的灯熄了。

一片黑暗里,秦渊的床铺窸窸窣窣地响起来。

阮轻暮笑了,心满意足。平躺在床上,他睁着眼睛:"喂,秦渊。"

好半晌,微带磁性的声音响起来:"嗯?"

"我说的是真的。"阮轻暮轻轻地开口,"我以前的朋友圈,你不要当真,也不要看了觉得难过。"

秦渊沉默地听着。

"什么能安静地消失就好了，什么活着就是最大的苦难，什么自己的父亲死都死了，还要害我被人叫成杀人犯的儿子……这样的想法，都过去了。"

他认真地解释："自从出了车祸，我的想法就变了。过去觉得身边有多灰暗，现在再回头看看，又会觉得，黑暗的旁边，也有那么多的光。"

秦渊轻轻"嗯"了一声："你现在……这样很好。"

阮轻暮无声地笑了。

头对着头睡的话，那个人的声音真近，他忽然想起来，在梦里，依稀也有过这样两人在野外抵足而眠的时候。

"秦渊，活着多好啊，我会好好活着的，你放心。"

安静了很久，秦渊的声音才低低地响起来："我也没有母亲。"

阮轻暮惊讶地猛转过头，侧着脸，看着对面的床上。

"我四岁的时候，她就死了。"少年的声音和往常一样平静，"很多人生下来，就是要注定孤独的，习惯了就好。"

阮轻暮停了一会儿，缓缓伸出手臂，摸索着，从蚊帐下面伸过去，飞快地摸了一下对面那个少年的头。

手感很好，那么浓黑又密的头发，以为会很硬，可是没有，柔软又顺滑，就像是某人的内心。

"不会的。"阮轻暮小声说，"你这么好，又这么帅，哪会有注定孤独这种事。"

秦渊好像僵住了一样，半响，声音闷闷的，带着点不快："不要摸我的头。"

阮轻暮使劲揉了他的头发几下："干什么这么小气！"

秦渊飞快地把头移动了一下，呼吸有点急促："你还揉？"

"揉几下怎么了？"阮轻暮理直气壮，"又不是女生。"

秦渊一骨碌爬了起来，居高临下地按住了阮轻暮的手："你再摸一下试试！"

阮轻暮仰着头，暗淡的室内微光中，一双漂亮的眼睛仿若桃花微绽："怎么了？大不了，你摸回来就是了。"

不愧是你

第四章

冰雪消融

Bukui Shuni

1. 请你吃早点

秦渊紧紧按住阮轻暮的手，脸庞靠近，手上加了力。

一瞬间，很难分清楚，他是想报复性地去揉几下阮轻暮的头，还是仅仅想要低下头，看清楚少年的脸。

阮轻暮没有动，仰着头迎着秦渊的目光。

窗外的月色透过稀疏的树丛，再透过窗棂，照在阮轻暮的脸上，如白瓷一般光洁，眉眼精致。

静音空调传来极低的风声。室内温度舒适，可是秦渊的额头，还是有一点极细小的汗水，呼吸也有点不易察觉的重。

不知道过了多久，阮轻暮轻轻舐了一下嘴唇。暗夜里，平静的男生寝室里，似乎有春风掠过，撩拨起一池春日的碧水。

"要摸回来就快点，不然我都要睡着了。"阮轻暮懒洋洋地说，眼睛微眯。

秦渊忽然放松了力道，狼狈地翻身躺下，飞快地放下了蚊帐。

夜色中，阮轻暮似乎极轻地笑了一声。

许久以后，他轻声问："喂，睡着了没？"

秦渊重重地翻了个身，发出了一阵响动。

"食堂的早点吃腻了。"阮轻暮像是在自言自语，"明天去外面的早点店吃吧？"

秦渊没有回话，却轻轻咳嗽了一声。

"我请客，谢谢你的笔记。"阮轻暮伸手把手机摸出来，"我定在六点了啊，等你十分钟，不来我就自己去。"

8月份的清晨，很早就天光大亮。

手机闹铃响了起来，阮轻暮迷迷糊糊地摸出手机，一看，六点整！

他一骨碌爬起来，对面床上已经空了，没人，再一抬头，卫生间的门开了，秦渊走了出来，脸上清爽干净，带着明朗的朝气，身上的校服也换好了。

阮轻暮愣愣地从床沿上探出身去："你定在几点啊？"

难不成五点多就起来了？

秦渊凤目微抬，淡淡地说："等你十分钟，过时不候。"

阮轻暮瞪着他，忽然笑了："行行行，等我。"

昨晚上他说只等秦渊十分钟，现在对方就原句奉还了，真是小气鬼。

阮轻暮飞快地爬下床，飞也似的奔去洗漱完毕，草草套上校服："百晓生跟我说学校东边那个巷子，有家李记小笼汤包超好吃。"

秦渊站在阮轻暮面前，目光落在他的衣服上——两粒扣子没扣，衣领也是歪的，露出一小片胸口和浅浅的锁骨，皮肤白得惊人。

"穿成这样，你确定？"

阮轻暮莫名其妙地低头看看，穿成哪样了？

秦渊冷着脸伸出手，把阮轻暮的纽扣全都扣上了："校规细则第十七条：衣冠端正、纽扣扣牢，不得乱改校服式样，禁止异色染发。你这样，进校门会被查。"

阮轻暮撇了撇嘴："我以前就这样进校门的，没人管。"

秦渊狭长又锋利的眼睛里波光一闪："我是风纪部副部长，我说抓就可以抓。"

学校附近的小巷子里，各种各样的小饭店和早点摊生意都异常红火，每家店里都有些学生常客，女生明显更多些。

阮轻暮高一是走读，这里还真的一次也没来过。他四下张望着，问道："李记小笼包……在哪里啊？"

不愧是你

秦渊的脸色也有点茫然："不知道。"

阮轻暮叹了口气："你不是住校的吗？也从来不来这里吃口好的？"

"食堂没什么不好。"

"你这个人很无聊啊？"阮轻暮懒懒地收起拐杖，挨个看两边的早点摊，"在食堂吃和在馆子里吃能一样吗？一个是填饱肚子，一个是情趣。"

秦渊回头看他一眼，果然一到校外，这个人的拐杖就是个摆设，走得毫无障碍。

"你天天装瘸子，到底烦不烦？"

阮轻暮拿起拐杖，在空中挥了挥："我得装满一个月，不然老简随时叫我上台读检讨。"

秦渊表情淡淡地说："不是因为上体育课太热，想坐在树下乘凉？"

六点多，户外不算炎热，不少早点摊都把小桌子摆在门口，有些学生已经坐在外面，当街吃了起来。

他们俩这么沿路一边走一边找，不少目光就有意无意地瞟了过来，还有女生偷偷拿着手机拍照。

阮轻暮弯下腰，冲着路边两个吃豆腐脑的女生问："麻烦问一下，那个什么李记汤包在哪儿？"

两个女生害羞地收起手机，其中一个回答："一直往前走到巷尾，左边人多的那家。"

阮轻暮扬了扬眉："谢谢啦，不过拍照归拍照，把我拍好看点。"

那女生看他和气，红着脸小声说："会的，会把你们都拍得好看的啦。"

阮轻暮扭头看看不远处剑眉凤目的那个人："反正他怎么拍都好看。"

两个女生对视一眼，吃吃地笑："那我们能把照片发出去吗？我们会修图的。"

阮轻暮脸一板："不准修他，只准修我。"

在巷尾果然找到了那家店。

一笼只有小小的八个包子，皮薄，玲珑剔透，隐约看得见里面饱满的汤汁，热气腾腾。

"来嘞，两笼鲜肉小笼，两碗八宝粥——"老板娘吆喝着，从水汽缭绕的大蒸笼上拿下来，配着黑红的八宝粥，摆在他们面前。

阮轻暮挑起一个放在小碟里，浇了点醋汁上去，在包子上开了个口子轻轻一吸，果然，里面的汤汁鲜香明亮，澄澈不混浊。

喝完了汤汁，再去吃里面的肉馅，同样紧实鲜美，带着点微甜。

秦渊瞥了一眼阮轻暮，看着他那挑剔又讲究的吃法，淡淡地说："照你这么吃，我们就别上早读课了。"

阮轻暮嗤笑一声："人生在世，吃喝玩乐再重要不过了，急什么？"

旁边的小桌上，好几个学生悄悄地朝他们看。

阮轻暮慢条斯理地吃了几个，才摇摇头："肉馅新鲜，但是滋味有点单薄。面皮还是不够透，醋汁口感也不够丰富。"

秦渊抬头看看他，语气平淡地说："哦，那是。肉馅里要是加一点新鲜松茸调味，那就最好。蘸醋要是用宁化府益源庆的，或者山西水塔的，都更绵长酸冽点。"

旁边好几个女生心不在焉地咽下小笼包，满脸一言难尽。

算了算了，长得好看、吃得也赏心悦目，两个大帅哥装酷也能被原谅。

不过学霸这么一本正经的，是不是在反讽啊？

阮轻暮抬起头，微微一笑："我以前吃过一家极好的小笼汤包，不是蟹黄，就是纯肉做的，每天就做一百笼，还得去领牌子等着。"

秦渊"嗯"了一声："能把普通鲜肉小笼做得好，才见功夫。"

旁边另一桌男生悄悄对了一下眼色，一个人压低声音："长见识了，这两人是一本正经地在吹啊。"

"秦渊不是吹吧，人家家境那么好，阮轻暮才是吹！"

…………

阮轻暮吃完了最后一个小笼包，歪着头一叹："这味道也可以了，毕竟只是小早点摊。等我以后找到真正好吃的，再请你。"

秦渊神情有点奇怪："你这么爱吃小笼包？"

阮轻暮静静看着他，笑容有点奇怪："也不是，就是想请你吃。"

那个清晰的梦里，秦渊听说风雷庄的灭门惨案是阮轻暮做的，非要千里奔走，连夜追杀，最终两个人打得都没了力气，凌晨时分来到了一个繁华的镇上，迎

不愧是你

面看见的就是一家汤包铺子。

清晨的霞光下，陌生的小镇里，两个人满身血污地坐在店外，平心静气地吃了两笼鲜肉小笼包。

不知道为什么，他一直记得那家小笼包的滋味，也记得那位秦少侠当时冷如冰雪的脸。

秦少侠虽然吃得优雅又克制，可是他就是觉得，秦少侠一定和他一样，觉得这家包子铺的味道极好。

要不然，秦少侠之后怎么会在远赴大漠、追杀他的仇人时，还特意绕道去那个小镇，一个人再去吃了一笼鲜肉汤包呢？

而且，还在空无一人的小桌对面，摆了一副空置的碗筷。

还为已经死去的他摆了一杯桃花酒，一如过去他们对酌过的那样。

2. 论坛高楼

傅松华和两个同寝室的男生呼啸着跑下楼，奔到 106 寝室门口，方离正站在那儿，低头看着什么。

傅松华猛地一拍他肩膀："等你们班的瘸体委？"

方离回过头，眼神里有点细微的茫然："嗯，他给我发短信了，说出去吃早点了。"

傅松华"哦"了一声，举手去敲 106 的门："班长……"

"和你们班长一起去的。"方离小声提醒。

傅松愣了一下："班长连个信都没给我留！"

他身边的两个男生一起悲愤："班长变了。"

傅松华看着还站在那里的方离："走啊，一起去食堂。"

方离呆呆地看着他："啊？"

傅松华一把搂住他瘦弱的肩膀："跟你说多少次了，别跟那个小瘸子混，以后跟着哥混，知道吗？"

方离跟跟跄跄的，脸红得不行："你、你松手……"

傅松华口气充满恐吓："你别看他一天到晚懒洋洋的，绝对是个狠角色，你跟他玩，就是个端茶送水的命。"

"没关系……"

傅松华怒了："你看他转身就有新朋友了，你和他不是一路人！"

方离低下了头，长长的眼睫覆盖下来，脸色有点苍白。

傅松华说完又有点后悔："哎，我没别的意思啊。阮轻暮那样的狠角色吧，也就我们班长能搞得定他，懂不懂？"

两个男生也都跟着附和："就是就是，他教训刘钧的时候，那样子真的很吓人。"

方离默默地往前走："不是，他人真的很好……"

傅松华不耐烦了："哎，我说，你是不是在你们班没什么朋友，所以觉得他肯理你，就特感激？"

方离忽然用力挣脱他，快步跑开了。

旁边的男生摇摇头，对傅松华说："你理他有啥用，他在班里还不是一个人？"

傅松华愣了："为什么啊？他这人脾气好，长得也不丑，9班的人为什么排斥他？"

"娘嘛！"另一个男生接话，"刘钧他们以前拍过他翘兰花指的照片，在班级群里传呢。"

"对，我还记得传过一个视频，拍他走路的背影，哈哈哈，是挺像女孩子的。"

傅松华猛地停下脚步："我怎么不知道？这么过分？"

"您老天天看 NBA，哪有空看这些八卦？"

傅松华怒了："他走路哪里像女孩子了？我看着挺正常啊。"

几个人进了食堂，傅松华找了半天也没看见方离，郁闷地和两个男生坐下了。

他狠狠地用吸管戳破了豆浆杯的盖子，一口吸进去，"啊"叫了一声，烫得跳了起来。

室友笑得发抖："哈哈哈哈，你傻啊，豆浆一直都烫，也不先开盖凉一凉？"

傅松华一双浓眉拧得死死的，半晌憋出来一句："我以后看到刘钧，见一次我打一次！"

阮轻暮慢悠悠晃进 9 班教室的时候，早读课刚打铃。

不愧是你

阮轻暮走到最后一排坐下，从书包里掏出了英语书。

周围的人都在补作业，白竞从前面扭过头："喂，体委，你作业呢？拿来看看行不行？"

阮轻暮看着他："你有什么误会，觉得我会做作业？"

白竞挠挠头："你现在和秦大学霸关系那么好，又同寝，都不找他抄个作业？"

黄亚也转过头："就是，都一起吃早饭了！"

阮轻暮愣了一下，这么快就人人都知道了？

方离回头小声提醒："贴吧里有专楼，刚刚有新照片……"

阮轻暮掏出手机，进去瞅了一眼，还真是。

贴吧里的专楼在开学第一天就开了起来，还搞了个镇楼照，就是那天他和秦渊第一次见面的时候，不知道被谁偷拍了一张。

画面中，他和秦渊面对面站着，大班长冷如冰山，他则眼神怔怔，被拍出了一种羞涩的幽怨来。

整个照片上就剩下两个人，旁边的人都被P没了。

下面的评论乱七八糟，足足有几百条。傅松华还顶着大名出来叫嚣："哪个孙子拍的，出来遛一遛！要不就把我P没了，在我脸上贴个向日葵是什么鬼！"

再往下翻，就是在食堂里，9班和1班的男生们在一起聚餐的照片。

那天是半阴天，照出来的影像有点背光，照片上有很多人，中间正好是他和秦渊，旁边坐着傅松华和方离。

照片抓拍得极好，画面上，阮轻暮和秦渊正好抬头相视，秦渊在逆光下，好像没有了以前的冰冷；而阮轻暮的嘴角带了点笑意，说不好是挑衅还是慵懒，反正模样有点痞。

旁边，傅松华正搂着方离，笑得阳光又肆意，方离没戴眼镜，眼神迷茫。

照片还被人起了个名字："学霸班和学渣班的破冰瞬间"。

讨论区很热闹，阮轻暮兴致勃勃往下翻了几下，再往后看，就看到了今天早上最新的一张。

没想到那两个女生真的把照片发上来了，还挺好看。

小巷里满是清晨阳光，脚下的水泥路面在镜头里有点陈旧，背景是各家早点铺，充满悠然的烟火气。

阳光照在他俩的侧脸上，表情安宁，有光点似的，铺满了两个人的身边。

阮轻暮歪着头，看了一会儿照片，偷偷把那三张照片点了保存。

刚刚存好，白竞的脑袋就凑了过来："阮哥欣赏自己的专楼帖呢？"

阮轻暮伸手打了他的脑袋一下："说了多少次了，不要忽然冒出来，跟个鬼一样。"

方离小声问："我以后还要不要给你带早饭了？"

阮轻暮嘴角微扬："不用啦，谢谢你。"

"那、那我要不要等你一起？"

阮轻暮不在意地挥挥手："也不用了，我和室友一起去，时间一致。"

方离低着头，半晌才轻声道："哦，好。"

白竞在一边痛心疾首："阮哥啊，你明明和大佬走得这么近，抄点作业造福全班行不行？"

阮轻暮白了他一眼："断了这念想吧，我就算和他再好，他也不会把作业给我抄的。"

"为什么啊！"

"原则问题。"阮轻暮悠悠叹气，"你问他问题，他会认认真真给你讲，但是要抄作业，没门。"

众人："……"

唐田田在前面敲了敲桌子："大家注意啊，作业马上要交了，后面的几位，都补完了吗？"

几个男生一哄而散："只顾着聊天了，八卦误事！"

阮轻暮抓起作业本，胡乱把剩下的空题都写了。

理化本来就够呛，现在由于上的是竞赛班，内容讲解的速度更像是坐了火箭一样，他这几天都听得糊里糊涂，瞌睡不断。

英语倒还好点，他这两天又提前预习了，作业做得快，准确率也高。

语文也忽然好了很多，自从在那个梦里好像过了长长的一生，现在他看古文似乎都轻松无比，现代部分也能融会贯通。

阮轻暮的四周已经有一些人在背英文了，叽里呱啦的，他戴上耳机，遮住了外面的噪音，拿着秦渊给他的那个小册子看了一会儿，早读课就结束了。

今天周六下午没课，他想了想，忍不住给那个崭新的微信号发了第一条消息。

不愧是你

"下午我回家，你呢？"

只过了一两分钟，微信的提示就亮了："我也回家。"

阮轻暮看着那条回复，笑了："吃完午饭一起走？"

发完了这条，对面迟迟没有了回音。

阮轻暮又有点后悔，心想，自己真是神经病，好好的干吗邀请人一起走？又不在一个班，回家方向也不同路，难道一起走到校门口？

就在他要收起手机时，忽然，屏幕又亮了："好，一起。等你。"

1班教室里，傅松华瞪大了眼睛："说好下午打场球再走的，怎么又反悔啦？"

秦渊淡淡地按熄手机屏幕："有点事，这次不了。"

傅松华狐疑地凑近他："老大，你变了。"

校篮球队每周六下午固定练球，秦渊的球技在篮球队是首屈一指的存在，傅松华和他打配合尤其顺手，每次都拉着他一起。

唉，老大不打什么意思啊，不打配合，虐人都没劲。

9班教室里，牛小晴忽然站了起来："各位同学，今天下午我们班要出黑板报，我做了几种设计稿，但是缺乏能动手画出来的人，有没有同学自愿留下来出出力？"

吵闹的课间教室安静了一下，有人叹了口气："宣传委员你醒醒。你看我们班有像是会画画的人？"

"牛姐，你不如去求求柳斯媛。她虽然去了文科班，可是毕竟是我们原来的宣传委员……"

牛小晴急了："我问过了，她要忙自己新班的板报，没时间帮我们。"

唐田田鼓起勇气，走到后排的一个男生前："王立，你能帮帮忙吗？我记得你以前美术成绩不错的。"

忽然，他后面的刘钧冷笑了一声："王立，别忘了下午打球。"

王立平时本来就是跟着刘钧混的，闻言脸色一僵："班长，对不起啊，我们早就约好了打球的，再说我画画也真不行。"

全班同学都低下了头，有人低头装没听见，有人继续抄作业，牛小晴脸涨得通红，那么大高个儿，可怜地站在座位上。

刘钧大刺刺地站起身，搂住王立的肩膀往外带："走，撒尿去。"

走廊上，只听见他嚣张地骂："不是都叫我下台吗？离开我们几个，看他们牛啥。"

阮轻暮摘下了耳机，听到走廊上的话，再看看前面垂着头的牛小晴，脸色冷了。

一上午的课很快就过去了，很多人放学后直接回了家。

阮轻暮去食堂吃完了饭，刚回到教室，就看见后黑板那儿站了两个女生。

身材娇小的唐田田吃力地踮起脚，正在帮牛小晴擦眼泪。

"呜呜呜……太难看了，怎么这么丑？"平时威风凛凛的牛小晴哽咽着。

阮轻暮一抬头，差点没被那印象派画作冲击到三观尽碎。

就这么一会儿吃饭的工夫，黑板上就多了片一言难尽的画面，颜色斑斓，线条抽象，就是辨认不出来是什么东西。

阮轻暮慢吞吞地收拾着课本和作业，听到唐田田小声安慰："没事了，黑板报评比又不是什么大事，垫底就垫底啦。"

"可是我主动竞选宣传委员的啊，要真的倒数第一，我怎么见人？呜呜呜呜呜呜……"牛小晴越想越伤心，举手抹了一下脸，草绿色的水粉颜料擦到了脸上。

唐田田叹了口气："要不你等等，我再去求求王立，求他来帮帮忙……"

冷不丁地，她耳边响起幽幽的一声发问："这画的是啥？野菜地吗？"

牛小晴一扭头，正看见阮轻暮那白得透明的脸，忽然"哇"的一声，哭得更厉害了。

阮轻暮："……"

女孩子真是可怕，说句实话而已嘛。

唐田田无奈地看了阮轻暮一眼："别瞎说，画的是花田。"

阮轻暮："对不起，真没看出来。"

他伸手接过牛小晴手里的设计稿，口气诚恳："这设计稿太俗了，真的，画得也丑。"

唐田田："……"

阮轻暮正要接着说话，手机屏幕忽然亮了，秦渊的微信跳出来："现在走不走？"

不愧是你

阮轻暮拿着书包，正要回一句"马上出门"，可还是忍不住抬头看了看。

周六下午，学生们都走得差不多了，只剩下这两个一筹莫展的女生，一个还在哭，一个在笨拙地安慰。

阮轻暮犹豫了一会儿，终于打下一行字："班里有点事，先不走了。你自己回家吧？"

刚刚拎着书包走到门口的某人停住了，薄薄的眼皮垂下来。许久过后，他淡淡回了一句，像是很随便的口气："没事，我等你，多久都等。"

3. 你作画来我赋诗

阮轻暮看着那行字，微微笑了。

唐田田正在小声安慰牛小晴，一抬眼，只见阮轻暮伸手一划，那幅半成品就被他擦花了，五彩的颜料混在一起。

"啊！你干什么！"她惊叫一声，伸手想要去阻止，可是阮轻暮三两下就把画面给擦成了花脸猫。

他再擦了一遍后，黑板上一片干净，牛小晴的成果就此消失得一干二净。

"啊啊啊，体委我跟你拼了！"牛小晴惨叫一声。

阮轻暮轻巧一闪，避开了，漫不经心地抓起画笔，在一边的颜料盘上试了试："听话，去吃饭。两小时后再来。"

牛小晴呆呆地看着他："你……你会？"

阮轻暮悠悠地说："再不会，总不会比你画得丑。"

这话怎么听着这么不像是安慰人！

教室里没了人。阮轻暮拿着颜料笔，在黑板上试了几笔，又擦掉。

颜料笔和毛笔没法比，不过大致能找到悬腕的感觉，几次试下去，力道和触感有了点数。他想了想，开始一笔一画地落笔。

教学楼里很安静，中午的阳光照进来，映在他凌空举着的手腕上，白得像是玉石一般。

教室前门口，秦渊默默地站在那里，看着阮轻暮挥笔作画的模样，目光沉沉。

阮轻暮画了半天，终于觉出胳膊有点酸。他抡胳膊在空中甩了甩，退后几步看看，发了一会儿愣，觉得画中的人眉目都是空白，虽然有衣袂飘飘的感觉了，可还是不生动。

"你还真的会画画？"身后，一个声音响起来。

阮轻暮猛地一扭头，看到身后的秦渊，一瞬间变得眉目生动，宛如看到了什么最稀罕的东西，忽然就笑了。

"早就和你说过了，本人琴棋书画都略懂。"他伸出手，把秦渊按在了最后排的座位上，"来，坐好，借用一下。"

秦渊好像有那么一瞬想要拔腿就走，可是一抬头，正迎上阮轻暮那亮晶晶的眼神，终于还是坐在了原地。

"哎哎，别动啊，少侠同学。"阮轻暮毫不客气地抬起秦渊的下巴，满意地左右看了看，"嗯，就这个角度。"

他修长白皙的手指触碰到秦渊的脸，轻柔又微凉，秦渊的耳朵根微微染上了一层绯红。

秦渊沉默地抬起眸子，看了一眼近在咫尺的阮轻暮，脖子僵硬地挺直。

"乖。"阮轻暮随口夸了一句，拿起画笔。

教室前门口，两个女生悄悄地站在那儿，牛小晴拉了拉好朋友的衣角，两个人踮着脚，往后退去。

站在走廊上，牛小晴震惊无比："啊，那是阮轻暮画的？"

唐田田有点恍惚："是吧，他不是还在画吗？秦班长好像在做他的模特儿？"

"是的，我还听见他夸秦渊乖。"

教室里，正襟危坐的少年似乎动了动，阮轻暮立刻安抚："稍等稍等，两分钟就好。"

他凝视着眼前的脸，好半天，才轻轻画下一笔。

外面，牛小晴探了一下头："说好两分钟的，这十分钟都有了吧？"

唐田田点点头："嗯，说明画得认真！"

牛小晴忽然问："我们体委平时不爱笑对不对？可是他为什么对秦大佬笑得那么甜？"

…………

教室里，冷面英俊的少年坐着，他身边，阮轻暮手持画笔，时不时地低头看看他，光明正大，坦荡肆意。

不愧是你

不知道过了多久，阮轻暮终于放下了画笔，长长舒了口气。

"好了，谢谢秦少侠。"阮轻暮眉目含笑，满意地端详了一下画面，忍不住得意地挑了挑眉。

秦渊凤眼微抬，盯着画面上那两个衣袂飘扬的少年，说了一句："只有画，没有字？"

阮轻暮笑吟吟看着他："你毛笔字好看，那劳烦你？"

秦渊深深地看了他一眼："你又知道？"

阮轻暮若无其事地移开眼："我猜的，不是吗？"

秦渊安静地在一堆笔中选出了一支，在颜料盘里蘸了点鲜红的颜色，走到后墙黑板边，然后提起笔，迅速地写了几行字，一气呵成，笔走龙蛇。

阮轻暮目瞪口呆地望着那几行字，忽然放声大笑起来："大班长，你这打油诗作得可不怎么样。"

秦渊慢吞吞地放下笔，冷如冰山的脸上好像有那么一瞬的笑意。

"不仅做得粗鄙，还很欠打。"阮轻暮"啧"了几声，忽然又拿起一支细笔，在画面的书卷上添了小字。

秦渊神情僵了，忍无可忍地呵斥："疯了吗？快擦掉。"

阮轻暮横他一眼："看书的那个人是我，你管我呢？"

秦渊伸手去拿抹布："别胡闹。你才真的欠打呢。"

阮轻暮佯怒，猛然抢了他手里的抹布："不准动我大作！"

…………

9班门口，两个女生看见阮轻暮和秦渊走了后，脑袋才悄悄探了进来。

"快，他们走啦！"两个人站在黑板面前，看着那幅酣畅淋漓的画，再看看那笔笔如钩的打油诗，都呆住了。

牛小晴揉了揉眼睛："你掐我一下，快！周一的黑板报评比，我们能拿第一吗？"

唐田田却忽然瞪大眼睛，凑近了黑板："这画册上写的什么字？"

看清了以后，两个女生的脸都红了。牛小晴狠狠心，拿起抹布，就想把那小楷擦掉，唐田田赶紧拉住了她："直接擦了不太好，这样吧……"

她想了想，拿起手机拍了好几张，才舒了一口气："现在擦吧！再重新写一个。"

阮轻暮到家的时候，正赶上晚饭。

穆婉丽做了满桌子的菜，美滋滋地招呼着大伙儿："来来，一起吃！"

"丽人盲人按摩"总共就三个人，技师小芸和小郑都住在这里。

今天儿子住校后第一次回家，穆婉丽整了比平时多一倍的菜："老样子，原先放一个荤菜的地方是两盘，素菜也在老地方，汤在正中间——汤就别自己盛了，我来。"

交代完，她又殷勤地往阮轻暮碗里夹菜："来来，在食堂吃得不行吧，赶紧补补。"

阮轻暮乖巧地大口吃菜："嗯嗯，好吃，食堂是真不行，没滋味。"

这一礼拜过得是真苦，穆婉丽给的生活费被他大手大脚地发了红包，搞得一天三顿都捉襟见肘。

对了，就请秦渊出去吃了顿小笼包，竟然花了二十八块——那个隐藏在后巷里的包子店，竟然还是本地的一家网红店，难怪老板敢这么定价，生意还非常好，顾客络绎不绝。

"对了，今天没客人啊？"他看看空无一人的按摩间，随口说。

小芸抿嘴笑了笑，没说话。

小郑正要开口，穆婉丽赶紧一敲筷子："咳咳！人少好啊，一天到晚都是人，做得腰酸腿疼。"

阮轻暮抬头看看她，没说话。

"暮暮啊，你好好看书，关键时刻，家里一定给你创造好环境！"穆婉丽撸起袖子，"咱们家定了，周六周日少接待点人，图个清静！"

吃完了饭，阮轻暮看着他妈在厨房的背影，低声问小郑："我妈不准客人上门？"

"嗯，穆姐昨儿就跟几位熟客说了，以后周六晚上和星期天不准来。"

阮轻暮一扬眉毛："什么叫熟客？老李那个糟老头子平时还来？"

就是那个天天动手动脚的老色坯子！

小郑笑了笑："你妈不就是怕你再打人呀。"

小芸一双失焦的眸子落不到实处，半天，才嘴唇轻轻嚅动："其实，老李人挺好的。"

不愧是你

阮轻暮猛地抬起头："什么？"

小芸的声音更小了："他……他也没真的做什么，我心里有数。"

阮轻暮没办法接话了，郁闷地站起身，往厨房里走。

老旧的居民楼，厨房狭小又不向阳，穆婉丽站在水池边，飞快地刷着碗筷锅具。

和这个年纪的女性的手不同，她的手不仅毫无老态，而且细腻洁白，常年给人做按摩和开背，手泡在霜膏和精油里，虽然劳累，可皮肤是真好。

"妈，家里还有上次那个山楂锅盔吗？就是上次你给我带的。"

穆婉丽惊喜地回头："你爱吃啊？我明日给你买，就在临街的那家糕点店买的。"

阮轻暮点点头："嗯，我同学爱吃。"

上次放了几个在秦渊桌上，立马就被他收起来了，原来他也和梦里的那位少侠一样，爱吃山楂口味的。

穆婉丽很高兴："那好，我给你多带点。"

儿子最近变化真的太大，以前从来没朋友似的，现在居然能想起来给同学带东西了。

"还有——你不用叫客人别来。"阮轻暮斟酌了一下言语，"我上次发火吧，不是说咱们家的生意不好。"

穆婉丽手下的动作慢了点："知道知道，你别瞎想！"

"小郑和芸姐都靠着这份工资呢，周末不叫他们开工，多不好。"

穆婉丽扭头看了儿子一眼，以前这孩子看到小郑和小芸从来都是满脸阴郁，今天怎么主动替人着想起来了？

阮轻暮帮她把哗哗流淌的水拧小了点："只要别叫老李那样烦人的来，就行。"

穆婉丽犹豫了一下："其实……老李人也不算太坏。"

阮轻暮脸色有点冷了："哦？"

穆婉丽轻轻叹了一口气："唉，老李这种人吧，一辈子光棍，又丑又穷，还很尿。"

她慢慢地洗着碗："小芸家的事，你不知道。她在农村老家还有个哑巴弟弟——也就这么一个亲人了，谁离了谁，也都活不了。"

阮轻暮吸了一口气："怎么会这样？"

"她妈是被拐卖来的残疾人，生了两个娃娃都有毛病，后来不知怎么自杀了。小芸弟弟生下来没多久，他们的爹也重病死了。"穆婉丽说得平静，"亲戚谁也不愿意多养两个残疾孩子。"

阮轻暮皱着眉听着。

穆婉丽顿了顿："没办法，小芸只有出来打点工，想攒点钱，将来给她弟弟上个聋哑人学校。"

阮轻暮接过她洗好的一摞盘子，弯腰放进橱柜："嗯，是得上个学，认点字、会算数也是好的。"

"上次老家忽然打电话来，说她弟弟急性心肌炎住了院，要钱。我那几天刚帮全店的人交了全年的保险，她不好意思找我再借，小郑给凑了点，还是不够。"

阮轻暮静静听着，这些事，以前他从来都没关注过。

"正好老李来按摩，二话没说，回去取了全部的积蓄两万块钱，拿给小芸了。"穆婉丽看了看儿子，不知道他能不能真的听懂，"人家也没叫写借条，一个老光棍而已，也就偷偷地碰个腿什么的。"

看儿子没露出嫌恶的神色，她终于豁了出去："小芸不敢要，问要怎么报答，老李头急了，说自己又不是畜生，这种事要什么报答。"

阮轻暮沉默了一会儿，终于叹了口气："我懂了，妈。"

他想了想，又低声问："妈，那个花胳膊的，你喜欢不喜欢他？"

穆婉丽脸瞬间就红了，用湿答答的手狠狠弹了一下他脑门儿："浑说什么！老娘大他七八岁，他看得上我，我还看不上他呢。"

阮轻暮没躲，挨了她一脑崩儿："行，那我就放心了，下次他来，我见一次打一次。"

穆婉丽又气又急："别添乱，人家是客人！"

阮轻暮笑笑地看着她，轻声叫了一声："妈。"

穆婉丽无奈地看着他："又怎么了？"

"你要是找到个靠得住的、也喜欢的，该结婚就结婚。"阮轻暮伸出手，帮老妈把一缕头发别到耳朵后，"我马上都十八岁了，不会反对的。"

穆婉丽怔怔地看着儿子，眼睛忽然红了。

不愧是你

她掩饰地低下头，好半天，才粗鲁地骂了一句："说什么混账话。你那个死鬼老爹要是听见了，得从骨灰盒里跳出来骂你！"

阮轻暮笑着转身，向着身后挥挥手："不想嫁人也行，我养你一辈子。"

4. 巨大的排面

每周一的早操时间是例行通报，点名批评和主任训话也全都集中在这个时间，而这一周，各种批评通报尤其多。

教务处主任的声音像洪钟一样，透过大喇叭，响彻整个操场。

"高二培优1班的秦渊、傅松华和高二9班的阮轻暮、刘钧、李智勇，以上这些同学在体育课上跨班打架，影响极坏，念在初犯，这次给予点名批评，不记正式处分，下不为例，别的同学要引以为戒！"

"哗！"

操场上响起了一阵嗡嗡声。厉害了，第一个被点名的，可是次次总分第一、品学兼优的大学霸、三好生秦渊啊！

别说秦渊了，就连傅松华也是三好生常客，成绩在全年级从没掉出前十名，而且体育还超牛。

就在片刻前，秦渊还腰杆笔直地站在前面升国旗，傅松华还神气地在领操台上领操呢。

人群里，秦渊安静地站着，仿佛什么也没听见，一如既往地长身鹤立，神情冷峻。

他身边，傅松华不仅毫无羞愧，还飞快地伸出手，冲着四周偷看的同学拱拱手，表情格外骄傲似的。

操场另一边9班队列里，刘钧和李智勇脸皮涨红了，恨恨地冲着教学楼看了一眼：他们在这里挨批受训，还有个装瘸的躲在教室里呢！

大喇叭接着说："下面，接着通报黑板报的评比结果。经过慎重的评比和票选，分别评出了每个年级的前三名——"

大喇叭里传来一阵展开纸张的声音。

"高三年级第三名文科2班……"

这些都是黑板报评选得奖的常客，学生们也都不是很意外，站在那儿懒洋洋地听。

"高二年级第三名理科培优 1 班，第二名文科 2 班。"教导主任的声音顿了顿，忽然拔高了，"下面，要重点表扬一下第一名，该班首次获得这么好的成绩，主题新颖，受到了美术老师的大加夸奖！他们是，高二理科 9 班！"

平静的操场终于骚动起来，学生们一边鼓掌，一边往 9 班看，大家都心想，西边出太阳了啊，以前他们在板报评比里就从来没获过奖，怎么忽然就一飞冲天了？

原先 9 班的宣传委员柳斯媛脸色涨得通红——她在的时候从没拿过奖，现在她走了，原来的班级反而立刻拿第一？

这算什么，她明明也用心了啊！

阮轻暮正懒洋洋趴在桌上听英语听力，忽然，走廊上传来一阵奔跑声。

转眼间，9 班的门口和窗边就挤满了脑袋。

"哇——"

"没见过这种的啊，有点帅！"

…………

一般的黑板报常见的套路都是花草人物的图案配个励志学习的主题，比如"青春绽放""新学期新气象"之类的。

讲究点的，不用彩色粉笔画，找美术老师领点颜料水粉，那就算是很难得了。

可这 9 班的后黑板上，整整一个黑板都是幅写意山水画！

有青山碧水，有岩石青松，一边的山崖上有两个古装少年，一个手执长剑立在石台上，一个坐在树下。

执剑的少年身形高挑，长剑遥遥指向远处的滔滔江河，隐约看得出剑眉凤目，寥寥几笔，风流毕现。

坐在树下看书的少年没露脸，斜靠树干，侧影对人，露出一截细瘦的手腕，握着一册书卷，姿态慵懒又闲散。

作画者底子很好，不仅山川流水像模像样，两个画中人更是姿态漂亮，线条利落。

仔细看一下，那书卷上还写了几个字——"试题十八卷"，笔锋虽然粗糙，可瑕不掩瑜。

不愧是你

门口前来瞻仰的人越来越多，后面有人开始叫："前面的，黑板上那首诗写的啥啊？"

画面正中写着两个醒目大字"劝学"，空白处一段竖写的行书，潇洒跳跃，最后几个字的红色颜料蜿蜒流下，分外漂亮。

有人抻长脖子探进来看，大声地念：

晨读打瞌睡，英文全忘了。

晚课不努力，次日作业抄。

平日球场飞，考场满哭号。

提笔心茫然，寄情传小抄。

劝君多自重，高考眼见到。

会当临绝顶，一览学渣小！

走廊上一大堆学渣感觉忽然被点名了一样是怎么回事？

牛小晴满脸放光，从门口一大堆人里挤进来："来来，别客气，进来看！"

正说着，她身后就响起了一声哭腔："牛小晴，你可以啊！对，我高一竞选宣传委员胜了你，所以你就记恨上了是吧？"

正是跟着跑过来的柳斯媛。牛小晴被她这当头一骂，整个人都呆了："你说什么呢？"

"高一整整两学期，我问有没有人能帮班里出黑板报，你吭都不吭一声。"柳斯媛的眼泪在眼眶里打转，"你这么藏着掖着，有意思吗？"

牛小晴急了："你胡说，我美术课什么成绩，你不知道吗？"

阮轻暮无语地抬起头，看看两只斗鸡一样的女生，伸手扯下了耳机线，他有点蒙，这是在干吗？

唐田田赶紧拉住柳斯媛的手："媛媛，不是的，我们班这一期的板报，是找男生帮着画的呀。"

她瞥了瞥后排一脸冷漠的阮轻暮，心想着秦渊会不会同意说出他的名字呀！

牛小晴一把甩开柳斯媛："你还不如自己检讨一下，为什么你当宣传委员的时候，人家不愿意出力！"

这话说得无心，可是听在柳斯媛耳朵里，就更加刺耳。

柳斯媛长得本来就漂亮，出黑板报的时候，不少男生都喜欢抢着帮忙，刘钧还喜欢指挥着王立来打下手。牛小晴长得那么丑，居然敢讽刺她？

"就你？还有男生会帮忙？不躲着走就不错了……"柳斯媛又羞又恼，说的话也尖酸起来。

牛小晴整个人都蒙了，从小到大，自己都被男生当成哥们儿，虽然早已经习惯了，可是这样被当面讥讽，心里也会难受得想要哭出来。

两个女生吵架本来就惹人注意，男生在一边看热闹，立刻就开始起哄。

"哦哦，吵架啦！"

"君子动口不动手，牛姐不要打人啊，人家美女经不起你打。"

去9班围观的学生毕竟是少数，有些好奇的就在跨班群里看直播。

"9班板报啥样啊，现场观众呢？谁拍个来看看？"

"不错啊！这可以啊！这是手画的？"

正在感叹呢，忽然有人爆料："啊！9班现任宣传委员和原委员吵架了！"

立刻有嘴贱的男生叫："不准牛姐欺负弱女子啊！"

女生们不乐意了，立刻有人匿名出来开嘲讽。

9班教室，牛小晴高大的身子站着，听着男生们的调侃，眼睛红了。

教室的后排，一直静坐着的阮轻暮缓缓抬起了眼。

一片吵闹中，他不耐烦地用拐杖敲了敲桌子："都闭嘴好吗？烦死了。"

学生们慢慢静了，唐田田担忧地看向阮轻暮，心想，他会像那些男生一样讨好漂亮女孩，埋汰牛小晴吗？

阮轻暮面无表情，指了指后面的黑板："对不起，我画的。"

人群里一阵骚动。难道是他们听错了吗？

柳斯媛瞪大了眼睛，怎么可能，以前这个男生美术课成绩不好啊！"假如是你的话，以前为什么不帮我？"她又惊讶又不信，漂亮的大眼睛里带着幽怨。

阮轻暮头疼地扶了扶额："你哪位啊？"

他真不记得这个女生的名字了，班里那么多女生，穿的校服都一样，谁记得谁是谁啊？

"你……你这是置班级利益不顾，太自私了！"柳斯媛抽噎着，气得跺脚。

阮轻暮看了看牛小晴难堪的表情，没精打采地耷拉下眼："我就是不想帮你，想帮她，不可以吗？"

不愧是你

大群里正被那幅黑板报刷屏，忽然，一条发言就蹦了出来，闪瞎了众人的眼。

"再报！阮轻暮深情款款地说，他之所以挺身而出，是因为就爱帮牛小晴，不爱帮柳斯媛！"

众人："……9班新体委这口味，有点重啊。"

1班的教室里，一直偷看手机的傅松华拍桌大笑："哈哈哈，那小瘸子怎么这么好笑啊！"

正襟危坐的秦渊忽然抬起头，一双凤目望向他。

傅松华对着秦渊小声说："他和女生秀恩爱呢。"

然后，他就看到了上课从不玩手机的班长同学，面无表情掏出了手机，然后，还看见大佬同学开始打字。

这时已经开始上课了，班主任的课，再胆大的学生也都收了手机，傅松华也不敢造次，心里痒得像是有一千只小老鼠在打架——班长到底在干啥！

秦渊打完了字，才关了手机，目视黑板，神情冷峻。

好不容易挨到下课，老师的身影刚出门，傅松华就迫不及待地掏出手机，然后惊叫了一声。

极少在跨班大群里露面的学霸大佬，公然发话了！

秦渊话说得矜持又冷漠，客气又礼貌："画是阮轻暮同学画的，题字是我。我们一起帮助了牛小晴同学，同学之谊，举手之劳。"

刚刚还同情牛小晴的各班女生们："……"

一个新冒出来的风云学渣、一个颜值智力双顶流的大学霸，一起帮她说话，牛小晴这是上辈子拯救了全世界吗？

傅松华憋了半天才凑近秦渊，问道："班长啊，你和牛小晴很熟？"

秦渊凤眼微抬："并不。"

"哦哦，那是不想被阮轻暮那小子独抢风头吗？"

秦渊的眼神冷冷的："什么秀恩爱，这样的话也能瞎传吗？就算阮轻暮无所谓，人家女生能不介意吗？"

傅松华认真地想了想："老大，我觉得牛小晴真的不介意……"

"那是你的猜想。女生的话，谁都不愿意好好的名声受损吧。"班长同学面色冷肃。

傅松华肃然起敬："老大你说得对，要尊重女生，受教了！"

这很符合班长义薄云天又德才兼备的人设呢！

5. 古怪的板报

各个班的私密小群里，开始有诡异到匪夷所思的消息在流传。

匿名福尔摩斯："哎，你们听说那个惊天八卦了吗？9班新体委阮轻暮暗恋牛小晴！"

路人甲："？"

匿名福尔摩斯："然后牛小晴暗恋秦渊！"

路人乙："？"

下面福尔摩斯君翻出了一张论坛的旧帖——《新一届高一校草校花评比专帖》。帖子里有好几层截图，都是关于牛小晴激情开麦为秦渊拉票。

"是秦学霸的成绩不逆天？还是开学典礼致辞的风范不迷人？又或者是正脸侧脸的颜值不香？不投他，难道去投秀肌肉的雄孔雀傅松华，呵呵哒！"

正偷窥小群的傅松华同学冷不丁地看到这个内容的截图，突然就怒火中烧，这个女人怎么会如此坏？高一刚进校，自己是哪里得罪过她？

他披着匿名冲上去："暗恋秦大佬的起码有一个排，她算哪根葱哪头蒜！"

福尔摩斯："这位女同学不要激动，听我慢慢说啊——"

傅松华："我不是女同学！"

路人甲："呵呵，你满脸的嫉妒出卖了你，你对牛小晴的不满已经溢出你的六寸手机屏幕了。"

福尔摩斯同学："还记得一开学阮轻暮找秦大佬PK吗？据说就是因为牛小晴表白秦渊，被秦渊拒绝了，阮轻暮就去为牛小晴讨公道，然后解开误会后，两个人就成了朋友。这次阮轻暮为了讨好牛小晴，不仅主动帮着作画，还拉来了秦大佬帮忙！恋爱中的男人啊……"

所有人："这么曲折的吗？"

路人丙："扯淡吧，阮轻暮现在也超多女生喜欢的，校草排名火速上蹿呢。"

有人插话了："消息滞后了吧？就在刚刚，阮轻暮亲口承认的，他就是爱慕牛小晴。我就在现场。"

"对对，文科班的柳斯媛都被气哭了，泪洒教室呢。"

别的班八卦传到飞起，9班则是另一番景象。

阮轻暮的座位边水泄不通，围着一堆男生。

阮轻暮生无可恋地趴在课桌上，戴着耳机装睡。

白竞仗着和他关系好，鼓起勇气推了推："阮哥？醒醒，天亮了。"

阮轻暮装不下去了，摘了耳机："干吗？"

白竞觍着脸："黑板报真的是你画的？大师手笔呀！"

阮轻暮叹了口气："都说了是我画的，再问打人了啊。"

黄亚跟着纠缠："阮哥说说嘛，你是不是从小学过国画？"

阮轻暮凉凉地扫了他一眼："这叫涂鸦，谢谢。"

牛小晴忽然尖着嗓子叫了一声，激动无比："我不准你这么说！这是我们班黑板报的最高荣誉，过分的谦虚就是骄傲！"

阮轻暮被她的高嗓门吓得一仰，无语地望着她。

唐田田的小苹果脸上也泛着绯色，几颗小雀斑都明显起来："嗯，这是我们班拿到的第一个第一名。"

9班的一群男生忽然都愣了愣，还真是，无论是黑板报评比还是广播操，又或者元旦晚会和运动会，他们9班，何曾和第一名有过关系？

黄亚忽然一把抱住了阮轻暮，肥肥的身子紧贴着他："班长说得对，我们班阮哥牛啊！"

白竞也一个狂扑，赶着压住了黄亚："老黄说得对！"

"体委牛，牛姐牛！9班牛！"一群男生嗷嗷地狂叫，一个接一个扑上来，叠成了一串人肉罗汉，把阮轻暮狠狠压在了下面。

阮轻暮猝不及防，一下子就被一串人肉葫芦压在了座位上，动弹不得。

好半晌，才听见他怒吼一声："再不滚，我起来揍死你们啊……"

上午的课上完，午饭后，学校贴吧里的那个高楼帖又炸了。

9班班长唐田田亲自发了一个帖，是张照片，9班的学渣阮轻暮同学和1班的大学霸秦渊同学，并肩站在一起，和谐无比地站在9班的后黑板前欣赏他们的联手作品。

再往下，唐田田又发了几张局部特写照片，还特意加了句注释："黑板报下一期就要擦掉了，好舍不得，所以留个纪念吧。PS：谢谢秦渊同学友情提诗。

1班和9班友谊长存。"

忽然，有人火眼金睛，截了一个细节，放大后发上去："大家来玩找碴，这是啥！"

唐田田发的是原图，画上那个手握书卷的少年，书卷的封面上，写的好像不是"试题十八套"，而是"秘籍十八式"！

下午走班的第一节课铃声响了，阮轻暮踩着点，准时进了后门。

老师在上面讲着今天的新课，教室里的学生都听得认真，静悄悄的。

阮轻暮戴上耳机，趁着老师写板书，伸出手，飞快地在秦渊桌上放了一瓶冰镇饮料。

小卖部里最贵的橙汁果饮，黄澄澄的，瓶身上还挂着晶莹的小冰水珠。

秦渊的目光从黑板移到桌面上，盯着那瓶冰橙汁，又看向了阮轻暮。

阮轻暮耸耸肩，伸手指了指背后的黑板。

秦渊终于明白了，眼神柔和了点，用口型无声地反问："请客？"

阮轻暮埋头写了个小字条，扔了过来："牛小晴谢你的，她说请你一星期的客！"

秦渊伸手拿过饮料，正要拧瓶盖，打开字条一看，淡淡地把橙汁放回了桌上，再也不看了。

阮轻暮奇怪地看看他，忍不住又扔了个字条过去："抓紧，冰的才好喝。"

教室里都是尖子生，纪律出奇地好。阮轻暮这么动来动去的，化学老师早就注意到了，猛地吼了一声："干什么！这都扔了几个字条了？"

秦渊身子一僵，飞快地瞥了阮轻暮一眼，充满警告。

可阮轻暮戴着耳机，根本没听见化学老师的吼声，却冲着秦渊咧嘴一笑。

嘴巴刚张开，忽然，一个东西就带着风声，准确地飞进了他的嘴巴里。

阮轻暮目瞪口呆，慌忙往外一吐，得，是个小粉笔头！

化学老师大吼道："阮轻暮，给我站起来！"

阮轻暮无奈地站起身，飞快地扯掉耳机线，耷拉着头。

"上课还戴耳机！"化学老师气得一拍桌子，"你到底想不想听课？"

阮轻暮诚恳地看着他："报告老师，想听的，可是听不懂。"

毕竟态度极好，人长得又白净精致，化学老师一口气憋在了嗓子眼："听

不憾是你

不懂起码安静点，给我出去站着！"

阮轻暮眨眨眼，乖巧地鞠了一躬："好的。"

竞赛班的教室旁边就是领航班，一会儿工夫，里面上课的学生就看到了窗外的罚站生。

阮轻暮立在走廊柱子的阴影里，站得吊儿郎当的，白皙的耳垂边，吊着耳机线，一脸沉静地闭着眼睛。

啧啧，第一个被赶出来的竞赛班学生！罚站还敢听歌。

阮轻暮站了一会儿，悻悻地啐了两口，嘴里的粉笔味道终于淡了，心想自己大意了，以后拐杖还是不能离身。如果自己起身时抓着拐杖，老师再狠心，也不至于把他瘸着赶出去啊。

教室里，秦渊直直地坐在座位上，手握着钢笔，指节因为用力而透出点白色来。眼角的余光里，那个人一直那么站着，姿势一直没换。

人站久了都会换脚，那么，是另一只脚还没好利落吗？

头一次，他看着满黑板的化学公式，看着老师张张合合的嘴巴，却什么都没听清。

终于，他抬起眸子，飞快地向着窗户看了一眼。

原本闭着眼睛的阮轻暮也恰好睁开了眼，两个人的目光猝不及防地，穿过窗户，在半空中遇上。

阮轻暮愣了一下，忽然笑了。他伸出手，指了指秦渊桌上的橙汁。

秦渊盯着他那亮晶晶的眼睛，拿起饮料瓶，赌气似的，"咕嘟嘟"一口气把橙汁喝了个精光。

下课铃响了，走班的学生们在走廊里乱窜，有人跑到阮轻暮身边，自来熟地一拍他肩膀："大佬，黑板报画得好，十八式很牛！"说完，一溜烟地又跑了。

阮轻暮这么被拍了一下，心里有点恼火，差点想追上去踢那人一脚，身子刚一动，胳膊就被人重重抓住了。

秦渊冷着脸，面无表情地拉着他往教室里拽："消停点行吗？"

阮轻暮被秦渊拽得莫名其妙："我怎么了？"

高大的少年居高临下，手掌紧紧按住了阮轻暮的肩膀，劲力十足："被罚站很好玩，还是在走廊上站着很风光？"

这个人，为什么都不知道爱惜一下自己的身体！

前面，2班的学委李建荃回过头，惊讶地看着他，心里嘀咕着秦大佬也真是奇怪，这是走班的课，没指定班长，他这么咄咄逼人，好像不合适吧？对面那个可是个狠人！

被按在座位上的阮轻暮果然眉毛一挑，脸上的表情有点微妙了。

他伸出手，淡淡地把秦渊的手甩开，一双桃花眼微微眯起来。

"秦少侠，你是不是又——"他定定地看着秦渊，"管得有点太宽了？"

秦渊剑眉微竖，薄唇抿紧了。

阮轻暮懒洋洋地拿出耳机，重新塞进了耳朵："行了，您日理万机，多去管管自己班的群众吧。"

秦渊望着他，冰雪般的脸上，越来越冷。

"听不懂可以问，可以补，哪怕听一点都是好的。"秦渊压低声音，"白白浪费时间，才最不明智。"

阮轻暮似笑非笑地看着他，伸手指了指耳朵，做出一个听不见的表情。

秦渊忍无可忍，伸出手摘下他的耳机："天天听歌，上课也听，下课也听，你……"

阮轻暮抬起头，看了他半晌，才慢悠悠地点开了外放键，朗朗的英文听力内容从话筒中传来，悦耳又清晰。

四周偷窥的优等生们互相看了看，都屏住了呼吸。

秦渊愕然地听着那一串串英文朗读，抓着耳机线的手僵在了半空。

阮轻暮看着秦渊，声音很轻："你是不是，从来都没相信过我？"

梦里的那个人没信过，现在他也不信。

就算是在梦中，就算是那个人，纵然和他有过把酒树下、无言对酌的片刻，有过惺惺相惜、憾不能同路的瞬间，终究对他还是将信将疑。

秦渊怔怔地站在那里，看着他清透的双眸，没有说话。

阮轻暮笑了笑，眸子里似是自嘲，又似是自傲："所以你看，你们班主任说得对，不是吗？"

秦渊在第一时间就反应过来他在说什么。

所以好生和差生是不能做朋友的。

根本就不是一路人。说什么贵在交心，可是心与心的距离，一直都很远。

不愧是你

6. 等你追杀

刚刚响了晚自习的下课铃，秦渊就快步走出了教室，向着寝室走去。

一推门，阮轻暮已经坐在了桌前，见他进来，也没露出不高兴的神色，倒是微微笑了一下，算是打了个招呼，就又低着头看书了。

秦渊悄悄瞄了一眼，这次换了，不是英语书，是语文。

真的……要把英文和语文都考出一个好成绩，不是随口胡说吗？

晚自习九点半下课，寝室强制熄灯是十点半，回到寝室的学生们这时候罕有学习的，往往都是以聊天玩乐为主，有人偷偷关着门打几圈牌，有的寝室则聚在一起看电影，更多的还是连线偷偷打游戏。

秦渊坐在阮轻暮旁边，拧亮了自备的台灯。

寝室里的日光灯在房间正中，桌子却在边上，有了补光的光源就好得多，那盏台灯造型简约，从前方照过来时，散发出来的光线柔和又温暖。

秦渊心不在焉地看着书，眼角余光不由自主地看了看旁边。

阮轻暮完全没看他，眼睛一直聚精会神盯着书本，不时地翻一下。

很快，而且速度均衡。

秦渊在心里默默地估算了一下，忽然发现了一件事。

阮轻暮翻书的时间间隔，和他自己平时看书的速度，竟差不多。

半响后，阮轻暮微微伸了个懒腰，站起身去旁边倒了杯水，重新坐下的那一瞬，他却似乎怔了一下，往台灯看了看。

再过了一会儿，他忽然又站起了身子，走进了卫生间。

再回来时，他终于叹了口气，扭头看向秦渊，黑亮的眼睛闪着光芒。

"你直接把台灯放在中间吧。这么一次往这边移一寸，你不嫌麻烦啊？"

秦渊脸上的表情僵硬了，他扭过头："我……"

电忽然停了。

头顶的日光灯和他们桌前的小台灯齐齐熄灭，秦渊的瞳仁在夜色中闪闪发亮，宛如静夜中幽谷里的湖面。

忽然，秦渊低沉的声音响起来："对不起。"

阮轻暮："……"

无边的黑暗好像会给人勇气，对面冷峻少年的声音低低的："以后……还是带着拐杖吧，罚站时也好受点。"

阮轻暮看着秦渊，声音比平时柔和："我的腿没事了，真的，都是装的。"

"白天我的态度不好，你别介意。"秦渊说得艰难，"我以为……"

"明白的。"阮轻暮打断他，"不用解释。"

这个人心里，其实总是想为他好的，和梦里的秦渊一样。只是开始的时候，立场就已经相隔了太远。

没有一个好的开始，后来见面时就总是忍不住针锋相对，甚至赌起气来，生死相搏也不止一次两次。

分开后吧，想起来有时候会愤愤不平，有时候又怅然若失。

两个人默不作声爬上床，睡下了。

阮轻暮这边有光微弱地亮了一下，很快又熄灭了，片刻后，又亮了一下。

秦渊忽然开口："这么晚了，你要玩手机到几点？"

阮轻暮从蒙着头的薄被里钻出来："哦，那我把屏幕弄暗点。"

秦渊忽然撩起蚊帐，一把抓住了他的手，把手机屏幕翻过来。

"你疯了？"好半晌，秦渊才闷声道，"这是要秉烛夜读吗？"

手机屏幕上，是一个英语单词 APP 的界面。

阮轻暮嗤笑一声，说："秦少侠，你可能不太了解我，我这个人，喜欢说到做到。"

他漫不经心地挥挥手："行了，我换一头睡吧，不打扰你。"

正要抓枕头换方向，秦渊拉住了他："先说好，你打算看到几点？"

阮轻暮打了个哈欠："困了撑不住，自然就睡了呗。"

秦渊跳下床，在桌上拿了个东西，又爬上来。"咔哒"一声，那个小台灯居然又亮了，映亮了床头的一小方天地。

"十一点，到点我关灯。"秦渊随手摸过一本习题册，自己也靠在了墙上。

阮轻暮愣了愣："不用了，你睡吧，我这就关机。"

暖橙色的光映在秦渊的侧脸上，一片光洁。他眼睫低垂，低声道："我也再看一会儿。"

阮轻暮翻身坐了起来，看看那个台灯，有点好奇："哎，还带蓄电功能的？"

"嗯。USB 蓄电，可以应急。"

阮轻暮"啧"了一声："我以为你不用挑灯夜读的。"

不愧是你

秦渊淡淡道："并没有什么只看一遍就会了的事，谁都要努力。我也一样要多做题，要提前预习。临考前，也会复习到半夜。所以……"

"所以我不用为成绩差而羞愧，对不对？"阮轻暮嘴角翘起来，淡粉的颜色在床头小灯的映射下，微微有点水润。

"不是那个意思。"

"少来了。"小小的扇形灯光里，阮轻暮眼神微傲，有着异样的神采，"我可不需要人安慰。"

秦渊默默地看着他，神情有那么一瞬间的迷惘。也是，这个人好像心理比谁都强大。

两个人一起靠在墙上，各看各的，过了一会儿，秦渊又忽然说："假如有什么问题，可以问我。"

阮轻暮抬起头，似笑非笑地看着他："哦。谢谢。不过背单词这种事，别人可帮不了忙。"

秦渊沉默一下："也还是有技巧的，不同性质的单词在考试中的重要性不一样，比如介词、动词、非专有名词……"

阮轻暮的胳膊支在膝盖上，歪头静静地看着秦渊，心想，秦渊还是那么面冷心热，就差把一副古道热肠全都掏出来，放在别人面前。

忽然，窗外猛地传来一声吼：

"106的，里面在干什么？"

两个人猛地抬头，惊恐地看着窗户：什么情况，窗帘不是拉上了吗？

宿管大爷得意地在窗棂上敲了敲，洪亮的嗓门中气十足："窗户缝里有光，小兔崽子，还能瞒过我的老眼？再不睡，进去给你们砸了！"

阮轻暮伸出手，飞快地按灭小台灯。

黑暗中，秦渊的声音响起来："问你一件事。"

"嗯？"

"你为什么……会说我那里是蛇咬的？"

阮轻暮的身子微微一震，许久之后，他声音散漫："问这个干吗？我说了你也不会信的。"

秦渊慢慢道："你不说怎么知道我信不信？"

阮轻暮大睁着眼睛，望着天花板，笑了笑。

"也就是随口一说，形状有点像嘛。"他闭上了明亮的眼睛，"睡吧。"

秦渊没再说话，不知由来的焦躁浮上心间。

要是对阮轻暮说，自己老是做同一个梦，梦里总是有个和他一样的声音在说着莫名其妙的话，阮轻暮该要笑死了吧？

可是那个梦，真的太真实了，一点点缓慢推进着，就好像吝啬的连续剧，每周只肯放出一集，结尾还留下个悬念，叫他心里急躁又困惑。

散发着枯草味道的山洞里，外面逐渐有山间的光线映照进来。

他身上的热度终于退去了点，碰了碰胸前，那处被毒蛇咬到的地方已经不麻痒了。

身边没有人，旁边的干草凌乱着，昨晚的那个少年已经走了。

就算是在梦境里，好像也能清晰感觉到，自己的心里有那么一丝难言的怅然。

他刚想扶着山洞石壁站起来，眼前却忽然一暗，一个颀长清瘦的身影立在了山洞前，遮住了外面清晨的阳光。

"哎哟，醒啦？"那人背对着光线，面容依旧看不清，口气戏谑，"啧啧，真是命大。"

然后，他就在梦里沉声问："是你救了我？"

"呵，当然不是。"那少年弯腰进了山洞，语气讥讽，"必定是山精野怪觉得你秦少侠不该死，又或者是林中的雌兽爱慕你长得英俊，化成人形，出手把你救啦。"

他沉默了一会儿，才沙哑着嗓子问："为什么不杀我？你明知道等我好了，还是一样要杀你的。"

那少年嗤笑一声，劈手把一团东西扔过来："先活下去再说吧！"

他默默捡起那团黑乎乎的东西——一束草药。

正是山间容易寻到的那种能消肿祛毒、清热祛瘀的草药。

"我欠你一条命，记下了。"他抬起头，固执地看向那黑魆魆的身影，"可你屠戮了那么多无辜良善的人，我不能视而不见。"

那个少年忽然冷笑数声，像是听到了什么天大的笑话。他身影倏忽一闪，纵身离去，清亮的声音飘荡回响在山洞里："秦少侠，你可要说话算数。我等你来继续追杀，不死不休呀！"

不愧是你

第五章

似远还近

Bukui Shini

1. 新账旧账一起算

这天上午的最后一节课，又是体育课。

阮轻暮硬着头皮，带着白竞几个人跑到了体育器材室。

"多领几个篮球，老师。"白竞抢着对发放处的老师说。

器材室的老师"哦"了一声，抬起眼皮："几个？"

"十个吧！"

老师翻了个白眼："打篮球是群体运动！要那么多干什么，别的班级不要了？"

阮轻暮对着老师点点头："就按平时的分配来吧。"

白竞急了，悄悄拉了一下他："刘钧他们人手一个的，不多领的话，我们就玩不到了。"

阮轻暮淡淡嗤笑一声，伸手接过老师递过来的签字本，龙飞凤舞地签了名字："走吧。"

黄亚几个赶紧跑过来，有人拿装篮球的网兜，有人接过羽毛球拍，方离吃力地抱着几捆手握跳绳，跟在大家后面。

阮轻暮优哉游哉地走在前面，一扭头，看见方离跌跌撞撞的模样，叹了口气，伸出手："分我一半。"

黄亚赶紧跑上来，拿了几个走："哎呀，阮哥你今天刚扔拐杖，别累着，我们来！"

开学已经一个月了，阮轻暮那张"注意一个月内不做剧烈运动"的医嘱也正式作了废。

最近穆婉丽抽空带着他又去医院复查了一次，结论是康复极佳，预后良好，任凭他磨破了嘴皮子，也没捞到任何有关休息的医嘱。

在香樟树下舒坦躺着乘凉的日子，终于一去不复返了，今天是他这个新体委正式走马上任的第一天，光是点名就把他烦了个半死。

不仅要来领器材，上完课了还得亲自来还，等还完了才能去食堂，等那时候还有什么好菜能剩下？

算了，就算有好菜，他也买不起。

高一的学生入学了，目前是军训的最后两天，他们在操场上，穿着统一的迷彩服，有的班级在练习走正步，有的班级在休息。

阮轻暮他们领了器材回到班级上课地点的时候，正好有高一新生的女生队列踏着正步路过，一个个小脸晒得红扑扑的。

黄亚悄悄看了一眼，冲着白竞挤挤眼："百晓生，你的高1班花候选人要搞起来了，抓紧，我要投票！"

正小声嘀咕着，忽然一个篮球就砸到了他们中间，阮轻暮冷着脸："闭嘴，来领器材。"

"哦哦，新体委发威了！"男生们起哄。

这时在一边等着的女生们也都跑了过来。

"体委，我们要乒乓球拍。"

"我要跳绳，谢谢。"

…………

几个女生围着阮轻暮，叽叽喳喳的。

阮轻暮被吵得一阵耳朵轰鸣，赶紧拿起球拍，伸手扔给了她们。

"体委，我们要篮球。"几个男生远远地在边上扬起手。

阮轻暮拿起一个，往他们那边一扔。篮球划了个弧度，忽然，半空中跃起一个人，伸手截住了它。

正是不知道什么时候过来的刘钧。

不愧是你

阮轻暮眼角余光扫去，慢慢直起了腰。

刘钧和几个男生阴着脸，目光不善地看了看那几个帮忙搬器材的男生，又冷笑着看了看阮轻暮。

阮轻暮眯着眼睛，手里重新拿了个篮球，掂了掂。

忽然，他手臂高高扬起，向白竞那边做了一个抛扔的动作。

刘钧和李智勇正盯着呢，同时起跳想要拦截，可是没想到阮轻暮就是个假动作，刚伸出手臂，又飞快收了回来。

两个人跳起又狼狈地落下，尴尬地扑了个空。

阮轻暮拿着球，慢悠悠地在地上拍了几下，看着对面的几个男生，嘴角讥讽地一歪。

李智勇骂了一句，就想过来，阮轻暮远远地一伸手，直接就指住了他。

"器材不够，五个人一个篮球。"他淡淡开口，"你们分一个球，再多没有了。"

刘钧带着几个男生围了过来："谁规定的五个人才能领一个？"

阮轻暮微笑："我规定的。因为有个人对我说，说既然竞争当这个体委，就得负起责任来。"

他叹了口气，继续说道："我虽然不想听，可是他说得对。"

他眉目精致，人又长得极白，这样笑着，比平时懒洋洋不苟言笑的样子不知道好看了多少，有不少路过的军训女生们都偷偷望了过来。

李智勇立刻叫了起来："哎哟，新班委好大威风啊！你的规定，我们不服怎么办？"

脸色阴沉的刘钧一直没说话，只是死死盯着阮轻暮。

白竞紧张起来，悄悄地往后退，阮轻暮一抬眼，和颜悦色地看着他："你给我站住，再去叫老师我连你一起修理。"

白竞尴尬地停住了。

新体委怎么这样？昨天他还请阮哥吃烤肠呢，现在翻脸就像翻书一样！

阮轻暮身后，方离紧张地握紧了拳头，悄悄退出了人群，拔腿就往操场另一边跑。

阮轻暮抱着篮球，看向李智勇，神色轻慢："不服怎么办？那还能怎么办啊？"

他勾了勾手指："来打一场，你打赢了，从今以后别说一个篮球，要十个，我跪着也帮你借来。"

挂拐杖装瘸子一个月，整个人都快生锈了，这几个人苍蝇一样老是嗡嗡的，有种彻底拍死他们的欲望。

李智勇心想，虽然想来杀一杀阮轻暮的威风，但他也不想因为打架受处分，于是说道："谁和你打架，你这种垃圾不怕处分，我还犯不着陪你倒霉呢！"

阮轻暮忽然笑了，雪白的牙齿露出来："对啊。我不怕处分，你怕，那就滚远点嘛。"

他这一笑，亮白牙齿配着白皙肌肤，在阳光下亮得耀眼。

离他最近的李智勇莫名心里一寒，不由自主地，真的就往后退了一步。

操场另一边，傅松华飞身跃起，接住了对面秦渊狠狠扣过来的羽毛球，忽然，耳边就响起了一声轻叫，带着微颤："对不起……能不能帮个忙？"

傅松华一扭头，诧异地望着气喘吁吁的方离："怎么了？"

上次的跨班事件只闹了个开头，就被扑灭了。

从那以后两个班的体育老师极有默契，再上这堂体育课时，就严格地进行了大隔离，以操场中央白线为"三八线"，严令不准乱窜。

方离喘着气，指了指9班那边："那个、好像又要打架……"

傅松华大吃一惊："又打起来了？阮轻暮吗？"

方离还没来得及回答，眼前一花，一个身影已经健步如飞，向着操场另一边疾步而去。

傅松华一把拉起方离跟着追，嘴里大叫："哎哎，班长别跑那么快，等等我……"

操场这边，9班的人都屏住呼吸，胆战心惊地看着被刘钧几个人围在中间的阮轻暮。

刘钧靠近了阮轻暮，声音阴沉："姓阮的，别嚣张。在学校里我不动你，出了校门，你可小心点。"

他个子比阮轻暮要高，一脸的青春痘靠近了，在眼前的冲击力极大。

阮轻暮一双桃花眼眯着，忽然扭过头，摆了摆手："你离我远点，换李智勇来，他的脸没你这么恶心。"

"噗——"好几个女生笑出了声。唐田田没有笑，她看着刘钧铁青的脸，

不愧是你

心里怦怦跳。

果然，刘钧猛地抡起了拳头，唐田田一直紧张地注意着，慌忙冲了上去，抓住了他的手。

"不要打架，不要动手……"

刘钧猛地把胳膊一抡，瘦弱的唐田田就被他甩开了，往后趔趄几步，摔坐到地上。

她举起手，手心被微微蹭破了点皮，渗出了点血丝。

阮轻暮漫不经心的表情终于变了，他快步上前，扶起唐田田："你怎么样？"

唐田田忍着掌心的疼："没事没事，破了点皮……"

阮轻暮站起身，定定地看着刘钧，忽然手一伸，周围的人只觉得眼睛一花，再定睛一看，阮轻暮已经狠狠攥住了刘钧的手腕。

"我一直都太给你脸了是吗？"阮轻暮脸上没了笑，一双桃花眼里只剩下幽深的寒光，一动不动。

刘钧用力一挣，没挣动，脸色变了，他手臂暗暗使劲，猛地往后一拉，阮轻暮身子还是没动，这短短片刻，手臂上的较量全都落在了旁边人的眼里。

刘钧额头的青筋在跳，阮轻暮的小臂肌肉隆起，在众目睽睽下，他一点点地，把刘钧颤抖的手臂扳向后面，眼里戾气一闪。

"校外是吧？"阮轻暮轻描淡写地说，"既然你活得不耐烦，来，现在约个日子。"

刘钧手腕剧痛，就像快被扳断了一样，他猛地伸出另一只手，挥了过来。

阮轻暮肩膀一闪，躲开了他的袭击，然后闪电般伸出另一只手，掐住了刘钧的脖子，一直往后推！

刘钧被他推得连连后退，一直退到后面几米远的篮球架上，发出了"咣当"一声响。

阮轻暮清瘦洁白的手腕就像是一只小号的铁钳，片刻都没离开刘钧的脖子，用力狠狠一扼："不约校外也行，今天新账旧账一起算。"

"啊！"旁边的人一阵惊呼，纷纷惊恐地向后散开了几步。

刘钧被掐住了脖子，发疯了一样使劲拳打脚踢，可是清清瘦瘦的阮轻暮三两下左闪右躲，那些拳打脚踢没有一下落到他身上。

再看刘钧的脸，已经憋得血红一片。

旁边的几个人都吓傻了，好半天，才互相看了一眼，咬着牙冲了上去。

白竞他们抱着阮轻暮，李智勇他们去救刘钧，男生们乱糟糟地叫："冷静点冷静点，别打架……"

"哎呀，一个篮球，我们不玩了，给你们给你们！"

一片纷乱中，阮轻暮的手指依旧死死卡住了刘钧的脖子，嘴角的幅度越来越大。

他纹丝不动，甚至更逼近了刘钧一点，声音又阴又轻："对了，你不是到处在背后对人说，我爸是杀人犯吗？"

刘钧本来在暴怒中，看着阮轻暮那幽冷的眼神，身上一冷，力气就像是忽然消失了。

"阮轻暮！"一声低沉又急促的声音突然响起，在嘈杂的人群里格外清晰。

紧接着，一只手臂就紧紧搭上了阮轻暮的肩膀，阮轻暮慢慢扭过头，看着面前高大英俊的少年。

秦渊额头冒着细汗，看了两眼翻白的刘钧一眼，眉头轻轻一跳，他的手缓缓用力，声音极沉："放开，别冲动。"

阮轻暮眼里那抹戾气终于慢慢散了，他看着秦渊，笑得人畜无害："好啊。"

他掐着刘钧脖子的手松开了，旁边的男生们呆呆地看着被围在中心的两个人，陷入了一阵诡异的安静。

阮轻暮的手臂被刘钧抓出了几道伤，而刘钧在捂着喉咙剧烈地咳嗽，脖子上、手腕上都有几道乌青的手指印！

那是阮轻暮用手硬生生掐出来的？

2. 我信你

操场边的香樟树下，几个男生沉默地坐着。

方离小跑着过来，手里拿着从校医室领来的碘伏药水，犹豫地看着阮轻暮："你的胳膊……我帮你？"

傅松华一把把药水抢过来，毫不客气，劈手扔给了阮轻暮："他没长手吗，要你伺候？"

阮轻暮随手接过药水，不满地看着方离："你傻吗？谁让你叫这个傻大个来的。"

方离的脸涨红了，畏畏缩缩地闭上了嘴巴。

不愧是你

傅松华一下子跳起来："喂，你有点良心，方离还不是怕你被打死！"

阮轻暮淡淡嗤笑一声："哦，你们再晚来一步，有人就要被打死了是不假。"

"是啊是啊，你牛。"傅松华叫，"要不是我们班长二话不说往这边跑，你以为我想理你？"

阮轻暮目光微斜，看向了身边的人。

秦渊默默地坐着，异常安静。他垂下头，从阮轻暮手里拿过碘伏，伸手拧开了。瓶盖里附带了小棉签，他蘸了点药水，平静地看向阮轻暮："胳膊。"

阮轻暮伸出了那只被抓伤的手臂。

黄棕色的药水轻缓地涂了上来，秦渊低着眉眼，动作仔细，神色清冷。

秦渊头也不抬，对傅松华说："帮我们去食堂占个位置，再打点饭，谢谢。"

傅松华"哦"了一声，利索地跳起来，熟门熟路地搂过方离："走走，我们一起。"

两个人走远了，风中传来傅松华吓唬人的声音："下次这家伙的事，你别管，听见没？你站远一点，小心溅一身血！"

阮轻暮听着那越来越小的声音，咧开嘴，笑了笑，胳膊忽然微微一疼。

秦渊手里的棉签停在了他的伤口上，瞳仁幽深："他的话好笑吗？"

"好笑啊。"阮轻暮笑眯眯地看着秦渊，"特别是溅人一身血这句。"

秦渊脸色微变："你正经点！难道武侠片和黑帮片看多了，就会喜欢说这种台词？"

阮轻暮亮晶晶的眼睛看着他，带了点奇怪的邪气："那你怕不怕？"

秦渊忍无可忍，忽然甩开了他的胳膊："幼稚！"

阮轻暮沉默了一会儿，才说："像刘钧这样的人，要是在电视剧和武侠小说里，早就该被行侠仗义的主角给铲除了。"

"所以那是电视和小说。"

阮轻暮淡淡笑了笑："在他们眼里，欺负人，显摆一下，那是好正常的事。他们逼我和方离帮他们捡球、帮他们打水打饭，敢反抗的话，随便就能打你的脸，就能把你堵在厕所里，就能威胁你。被堵在厕所里恐吓，被逼着求饶，是很羞辱、很可怕的事，你知道吗？"

秦渊猛地扭头看向他，目光又惊又怒。

"你看，你不知道。"阮轻暮悠悠地道，"你和傅松华这样的人，又优秀、又备受宠爱，活在阳光底下，身边一片灿烂。你们不会知道，其实被羞辱被欺负不是最可怕的，最可怕的是你身边一个朋友都没有，孤零零的。"

"傅松华永远也不会理解，为什么方离会那么胆小；你也同样不会理解，我为什么会在朋友圈里问：刘钧这样的人怎么不去死呢。"

秦渊深深地吸了口气，眼神中带着极怒："跟我走，我陪你去找你们班主任，还有教导处主任。"

阮轻暮嗤笑一声："没用的，这种行径，最多就批评教育嘛，又没打伤人，也没造成严重后果。"

可是足够杀死过去那个懦弱的他了，足够叫曾经的他痛苦不堪，浑浑噩噩地冲出去，不小心撞到了迎面而来的车上。

秦渊的手，有点微微地抖。

他弯下腰，静静地看着阮轻暮："是的，刘钧这样的人是很该死，但是你不能亲手去做，你懂吗？"

阮轻暮随意地挥了挥手："懂的。法治社会嘛。"

能怎么办呢，最多也就是下狠手揍一顿，就这还被硬生生拦住了呢。

秦渊死死地盯着他："你答应我，任何时候都不能做傻事。你的命，不是拿来和人渣共沉沦的，听清楚了吗？"

阮轻暮定定地看着他。大香樟树冠盖如云，树荫下更衬得秦渊脸色瓷白，眉目张扬。

"听清楚了。"他微笑，"我说这些，不是哭惨，只是想告诉你，我打他的理由。"

不是我心狠手辣，是他们罪有应得；不是我戾气深重，是不该有人在伤害别人后，还不被惩罚。

在梦里，因为心高气傲而不屑去解释的那些事、因为敌对而不愿说清楚的那些话，最终就没有机会再说，就再也没办法开口了。

所以这一次，不管你懂不懂，只要我对你说出来，就不会再有那样的遗憾了，是吧？

秦渊紧张的眼神，终于微微松弛了一点。

"你不用解释，我信你。"他轻轻垂下眼帘，微挑的凤目光芒闪亮。

阮轻暮终于笑了，一双桃花眼温柔又晶亮。

我信你。多么好听的一句话，可在梦里到死也没等到啊。

不愧是你

秦渊向着他伸出手，目光柔和："走，去吃饭吧。他们等着呢。"

阮轻暮看着那只伸过来的手掌，忽然开口："我上午，交了调班申请书了。"

秦渊一动不动，伸出的手掌僵在了那里。

"老简说试行走班制已经一个月了，大家可以根据自己的情况，考虑进行首次调班。"

阮轻暮跳起来，拍了拍身上粘的草屑，动作轻快："我想了想，你说得对，稳健班才是我该去的地方。"

食堂里，1 班和 9 班的男生们坐在一起，气氛微妙。

黄亚如坐针毡，撞了身边的白竞一下："百晓生……那个是真的吗？"

白竞皱皱眉："好像刘钧他们是传过。"

旁边有男生小声插嘴："可是他自己也承认了的啊，说实话真有点吓人。"

白竞冷着脸，忽然说："我不管他爸是什么人，反正我就服阮哥。"

黄亚一愣，半晌也一咬牙："你们怕，你们就走远点，我不怕。阮哥不打自己人！"

旁边，方离垂着眼帘，低声说："阮哥刚刚打刘钧，也是因为刘钧动手推班长啊……还有，他还帮我们班板报得了第一呢。"

旁边，傅松华忽然抬起头，看了看四周，目光落到了不远处的刘钧身上。

傅松华站起身，悠悠然走到刘钧身后，拍了拍他的肩膀："喂！"

刘钧猛地回头，目光不善地看着他："干什么？"

傅松华弯下腰来，龇着雪白的牙一笑："哥们，这次我们没参战啊，就路过提醒一下。"

他把声音压低一些，继续说道："上次咱们打架都被警告了，都很惨啊！这次幸好老师没看见，不如就此算了，真闹到老师那里，谁都没好果子吃，阮轻暮虽然下手重，可是你还推了唐田田呢。对吧？"

刘钧咬牙切齿，突然一抖肩膀："滚。要你管？"

傅松华笑得意味深长："反正要是告状呢，我们这么多人都长着嘴巴，到时候怎么添油加醋，就难说哦。"

刘钧一时不知该怎么接话，毕竟这学期刚开始，谁也不想再背一次警告处分。

两个班的人等到菜都快凉了，才见到了两位大佬姗姗来迟的身影。一个神情冷静，一个脸色散漫，可不知为什么，男生们都感到了一丝古怪。

两位大佬都不怎么说话，两个班的话痨们强行说笑了半天，气氛越来越冷，也都闭上了嘴。

阮轻暮慢条斯理吃着饭。方离端着一碗猪肝汤走来，小心地放在阮轻暮面前："赶紧喝点，补血的。"

阮轻暮手中的筷子停了，有点哭笑不得："谁流血了？"

白竞理直气壮地指着他胳膊上的伤痕："你啊！体委你为大家流了血，我们请客，给你补补。"

阮轻暮斜眼看看他们，低声笑骂了一声："滚。"

嘴里骂着，手还是接过了猪肝汤，他捞起来一块，嫌弃地皱皱眉："这是猪肝吗？这么老？"

对面的傅松华忍不住了："喂，你知足点，人家方离特意买的。"

阮轻暮"哦"了一声，随意地把猪肝汤推给了他："那赏你了。"

傅松华大怒，一把端起来，"咕噜噜"喝了个精光："呸，浪费可耻！"

秦渊轻轻瞥了阮轻暮一眼，拿起公筷，夹了一块红烧肉，淡定地放在阮轻暮的餐盘里，轻声说："这个烧得好，不柴，也不老。"

傅松华差点没拿稳筷子，震惊无比地扭头看班长。

班长这是中了什么邪？自己跟着班长一年多，还没被投喂过呢。

一顿午饭在诡异的气氛中结束了。

吃完饭后，大家都各自回了教室。距离上课还有大半个小时，阮轻暮已经进了走班的教室。

这些天他大多都挂着拐杖，一副病恹恹的样子，今天是第一次轻轻松松地这样走着。

竞赛班里的同学看见他走进来，都有点恍惚，阮轻暮身形虽然清瘦，但是挺拔，双手插在校服的裤兜里，走得轻快矫健，还是那张白皙精致的脸，可是又好像有哪里不太一样了。

学委李建荃正在向秦渊请教化学题，忽然就看见秦渊的眼神从课本上移开了。他有些困惑，顺着秦渊的目光看过去，原来是名声大噪的学渣同学今天没挂拐杖。

阮轻暮走到他常坐的座位上，开始收拾自己的抽屉和桌面。

不愧是你

都是下午走班的理综课本和资料，大多都是胡乱塞着，试卷惨不忍睹，填写了的地方也都打了鲜红的叉。

阮轻暮把东西通通摞在一起，往带来的书包里塞。李建荃忍不住问了一句："你干什么呀？"

阮轻暮抬头看看这位在他前面坐了一个月的成绩年级第二的同学。

"眼镜兄，我要走啦。"他挥了挥手，拎起书包站起来，"拜拜。"

李建荃愣了一下："啊……也好。那你去哪个班啊？"

阮轻暮笑了笑："去我该去的地方。"

他垂下眸子，黑长的睫毛密密地盖在下眼睑上，似乎有点漫不经心，顿了顿又说："以后下午我就不会和你们一起上课了。"

一边的秦渊维持着先前的姿势，脊背挺直，低头看着自己桌上的课本。

李建荃"啊"了一声，客气了一句："那也挺好的。以后你要是有什么不懂，可以来找我们问的。"

虽然是个学渣，可是一点也不讨人厌，平时也不聒噪，只爱戴着耳机在后面坐着，除了偶尔骚扰一下秦大学霸，也没有什么别的劣迹。

外面传说他打人不眨眼、暴戾阴狠，根本就是胡说。他偶尔冲着秦学霸笑的时候，总是神气活现，还有点微微的甜。

阮轻暮走到秦渊身边，掏出了一瓶果汁，放在了他桌上。

"我请你的，不是牛小晴。"他想起了什么似的，又补充了一句，"山楂口味的。"

没等秦渊回答，他单手把书包反手甩在背上，晃悠悠地向教室门口走去。

秦渊一双凤眼追着他的背影，目光宛如秋日微风掠过的湖面。

"有什么不懂的，不用来这里问。"他微带磁性的声音打破安静，字字清晰，"晚上回寝室，我讲给你听。"

阮轻暮头也不回地向后面挥了挥手："再说吧。"

3. 男生寝室

物理稳健班里，白竞一直往门口望。

一见到阮轻暮的身影从外面走进来，他连忙举起手："阮哥阮哥，这边有宝座！"

稳健班原本就是以普通班学生为主，这个班有很多9班的熟面孔。

阮轻暮拎着书包走到窗户边，懒洋洋地坐下："这里怎么空着？"

这个位置左边就是窗户，可以远眺操场；前面坐着黄亚，又高又敦实，可以遮挡老师的视线——简直是所有学渣们力争的风水宝座。

黄亚谄媚地凑过来："原来是我坐的，知道阮哥你要来，那我为你遮风挡雨。"

阮轻暮恹恹地趴在桌上，不说话。

"阮哥，换环境不习惯啊？"白竞察言观色地问，"竞赛班多没劲，这儿空气多清新啊。"

阮轻暮面无表情，看着他："人家起码安静，不像你们这么吵。"

黄亚嘿嘿地乐："他们那儿不叫安静，叫窒息。"

阮轻暮抬头四下看了看："方离不在？"

白竞点头："他的物理课报了领航班，和1班那个体委在一个班，据说比在我们班还惨。"

阮轻暮眉头皱了皱："什么叫比在我们班还惨？"

黄亚哈哈地笑："傅松华每天下午下课都强拉着他一起去食堂，晚上还逼着他去领航班自习室，说是要带他一起飞呢。"

几个男生一起爆笑："这么惨？刚刚逃脱刘钧他们的魔掌，这又被傅松华讹上啦？"

"小媳妇一样的，又弱又胆小，谁看了不想欺负啊？"

阮轻暮拿起书，冲着前面那男生拍了一下："放屁。人家弱你就要欺负，那我看你就特弱，我也打你，好不好？"

男生委屈地一缩脖子："阮哥你别这么凶嘛。我是说刘钧和傅松华他们。"

阮轻暮接着又狠狠拍他一下："不准拿傅松华和刘钧比。"

白竞小声问："阮哥，你不是很讨厌傅松华吗？"

阮轻暮冷冷道："他只是蠢而已，又不是坏。"

众人："……"

我们替傅松华谢谢您了啊，这么高的评价！

晚自习下课铃响了，几个男生热情地拉着阮轻暮："阮哥，走，跟我们去四楼参观一下！"

9班的男生寝室都在四楼，学校寝室前几年刚刚翻修过，房间不紧张，有的只住了三个人，还有床铺空着。

一群男生簇拥着阮轻暮，兴高采烈地来到宿管大爷的门房前。

"周大爷，我们有同学要调换寝室，要什么手续啊？"

宿管大爷看了看阮轻暮，恍然大悟："哦，是你啊。你们简老师上次和我说了。"

他戴上老花眼镜，瞅着花名册："四楼的空床铺还有几个。你们抓紧定下来，再来我这儿登记。"

"哦哦哦！"男生们兴奋了，"走，阮哥你去挑一个房间，想和谁住就和谁住。"

"体委你来我们寝室吧，向阳，冬天晒太阳超爽！"黄亚叫。

"阮哥别去！"有人忙说，"他们寝室都不洗袜子的，你去了直接就会被熏死！"

阮轻暮被他们吵得头昏脑涨，转身正要说话，就怔住了。

寝室楼的进门处，身材高挑的少年站在那里，远远地看着他们。

正是秦渊。

他望了望围在门卫室的男生们，垂下眼帘，向自己的寝室走去。冷白的灯光照着悠长的过道，独身一人的少年站在106寝室门前，掏出了房卡。

开门的一瞬，他微微侧过脸，往这边又看了一眼。

阮轻暮被身后的男生们簇拥着，身不由己地上了楼梯，再回头时，106的门已经关上了。

刚刚下晚自习，四楼到处闹哄哄的，比人数稀少的一楼闹腾得多。

有人在走道里大喊："412三缺一，谁来，你懂的！"

也有人对着对面寝室叫："谁有充电宝借一下？"

白竞殷勤地拉着阮轻暮："我们班还有三个寝室有空床，黄亚他们寝室向阳，我们寝室数字吉利418，你都来看看。"

阮轻暮刚推开黄亚那间寝室的门，转头就猛地退到了走廊上，脸色惊怒："这里是有瘴气吗？"

如果再多闻一下，他就能直接被满屋的脚臭熏昏过去，现在这手里也没有清心辟毒丸啊！

男生们笑得疯狂："哈哈哈哈，瘴气这个词好形象啊！"

"老黄你们不行，就说阮哥看不上你们寝室吧，人家是讲究人。"

白竞骄傲地拉着阮轻暮往自己寝室拽："来来，我们这儿好，没那么臭。你来闻闻。"

阮轻暮脸都青了，抻长脖子往他们寝室探了一眼，咬着牙吐出一句："这是猪窝吧？"

满屋子的脏衣服，桌子上、床头间搭着各色内裤，上铺墙上到处贴着花红柳绿的海报。

"阮哥你要是这么说，那可就找不到地儿住了。"白竞严肃地看着他，"周一上午才查寝室卫生呢，现在真的很干净了。"

阮轻暮冷着脸又看了另一间寝室，心里一片绝望。

亲妈穆婉丽也是个干练的女人，家里虽然不大，可是儿子的房间也是收拾得干净清爽。住到一楼的106，秦渊更是极讲究干净，寝室里从来都空气清新，整洁有序。怎么仅仅隔了几层楼，这儿就集体成了猪窝！

他的目光掠过了一间寝室，随手一推，眼前突然一亮。

这间虽然也算不上多么赏心悦目，可是比起别的猪窝来说，已经叫人舒心多了。

"方离，你住这儿啊？"他看着刚刚从卫生间里走出来的方离。

方离手上湿漉漉的，拿着块满是泡沫的抹布，那张温和清秀的脸上也沾了点。

他抬头看见阮轻暮，惊喜地跑过来："嗯嗯，是啊，你要回四楼了吗？"

阮轻暮看了看床，四张全满了，不由得失望地叹了口气，突然身子一动，被人在背后粗鲁地推了一把。

"好狗不挡道，这儿不欢迎别寝室的人啊。"

阮轻暮回头，眼睛一眯。

正是李智勇，他光着膀子，大剌剌地踩着夹趾拖鞋，向方离大声训斥："干什么？还不去做卫生？"

阮轻暮看向方离，平静地问："他为什么叫你做卫生？"

方离还没回答，李智勇已经跳了起来："你有病啊？轮流做寝室卫生啊，今天我们寝室就轮到他了，怎么的？"

阮轻暮不理他，只看着方离："你说。"

136

方离低着头："嗯，是轮到我做值日……"

白竞凑了过来，把阮轻暮拉走了："体委，人家寝室满了，你也不能硬挤过去啊。"

阮轻暮怏怏地插着兜："也就方离的寝室能看，这层楼都不能住人。"

男生们不满地叫嚣："阮哥你这是啥话，这层楼都是鬼不成？"

阮轻暮的后背忽然被人拍了一下："哪儿有鬼？我们四楼住的都是阳刚猛男，阳气十足，你以为都像你们一楼那么冷清啊？"

阮轻暮缓缓回头，面无表情地看着穿着大花裤衩的猛男同学："好，知道。我去告诉秦渊，你说他寝室阴气重。"

傅松华正潇洒地拨弄着刚洗完的头发呢，听着一呆："你血口喷人！我是说你们那儿冷清，谁说有阴气了？"

"那你猜我去跟秦渊说的话，他信你，还是信我？"阮轻暮冷笑。

傅松华目瞪口呆地望着他，郁闷地叫："你这人这么阴险，班长怎么受得了跟你住一屋的，你赶紧回来，祸害自己班的人吧！"

阮轻暮在四楼转了一圈，痛苦万分地进了白竞他们寝室，在空床前坐下来。

寝室的几个男生高兴坏了，乐呵呵地围着他："阮哥，那就定了，住我们这儿？"

阮轻暮盯着那张摆满东西的桌子："这是你们的垃圾桌？"

一个男生飞快地扑上去，把桌上的泡面和旺旺雪饼搂到怀里："以前是，你来了就不是了！"

白竞也拍着胸脯："阮哥，你给我们点时间。下周来，保证给你一个干净漂亮的新寝室！"

阮轻暮无奈地坐着，浑身有气无力："先说好，以后轮流值日做卫生，不能这么脏。"

"都有做值日啊，今天是百晓生做的！"

白竞挠头："还好啊，有点乱而已……以后你住进来，我们使劲弄。"

阮轻暮把他脖子搂过来，温和又阴沉地开口："按照方离他们寝室那样弄，不然掐死你。懂吗？"

白竞哭丧着脸："阮哥，他们寝室卫生每次都第一，我们是要抢过来吗？"

阮轻暮的俊脸上阴森森的："对，我有第一名收集癖。"

寝室里的几个男生面面相觑，看不出来他们阮哥野心这么大。

几个男生热情又执着地拉着野心家同学，把他按在了椅子上："阮哥，掼蛋会吧？打牌接风老规矩。"

"不会。"阮轻暮冷着脸。

"很简单的，'跑得快'和'八十分'的综合版。"白竞解释，"来，阮哥，我们教你，一学就会！"

阮轻暮起身想走，黄亚赶紧堵着："别怕啊阮哥，知道你手头紧，我们不赌钱的。"

阮轻暮身子顿住了，看着几个男生，一双桃花眼危险地眯着："你说谁怕？"

阮轻暮刚撸袖子坐下，就听见门外傅松华叫了一嗓子："班长，你怎么上楼来啦？"

阮轻暮一怔，扭头看去，只见一个挺拔的身影立在一片乱哄哄的走廊里，淡淡开口："嗯，找你对一下物理作业。"

傅松华困惑地看着略显古怪的班长："班长，我们物理作业不一样啊。"

秦渊是物理竞赛班的，找他这个领航班的对什么答案？

明亮的灯光下，面容冷峻的班长大人有点心不在焉："哦，那对一下数学。"

傅松华："……"

班长的目的好随便哦。

阮轻暮拿着一手牌，身子半侧往外看，姿势很别扭，好半天也没扭回来。

秦渊看似无意地转过头，目光正迎上他，白竞他们莫名其妙地看着两个人隔着门遥遥相望，终于有人忍不住问："阮哥，你要不要先出张牌？"

那边，傅松华也高声叫起来："班长，来对作业呀。"

阮轻暮看着门口，终于向着秦渊挥了挥手，不抱希望地客气一声："打牌吗？"

4. 联手虐菜

秦渊显然已经洗过了澡，换了一身米色的短袖居家服，垂感极好、剪裁精细，在满走廊脏乱的大裤衩和小背心中，显得格格不入。

不惧是你

所有人都认为秦渊会冷冷拒绝，他却点了点头，抬脚进了白竞他们寝室，安静地盯着阮轻暮对面的男生，一言不发。

男生和他大眼瞪小眼半天，终于醒悟过来："得嘞，大佬您坐！"

门口，傅松华拿着一叠练习册，幽怨地看着班长的背影，说好的对作业答案呢？为什么去9班打牌，真想打牌的话，他们1班难道凑不起来四个人吗？

白竞战战兢兢地坐在牌桌前，看看年级大佬："会、会打掼蛋吧？"

秦渊摇摇头，沉静的眸子里波光明亮："不会。"

白竞心里痛苦万分：搞什么啊！刚刚好不容易给一位新手讲完规则，还要再说一遍吗？

虽然想换人，但是看见学霸同学那认真的样子，没人敢说出口。

白竞没办法，又简单说了一遍规则，重新开始发牌："来来，一边打一边学。友谊第一，手下留情。"

他的意思是对两位新手手下留点情，没想到阮轻暮却接了话，神态傲慢："嗯，第一次打，会让着你们的。"

秦渊轻轻抬起狭长锋锐的凤眼，认真地看了他一眼："可以。"

白竞和对家："……"

要不是这两位都惹不起，平时谁敢在牌桌上这么说话，会被打的！

果然，两位大佬的确都是新手，第一盘出牌都很慢，有时候还会停下来，再次确认一下规则。

第二盘，白竞他们连升三级，直接冲上5。

再往后，两位大佬出牌就快多了，赢了一次，勉强追上3。

再一盘，逆风翻盘赶超到5。

下一局开牌，阮轻暮抓完了牌，草草一扫，看了看对面的秦渊，笑容有点奇怪的意味："开始吧？"

对面的学霸同学蹙着眉，修长手指拢着手中的牌，以一种别人都听不懂的默契回答："嗯，好啊。"

再往后，白竞和对家就疯了。

一直到两位大佬打到K，他们始终就没打过去数字8。

"你们什么手气？为什么你有3带2他也有，为什么他出牌你一定接得住！"白竞大叫。

对家那个男生把腿翘在凳子上，一遍遍疯狂洗牌："我还就不信了，他们一直就能运气好！"

阮轻暮把手抱在胸前，懒洋洋地说："是我们打得好，懂吗？"

黄亚一直站在阮轻暮身后看牌，有点困惑，却又不敢出声。

你说是运气吧，可是明明阮轻暮手里也拿了几把很普通的牌；你说是打得好吧，可两位明明是新手，出牌都不太按常理。

好像莫名其妙地，就正好和对家的牌搭上了，这打牌也有新手保护期吗？

最后一盘，两位大佬这边冲击最后的 A。

看着阮轻暮的牌，黄亚开始频频摇头："死定了。"

这手牌很差，除了一副小炸弹，啥都没有，只能顺着上家白竞，偷偷摸摸走一点小牌。

"哎哎哎，这个不能出！"眼看着阮轻暮就要打出去那唯一的炸弹，黄亚急了，"留着，听我的！"

为了帮对家挡住攻击，这么打出唯一的大牌，剩下一副顺子，算怎么回事？

阮轻暮完全没听到一样，随手把四个 7 扔了出去："炸！"

对面的秦渊抬起头，深深看了他一眼。阮轻暮第一时间抬起头，也看了看他。

两个人的目光一触即分，就像在交换着某种默契，定下一个只有他们才懂的约定一样。

接着，秦渊的出牌堪称行云流水，一张张、一对对，在修长手指下鱼贯而出，到了最后一把时，傅松华急了："老大，停停停，不能这样！"

自己牌好先出完了，对家打成末游的话，A 也过不去啊！

新手就是新手，只顾着自己爽，也不想想对面的牌有多烂！

秦渊眼皮也不抬，一双漂亮的凤眼淡淡低垂："炸弹五个 J，有人要吗？没人要，那就顺子，6、7、8、9、10。"

他将手中最后五张牌放下，漂亮的手指骨节分明，缓缓一摊牌面："上游出完。"

"哎！"傅松华阻止不及，拍了一下大腿，老大这也太鲁莽了，看到对家只剩 5 张牌，竟然就真的留下副顺子，拜托，哪有那么巧啊？

白竞瞪着阮轻暮，冷笑一声："我还不信你就是顺子，过！"

阮轻暮看看他，嘴角似笑非笑："你想要，也要不起啊。"

不愧是你

他扬起手，把手里剩下的牌往桌上一扔："9、10、J、Q、K。二游出完。"

对家男生快疯了："啊啊啊，什么鬼，百晓生你狙一下啊，怎么就叫他走掉了！"

白竞手里还有一大把好牌呢，他计划着，秦渊挡不住，捏死阮轻暮还不是分分钟的事，怎么就叫他们把最终局给打过去了？

白竞蹦起来："你以为我不想挡吗？我没炸弹了。"

傅松华目瞪口呆地看着桌上的牌，忽然问了一句："老大，你、你是故意留顺子的？"

阮轻暮身后的黄亚也同样震惊："阮哥，你哪来的谜之自信，觉得他一定会留顺子给你啊？"

阮轻暮脸上挂着笑，心情颇好，随口道："那当然。他绝不会不管我的。"

围观的众人："……"

秦渊略略活动了一下脖子，平静地回应："嗯。他最后肯定是顺子，而且应该比较大，我拆牌组小顺子留给他，是唯一能双带双赢的办法。"

四周观战的男生们呆呆看着他，傅松华满脸茫然："为什么肯定是顺子，而且比较大？"

阮轻暮看他的目光像是看傻子一样："你傻啊？前面都打成那样了，我除了顺子还能留什么？所有的8都出掉了，后面的10、J、Q、K没出完，假如我是顺子，起码也得是9开头，肯定接得过去嘛。"

白竞大吼："你怎么知道8出完了？"

阮轻暮更加诧异："你不记牌吗？你开局就出了三个8，我和秦渊出过一对，他自己手里顺子还有一个8，这就算出来了8张都在明面吗？"

旁边的众人惊呆了，记牌也是常事，可是都是记大小鬼和大牌为主，谁会记出掉了几个8！

秦渊却点了点头："对，就是这样，很简单。"

众人再度崩溃，哪里简单啊！

阮轻暮接话接得无比顺溜："既然我手里大概率是顺子，为什么不赌一下？"

秦渊淡淡回道："概率在60%~70%之间，算是大概率事件，不算赌了。"

傅松华怔怔看着班长："60%是什么东西？"

秦渊皱皱眉："简单的概率模型带进去，不外乎是排列组合。牌面千变万化，但也有大概的区间。"

阮轻暮又接话："看看牌型，再记点牌，就差不多有数了，粗略估计一下，多简单。"

围观的男生呆呆地望着两位大佬。好半晌，黄亚才看向身边的学渣们："他们在说啥？"

大家的头摇得跟拨浪鼓似的："好像是在说中文，可是听不懂。"

白竞幽幽地看着阮轻暮："阮哥，我觉得秦大佬说的是数学，你说的好像是忽悠。"

阮轻暮笑得灿烂："是啊，我是忽悠，靠忽悠照样让你输得落花流水，意不意外？"

白竞的对家痛苦地指责："两位大佬，说好的让我们呢？呜呜……骗人。"

秦渊站起身来，一脸认真："让了，不然你们打不到 8。"

阮轻暮一脸赞同："对，本来到 6 就该死了。"

白竞一头磕在桌子上，表示不想再说话。

傅松华忽然觉得有点怀疑人生。

这是什么奇幻的走向，到底谁是新手啊？明明是两个王者开了小号，来组队虐新手菜鸟的吧？

玩掼蛋除了需要牌运以外，算牌、记牌、计谋、心算和记忆力都很重要，他们班长能运筹帷幄也就罢了，怎么这位学渣同学也完全不落下风呢？

一定是幻觉，这个"软轻木"压根儿就是个大忽悠！

阮轻暮和秦渊回到 106 的时候，刚刚赶上熄灯。摸着黑，阮轻暮匆匆冲了个澡，爬上了床。

秦渊在黑暗里，靠着墙坐着，看他上来，随手按亮了那个小充电台灯。

这些天来，两个人都形成了无言的默契，晚上熄灯后，开着小台灯在床上一起再看一会儿书。

一楼窗户外面容易看见寝室里的微光，秦渊找了一床厚床单，细心地把窗户缝给塞了一圈，这样十点半后再开台灯，宿管大爷就再也难发现了。

之前每天晚上，阮轻暮看自己的英语和语文，秦渊则弄个小床桌，在上面做自己的竞赛题。

不愧是你

阮轻暮并不喜欢问人问题，秦渊也不会主动过来问他有什么不懂，这样隔着蚊帐坐得很近，默默一起看书复习的日子，好像已经过了很久。

可是今晚，两个人好像都有点心不在焉。

秦渊手边的书好半天也没有翻过去一页，阮轻暮面前的英语卷子也没刷完。

阮轻暮发了一会儿愣，拍了拍自己的脸，二十分钟后，剩下的题目飞快地做完了。

身边的秦渊忽然伸出手，拿过他的卷子："我帮你看看。"

昏暗的小台灯下，他神情冷峻却专注，手中的钢笔偶尔在某些题目上轻轻画了个圈。

学生们常用的笔都是水性笔，而秦渊用的是一支黑色钢笔，上面刻着簇小小的金色剑翎，看上去低调却精致。

片刻后，他把卷子还给了阮轻暮："错的地方帮你标了，你可以试试现在再做一遍。"

阮轻暮"哦"了一声，接过去，重新研究了片刻，潦草地又勾了一遍答案，把秦渊画了线的两处完形填空重做了，又递给他。

秦渊默默扫了一眼，眼中的惊讶一闪而过。

"错的地方可以试试弄个错题集，剪下来粘在本子上。"他沉吟一下。

阮轻暮回答得漫不经心："不用了，我记住了。"

秦渊轻轻吸了口气，终于沉声开口："你算牌也算得很好。"

阮轻暮看向他的眼神明亮极了："那当然，我是谁啊？"

在梦里，他可是江湖上以狡诈多智著称的小魔头，就算是他的那些仇家，也没人敢因为他年方弱冠而轻视他半分。

"所以，你不补一补数学吗？"秦渊郑重地看着他。

阮轻暮笑得散漫："不是会算牌就能学好数学吧？"

秦渊深深看向他："你一定可以。"

阮轻暮盘坐着的双腿却不由自主晃了晃，有点得意。

秦渊却不想放下这个话题："没有多少人可以在几十分钟内能快速掌握一门新牌，也没有多少人能记住整个牌局中，到底出了几个8，其他所有的牌，你也记得差不多，对吧？"

阮轻暮狡黠地笑了笑："你不是也可以？"

秦渊缓缓说："所以我是年级第一，所以我可以拿那些竞赛的奖。"

剩下的话他没说，可是意思却再清晰不过——既然我做得到，你为什么不可以？

阮轻暮的眼睛微微眯了起来，里面好像有点锐利的光："秦大班长，你又来了。这世上，假如人人都走一样的路，岂不是很没意思吗？"

秦渊沉默，是啊，他又逾越了。

"你下周……就去楼上住吗？"一片安静里，秦渊突兀地开口。

时间已经快到十二点，整栋男生寝室都安静了，阮轻暮低头看着手中的卷子，笑了笑："是啊，原先老简就说，等我腿好了，就回我们班的集体寝室去。"

秦渊手中的黑色钢笔机械地转着，那簇小小的金翎烁烁闪光。

昏黄的小台灯照在他俊美的脸上，像是远山上的冰雪镀上了漂亮的霞光，安静又冷漠。

要走了吗？不仅离开了竞赛班，还要搬到几层楼上的寝室去。

可如果走得这么轻松、这么毫无眷恋，那这个人到底为什么要走过来，离他这么近呢？

近得触手可及，近到每晚上忽然被梦境惊醒时，转头就能看见。

桃花树下，鲜衣怒马，神采飞扬。

"能不搬走吗？"安静的寝室里，秦渊听见自己沙哑着嗓子，低声问。

5. 他搬走了

阮轻暮怔怔听着，半天才说："都登记啦，老简那里也批了。"

不能再靠近了。

每多靠近一点，就会多开心一点，分离的时候，就会越发觉得惆怅难言。在梦里最后一次江畔分手时，这个人也曾在沉默良久后，说了一句"若是真的，再见时我必还你公道"。

从那以后，他好像就一直隐约盼着再相逢的一天了。

总遐想着这个人终究会满怀内疚而来，郑重执剑道歉，自己就会嚣张又得意地大笑一声："哎呀，秦少侠也有认错的一天，就饶你赔我一坛桃花酿吧。"

…………

不愧是你

阮轻暮从恍惚里回过神，勉强一笑："就楼上楼下，以后你可以去找我打牌，我抬脚下来，也能找你问题目。"

秦渊安静地靠墙坐着，凤眼低垂，半晌轻声说："睡吧。"

阮轻暮忽然拿起手机，对准了那个小台灯，开始找角度。

左左右右拍了好几张，正要按下拍摄键，秦渊却抬起了头，无声看过来。

阮轻暮手微微一抖，镜头里，温暖的一团光晕如织如水，映着那张熟悉的侧脸，神情沉静，一双凤目微微闪烁着星光。

阮轻暮赶紧摆摆手："你别管，我拍个台灯照片。"

在某宝上搜索，很快，一样的商品就被识别出来了……居然要798元？

英国出品、获得德国红点工业设计大奖，外观简约优雅，质感一流有保证。

为什么这么贵，那些从义乌发货的不才几十元吗？

他搜了半天，终于悻悻地退出了某宝。

可恶，上个月的苦日子刚过完，这个月的八百元生活费刚拿到，就算再想要，他也不能这么乱花钱。

周六下午没课，阮轻暮离开学校前，先去了一楼搬行李。

推开106寝室门的时候，那位寡言冰冷的室友没在寝室，阮轻暮看了看空荡荡的寝室，开始动手收拾。

打开没上锁的柜门，他忽然一怔。

柜子里多了一个塑料袋，打开一看，里面是那盏精致的小台灯。旁边留了一张字条，上面是刚健遒劲的一行钢笔字：

赠别礼物——祝成绩进步。

校外的马路边，秦渊拉开轿车的车门，坐上后座。

严叔稳稳地开着车，看出后座的男生像是有点不安。

从小看着长大的孩子，虽然在别人眼里总是一副面瘫少年模样，可是在他眼里，却能分得清这孩子什么时候是真的心境冷漠，什么时候有一点小小的高兴。

"小渊最近学习辛苦吗？"他没话找话。

秦渊的目光从窗外收回来："嗯，不辛苦。"

9月的气温稍稍凉快了点，风从半敞开的车窗吹进来，带着路边不知名花木的香味，幽暗又细密——是这座城市熟悉的味道。

秦渊坐在后座，黑亮的额发被吹动。他低下头，沉默着撕开了手中的小糕点，放在嘴边，一口口吃起来。

阮轻暮走的时候，床上和桌子都收拾得很干净，只在他桌上留下了一包这个小糕点。

雪白的酥皮，暗红的山楂馅，味道和第一次住进106时放在他桌上的一样。

山楂锅盔，酸甜的滋味和酥皮混在一起，格外绵长细密。

严叔好奇地问："学校食堂的点心啊，做得还怪好看。"

秦渊"嗯"了一声，纠正："同学送的，不是食堂。"

严叔很高兴："哦哦，是你那个同寝室的同学？"

开学以后，秦渊忽然主动和严叔说他的单人寝室里搬来了一个新同学，人很有趣，人品也好。虽然只是寥寥几句，却说得认真，也很开心。

后座上的秦渊慢慢地咬着山楂锅盔："嗯，不过他已经搬走了。"

严叔一怔，从后视镜里瞥了一眼安静的少年。

"会有新同学来的。"他赶紧安慰着，"你要是觉得冷清，可以找你们班的男同学住过来嘛。"

秦渊面无表情地吃着糕点，半天才冷淡地说："不会的。"

不想让任何人再住进来。以前没想过，以后也不再想了。

秦家这套房子也是因为秦渊要在附近上学，才专门买下来供他周末住。小区距离实验高中大概半小时车程，安保严密，是城区内少见的低容积率高级小区。

严叔把车停在了地下车库里，跟秦渊一起上了直达电梯。

房子面积很大，是两百多平方米的大平层，除了卧室和大书房，还特意装修了一个健身房，里面有不少运动器材，正中心还吊了个练拳的大沙袋。

打开密码锁进去，严叔拎着一大包东西，进了厨房。

"我把牛奶和水果放在冰箱里了，待会儿刘阿姨带菜来，给你做晚饭。"他打量着冰箱里面的存货，"明天中午我开车来接你去吃饭。"

秦渊沉默了一会儿才说："再说吧，严叔你等我短信。"

严叔心里叹了口气："那行。"

严叔关上门走了，秦渊打开行李箱，把需要机洗的校服放进了洗衣机，按

不愧是你

下清洗键。校服都是到了周末带回家统一机洗，下周一再带回去学校，日常穿的内衣都是他自己当天手洗了的。

阮轻暮刚住进来的时候，还为洗衣服发过愁。

他虽然好像家境很不好，但是也一定被家里人宠着，是个十指不沾阳春水的家伙，连衣服也不会洗，第一次换下校服的时候，还对着换下来的脏衣服足足发了半天的愣，一副无从下手的模样。

"这可怎么办，不洗会不会发臭？哎哎，秦大班长，你的脏衣服怎么处理的？哦对，你有好多套可以换，可恶。"

秦渊站在洗衣机边，怔怔望着顶盖下奔流的水花。

白蓝色相间的校服在里面旋转缠绕，耳边，好像又响起那个家伙清亮又苦恼的声音："喂，你说我要是逼白竟他们给我洗，这算不算校园霸凌啊？"

忽然，手机响了。

他看了看那个号码，等了一会儿，才按下接听键："爸？"

电话里，中年男人的声音浑厚，带着点小心："小渊啊，到家啦？"

秦渊看了看毫无烟火气的公寓，又看了看冰冷的厨房，心想哪里像个家？

"是啊，严叔刚走。"他平静地回答。

男人电话里有点嘈杂，隐约听到有小女孩软糯的声音："好好，我明天中午十二点的飞机到，到时候老严直接送你来，我陪你吃顿饭。"

秦渊看着洗衣机的水流，说道："爸，您工作也忙，花三四个钟头来吃顿饭，其实真没有必要。"

男人的声音有点急："不忙不忙，再说我也想见见你，小渊……"

秦渊截断了他："魏阿姨都三十五六岁了，生个二胎也不容易，你有空还是多陪陪她。"

电话那头陷入了静默，不知道是尴尬还是其他的什么。

秦渊的声音不带什么感情："另外，我现在功课真的忙，吃顿饭来回也要几个小时，够我做几套题了。"

中年男人在那边幽幽地叹了口气，有点无奈："那我这星期暂时不去了，你想吃什么，一定叫刘姨弄。"

顿了顿，他又说："对了，我刚给你卡上打了两万块钱。你……"

"好的，我知道了，谢谢爸。"秦渊淡淡地说，随后挂了电话。

秦渊马上又拨了一个号码："刘阿姨，晚上不用来了。我在学校上自习，晚饭吃食堂。"

周末的作业和试卷都多，竞赛班的数理化练习更是题海战术，桌上的试卷和资料摆开来，铺满了宽大的桌面。

一张张做下去，外面的天色渐渐变暗，桌上的小座钟时间指向了六点半。

他走到厨房里，开了瓶牛奶，放了点水果燕麦和进口坚果仁进去，一口口慢慢吃着。

这套房子在二十六层，从空中望下去，风景优美的西镜湖就在不远处，路灯绕着湖一圈，现在已经全亮了，在将夜未夜中，勾勒出一汪暗色的温柔。

楼间距很大，隔着遥远的距离看过去，别人家的窗户里，都似乎有热闹和温馨透出来。

秦渊似乎看到有一家的厨房里，有一对男女在并肩做饭，动作亲昵；另一家的客厅没拉窗帘，有孩子在地上的软垫上翻滚……

手里的麦片牛奶慢慢凉了，他忽然冲出书房，在书包里匆忙地翻着，找出了那包山楂锅盔，配着牛奶麦片咬下去的时候，嘴里终于有了点不一样的滋味。

秦渊点开手机，2班的学委李建荃给他发了一条私聊信息，问他数学竞赛卷子最后一题的答案。

班级群和年级群里都很热闹。

傅松华在班级群里吆喝，问明晚有没有人早点返校，抓紧时间打一场球。

年级群里，有人在匿名说高一新生的班花班草评选这么早就开始刷票，那个著名的百晓生在反驳他，说哪一届不刷？

秦渊把自己数学试卷的最后一题拍了个照，发给了李建荃。

刚发完，傅松华的私聊信息就到了："老大在吗？明天打球吗？早点来吧！"

住校的学生周末返校往往有两个时间点，家住得近的，会周一早上赶过来；而家远些的，怕周一迟到，往往是周末晚上就回校。

"不了。我在家住，周一再过去。"他回了一句。

那个空荡荡的寝室，现在比这个冷冰冰的家还要叫人难以忍受。

傅松华发了个哭泣的表情过来："老大你变了，不再是篮球场上最好的小伙伴了！"

秦渊的微信忽然传来一声"叮咚"，一个陌生的头像跳了出来，顶着一抹粉红。

不愧是你

秦渊怔了怔，看清备注名时，忽然心跳快了一分。

以前阮轻暮的头像是一颗阴郁破碎的心，看上去特别不舒服。现在却是一枝粉色水彩的桃花，灿烂又张扬。

对话框里，是一句没头没脑的话："什么时候返校啊？"

隔了半个城市的小巷子里，阮轻暮心神不安地瞥了一眼手机，对方没回应。

家里的主要空间都做了按摩间，他的那间房子很小，不足十平方米，摆着一张单人床、一张书桌，还有一个小书架和大衣柜。

虽然面积小，但是干净整洁，勤快又干练的穆婉丽从来没让儿子的生活过得不够体面。

终于，手机屏幕亮了，那人好像是偶然看到消息："？"

阮轻暮精神一振，飞快地打字："我明天晚上就回去了，要不要一起……"

他顿住了，忽然有点焦躁。

要一起干什么呢？都不在一间寝室了，在一起看书、做题？

他想了想，删掉了"一起"两个字，改成了"要不要去我们楼上打个牌"。

打完了，却没发出去。阮轻暮觉得自己是个神经病，打过一次对家，以后还想拉人做固定牌搭子吗？

秦渊坐在书桌边，看着对话框那串"对方正在输入……"，不由自主地坐直了身体。

可是半晌也没有一句话发过来，秦渊屏住呼吸，终于再也忍不住，正要追问，对面的话终于来了。

"我能去你那儿避避难吗？新寝室实在太恶心了，脏，臭气熏天。"

几乎是第一时间，秦渊就发了一行字："好，你随时来。"

他想了想，咬了咬牙，又追加了一句："其实我一般下午就回校了。"

阮轻暮抓耳挠腮地想了半天，又厚着脸皮回了一句："那我也早点返校，已经迫不及待要学习了！"

回完了，他拿头在桌上磕了一下——不要脸！这话说出来自己都不信好吗？

秦渊放下手机，忽然快步冲进了健身房，飞快地戴上拳击手套，他眼神晶亮，冲着沙袋狠狠打了几拳。

不知道怎么，阴郁又灰色的心情，好像忽然被春风吹散了，露出了明媚又灿烂的色彩。

第六章

/

似是故人来

Bukui Shini

1. 小哑巴

第二天中午吃完饭，阮轻暮戴着耳机，一边听英语，一边收拾着要带去学校的衣服和课本，收拾好之后跑出房间对外面说道："妈，我想早点回学校，晚上……"

摘下耳机的瞬间，外面的嘈杂扑面而来。

小芸的痛哭声压抑又嘶哑，穆婉丽焦躁的骂声响彻了院子。

"我的天啊！天底下竟然还有这么心狠手辣的人，这是畜生！"

阮轻暮呆呆地看着那个大脑袋、身子枯瘦的小男孩，眼睛蓦然瞪大了。怎么回事，这孩子是谁，怎么一身的伤？

技师小郑摸索着，抓起桌上的面巾纸，递给小芸："别哭别哭，接出来就好了。"

小芸嗓子不仅哭哑了，失焦的眸子更是无光，薄眼皮肿得厉害，她拉着那个小男孩的手，扭头望着穆婉丽的方向，急切地问道："穆姐，你跟我说实话……说实话，小桩他到底怎么样？"

阮轻暮震惊地走近，蹲下身来，细细地看着这忽然冒出来的小男孩。

孩子穿着破破烂烂的小背心，瘦瘦的，胸肋骨一根根都看得清，裤衩的松紧带旧了，松松地挂在腰间，那裤衩卡在了胯骨上，好像随时会掉下来似的。

叫人更触目惊心的，是他露出来的身体，到处都是青紫的瘀痕，一片片，一条条。有的地方颜色已经淡了，有的则结了疤。

门帘一掀，花臂男带着两个金毛小弟急急忙忙地冲进来："出租车在巷子口等呢，走，送他看急诊吧！"

小芸颤抖着站起来，抓着小男孩："我也一起去，邱哥，你带上我。"

被叫成邱哥的花臂男急得跳脚："哎呀别添乱了，你一个瞎子，到了医院我们还得照顾你，丽姐去就得了！"

穆婉丽急忙跑上去："对对，我带着小桩去，没事的话，很快就回来。"

她刚上去抓小男孩的手，小男孩忽然就激烈地挣扎起来，嘴巴里"嗬嗬"乱叫，一双黑葡萄似的眼睛里满是惊恐，转身抱住了姐姐的腿，死活不松开。

小芸又痛哭起来，反手抱住弟弟，可是她眼睛看不见，这一抱，就碰到了小男孩身上的伤，疼得孩子就是一缩。

穆婉丽看得眼泪都快下来了，只好对小芸说："好好，一起去，你带着他。"

她匆匆从柜台里抓了一把钱，扭头冲着阮轻暮交代道："暮暮啊，你照顾一下小郑，有客人来就说今天不开门了。"

阮轻暮应了一声："好，妈你放心去，我看家。"

房间里终于安静了，只剩下盲人小郑和他。

"到底怎么回事？"阮轻暮叹了口气，发问。

刚刚他关门戴着耳机，完全听不见外面的吵闹，简直是一头雾水，难怪昨天就觉得妈妈脸色不太对。

小郑摸索着喝了口水，正要说话，门口探进来一个头。

老李头一眼就看见阮轻暮，吓得往后一缩："哎哟，小鬼头在啊？其他人都哪儿去了？"

阮轻暮白了他一眼，总算没再动手："今晚不开门了，走吧。"

老李头的眼珠四下转了转，悻悻地放下门帘，嘟囔着走了。

小郑侧着耳朵听他走远了，才又接着说："几天前吧，小芸忽然接到老家一个邻居的电话，那边含含糊糊地说，她不如把弟弟带在身边，寄养在他们大伯家，怕是不太好。小芸死命追问，那个邻居才说他大伯一家子，对小桩可够呛。"

阮轻暮目光冷了："他们虐待小孩？"

"是啊。欺负哑巴孩子不会说话，又欺负小芸看不见。"小郑发白的瞳仁瞪着远方，"他们每个月从小芸这里榨钱，却只有她过年回去的那几天，才找

151

别人家借几件好衣服给小桩穿上，叫小芸摸着放心。"

　　阮轻暮咬紧了牙："这么王八蛋，也没人告诉芸姐一声？"

　　"她一个女孩子常年在外面打工，谁又犯得着得罪她大伯一家，碎嘴说这个？"小郑苦笑，"这次他大伯家儿子拿砖头拍破了小桩的头，也不给治，满头血躺在家里，有个邻居实在看不过眼，才偷偷打过来的。"

　　阮轻暮一张俊脸发青，咬着牙，一字字地问："然后呢？"

　　"丽姐怕小芸一个瞎子回去被他大伯欺负，就想了个办法，"小郑叹息，"她托邱哥带了几个人，直接扑到小芸的老家。果然一进他大伯家门，就看见这哑巴孩子被伯母拿着藤条打呢，只会啊啊地叫，邱哥说一进去，看得他肺都气炸了。"

　　阮轻暮想着刚刚看到那孩子满身的瘀痕，怒气陡升："邱哥没打死那家人吗？"

　　"打了，邱哥上去狠狠扇了那死婆娘一巴掌，又照着他大伯家儿子的屁股上踹了一下，然后抢了小桩直奔县城车站，一口气把孩子给带回来了。"

　　阮轻暮恶狠狠地冷笑："这么轻易就放过他们了？"

　　小郑苦笑："那能怎么办？难道上去砍人再坐个牢？"

　　阮轻暮咬牙切齿："他不是满身刺青，威风得很吗？我还以为是个狠角色。"

　　"我感觉他挺和气啊，对丽姐可好……"小郑忽然住了嘴，有点尴尬地笑笑，"邱哥是好人，对谁都好。"

　　阮轻暮翻了个白眼："然后呢？"

　　"邱哥带着小桩昨天就回来了，怕小芸看到受不住，就想先带孩子去看病。可这孩子怕人，莫名其妙被几个陌生男人带出来，一路上一直咿咿呀呀地叫。"

　　阮轻暮点点头："那肯定，换了谁都怕。"

　　小郑苦笑一下："几个男人带个乱叫的哑巴男孩，怎么看怎么不对，结果住的小旅店老板长了个心眼。"

　　阮轻暮惊讶："怎么了？"

　　"邱哥他们在房间里正吃泡面呢，直接就被派出所的人上门抓了，怀疑他们是一窝人贩子。"

　　阮轻暮目瞪口呆，好半天，忽然又笑了笑："不过，还是好人多。"

　　小郑也浅浅地笑了，没有焦距的眼睛睁着："是啊，小旅店老板人挺好。"

　　"丽姐接到电话去派出所接人，这才刚刚放回来。"小郑无奈地摇头，"所

不愧是你

以正乱着呢。"

阮轻暮叹了口气："那芸姐怎么打算啊？"

小郑说："小芸说，以后死都和弟弟死在一块儿，再也不把他留在农村了。她刚刚给你妈……跪下了。"

阮轻暮吓了一跳："干什么啊？"

"她说以后干活不留一分钱了，求你妈收留她弟弟住在这儿，不然……"他苦涩地笑笑，"她一个瞎子，带着个哑巴弟弟，怎么活呢？"

阮轻暮愣了愣："我妈当然会照顾她们姐弟俩的，谁要她的钱啊？"

小郑嘴唇动了动，没说话，觉得阮轻暮毕竟还是个孩子，把什么都想得这么简单。

他和小芸在这里做活儿，丽姐每人只收一半提成，不仅负担着店里的所有费用，还要帮他俩交保险，已经算是极为厚道。

丽姐也是要靠一个钟一个钟做活挣钱的，还要养一个儿子，现在小芸要带个弟弟住进来，就算是自己一分钱不留，吃穿用度够不够还两说呢。

阮轻暮看着他的脸色，忽然问："小孩子没地方住是吧？"

小郑犹豫一下："我晚上住按摩间的，实在不行，只有和我一起住。"

阮轻暮站起身来："行了，小孩子住我那儿。"

小郑吓了一跳："不用不用，你别乱说。"

丽姐又不欠他们的，哪有占人家儿子房间的道理，再大的脸，也不能这样。

阮轻暮冲进卫生间拿了拖把，把自己房间里的地板拖得干干净净，又跑到穆婉丽房里，找了床凉席铺在地上，把自己的枕头和毛巾被抱在了上面。

"别废话。那小孩子今晚回来就睡我的床。"他擦了擦满额头的汗，拍拍手，"我以后就周六回来睡一晚上，礼拜天就回学校，打一天地铺有什么？"

实验三中的操场上，一群男生分成两队，正在火热地打着对抗篮球赛。

傅松华高高跃起，一个漂亮的跳投压着三分线，篮球在空中划出一道漂亮的弧线，不偏不倚地进了篮圈。

暂停的哨子吹响了，他大步冲向球场边，伸手拿起地上的冰矿泉水，痛快地灌了几口，得意扬扬地在方离身边坐下来。

"看，打球好玩吧？你就该出来活动活动，晒晒太阳。"

方离无奈地"哦"了一声："我不爱打球……"

傅松华低下头，看着他的脸："以前戴个大眼镜，打球是不方便，现在不是好了吗？"

上次方离的眼镜被刘钧砸掉到地上，一条眼镜腿摔坏了，去修的时候，正好遇见傅松华，就怂恿他配个隐形镜片。

男生嘛，要打球、要上体育课，戴着眼镜多码事！

"来嘛，上场试试，我教你打球。"傅松华揎掇着，花孔雀一样展示着自己隆起的腱子肉，"看到没，这才像个男人！"

方离瞥了他一眼，小声嘀咕道："有什么了不起，谁没有……"

傅松华伸手就去撸他的衣袖："还敢跟我呛声，你有吗？"

方离的衣袖轻易地就被他捋到了肩头，旁边的几个校篮球队队员都哈哈大笑起："妈呀，筷子一样。"

方离急了，猛地抽回了胳膊，秀丽的眉毛轻竖起来，用力一弯手臂："本来就有啊！"

可别说，他的手臂的确极细，但这样刻意弯起时，还真有一块块肌肉若隐若现，线条柔和又漂亮。

傅松华愣了愣，不太相信地伸手摸了摸："哎，还真有点？"

旁边的男生也好奇地想要伸手："哎……"

手刚伸出来，就被傅松华一把拍开了："说话就说话，别动手动脚！"

队友忍不住怪叫一声："你自己还不是摸了？"

傅松华得意扬扬地搂过方离："我弟弟，刚收的。我罩着的就只有我能碰！"

方离低着头，白皙的脸上不知道是不是被太阳晒得有点莫名的红。

傅松华忽然一拍脑袋，站起身来，把方离拉到了一边，躲开了别人的视线。

"对了，有件重要的事要跟你说。"他满脸严肃，眼神却乱飘。

2. 爽约

方离一愣，比他还要紧张："什、什么？"

傅松华摸了摸口袋，掏出来一张食堂充值卡，塞给他："这里面吧，有点钱。你买点好吃的，荤菜放开了买！"

不愧是你

方离呆了一下："这是干什么？"

傅松华尴尬地搓了搓手："你和阮轻暮不是经常一起吃饭吗，你俩都不富裕，老是不吃肉可不行。你买点好吃的，带他一起吃。"

方离嘴唇微微蠕动："他、他不会接受吧？"

"嗨，你就说他每次都罩着你，你请他客呗。"傅松华挠挠头，"再说了，关键是你也得吃好一点。"

方离怔怔看着他，手中的饭卡捏得死紧："你……你为什么对我们这样好？"

傅松华嘿嘿笑着，伸手戳了戳他的额头："你是我弟弟啊。那就这么定了，我会定期往这卡上打钱的，你尽管刷。"

正说着，他眼睛一亮，冲着操场边小道上的一个人影大声喊："班长！"

长身鹤立的少年停住了脚步，站在大香樟树下，向他们这边看来。

傅松华扯着嗓子喊："你不是说明早返校的吗？"

树影斑驳，照在俊美的少年侧脸上，此刻有着平时少有的明朗，他站在那里，颀长挺拔，眉目俊朗。

"嗯，家里停电了。"

傅松华不疑有他，高兴得跳了起来："来都来了，打一场嘛！"

树影下的英俊少年摇摇头："我有点事，先回寝室。"

不知道是不是因为阳光正好，微风正醺，平时冷傲又寡言的他身上好像有着勃勃生机，整个眉目都舒展起来。

傅松华忽然想起那件事，赶紧避着人，发了条消息给秦渊："班长，你交代的任务搞定了。饭卡塞给方离啦。没说是你给的，嘿嘿。"

几个篮球队的队员看着秦渊走远，在一边哈哈地笑："老傅你不行了，人家嫌弃你啊。"

傅松华跳起来，随手把喝剩的水往方离怀里一扔："帮我拿着！"

他拍着篮球，生龙活虎地就往场上跑："谁说我不行的，都给我过来，看我不虐死你们！"

一楼走廊很阴凉，秦渊打开106的房门。那张床桌的主人仅仅搬走了一天，整间寝室就好像空了很久似的，显得格外空荡。

他站在房间里，默默地掏出了手机，对话框还停留在上一次："那我也早点返校，已经迫不及待要学习了！"

——那行字是规规矩矩的楷体，可不知怎么，却好像和主人一样，有着斜睨飞扬的神气。

秦渊坐在桌子前，心不在焉地做了半套题，看看时间，已经五点多了。

又过了一会儿到了六点多，依旧没人进来。他终于忍不住，拿起手机，犹豫着打下一句话："堵车了吗？来不来学校吃食堂？"

没回应。一直到天色渐渐暗了，晚霞的微光在窗前消散，那个说好要早点返校的人都没有出现。

秦渊手机时不时地响，傅松华发来的短信提示一直在跳。

"班长，你几点去食堂？"

"你吃了吗？怎么食堂找不到你啊！"

过了一会儿，换了语音留言："老大你在哪儿上自习？2班那个戴眼镜的学委在问你呢，说有道题要请教！"

秦渊淡淡地回了一句："你叫他拍照给我，我写给他。"

小厨房里，阮轻暮挥汗如雨，忽然"啊"地惊叫了一声，一个盘子"啪"地摔到了地上。

小郑吓了一跳，急忙摸索着走到门边："怎么了？"

阮轻暮慌忙叫道："你别进来，地上有碎瓷片！"

要命了，穆婉丽和小芸他们到现在也没回来，平时都是他妈负责全家人的饭菜，现在剩下两个人，一个是瞎子，一个是从没做过饭的公子哥，可总不能两个人就这么挨饿。

阮轻暮好不容易折腾好饭菜，再笨手笨脚地刷完碗，把一切搞定，已经到了晚上七八点多。

终于有时间抽空看看手机，他才看见了那行问话："堵车了吗？来不来学校吃食堂？"安静地躺在那里，好像在固执地等待什么。

阮轻暮愣愣地看了一会儿，叹了口气："我帮我妈做饭呢，赶不及啦。"

秦渊坐在寝室里，看着微信页面。

和妈妈在一起做饭吃饭啊，难怪。也对，母慈子孝、膝下尽欢，才是正常人的日常。

并不是人人都像他一样，父亲和再次怀孕的后母已经常住在别的城市，身

不愧是你

边只有做饭的刘阿姨和保镖严叔跟着。

他淡淡地回了一句："嗯，应该的。"

阮轻暮咬咬牙，忽然冲动地又回了一句："我马上就回学校！明天月考，家里好吵，没办法复习。"

秦渊抓起了书包，正要出门去教室，忽然一愣。

阮轻暮回来以后，是去他们9班的自习室，还是直接来这儿？阮轻暮没说，他也问不出口。

秦渊怔怔地在门口站了好久后，才心神不定地转过身，打开柜子，找了一床床单和备用枕头出来，爬上了旁边的空床，小心翼翼地铺在了床板上面。

就算不住这儿了，假如复习累了，想要休息一下呢？

阮轻暮收拾完地铺，抓起行李箱，刚到门口，外面就传来了一阵吵嚷，穆婉丽搀扶着小芸进了门，花臂男邱哥背上背着小哑巴。

邱哥把小男孩放下，一屁股坐在椅子上，满头满脸的汗，张口就骂："气死我了！"

小男孩身上涂了不少药水，有的地方敷了纱布，后脑勺上还包扎了一圈，看上云脑袋更大了。

从邱哥背上下来，他第一时间就扑到了姐姐身边，默不作声地藏起了大半个身子，从姐姐胳膊缝里往外看。

阮轻暮放下箱子："医生怎么说？"

穆婉丽叹气："万幸没大碍，都是皮外伤，头上那砖头拍的伤口现在已经愈合了，也没法子再缝针。"

小芸一听又不行了，泪水扑簌簌往下掉："小桩，姐姐对不起你……"

小芸的眼泪滴在小男孩脸上，他昂起头，神色露出了点焦急，踮着脚尖想要去摸姐姐的脸。

阮轻暮蹲下身，小心避开他腿上的伤，把他抱了起来，送到小芸脸旁。

小男孩伸出脏兮兮的手，擦了擦姐姐秀丽的脸，喉咙里发出一声声焦急的"嗬嗬"声。

"我就不该那么心软，该拿刀把那一家子给剁了！"邱哥接过穆婉丽递过来的毛巾，擦了擦汗，仍然怒不可遏。

阮轻暮抱着小哑巴，阴森森地扭头看他一眼。

"要我说，得把那两口子倒吊起来，砍掉他们一双手，叫血慢慢流。再拿板砖把那小杂种的脑袋也拍花了，左边一下，右边一下。"

邱哥一拍大腿："哎呀对我胃口，下次就这么办！"

穆婉丽伸手扇了他脑袋一下："你给我闭嘴，不准带坏我儿子。"

邱哥委屈极了："丽姐你讲点理，明明是你儿子说的……"

穆婉丽转头看阮轻暮，泼辣的脸立刻换了柔情："暮暮啊，别乱说，多瘆人。"

阮轻暮笑了笑。

穆婉丽又转头瞪着邱哥："好了，你也走吧。忙了几天，快点回去好好睡一觉。"

从跑去小芸老家救人，又把孩子带回来，再被抓到派出所里待了大半天，今天又背着小孩去医院，可真折腾得够呛。

小芸站起来，哭着冲着邱哥深深鞠了一躬："邱哥，小桩不会说话，我替他谢谢您的大恩大德……"

邱哥吓得赶紧往旁边一躲："哎呀，你要谢就谢丽姐，我听她的！"

穆婉丽笑了："行了，明儿中午来吃饭。"

邱哥美滋滋地觍着脸："那我可不客气了，来一盘酸菜肥牛呗，上次吃过一次，我可馋到现在。"

阮轻暮把穆婉丽拉进了自己的房间："妈，那孩子以后睡我的床，我这房间平时也没人，犯不上空着。"

穆婉丽看着铺在地上的凉席，愣住了。再怎么好心，这也是她唯一的儿子，平时恨不得把最好的都给他，现在要儿子打地铺吗？

"暮暮啊，你别管……"

阮轻暮温和地打断她："妈，就这么定吧。"

十七八岁的少年脊背挺直，迷人的笑容像是夏天的风拂过竹林间，也开始有了自己的主张。

穆婉丽怔怔地看着有点陌生的儿子，心里一酸："好，那先这样……"

阮轻暮笑了笑，拉起身边的小行李箱："妈，那我走了啊。"

穆婉丽没办法："行，那你走吧。"

家里这一团乱的，儿子留在这儿，还不如回学校呢。

她转过身，看着小男孩，叹了口气："小芸啊，得给小桩洗个澡，他身上可真脏。"

虽然在医院处理了伤口，可是医生也不能给他全身清洗，邱哥他们几个大男人都没人能近得了这孩子的身，又抓又挠的，还呜呜地哭。

小芸泪水涟涟："丽姐，我、我看不见……"

她眼睛看不见，这个哑巴弟弟又不会开口沟通，什么都得靠别人，心里只觉得又悲苦又绝望。

穆婉丽叹口气："我知道，我来给他洗。"

她蹲下身子，去拉小桩："来，阿姨带你洗个澡，干净点，懂不？"

小桩忽然一缩身子，死死把头埋在小芸身后，再也不出来了。

穆婉丽和小芸拉了半天，小桩就是不撒手，一时间又狼狈又纷乱。

"哎呀，这孩子到底多大了啊，是不是不好意思？"

小芸小声说："马上七岁了。"

穆婉丽无奈又好笑："这么点大，怕老娘做什么？"

正着急着，身后，阮轻暮的声音响了起来。

"行了，我来试试吧。"

卫生间里，阮轻暮放好一盆水，在边上放了个小塑料凳，把小桩按在上面坐下。

说来也奇怪，明明是邱哥一路把这孩子救出来的，可是小桩就是怕他，一见到阮轻暮，反而很听话。

从阮轻暮拉着他的手起，他就不闹也不叫，一声不吭，乌溜溜的眼睛盯着阮轻暮看。

阮轻暮点了点他的鼻头："瞧你这小模样，又讹上我了是吧？以前也死活要跟着我，也没落下什么好啊。"

一见这孩子，他心里就颤巍巍的，实在没办法不管。

真是见了鬼了，小桩跟梦里他那个贴身小侍卫的长相像了个七八分，尤其是这双特熟悉的眼睛，幽深又迷茫，仿佛见惯了这人世间的悲伤。

小哑巴听不懂他的话，低着头，把黑乎乎的脚伸到了水里，忽然咧嘴笑了起来。

阮轻暮看了看他光溜溜的小身子，叹了口气。

身上这么多伤，还贴纱布，既不能拿着淋浴龙头冲，也不能按到浴缸里泡着。

他拿起毛巾沾了点水，边冲着小桩比画，边说："我给你擦擦，别躲啊。"

俗话说十聋九哑，大多数的哑巴是因为听不到声音，才学不会说话。这孩子明明能咿咿呀呀地发出声音来，显然声带是好的。

小桩瞪着他，果然没躲闪。

他的小身子瘦得可怜，脖子也细得好像随时会断掉，可是一张脸却长得好，擦掉污渍后，露出了和姐姐一样清秀可爱的脸。

阮轻暮避开他身上的那些伤，一点点地擦拭着，不时恨恨地咬着牙。

再小心，也难免牵动那些虐打造成的伤口，小桩有时候会忽然抽搐一下，轻轻叫一两声，更多的时候都是乖乖的，像是习惯了疼痛一样。

阮轻暮自言自语着："你怎么也这么命苦呢？和梦里那个不会说话的小侍卫一样，不过他不是天生的，而且啊，人家可比你厉害。"

3. 回忆

哗啦啦的水声里，阮轻暮喃喃道："他全家都被坏人杀了，只剩他一个人躲在柴堆里，活了下来。我正好路过，救下他的时候，满院子都是血。"

小桩茫然抬头，看着他。

"我把那些坏人制住了，塞了把柴刀给他，想着他要是敢自己报仇，我就留他在身边，假如不敢，我就把他送到别的农家，再留点银子。结果你猜怎么着？"

小桩听不懂，低着头自己玩着水。

阮轻暮自顾自地说："他那时候也就十来岁，抱着柴刀站都站不稳，可是还是一边哭，一边往每个仇人身上捅，把那些青庐派的王八蛋全杀了。"

他用手点了点小家伙的鼻头："换了你，你就一定不敢。"

小桩不知道他在说什么，可是也能感觉到陌生人的善意，呆呆地看着这漂亮的小哥哥嘴巴一张一合。

"可惜啊，自从这事以后，他就说不了话了。大夫说，大概是当天藏在草垛里不敢喊，憋出了心病。不像你，你这是天生的吧？"

阮轻暮懒洋洋叹息一声："更可惜的是，他没把仇人杀光，漏了一个。那

160

不愧是你

人装死逃了一命，回去就到处哭诉，说他们青庐派撞见魔宗少主奸杀农女，还屠戮农女全家，还把他魔宗里几位见义勇为的师兄全杀了——啧啧，你瞧，这人心，是不是比你大伯他们坏得多？"

小桩依旧瞪着大眼睛看着他。

"可我倒不气这个。"阮轻暮摇摇头，"我气的是另一个傻瓜。"

他的目光落到了放在一边的手机上，忽然恨得牙痒起来。

那人单凭几句名门正派的栽赃诬陷，就拿着把剑追杀他，还说虽然和那些被杀的乡人并不认识，可是却不能坐视他这样的大奸大恶之徒逍遥法外。

"你说，他这不是神经病是什么？"他咬牙切齿地蹦出来一句。

小桩被他忽然板起来的脸吓了一跳，往后一闪。

阮轻暮看着他，忽然有点心酸，也就是年纪小，还没学会仇恨，竟然还能这样天真无邪地笑起来。

不像梦境里那个身世悲惨的孩子，后来就没有再笑过了。

收了他在身边，教他武功、供他吃穿，与其说他是随身侍卫，还不如说是个贴身小厮。

那孩子啊，对他还真是忠心耿耿，恨不得把命都给他。

所以那孩子才会那么恨秦渊，看到秦渊追杀他那么久，偏偏又说不出话来帮他辩解。

阮轻暮越想越是恼火："所以你说，这种蠢人要是中了毒，我要是不管他或者杀了他，是不是也很应该？"

小桩被他凶巴巴的样子吓到了，慌乱地摇摇头。

阮轻暮望了他半天，终于轻轻叹息一声，眼角眉梢的温柔浮起来："你摇头，那就是不同意喽。好吧，听你的，我们不杀他。"

周一上午，本学期的第一次月考。上午考英语和语文，监考老师们准点进了教室，开始发考卷。

方离接过前座传来的试卷，忧心忡忡地往后面的空座位看了一眼。

阮轻暮早操和晨读课都没到，现在都已经开考了，怎么还没来？

监考的老师发完了试卷，严肃地站在讲台上讲："抓紧时间写姓名学号，三分钟后开始放听力了！"

学生们一个个飞快地写着，没一会儿，小广播就响了，英语听力开始播放，所有的人都竖起耳朵认真听着。

阮轻暮抓着书包，一口气跑上楼。

刚跑到窗边，他的脚步声就惊动了窗边的两三个同学，阮轻暮一碰到他们的目光，脚步忽然一顿。

门里的监考老师看见他，无声地做了一个"轻点"的动作，往教室后面一指，示意他快点就位，竟然迟到了七八分钟，还要不要考试了？

阮轻暮却没有进来，他放轻脚步，退到了走廊外面，斜斜地靠在墙壁上。

监考老师有点奇怪，露出询问的神情，阮轻暮伸手指了指正在闷头听题的同学，摆了摆手。

监考老师一愣，明白了他的意思。

这是怕自己现在进教室领试卷，影响别人做题呢。虽然是个学渣，倒是能替人着想。

一直到小广播里听力结束播放，阮轻暮才抓着卷子坐到座位上。

不少同学都诧异地看着他，有点发蒙：月考也敢迟到，听力全废了！

不一会儿，方离悄悄往后一靠，扔过来一个小字条。

阮轻暮正飞快做题呢，看到小纸团一愣，随手展开一看，字歪歪扭扭的，全是刚刚的听力题答案，看字迹不是方离的。

一抬头，斜前方的黄亚正骄傲地冲着他挤眼。

阮轻暮笑了一下，冲着黄亚竖了竖大拇指，然后把字条撕乱，扔了。

黄亚无奈地扭过头去，心想，真是见鬼了，阮哥还嫌弃他的答案！

旁边偷偷看着、正准备举手举报作弊的刘钧也傻了。

铃声响了，卷子被收了上去。

白竞他们飞快地跑到了后面："阮哥，一起去厕所？"

阮轻暮站起身，和他们一起往厕所走。

黄亚痛心疾首地问道："阮哥你干吗不看我的答案？我觉得这次我超常发挥了。"

阮轻暮进了厕所："我觉得全选 C 会靠谱一点。"

"阮哥你这样说就伤我的心了！"

旁边的白竞问："阮哥，你怎么月考也迟到？"

不愧是你

阮轻暮打了个大哈欠，眼里生理性的泪水漫出来，困恹恹的："嗯，起迟了。"

昨晚上帮小桩洗完澡，小芸又拉着弟弟哭了半天，最终睡下的时候，都到了凌晨一两点了。

这一睡，就糟了。不仅他忘了定闹钟，就连穆婉丽也起晚了。等到天光大亮醒来时，已经到了七点多。

阮轻暮抓起书包就往外跑，在巷子口随便买了些早点，一路堵车，到了实验三中门口时，考试早就开始了。

黄亚抢着说："学生会风纪部的那几个人查得可严。秦渊更是眼睛毒，一眼扫过来，就问你为什么不在。"

阮轻暮沉默了一下："他问我了？"

"问了好几遍。"黄亚一拍大腿，"我还以为你们是牌搭子，能帮着遮掩一下呢！"

阮轻暮散漫地回答："正常，这么多人看着呢。"

公开徇私，那才见鬼。

"也是，那就是座冰山嘛。"黄亚哈哈大笑，忽然，热闹的厕所里安静了一下，他扭头一看，吓得头一缩。

1班的几位男生已经走了进来，最前面的那位冰山学霸表情冷淡，目不斜视。

秦渊走到一边，开始拉裤子上的拉链。

阮轻暮的目光不由自主追着他，正在拉拉链的某位学霸，忽然动作停住了。

他深深吸了一口气，看向阮轻暮："就算没人看着，我也一样查。"

阮轻暮一怔，想了一下，才明白了他的意思。阮轻暮笑了笑："知道，有人没人，你都不会违反原则嘛。"

秦渊冷淡的声音又响起来："考试也迟到了是吗？"

阮轻暮叹了口气："是啊。"

"为什么？"秦渊直视着雪白的墙面。

旁边的男生都莫名其妙地安静着，大气也不敢出。什么状况，风纪部的大佬当面查勤吗？

阮轻暮看看四周，有点下不来台了："我说我复习到一点，起晚了，你信吗？"

秦渊淡淡的："不信。"

"那我说我打游戏打到深夜，你信不信？"

秦渊拉上裤子拉链："也不信。"

阮轻暮笑了："看，什么都不信，那你还问我干什么？"

"我想听真正的理由。"

阮轻暮靠近了点，细细地盯着秦渊的眼睛："秦大班长，你不仅查勤，还查我的人啊？"

他靠得这么近，似乎是调侃，也似乎是挑衅。秦渊默默注视着他的眸子，声音低得近乎耳语："对，我只查你。"

傅松华毕竟离得近，听到后震惊地瞥了瞥秦渊。

这是公开宣布针对人吗？哪有这样揪着不放的，又不是老师！

阮轻暮沉默了一下："有事睡晚了，起迟了。"

秦渊冷冷地垂下眼帘："所以，这些事，在你心里根本不重要是吧？"

无论是考试，还是约好了一起复习，都根本心不在焉，半点也没放在心上。

阮轻暮瞪着他，忽然有点焦躁，他面无表情，大踏步地走出了厕所。

白竞和黄亚他们赶紧追了出去，都没敢说话。

阮哥这人吧，搞得大家有点摸不着头脑。他有时候很酷很拽，有时候好像又有点可爱，可也有那么些时候吧，是真的挺吓人的。

就好像现在——阮轻暮被秦大佬这么指着鼻子查勤问几句而已，脸色忽然就沉了下来，翻脸像翻书一样！

语文考试开始了，阮轻暮抓着笔飞快地答题，龙飞凤舞，速度飞快。

作文题是根据一则社会新闻的启发，写一篇议论文。

有人认为，实质正义意味着追求结果上的公正，不论过程程序如何，我们应该追求这种正义的归宿；

而有人则认为，程序不正义，那么得到的结果就有可能失去法律的土壤，最终会破坏真正的正义。那么你认为程序正义和实质正义哪个重要？

呸，什么鬼！

他咬牙切齿，唰唰地用力写下作文标题：《程序正义，全是狗屁！》……

监考老师一抬头，就看到最后一排的男生站了身，大踏步往讲台走。

"交卷，老师。"

教室里，一群人目瞪口呆地望着他的背影，写作文，谁不是绞尽脑汁，反复琢磨句子，难道阮轻暮只用了半小时就写好了吗？

不愧是你

1班的教室窗边，秦渊偶然一抬头，正看见窗户外一个熟悉的身影晃了一下，消失在楼梯口。

他静静地将目光收回，继续提笔飞快地写着，一气呵成，毫不停顿。

秦渊写完后，也没有检查，就直接起身去交卷了。

附近的同学齐刷刷地抬头，心想，怎么回事？以前的班长可是雷打不动，要在考场上坐到最后一分钟的，今天第一个交卷是要干什么？

4. 我和你打一架吧

校园里空荡荡的，操场上一片寂静。

阮轻暮走到大香樟树下，找了块地儿，懒洋洋地躺下。

刺眼的阳光被树荫遮住了，厚厚的草丛在身下软绵绵的，眼睛望向树冠时，有光点随着树叶轻摇。

他闭上了眼睛，任凭那些光点在他眼皮上跳跃。忽然，一片阴影覆盖下来。

他猛然睁开眼，望着身边站立的人，再扭头看了看不远处的教学楼，依旧安静，没有学生们出考场。

他也……提前交卷了？

高大冷峻的少年弯下腰，在他身边坐了下来。

阮轻暮半侧着脑袋看着他："干什么，考得这么好吗？"

"出来早就是考得好？那你一定是第一了。"秦渊面无表情。

阮轻暮"腾"地坐了起来，瞪着他："你说话的口气有点欠揍，知道吗？"

秦渊转过头，漆黑的双眸定定看着他："彼此彼此，我也很想揍你一顿。"

阮轻暮忽然一跃而起："那我和你打一架吧？"

秦渊仰着头望着他，身材修长的少年站在那里，背后是斑驳的树影和灿烂的阳光，面色瓷白得近乎透明，他的眼神张扬又鲜活。

那眼神明明是挑衅的，可这一刻，秦渊忽然有种奇怪的感觉，那眼神并不是真的带着怒气，反而是有着欢欣雀跃。

就好像，等待打这一架等了很久似的。

秦渊慢慢站起身，忽然伸出手，从阮轻暮额前的头发上摘下一根草屑。

他动作温柔，语气平静："我不是刘钧，而且我要先提醒你，我会一点格斗和拳击，正规练过的。"

阮轻暮笑了，一嘴白牙被阳光照耀得发亮："我也想提醒你，那些花架子没用，实战我能胜你一百次。"

秦渊眸光闪耀，像是有骄阳忽然映照在雪山上："那来，胜给我看看。"

阮轻暮微微一笑，向他伸出手，像是要先握一下："好啊。"

秦渊不由自主伸出手，就在手掌即将碰到一起时，阮轻暮的另一只手攥成了拳头。

拳头挥起来的瞬间，他的手肘和拳头顺成一个角度，秦渊骤然警觉，可只看到一道拳头的残影，正好在阳光照来的方向。

就在眼睛被阳光晃的那一刻，腹部一阵剧痛，秦渊心里只剩下一个念头——这个人会来阴的。

秦渊的惊怒刚刚升起时，见对面阮轻暮的脚又踢了过来。

这一下，秦渊没有再站着不动，他的身子灵活一闪，避开了那一记横扫。

秦渊五指握起来，中指关节微微凸起，避开的同时，右拳敲上了阮轻暮的肋下。

这一下又快又准，动作隐蔽，正敲在阮轻暮的胸肋上，敲得他倒吸一口凉气，踉跄着退了一步。

寂静而空旷的操场上，绿色浓荫下，两道穿着蓝白校服的影子缠斗在一起，阳光在他们周身舞动，无比炫目。

考试快要结束了，考场里的学生们开始慢慢骚动起来，有挤眉弄眼传小抄的，有百无聊赖往窗户外看的。

忽然，9班靠窗坐着的一个男生小声"啊"了一声。

监考老师立刻警惕地看他："你干什么？"

男生一缩脖子："下面有人打架！"

学生们都纷纷往外探头，唐田田眯着眼睛一看，吓了一跳。虽然隔得有点远，可她还是认了出来。

一个是提前交卷出去的阮轻暮，还有一个……是1班的秦渊。

两个人打着打着，还打到地上去了，这是有什么深仇大恨啊？明明前一阵还一起出黑板报呢！

不愧是你

唐田田急了，咬咬牙，直接就跑向讲台："老师，我交卷。"

方离和白竞也都不约而同站起来："老师，我也交卷子！"

巨大的香樟树下，两个摔倒的人挣扎着，双双从地上爬起。

阮轻暮身子还在踉跄，秦渊就闪到了他身后，胳膊急速一伸，巧妙地卡住了阮轻暮的脖颈："服不服？"

阮轻暮低头看向卡住自己脖子的胳膊，那上面小块的肌肉微微隆起，带着细细的汗珠，映着阳光，刺眼得很。

他不说话，秦渊却没放松警惕，反而往后面一带，逼着他蓦然后仰。

刚刚的缠斗中，他已经被这人的各种阴招整了好几次，小腿被踢了一脚，大拇指也被野蛮地扳得生疼，简直防不胜防。

阮轻暮呼吸一窒，心里大恨。

在梦里有一次，两个人的兵器都掉了，被迫这么贴身打过一次。

这人力道比他大，几番纠缠下来，他就吃了大亏，被这人直接压在身下，现在还是这样！

阮轻暮脸色涨红，手肘一抬，就往秦渊小肚子上重重一捣。可是秦渊早防着他，往后一缩，完美地避了过去。

可是肚子一缩，下盘就有点不稳。阮轻暮眼皮往下一瞥，狠狠抬起脚，踩在了秦渊的左脚上。

这一下毫不客气，秦渊疼得一皱眉，稳稳的身体终于一歪。

阮轻暮急忙扣住他的手腕，脚下顺势一扫，两个人再度翻滚着倒地。

阮轻暮压着秦渊，双腿死死卡住他的膝关节，手肘压住了他的咽喉。阮轻暮冷笑着，眉毛一挑："那你呢，你服不服？"

秦渊躺在地上，剧烈地喘着气，不说话。

他忽然用力一震肩膀，差点就脱困了，可阮轻暮更快，赶紧用力把他肩头往下一按："别动啊。"

拉扯中，秦渊肩头的衣领被扯开，锁骨下的肌肤露了出来，现出了那块小小的红色。

阮轻暮微微怔住，一滴晶莹的汗水滑过脸庞，流到下巴，正落在那处红色胎记上。

秦渊颤了一下，像是被烫了似的。他低头看看自己胸前那处，呼吸粗重了。

9月的树间，蝉鸣带着点有气无力，阳光依旧耀眼。

阮轻暮慢慢松开了手，秦渊身体僵硬，没有因为他放手而动弹，只死死盯住他。

骄阳似火，烤在阮轻暮的背上，也烤着秦渊冷漠的脸。

阮轻暮忽然笑了，声音带了点诱惑："喂，你认个输。认输我就告诉你，我为什么迟到。"

"好，我输了。"秦渊立刻开口。

"班长，我来帮你！"傅松华高亢的声音从远处传来。

"阮哥，别冲动啊！"白竞凄厉的叫声混在里面。

两个人猛地转头，一起惊愕地望向教学楼。

"体委，别动手。"班长唐田田落在几个男生后面，急得脸通红，鼓足勇气叫，"你不能再打架了……"

阮轻暮和秦渊眼光相接，同时跳了起来。

秦渊嘴角青了一块，阮轻暮的脖子上被卡出了一道殷红，两个人互相望着对方，阮轻暮低声问："怎么办？"

秦渊伸手抹了抹自己的嘴角，看向校门的方向。两人心有灵犀地同时拔腿，一起向校门狂奔过去。

两个人都有一双长腿，奔跑的速度惊人，从大香樟树下飞奔而出，宛如两只林间的惊鹿。

后面跑来的一群人都蒙了，他俩跑什么啊？

傅松华定睛一看，班长跑在前面，阮轻暮在后面，这兔崽子，是在追着他们班长打吗？

他迈开腿拼命去追，大叫："班长你绕着弯往回跑，我来接应你！"

方离却停了下来，犹豫着说："他们……没有在追打吧？"

傅松华脚下一个急刹车："没有吗？那他们打什么？"

唐田田终于也追上来了，慌忙说："没有没有，哪有打架？我看到他们好像在练跆拳道。"

坚决不能定性，这才开学一个月，他们班体委因为打架都进过几次办公室了，不能再去了呀！

傅松华恍然大悟，连忙点头如捣蒜："对对，唐班长你说得对。"

还是9班的班干有经验，懂得立刻甩锅和打掩护！

阮轻暮和秦渊一口气跑出校门，又漫无目的地跑了一阵，终于脚步渐渐慢了。

阮轻暮大口喘着气，斜靠在路边的树干上："我们这是去哪儿？"

秦渊跟着他停下，单手撑住树，平复了一下喘息："随便。"

阮轻暮忽然嗤笑一声："我们俩好像有点傻。"

秦渊淡淡地回："你才是，我没有。"

"谁好好的不考试、交卷跑出来的？谁不问缘由就同意打架的？谁不管三七二十一就往外面瞎跑的？

"不都是你吗？"

阮轻暮的眼睛眯了起来："我是差学生，做这些天经地义。秦大班长，你可是三好生。"

他眸子似笑非笑，瓷白的肤色透出了点少见的粉色，印在那双桃花眼的尾稍。秦渊一眼看过去，忽然就想到了一个画面。

"你的微信头像有什么意思吗？"他忽然问。

阮轻暮愣了一下。

他以前不用微信，自从加了秦渊之后，他也慢慢开始加了一些新的朋友。

有9班的同学，还有1班的几个，比如傅松华和常常围在秦渊身边的那几位。再用那个丧丧的头像和别人交流，就会让人觉得怪怪的。

阮轻暮那天在网上随手搜了一下，正好看到一幅水彩桃花，就好像在梦里，那株开得灿烂的桃花树下，临死前身边震落的点点桃花。

但他也就是随手拿个桃花图而已，并不是有什么执念。

梦里的那个阮轻暮可是传言中心狠手辣的魔宗小少主，江湖上不知道多少人盼他死，就算是被阴谋设计，就算暴尸荒野，自然也是应该的。

都说死得含冤带恨，才会魂魄不散，可他唯独惦记的，只有一场未赴的约而已。

秦渊凝视着他空洞的眼，伸手在他面前晃了晃："怎么了？"

阮轻暮从恍惚中回过神，看着他的脸。

梦里他死的时候，什么都想过，唯独没想过，他的魂魄在桃花树边游荡，等来的第一个人，是他。

"啊，就随手在网上搜的。"他恹恹地答，有点意兴阑珊。

秦渊看着他忽然变得丧丧的脸："比过去那个好。"

但是也有点不好。秦渊看到这枝桃花的时候，觉得好像既看到了春风十里，又看到了即将凋残。

阮轻暮点点头："那我一直用它。"

说完，他四下张望一下："我们就这么一直聊天？"

路边有商店有饭馆，时值中午，有饭菜的香气从那些开着空调的饭馆门缝里冒出来，丝丝缕缕的，勾引人的馋虫。

秦渊看看身边的阮轻暮，说道："你想吃食堂，我们就回去各刷各的卡；你要是想吃外面的，那就你请我。"

阮轻暮震惊又茫然："为什么？"

"提出打架的人是你。"

阮轻暮差点被他气笑了："你也好意思？"

秦渊点头："好意思啊，你请客，我付款。"

阮轻暮终于满意了："这还差不多，学校贴吧里明明传说你是富二代啊。"

秦渊淡淡扫了他一眼："你在贴吧搜我的信息？"

阮轻暮一窒，脸颊上好不容易消退的红色又有点燃烧的趋势："还需要搜？你的专楼帖天天被人顶起来，无处不在好吗？"

秦渊转身，推开距离最近的一家小饭馆的门："被顶在首页的，不是你和我两个人吗？"

阮轻暮听到这话，直接就在门槛上绊了个趔趄，原来他也在看那个帖！

那个帖子一开始只是记录他俩冲突和打架的，后来慢慢就越来越奇怪，那些女生一个个说什么"双A对峙""宿命的齿轮"，有关他俩的照片里的旁人全都惨遭P掉，还在他们中间撒满小星星。

什么叫"秦学霸又A又酷"，什么叫"软轻木可盐可甜"，都是他听不懂的话，害他上网查了半天。

他就是没钱，有钱的话，就该找个电脑高手，把那些说他甜的发言全给黑了，只留下说他盐的！

不愧是你

5. 现场听力

月考三天后，办公室里。

老简看着面前的阮轻暮，似乎在压抑着什么情绪："阮轻暮同学，这一次月考呢，我首先得好好表扬一下你。"

他抖了抖面前的语文试卷："成绩大有进步，我很欣慰！"

离月考已经过去了几天，各科卷子都批改出来了，他这个班主任最关心的人，不是各个科代表，也不是优等生，竟然是阮轻暮。

他毕竟是新提拔的班干部，而且上次这孩子还大言不惭地说期中考试要两门考到年级前一百名，虽然知道这也就是信口胡说，可月考就算是进步一点点，也是好事啊！

阮轻暮探过头，看了看自己的卷子，150分的总分，只得了98分。

"前面的基础知识得了73分，比以前有大大进步了，特别是现代文部分，这个短板补上了不少。"

阮轻暮歪着头看他："老师，作文这么低啊？"

老简一脸奇怪的表情："这正是我专门叫你来谈谈的原因。你这个作文吧，文字通顺、条理清晰……"

一位语文老师抱着试卷路过，忍不住好奇："那你才给人家25分？"

一眼看到卷子上的标题，那老师"扑哧"一笑，大声念了出来："《程序正义，全是狗屁！》——哎呀，这观点很振聋发聩啊。"

老简脸色血红："你说这样的，那在高考阅卷上，能得25分吗？"

他转过头对着阮轻暮："我瞧给你25分就不错了，按照评分规则，这就是感情偏激，不够辩证——作文不能这样写，懂不懂？"

阮轻暮歪着头，眼神纯良无辜："老师，言为心声，您也是这么教的啊，不能自由表达，那写出来干什么？"

老简倒抽一口冷气，竟然没能说出话来。

"老师，我那些论点和论据，我觉得符合题意、中心突出、内容充实、感情真挚……"

"够了够了，评分的不是你，将来也不是我，而是高考阅卷老师！"老简叹了口气，"你写的这些，有一定的道理，可它绝对不会拿高分。"

老简语重心长："议论文要围绕题目做文章，就算你观点稍有偏颇，批阅的老师都能忍，可是你自己发挥了一大段，说什么以暴制暴、劫富济贫、除暴安良，但这都是跑题，跑题懂不懂？"

阮轻暮痛快地点头："您这个说得对，我这里是跑题了，下次注意。"

老简总算松了口气，心想，这孩子还是肯听话的！

阮轻暮想了想："那我这里加点别的佐证是不是好点？我前几天刚看了部电影，叫《教父》，特牛，写进来就挺合适，是吧老师？"

老简一口茶又呛在了嗓子里："咳咳！够了，还嫌不够乱的！"

什么《教父》，现在的孩子真不好带啊！

"你好好写，不偏题，注意辩证分析，这样的话，你这作文得个40分以上毫无问题。算起来就有113分！"老简激动地一拍腿，"你看看！"

隔了几张办公桌的1班班主任怀老师嗤笑一声，声音不大不小："不是说英语和语文好学吗，不知道英语考得怎么样啊？"

阮轻暮抬起头，看了看她。啧，这小气量，居然记着这茬儿呢。

老简有点尴尬："呀，我还没问英语老师。"

怀老师凉凉地瞥了一眼旁边的桌子："哦，卷子在那儿呢。"

阮轻暮慢条斯理走过去，扒拉了半天："老师，我90分。"

怀老师笑了一下，明显带着讥讽。

大城市英语教育水平本来就高，历届的高考各科中，英语的得分都算是相对较高的。九十多分放在她的培优班，那就是需要立刻请家长的分数。

老简却很高兴："哎呀，不错不错，也提高了很多！上次开学摸底考，阮轻暮的英语才五十几分！"

可怀老师偏偏不给面子："差就差，认清事实也没什么不好的。"

对这个散漫的学生，她一直有点看不顺眼，听说已经从竞赛班转走了，幸好没带坏她班上的秦渊。

忽然，门口一道声音响起来："老师，您不能这样说。"

秦渊抱着刚收上来的作业本，跨进办公室。他没看阮轻暮，走到自己的班主任面前："我同意简老师的说法。只要进步，只要认真，就不该被苛责。"

怀老师有点微微的羞恼，秦渊这孩子怎么了？三番两次为着一个差生直接顶撞她。

不愧是你

"好了，你管好自己的事就好。"

秦渊走到阮轻暮身边，静静地扫了一眼他的试卷，目光忽然一顿。

他盯着得分为 0 的第一大项，转头看向了怀老师："老师，月考英语听力的音频您这儿有吧？"

怀老师一愣："有啊。"

"能现在放一遍吗？"秦渊淡淡地问。

怀老师有点疑惑，拿出手机找到音频备份："你要重听，在这里？"

秦渊抓起阮轻暮的英语试卷，摊开放在桌上，静静地看着他："能做一遍吗？现在。"

阮轻暮安静了那么一小会儿，才嗤笑一声："我为什么要证明给她看？"

秦渊明亮的双眸只看着他："我想看。"

阮轻暮笑了一下，拉开椅子坐下，若有似无地点点下颌："行，做给你看。"

秦渊接过怀老师的手机，点下播放键，清脆悦耳的标准女音响起，开始播放那天的英语听力。

怀老师和老简都有点傻了，这是干吗？叫阮轻暮重新做一遍听力？

办公楼里人来人往，没有考场的安静环境，可是埋头做题的阮轻暮却神情专注，凝神听着英语播音时，黑长的睫毛偶然轻颤一下。

二十分钟过去，他手中的笔在试卷上划了一遍。

秦渊拿起试卷，恭恭敬敬地递到怀老师面前："老师，能麻烦您现在批改一下吗？"

怀老师接过来，略略一扫，忽然一怔。

原先的第一项明晃晃的 0 分，也就是说……原先他连 ABCD 乱蒙都没有蒙一下？

她不由自主地拿起红笔，很快批改完，神情有点古怪。

秦渊低头看了看，眸中有丝一闪而过的异样。

"老师，那天听力他迟到了，一道题都没做。"他声音不大，却清晰又冷静，"如果加上这 24 分，那就是 114 分。"

老简在一边，猛地张大了嘴巴。

114 分，虽然在培优班依旧算不了什么，可是在他们 9 班绝对能排上前几名了！

秦渊认真地看着班主任："我的英语听力是 29 分，他也只低了我 5 分。"

怀老师勉强地哼了一声："那也不能这么加，还带重做卷子的？"

秦渊点头："当然。可我只是想说，我亲眼看到他吃饭走路都戴着耳机，确实有在认真地学。所以，我不希望我尊敬的老师，对这样努力的同学一直有偏见。"

旁边的阮轻暮忽然懒洋洋地笑了："行啦，别说这些有的没的。"

说完，他站了起来，向着两位老师漫不经心地点点头："老师，没事我们走了。"

两个男生肩并肩出了门，有位老师刚好从外面进来，远远地看了阮轻暮一眼："哎，这不是那天迟到的那个吗？"

老简扭头："怎么啦？"

"这学生不错啊，迟到了在门口待了十几分钟，一直没进门呢。"

怀老师不明所以地问："为什么？"

那位老师笑了："怕影响别的学生听英语听力呗。"

体育吴老师扛着桶纯净水进来，随口接话："是啊，老简，你们班这个新体委不错。"

老简从愣神中醒过来："前一阵你不是还怪我选他？"

"腿不好的时候是爱偷懒，现在还蛮认真的。"吴老师笑嘻嘻的，"你们班男生好像都挺服他，现在上体育课气氛挺好的。"

阮轻暮回到教室，9 班的同学大都在午休，也有些女生在小声聊天。

白竞抬头看他进来，大声问："阮哥又挨训啦？"

阮轻暮走到后排，懒懒地趴下："老简爱我还来不及呢。"

黄亚哈哈大笑："我们阮哥那是很得老简宠爱的，对了，是不是那天和学霸打架的事被知道啦？"

阮轻暮随手扔了个纸团过去，砸在他头上："谁打架了，我们切磋武功懂吗？"

"哦哦，懂的！那老简叫你去干什么呀？"

阮轻暮叹了口气："老简说我作文三观不正，宣扬以暴制暴。"

不愧是你

刚刚离开办公室时，老简还硬塞给他一本《高中议论文范文大全》，又厚又沉。

旁边的男生都静了一下，有人感慨："阮哥牛。"

旁边，刘钧和几个人头凑在一起，李智勇小声地骂："什么德行，一个个都往个瘸子身边凑。"

王立酸溜溜地说："现在不是瘸子了，跑得比兔子都快。"

刘钧阴冷冷看了那边一眼："人家现在是班干啊。"

牛小晴在前面扭过身来，忸怩地小声问："体委啊，这个月的黑板报，能不能帮我们指导一下？不用你画……"

阮轻暮看着她，一言不发。

唐田田赶紧拉了拉她："算了啦，也不能次次都第一啊，总是拜托他不好吧。"

阮轻暮叹了一口气："两位班干同学，你们这是联手讹上我了是吧？"

牛小晴脸色涨红，声音低了："没时间就算了……"

白竞一探头，忽然稀罕地叫："哎呀，牛姐哭啦？"

牛小晴狠狈地一揉眼："滚滚滚，老娘眼睛里进了沙子！"

阮轻暮歪着头，看了看她，又看看唐田田可怜巴巴的眼神，终于痛苦地摆摆手。

"行了行了，以后我都包了行吗？可你俩这样是感情绑架，懂吗？"

牛小晴和唐田田惊喜地互相看了一眼，"扑哧"一下，又都笑了。

黄亚在一边忽然大叫："哎，我听到了啥？体委和宣传委员和班长有感情关系！"

牛小晴脸色通红，探过身子拿文具盒打他："你这个坏人！"

黄亚飞身跳起来就往后跑："宣传委员打人啦！"

刚跑几步，眼前一晃，阮轻暮的脚已经到了。黄亚被他伸出来的脚绊了个趔趄，一下半跪在阮轻暮面前。

阮轻暮随手拿起那本《高中议论文范文大全》，冲着他背上狠狠拍着："作死是吗？我成全你。"

教室里一片热闹，黄亚凄厉叫喊："牛姐饶命，阮哥饶命，我再也不干涉你们的感情生活了！"

1. 女鬼

月考各门课的分数下来了，没有任何悬念，又是 1 班的秦渊第一，拉开了万年老二李建荃四十多分。

晚自习上，大多数同学都在整理这次的试卷，有的在做错题，有的拿着剪刀直接开试卷天窗。

"阮哥，我帮你做错题集啊。"白竞殷勤地回头，手里拿着剪刀和胶水。

阮轻暮戴着耳机，抬起头大声说："什么？"

白竞热心地说："阮哥我跟你说，把错的题单独弄个本子粘起来，复习的时候重点看，很有效的，你信我。"

他成绩在班里算比较好的，一直念着阮轻暮说要提高成绩。这次阮哥英语和语文都考了九十多，他再想想办法，没准能帮阮哥再赶上来点！

阮轻暮震惊地看着他手里的本子："你喜欢做手账？"

白竞崩溃地看着他："谁爱做手账！这不是被逼的吗？"

阮轻暮戴着耳机听英语呢，没反应过来自己说话的音量不对，声音又亮又清晰："为什么？看一遍你还记不住？"

教室里的同学不由自主静了一下，白竞更是一脸生无可恋：阮哥什么都好，就是一天不吹牛就会死。

忽然，黄亚叫了一声，声音惊恐："这是什么东西？"

不愧是你

大家立刻被吸引了："什么什么？"

黄亚拿着手机："快看学校贴吧，有人说在文体楼那里撞到了鬼，一身红衣服，长头发，长得特美！"

他前面的女生瞬间尖叫了一声："啊，别吓人！"

一群学渣们纷纷掏手机，唐田田她们又怕又好奇，于是凑在一起点开了帖子：《文体楼舞蹈室女鬼现身，三中历届到底有没有冤魂？》

帖子是一个男生发的，用了真名，下面有好几个同学一起做证，一个个都激动得不行。

"我尿都快吓出来了，真的一身红衣服，站在黑漆漆的舞蹈室里，正好里面有月光，只见一道红影子飘来飘去！"

"对对，真的没骗人。那个女鬼忽然一扭头，一百八十度转过来，那脖子软得像面条一样……"

下面的回复瞬间盖起了高楼。

"呸，骗人的吧。"

"脸上有血没？舌头呢，是不是伸了一半出来？"

"哈哈哈，穿汉服还是旗袍，漂亮不？"

那个爆料的男生急了："谁编瞎话谁出门被雷劈！爱信不信！"

这毒誓一说，围观帖子的同学都安静了。

9班教室里，一群女生望了望外面黑压压的天，忽然有人声音带了哭腔："我身上怎么忽然起鸡皮疙瘩啊？"

终于，有人在下面回复："会不会是哪个女生在练舞呢？瞧你们那胆小的样儿。"

一个男生立刻回复："扯淡！哪个女生练舞不开灯，还大晚上穿着一身红？"

他的同伴也跟着跳脚："不可能是哪个班的女生。那么漂亮，我们能不认识？我跟你们讲，瓜子脸雪白的，在夜里特别瘆人！"

1班的教室里，傅松华和几个男生也正一起看帖子，边哈哈大笑，边回帖："几个大傻子，肯定是哪位值班老师带来的孩子呗，这都想不明白？"

有人马上就回道："闭嘴！你家大人把女孩子带来学校，会放在黑灯瞎火的舞蹈室里？"

帖子瞬间就盖了几百楼，忽然，又有一个人在后面回复："我是高一培优

2班的团支书刘焕严，我发誓我说的是真的。

"上礼拜二晚上，我去文体楼借黑板报颜料，路过舞蹈室的时候，也看到里面有人影，不过是一身白，一靠近，那个影子一扭头，我就看到一个女孩子。"

学生们都有点毛骨悚然，高一培优2班的团支书他们都知道，平时不知道多古板，肯定不会开玩笑骗人。

"那女孩子脸很小很白，动作特别飘，我当时吓得都快疯了，刚一眨眼，那个人影又不见了！"李焕严打了一大串字，"对了，她胳膊好像特别软，飘来飘去的时候，没声音的。"

各个年级的走廊里，一片鬼哭狼嚎，看帖的女生们声音凄厉。

阮轻暮痛苦地摘下了耳机，踹了身边的白竞和黄亚一脚："闭嘴。女生叫就算了，你们叫什么？"

黄亚面如土色："阮哥，鬼啊，那可是鬼！"

阮轻暮冷笑一声："我就是个鬼，怎么不见你们怕我？"

两个人一起连连点头："怕的怕的，阮哥你比鬼还吓人。"

阮轻暮被他俩气笑了："我瞧方离都比你俩胆子大。"

黄亚挠挠头："对了，方离呢？"

好像就网上晚自习时露了一面，后面就没看到了，座位上空荡荡的。

白竞不以为意："哦，去领航班了吧，1班傅松华老是揪着他去那儿。他不是报了物理课的领航班吗，傅松华正好也在那儿走班，就说要给他补习。"

阮轻暮这才放下心："哦，那行。"

晚自习终于下了课，跨班的QQ群上，有人在约人："要不要一起去舞蹈室看看？人多一起去？"

1班教室里，傅松华摩拳擦掌："走，去舞蹈室，看看能不能感受到阴气。老大你去不去？"

秦渊已经背上了书包："不，我回寝室。"

教学楼外面，秦渊一个人沿着小路，回到了106寝室。

另一张床空荡荡的，像是从没有人住进来过。房间明亮安静，那张邻座的桌子干净得纤尘不染，再也没有了前一阵乱糟糟摊满书的模样。

他打开一套竞赛题试卷，开始默默地做，做着做着，就停下了笔。

自从上次说好来他寝室却失约后，阮轻暮虽然也和他解释了那天没来的原因，可阮轻暮就再没提起来 106 看书这个话题了。

他点开手机，微信静悄悄的，没有什么新对话。

楼上应该很热闹吧，上次去的时候，满层楼光着膀子的男生在乱窜，那个人融在他们里面，却好像比待在一楼更加合适一点。

他修长的手指停在那个桃花头像上，半天还是移开了。

找出傅松华的名字，他发问过去："看到鬼了吗？"

没一会儿，傅松华的回信就到了："我们去舞蹈室转了一圈，什么都没有！我瞧就是哪位老师家的小孩在里面玩。"

秦渊又打了一行字："你那儿有多余的签字笔没，我去借一支。"

不等傅松华回答，他站起身推门出去，刚沿着楼梯上到三楼，拐弯处就撞见了一个人。

阮轻暮猛地刹住脚，看着拾级而上的秦渊，极为错愕："呃，你上去？"

秦渊立在那儿，心跳突然有点加速，俊美的脸上却依然没有表情："啊……我找傅松华借支笔。"

"哦。"阮轻暮挠挠头，立在楼梯口，没动。

秦渊看着阮轻暮，目光落在他手里的几张纸上："你呢？要出去？"

阮轻暮犹豫一下："是啊。我……去买支牙膏。"

两个人在楼梯上站了一会儿，好像都不想让开，可最终还是一起侧了侧身子，交错而过。

阮轻暮慢吞吞地下了楼，在外面的夜风里，忽然沮丧地踢了一下旁边的台阶。

自己干吗说买牙膏，为什么不坦坦荡荡地说一声"上面吵死了，我想去你那儿做一会儿卷子"？

四楼，傅松华他们寝室里，秦渊心不在焉地坐着，时不时地往开着的门外看一眼。

忽然，他站起身，一个人往外面走去。

傅松华拿了个一次性水杯，刚给他倒了杯水，抬起头大喊："老大你做啥去？"

418 寝室的门被推开了。白竞他们狐疑地看着风纪部副部长大人，都有点蒙了。

这是干吗？大佬这是来突击查卫生吗？

脊梁挺直、站姿端正的秦大佬在室内瞥了一眼，犹豫地开口："打不打牌？"

白竞和室友更是一头雾水了，难道是缺少娱乐活动的大佬同学被彻底拖下水，迷上了打牌吗？

"打打打！大佬您请坐，我们这就凑四个人陪您！"白竞屁颠屁颠地往下面爬。

秦渊却不进来："哦，那我等等上次的牌搭子，不急。"

白竞和室友互相看一眼，鼓足勇气："大佬啊，不是不给您面子，您和我们阮哥再一起打对家，我们就没法活了，您能理解吗？"

阮轻暮坐在外面的台阶上，看着人来人往。再抬眼望望一楼的窗口，106 还黑着。

那人还在四楼？怎么借个笔要借这么久？到底下不下来了？

楼上 418 里，牌局正酣。

白竞和室友狂笑着甩下最后两张牌："看看，就说上次是意外，这次轮到我们大杀四方不是？"

傅松华和秦渊连输两盘，输得没了脾气："班长，我们球场上的默契哪里去了，你上次算的那个概率呢？"

秦渊漫不经心地丢下残牌："嗯。你不会算牌，不行。"

傅松华："……"怎么忽然他就不行了！

秦渊眼角一瞥依旧空着的某个床铺，忽然站起身："不早了，你们继续，我回一楼了。"

楼下，阮轻暮等得越来越心焦，忽然拔腿就往回跑，刚奔上二楼，迎面就又撞上了一个人。

又是秦渊。

阮轻暮咬了咬牙："借到笔啦？"

秦渊居高临下看着他，脸上有种奇怪的神情："嗯，借到了。"

他的目光在阮轻暮的手上停了停："你的牙膏没买到？"

阮轻暮愣了一下，低头看看自己的手，恍然大悟："对，小卖部卖完了，

不愧是你

呵呵……垃圾小店，连个牙膏都没。"

秦渊点点头，两个人在楼梯口又站了一会儿，终于再次擦肩而过。

2. 小偷

阮轻暮一推门，白竞就叫起来："阮哥你去哪儿撒欢啦？你的牌搭子等了你好久哦！"

阮轻暮一怔："什么？"

对面床的男生嘎嘎地笑："秦大佬刚刚拍门来求打牌，诡异吗？"

白竞沉痛地感慨："学霸以前大概都没玩过这么好玩的东西，一打就上瘾，可怜哦。"

阮轻暮僵立在那里，忽然飞快地摸出手机，发过去一句："来楼上打牌了啊？"

秦渊几乎是秒回："嗯……就忽然闲得无聊。"

阮轻暮抓耳挠腮的，又扭头问白竞："他一直在等我？"

"那怎么可能？你不在，傅松华就和他搭对了啊，哈哈哈，我们大胜！"

阮轻暮打字的手停住了，恹恹地爬上了床，忽然不想理任何人了。

刚赢了牌的男生坐在下面意犹未尽："谁吃鸡，抓紧时间来最后一盘！"

白竞随手扔了只袜子下去："吃个屁的鸡，今天你值日，赶紧收拾去。"

那男生昂着脖子："百晓生你拍着心口问问，我们寝室这几天还不够干净？"

阮轻暮从床上探出个头，阴冷冷地看着他："你今天拖地了？敢偷懒，信不信我削你？"

那男生慌忙跳起来："这就去这就去，阮哥息怒！"

他从卫生间里拿了拖把出来，东一下西一下在地上划拉，趁着阮轻暮不备，捣了捣上铺的白竞。

"怎么回事呀？阮哥明明刚才还很和蔼可亲，回来后就好凶！"

阮轻暮瞪着天花板，终于忍不住又点开微信："和新搭档配合怎么样啊？赢了还是输？"

那边，秦渊回："不好，比你差太远。"

阮轻暮使劲戳手机："傻大个不行，下次别找他，他数学差劲得很！"

隔了几道墙，数学能考130的傅松华同学忽然打了个大喷嚏。

106寝室里，秦渊盯着那行字："哦，那我找谁？"

阮轻暮急了，不假思索："我不行吗？"

打完这行字，忽然又有点脸上发烧，正想撤回，对面的秦渊郑重地回："好，那我以后，只找你。"

楼上，拖地的男生忽然又戳了戳白竞："阮哥真的好诡异。刚刚还那么凶，现在又对着手机笑得那么甜。"

白竞悄悄瞧了一眼，压低声音："别乱说，小心阮哥揍你。阮哥笑得那么灿烂，要形容笑得'像朵小向日葵'！"

忽然，有人叫了一声："啊！女生寝室出事了！"

各个班的QQ群都炸了，消息数量瞬间就是999+。

寝室里的男生们也都吓了一跳，忙问道："怎么了，进小偷了？"

"保卫处去调查了，说是丢了两部手机，都是培优班女生的……"

过了一会儿，一张截图悄悄地传开了，是女生们那边传过来的，看着截图的内容，一群男生都骂道："哇，好贱。"

除了手机，竟然还有一楼晾在外面的几件内衣被偷了！

"无语，怎么这么恶心……"

"晚自习也就是到八九点，也敢进学校里？"

遇到这么刺激又惊悚的事，男生们全都聚在一起激动地议论开了。

"别说了，要是真的半夜来，岂不是更吓人？"

"垃圾死贼，怎么不敢来偷我们男生寝室，遇到直接打断他的两条腿！"

忽然有人说了一句："这又不是深夜，怎么那么容易躲过安保和宿管？"

有人惊悚地一拍大腿："你们说，会不会是校内的人干的？"

"那今晚没去上晚自习的是不是都有嫌疑？"

有人立刻急了："滚滚滚，老子今晚上网吧了，也不在上自习。"

正闹着，旁边寝室的门开了。方离拿着水瓶，往走廊尽头的饮水机那里走，忽然，他背后的李智勇叫了一嗓子："方离，你今天晚上在哪儿？"

方离身子一僵，脸色有刹那的惶恐一闪而过。

他紧张地扭过头，声音轻颤："我、我在领航班上自习。"

傅松华刚洗完澡，头发湿淋淋的，完全不知道发生了什么，走到门口，正听见这句，随口接了一句："啥，我叫你来，你不是说去你们自己班吗？"

过道里的男生们安静了，目光直直地聚在了方离身上。

明亮的灯光下，方离清秀的脸色变得煞白，微红的双唇似乎忽然褪去了血色。他仓皇地转过身，急匆匆地向饮水机冲过去。

男生们都有点错愕，有人小声地说："那他到底去哪儿了？今晚你们谁看见他了？"

领航班的学生们都不约而同摇了摇头，的确没有人见过他在教室里。

隔壁寝室里，刘钧探探头，冷笑一声："心里有鬼呗，不然为什么撒谎？"

一片诡异的安静里，阮轻暮冷冷的声音响起来。

"都给我省省。"他慢悠悠地扒开众人，走到白竞和另一个男生身边，伸手把他俩的脖子搂了过来。

他的口气淡淡的，带着隐隐的威胁："捕风捉影、硬扣帽子，这都是小人才干的事，懂不懂？"

两个男生赶紧连忙点头："嗯嗯，谁乱嚼舌根，就是我们9班的敌人！"

阮哥说得对，方离毕竟是他们9班的人，不能自己给自己班扣屎盆子。

"谁有证据，直接去找保卫处。"阮轻暮看了看四周的男生，神色冷得像冰，"没证据瞎说的，先问问我答应不答应。"

眼见着，9月底就到了。

实验三中的秋季运动会都是在国庆节前，开完后直接放国庆的假。

老简站在讲台上，用力一挥手："总之我要说的都说完了，这是你们能绽放自我、力争荣光的一次机会！这一次再不上名次，以后在你们的青春回忆里，将会是一片死气沉沉！"

下面一群学生呆呆地望着老简，现场就给他表演了一个真正的死气沉沉。

老简怕不是得了失心疯，他们9班本来就体育不行，除了刘钧他们几个，剩下就没几个能参加项目的，就只有黄亚去年拿了个铅球亚军，女生里牛小晴标枪投了个第三名。

老简无奈地咳嗽一声："阮轻暮啊，你记得待会儿多发动发动大家，有意愿的，先到你那里报个名。"

老简刚离开教室，教室里的嗡嗡声就响了起来。

看完全没人动弹，唐田田先站起身："我先带头报个 200 米，还有 400 米。"

男生们善意地哄笑起来："班长厉害啊，还加了一项！"

牛小晴"腾"地站了起来："我报标枪、铅球和铁饼！"

"嚯！"男生们起哄了，"牛姐一下子三项啊，威武！"

牛小晴激动地昂着头："那当然，体委支持我们班的宣传工作，我当然要拼命支持他的工作！"

她俩这一带头，女生们悄悄地交头接耳，又有两个女生扭过头，向着阮轻暮喊："体委，我们寝室四个一起报 4×100 米接力吧。"

阮轻暮"哦"了一声，伸手拿起一张纸，在上面开始记录。

写完了唐田田和牛小晴她们，他欲言又止："那个……你们四个叫什么？"

说话的女生脸都红了，又羞又气："体委，你这样我们不报名了啊！"

什么啊，居然连她们几个的名字都没记住？

唐田田忍住笑，赶紧跑过来，帮他写好女生姓名："她们说，不是为了老简，是为了支持你。"

阮轻暮挠挠头，抖抖表格问："男生呢？有谁？"

刚刚还起哄的男生们慢慢地静了，不少人眼光躲闪，往后面的角落里看去。

去年刘钧是体委，他和李智勇几个好歹帮他们班拿了些分……现在谁参加的话，会不会被他们记恨报复？

刘钧大剌剌地往后一靠，自言自语："什么垃圾运动会，傻子才会去。"

男生们面面相觑，更加大气也不敢出。

黄亚的胖脸上肌肉抽搐，忽然张口："我和去年一样，报铅球。不，再加一个铁饼。"

阮轻暮点点头，帮他记上，然后抬头，淡淡地说道："我是体委，自己带个头吧。"

他声音不大，慵懒而清晰："每个人最多可以报四项对吧，那我报 100 米、400 米栏、跳高——"

他低头扫了一眼项目表："再加个 5000 米。"

教室里一片寂静，然后，就像是往烧开的油锅里加了几滴水，瞬间沸腾开了。

白竞目瞪口呆："阮哥，100 米是短跑，5000 米是长跑，跳高和跨栏……

不愧是你

体委也不用这么拼命，会死人的。"

阮轻暮嗤笑一声："不然怎么办？9班男生齐解甲，更无一个是男儿？"

男生们互相看看，有人眼神尴尬，有人低下了头。一片安静中，方离突兀地开口："我也报5000米，还有跳远。"

男生们一个个神色古怪，悄悄看着他。

上次女生寝室被盗案一直没破，派出所来调查之后，也没找任何学生去谈话。可那天晚上方离到底去了哪里，却一直是个谜，这件事就越发显得蹊跷。

阮轻暮看了他一眼："你确定？5000米可不好跑。"

每年报5000米的学生都屈指可数，累得要死不说，还有人当场跑到吐出来，有的人中途退场。

方离垂下眼帘，脸色苍白："嗯，跑这个的人少，说不定能拿点分。"

白竞忽然也大声说："我也报一个400米。管他赢不赢，随便瞎跑呗。"

黄亚猛地踢了一下桌子："就是，不就是参加个运动会，畏头畏尾的，算什么男人！"

片刻后，另一个男生也挠挠头："体委，记我一个吧，200米我凑个数。"

仿佛有那么一股看不见的暗流，在暮气沉沉的教室里流动，慢慢升温。

几个男生互相看看，嬉皮笑脸地说："我们班女生都能凑4×100，那我们寝室四个一起上？"

牛小晴叫起来："把黎胖子换下去，剩下三个还差不多。"

黎胖子平时晨跑都喘得像狗，他满脸涨红："不要我就不要我，我报铅球去。"

教室里热闹的气氛越来越浓，没人再看刘钧那几个人的脸色，就连以前特懒的一些女生都跃跃欲试。

"随便报一个好了，反正只要参加，每人都有0.5分的基础分呢。"

"也对，到时候我要化个妆再上去跑，记得帮我拍照！"

"哈哈哈，到时候我借你防水粉底。"

唐田田手忙脚乱地记名字，写着写着，忽然低下了头。

阮轻暮看着她微微发红的眼睛，郑重道："班长，悠着点，现在就这样，等我们班总分第一，你不得哭死过去？"

唐田田被他逗笑了，小声地说："得了吧，能摆脱倒数的前三就行啦。"

1班有秦渊和傅松华两个体育尖子生坐镇，总分第一是人家的囊中之物呢。

3. 我只盯着你

1班教室里，傅松华神气地站在座位上："好，报名的我都记下了，**谢谢大家支持！**"

他看着报名表，又有点担心地挠挠头："我说你们女生能再报几个项目吗？"

去年他们班是总分第一，非常惊险地超过了6班一点儿，今年重点要防6班反扑呢。

前座的女生白了他一眼："我们女生报名人数已经超过去年了，还要怎么样啊？"

"就是，有你和班长还不是一样躺赢嘛。"

"体委你负责帅，我们负责在下面给你喊加油。"

立刻有男生叫："我们班长才负责帅，体委负责骚！"

"哈哈哈……"

傅松华得意扬扬："呸，班长是高岭之花，我是林间猛虎，都帅。"

后座上的高岭之花拿过报名表，凝神看了一阵，敲了敲桌子："有几个人的项目要调整，时间冲突了。"

他拿起笔，快速地勾了几个名字，又对着傅松华说："你的5000米退掉吧，换成别的。"

傅松华疑惑地凑过来："这种累死牛的项目，我不上谁上？再说我肯定第一啊。"

秦渊点了点第二天的赛程："你的体力浪费在这上面可惜了。短跑200米加800米，比一个冠军分数多。"

傅松华恍然大悟："哦哦，好！"

"还有封元，你别去和6班的体育生硬拼，留体力在400米上。"他抬头看着一个男生，"可以吗？"

那个男生使劲点头："班长听你的！"

他们班长平时话少，可是到这种重要关头，开口说话和安排，没人不服，

不憾是你

也很少有人质疑。

傅松华忽然想起来什么，拿起手机找人。

"百晓生，你帮我收集各个班的运动会报名情况，特别是 6 班的，我给你个大价钱！"

很快，白竞就回了微信："我这就去打听。每个班的情报 18 块，OK 不？"

"OK！明天中午之前给我发来，过时不要了啊。"

"我们自己班的情报不卖啊，先说好！"白竞很有底线地交代。

傅松华发了个带问号的表情包过去："你们班的情报，哈哈哈？"

白竞立刻回了个傲然的表情："今天你爱理不理，明天你长跪不起！"

傅松华越想越好笑，扭头冲着秦渊说："班长，笑死了，9 班的人说叫我们长跪不起！"

秦渊手中的笔忽然顿住了。他抬起头，一双明亮的凤眼中光芒一闪。

"阮轻暮今年报名了是吗？"

傅松华挠挠头："那肯定吧，他就算是个弱鸡，也得做做样子啊。"

秦渊的眼神却有点奇怪。

"他不是弱鸡。"他淡淡垂下眼帘，"他更不是只做做样子。"

无论是雪白墙壁上那高高的手指印，还是他打架时的爆发力和灵活性，都能证明。

9 班教室里，阮轻暮跷着脚，看着唐田田把所有的报名项目记完，伸手拿了过来。看了半天，他冲着白竞招招手："帮我做件事。"

"阮哥您说话！"

"别的班有哪些体育好的，去年报了哪些项目——"他的声音又懒又轻，"特别是 1 班的得分项，统统给我找来。"

白竞一愣："刚刚傅松华也找我要这个。"

阮轻暮嘴角一翘："呵呵，原来不是个真傻子啊。"

前面的方离低声说："嗯……他超负责的。"

阮轻暮纤长的手指在桌上敲了敲，忽然拍了拍手掌。

教室里的同学本来都在关注着他，这几声掌声迅速阻止了喧闹。

阮轻暮的声音不紧不慢："我需要重新调整一下大家的项目。"

黄亚挠挠头："我只会投铅球这种力气活，你总不能叫我去跑100米吧。"

阮轻暮问："知道田忌赛马吗？"

"那必须知道啊！"

"那知道退避三舍吗？还有争先恐后？"

旁边的男生有点蒙："争、争先恐后？就是抢跑吗？"

阮轻暮凉凉地瞥了他一眼："退避三舍是春秋时，楚成王和晋国公子重耳的事儿；争先恐后是赵襄子和王于期比赛驾车技术的典故。打仗也好，比赛也罢，想赢就得讲究技巧和策略。"

"啊……阮哥你在说啥！"

阮轻暮看看大家："总之明天听我调配，实在不愿意换的，可以跟我说。"

方离首先答应："嗯，我随便。"

第二天上午最后一节是体育课。

操场东边，白竞拿着手机，犹豫地看向阮轻暮："那我发给他了？真的不用加点假料进去吗？"

阮轻暮躺在草地上，懒洋洋地揪了片草叶："你百晓生的名声不要啦？"

白竞一咬牙："豁出去了，这次宁可牺牲信誉，也要坑死他们！"

"不用，给他真的。"阮轻暮笑了笑，"你只用加一句，说不保证信息一点差错没有，就行了。"

白竞挠挠头："哦，好。"

阮轻暮揉着手里的草叶，点点翠绿染上他白皙的指尖："对了，把我们班的报名情况也发他。"

操场的另一边，傅松华看着刚收到的文档，爽快地打了200元过去："谢啦！哎？还有你们班的？"

对面，白竞笑眯眯地回复："我们体委说，这是附送你的，不要钱。"

傅松华点开看了一眼，脱口说了声：一定是假的，方离跑5000米？

秦渊伸手接过他的手机，看了看他和白竞的对话，把接收到的文件删了。

"啊啊啊班长！"傅松华惨叫，"你干什么？"

秦渊抬起头，远远地望了另一边。

大香樟树下，9班的男生聚在一起，围着那个熟悉的身影，阮轻暮的侧脸

不愧是你

上一副散漫的神情。

秦渊缓缓收回目光："他们体委授意发给你的，那么你信还是不信？"

傅松华苦恼地挠头："大、大部分是真的吧？少量的掺了假？"

"不管真假，你既然有了怀疑，再重新去安排，就会举棋不定。"秦渊淡淡道，"那才正中了他的计。"

旁边，他们寝室的男生开始七嘴八舌地议论。

"老傅这是图什么啊，花两百块买了份废料，9班拿着真情报爽死了吧？"

"哈哈哈哈，百晓生或成最大赢家。"

一个男生从打印店跑过来，手里拿着油墨未干的几张表："阮哥，打印好了！"

阮轻暮靠在树干上，拿着白竞最新收集的资料，默默反复地看，看了一会儿，开始写写画画。

白竞他们在一边探头探脑地看着他乱七八糟的标注。

"我觉得阮哥认真的样子好酷。"

"是好性感。"

阮轻暮抬腿，朝正夸他性感的黄亚的屁股上就是一脚："你的三项不用换了。白竞你的200米换成400米。"

"哦哦，为啥？"

"400米看起来强手不多，万一混上个第六，就能有分拿。"阮轻暮沉思一下，冲默默坐着的方离叫，"你真的能跑下来5000米？"

方离扭过头，低声说："可以。"

"好。"阮轻暮点头，把自己的5000米给改成了1500米，又开始琢磨。

方离默默站了起来，沿着跑道，开始慢悠悠地跑起来。

体育课快要下课了，傅松华正在收本班的器材，忽然就看到了跑道边的方离。

他赶紧把网兜往旁边的人手里一放："帮我收一下！"

他迈开腿，飞跑上跑道，追上了方离："喂喂，问你个事儿！运动会你报5000米，是假的吧？"

方离默默往前跑着，半天才说："真的。"

傅松华顿时急了："他们干什么这么欺负人？叫你跑5000米，你就答应啊？"

方离没理他。

"我带你去找你们班的人！"傅松华伸手去抓他，可刚碰到方离的胳膊，方离一闪身子，躲开了。

"不用你管，我自愿的。"

傅松华愣了愣："你这么弱，怎么跑得下来？"

方离喘着气，一张清秀的脸涨得通红："没人逼我。"

傅松华一双浓眉拧着，终于小心翼翼地问："你是不是生我的气了？那天晚上，我说你不在领航班教室，我也不知道你……"

方离低着头，不看他："我没生你的气，你又没撒谎。"

傅松华忽然有点心烦意乱。自从那天晚上后，方离就开始躲着他，就算他再粗枝大叶，也感觉到哪里不对了。

"你到底当不当我是朋友？当的话，就告诉我，那天晚上你到底在哪里？"

方离猛地刹住了脚步："你什么意思？"

傅松华焦躁地挠挠头："就算在网吧、在和女孩子约会，只要你说，我都信你！"

方离怔怔地看着他，眼圈发红："假如那天晚上……我就是去做说不出口的事呢？"

傅松华呆呆地看着他："能、能有什么说不出口的？"

方离忽然重重一把甩开他的手，奋力向前冲去。

远处，阮轻暮无意中抬起头，正看到了方离眼眶中的一抹红。他快速地将最后几个项目勾好，递给了白竞："帮我交给老简。"

白竞痛快地答应了："好，阮哥你放心！"

阮轻暮跳了起来，迎面把方离拽到了一边，紧盯着他的眼睛："出什么事了？傅松华那个傻大个欺负你？"

方离揉了揉眼睛，小声说："没。"

"那你和我说实话，你为什么要跑5000米？"

方离低着头，不吭声。

"你不说，我这就给你取消掉。"阮轻暮的语气忽然变得冰冷，"我不想看到你为了什么奇怪的原因，把自己跑死在赛场上。"

不愧是你

方离猛地抬起头："我就是自己想跑，不行吗？你们都可以上，我为什么不可以？"

阮轻暮凝视了他一会儿，终于点点头："那好，到时候，我给你加油。"

阮轻暮重新回到树下躺着。

1班人群里，秦渊扭过了头，隔得虽然远，可是依旧看到阮轻暮眼中的光芒微微一闪，锋芒锐利。

阮轻暮眯着眼睛，抓起手机，向着那边扬了扬，没头没脑地发去了一句话："你对退避三舍和争先恐后怎么看？"

"公子重耳和王于期？干什么，运动会你要排兵布阵吗？"

阮轻暮望着那行字，嘴角的狡黠笑意越来越大："是啊，叫你们班那个傻大个儿小心点儿。"

"我才是真正做决定的那个。"

阮轻暮懒洋洋地托着腮："所以我要防的就是你喽？"

秦渊犹豫着问："你报了什么？"

"干什么，又盯着我啊？"

秦渊盯着手机，打字很慢："嗯，只盯着你。"

阮轻暮心情极为愉悦，笑吟吟地回："彼此彼此，我也盯着你呢。"

4. 在我这儿睡

夜深人静，宿管大爷拿着电筒，查了最后一次房，打着哈欠回值班室了。

阮轻暮躺在上铺，竖着耳朵，听到四周男生们都有了此起彼伏的鼾声。他轻手轻脚下床，从柜子里拿了个东西，溜出了门。

他一溜烟跑到了一楼，熟门熟路地站在了106门口。

一推虚掩的门，里面的光漏了出来，秦渊坐在桌前，静静回头看着他。

阮轻暮随手把门锁死，咳嗽一声："不好意思，叨扰一次。"

秦渊的目光落到了他手上，剑眉一扬："什么？"

阮轻暮打开袋子，把那个小台灯拿了出来："我又带下来了，楼上没机会用。"

寝室里四个大男生呢，晚上怎么可能开台灯打扰别人。从106带走它后，就一直静静躺在他的柜子里，不见天日。

"我借你这地方写点东西，你自己上床睡吧，我把台灯光调暗点。"

秦渊摊开了面前的习题册："不，我也要做题。"

阮轻暮"哦"了一声，拧亮了台灯，熟悉的暖黄光线照在了两人之间的桌上，温暖又安静。

他找了个空白作业本，开始写东西，字迹潦草地写完了一篇，又重新起了一个头。

秦渊淡淡地瞥了一眼，忍无可忍："你还负责写运动会的投稿？这也是你的事？"

阮轻暮打了个哈欠："我们班的宣传委员……算了。"

下午，唐田田特地跑来给他看了几篇稿子，说是投给运动会广播站的，还说一篇稿子被选上，就能给班级总分加1分。

他看了几行，就差点看吐了。什么"秋风吹、战鼓擂，9班男儿场上飞"，什么"9班战旗猎猎飘，勇夺佳绩最骄傲"——这要是能被选上，那团委老师和广播站的人得多瞎。

秦渊淡淡地道："你很照顾你们班的宣传委员啊。黑板报尽心尽力全包，现在还代写宣传稿。"

阮轻暮慢慢地往后一靠，似笑非笑："其实啊……是我们班长来找我商量的。"

秦渊脊背挺直了。9班的那个小班长，软软糯糯的，以前在一起开过会，的确很可爱的样子。

"哦，难怪。"秦渊忽然伸手，把小台灯往自己这边挪了挪。

阮轻暮吃惊地看着台灯，侧脸看着秦渊："啧啧。"

秦渊半边脸上镀着一抹暖橘的光，修长脖子梗着，不扭头。

阮轻暮慢吞吞地说："你既然主动竞选做了体育委员，那就负起你自己的责任来——这句话，不知道当初是谁凶巴巴吼我的？"

秦渊转过头，英挺又俊秀的脸上有点怔然："我说的……怎么了？"

"所以，你倒是说说看。"阮轻暮逼近他，"我是为了谁的一句话，这么拼啊？"

寝室里异常安静，外面初秋的夜风带来花草的清香，早已沉睡的男生寝室

192

不愧是你

楼里，只剩下这小小一隅，还有人这么清醒地对望。

阮轻暮白皙的脸庞在微弱灯光下仿若透明般，挑衅地望着近在咫尺的那双眸子。

秦渊好半晌才明白了他的话。他薄薄的眼皮垂下，伸出手，拿起了阮轻暮桌上的几份草稿。

"字丑死了。"他轻声地说，"播音站的人根本就看不清。"

阮轻暮伸手去抢，脸色又凶又冷："自然有人帮我誊一遍的。"

"谁？你们班长？"秦渊高高扬起手臂。

阮轻暮猛地跳起来，飞身扑过去压住他："你管我！"

盛夏刚过，初秋虽到，但男孩子身上火力旺盛，穿的依旧是夏天的背心和宽松短裤，这么缠斗在一起，好像都能感觉到喷在对方脸上的气息，轻轻的，带着清新的甜。

看着阮轻暮急速颤动的睫毛，秦渊猛地转过头："不要她们，我帮你誊。"

"你写你的，我帮你打出来。"他拿出了一台薄薄的笔记本电脑，"拿着打印好的稿子给播音站，选上的概率也大一些。"

阮轻暮愣愣地看着他："你怎么能在寝室藏这个？"

学校为了防止学生们打大型游戏，根本不允许学生带电脑。

"计算机实践课的老师帮我申请的，我下学期会参加计算机编程竞赛。"

阮轻暮犹豫了一下："你还是睡吧，都快十二点了。"

秦渊自顾自地拿起手稿，开始熟练地敲击键盘，打着打着，他停下看向阮轻暮。

"你这稿子……"他欲言又止，"是不是有点太不要脸了？"

阮轻暮耸耸肩："嗯，我写的时候，吐了两次。你忍忍，我待会儿还要炮制一篇，写我自己在 1500 米赛场上的英姿。"

秦渊的手指一顿："你也要跑 1500 米？"

阮轻暮连着打了两个哈欠，困得眼圈有点红："'也要'是什么意思？你也报了 1500 米？"

秦渊深深看了他一眼，眼中锐光轻轻闪过："是啊，赛场见。"

阮轻暮瞪着他，忽然轻轻嗤笑一声，埋下头，他运笔如飞，没多久又写了一篇，递给了秦渊。

"能纡尊降贵照着这个打一份吗，谢谢。"

秦渊低头看了看宣传稿标题：《喜看九班再夺冠，赛场捷报又频传！——小记 1500 米跑道精彩瞬间》。

秦渊牙根儿忽然有点痒痒的："假如我得第一，这篇稿子免费给我们班用。"

阮轻暮笑吟吟看着他，略瘦的下巴倨傲地点了点："准。"

静静的夜里，笔记本上的时间显示到了凌晨两点半。

阮轻暮的头一点点往下沉，终于"咕咚"一声，磕到了桌子上。

身边窸窸窣窣的，好像有人爬上了床，又爬下来。

秦渊在他耳边说："上床去睡，帮你铺好床了。"

阮轻暮挣扎着抬起头，一时间忘了自己在哪里，顺着这些天爬惯了的小梯子爬上床，倒头睡了。

秦渊把小台灯的光又调暗了点，修长的手指跳动在键盘上。

9 月底，天高云淡，碧空万里。

实验三中的操场上，彩旗招展，每个班级的方阵站在看台下面。

阮轻暮手里扶着 9 班的牌子，一脸生无可恋，真后悔，体委是人当的吗？

不仅要带着全班人走方阵，还得喊口号、对教师席行礼、带着同学亮相摆pose，都尴尬出天际了，老简还那么心大，在看台上开心拍照，笑得一脸灿烂。

校长的声音从大喇叭里传出来："实验三中今年秋季运动会正式开始！这里，我预祝大家取得好成绩，挥洒汗水，绽放光芒！"

激昂的《运动员进行曲》伴随着女生甜甜的声音："亲爱的同学们，现在，请下列项目的运动员到相关场地报到，谢谢。"

各个班的方阵散了，运动员该报到的去报到，没项目的同学负责后勤。

傅松华穿着一身特精神的运动服，神气地拿着手里的安排表："大刘你们几个去买水买零食，冯娟你们这组女生送水，陆涟漪你们先去田径那边给初赛的同学加油。"

1 班女生报名的不多，娇滴滴地答应着："放心吧，体委，你什么时候上呀？"

傅松华傲然挺胸："上午就有跳远，记得帮我多拍点照片，凌空的，起跳的，

不愧是你

横在栏杆上的！"

"知道了。"一个男生叫，"到时候给你开十连拍。"

傅松华四下环顾，又小声对一个男生说："你待会儿到处跑跑，监视9班的情况。"

秦渊抬头看了他一眼："怎么，现在知道防备了？"

傅松华挠挠头："不知道怎么搞的，我总觉得阮轻暮那家伙会出么蛾子，心里有点慌！"

大广播里，开始播报："请参加高一、高二组100米短跑预赛的同学，到东操场报到点集合，谢谢。高一组女子铅球的预赛九点开始报到……"

傅松华高高地跳了几下："班长，我也去准备报到啦。"

秦渊"嗯"了一声："去吧，这儿交给我。"

他拿着表格："没项目的男生，都跟劳动委员搬水去。"

后勤总得有人负责，不能叫班上的运动员辛辛苦苦跑了半天，一回头，身边连个送水的同学都没有。

9班那边，唐田田看着稀稀拉拉的女生："体委，根本没人给运动员喊加油啊。"

阮轻暮脱下校服，露出里面的运动短裤和黑色背心，懒洋洋地抬眼："为什么要加油，自己跑就是了。"

他慢条斯理地做了几个拉伸动作，又补了一刀："反正你们又拿不到名次。"

唐田田脸上的几粒小雀斑都快急红了："待会儿连你那边，都没人加油哦……"

阮轻暮摆摆手："呵呵，我不需要。"

旁边男生们也没剩下几个，黄亚他们更是早就跑没影了，阮轻暮一个人慢悠悠地向着100米短跑的场地走去，走着走着，开始加速飞奔。

9月底的朝阳下，微风吹拂，他迎着阳光射来的方向，跑得像风，肆意飞扬。

1班男生们搬着一箱箱的矿泉水和零食，运回了自己班里。

矿泉水有冰的，有常温的，零食则单独一个大箱子，昂贵的巧克力和酸奶满满地堆在里面。

"班长好大方，嘿嘿嘿。"劳动委员拿出塑料袋，积极地往里面分装，每个袋子里有一瓶水、一瓶果味酸奶、一袋薯片、一袋能量棒，还有块巧克力用来补充能量。

班费就那么可怜的一点儿，大家心里清楚，多出来的钱都是班长自己掏的。别的班羡慕得要死也没辙，谁叫他们没一个家里有矿的班长呢！

没一会儿，大喇叭里传来了第一批初赛的结果。

"恭喜高二男子 100 米的参赛同学，刚刚决出了成绩前八名，一小时后进行决赛，请于 9 点 50 分准时报到，先预祝他们取得好成绩！"

秦渊的手，忽然顿住了。

100 米，就是阮轻暮参加的第一个项目。

5. 温柔的少年们

秦渊转过了头，遥遥望向了远处的短跑赛场。

人头攒动，热闹隐约传来，有人在欢呼。

他抓起手机，QQ 群有前线的啦啦队在直播了。

"我们班的周华宇进决赛了！听说还是去年 6 班的那个得第一。"

"那肯定啊，体育生嘛。"

秦渊打了一行字："谁知道 9 班的阮轻暮成绩？"

群里静了一会儿，有人说："不知道啊，他和我们班不在一个预赛组。老大想知道吗？我们这就去打听！"

没过片刻，又有人惊讶地说："说是他们那一组的第一。"

傅松华也跳了出来："哈哈哈，那一组得弱到什么程度啊？"

秦渊淡淡地说："进决赛是看个人成绩排名，又不是选每组第一。"

立定跳远那边的沙坑边，体育老师正在招呼："进决赛的来我这儿报到签字，2204 号郭远帆？"

"到！"

"2101 傅松华？"

傅松华赶紧把手机塞给身边的同学，嘹亮地吼："到！"

体育老师拿笔画着勾，又接着叫："2911，方离？"

人群背后，一个微弱的声音响起来："到。"

不懈是你

傅松华大惊回头："谁？"

方离穿着一身浅蓝色的运动背心和短裤，平时裹得严严实实的胳膊和大腿露了出来，线条修长流畅，双腿笔直。

他抿着嘴，一双琥珀色的眸子不太敢看四周的男生，也没看傅松华，直接快步走到了老师身边。

傅松华几步跨上前："你、你怎么在这儿？"

方离终于抬起头："是啊，我报名跳远了，还进了决赛，怎么了？"

裁判老师拍了拍手："下面开始比赛，每人三次，记录最好成绩，取前六名，都没问题吧？"

"没问题！"十来个男生生龙活虎地叫，在边上做拉伸和准备动作。

"好，选手 2204 第一次起跳，2101 准备。"

傅松华慌忙跑到了备跳区，心神不定地四下看了看。

"大刘，你看见他们 9 班的人没？"他小声问身边跟过来的男生。

怎么 9 班的人这么差劲，个个自生自灭的，也没个人来看方离比赛？

那个男生正是他派出去打听消息的人："他们班简直奇葩，一盘散沙似的！每个项目都没人加油，就自己跑自己的，跑完了，能有人递口水就算好了！"

"这么惨？"傅松华随口骂了一句，看样子还真不是差别对待，阮轻暮那小子果然不靠谱！

前方传来他的叫号声，他站在沙坑边，深深吸了口气，两腿稍分，两脚用前脚掌迅速蹬地，起跳！

细沙飞扬，带起一片黄色的沙雾，他矫健地在空中划出了一道漂亮的斜线，稳稳落地。

裁判老师测量出了成绩，笑了："不错啊，第一个过 3 米的，3.2 米！"

"哦哦哦，老傅牛，1 班牛！"他们班的啦啦队立刻号叫起来。

傅松华笑嘻嘻地吐掉嘴里的几粒沙子，再一扭头，沙坑的准备区边上，方离清瘦的身影已经站定了。

随着裁判的一声令下，方离猛然双脚离地，在清风中跳起。

他的动作幅度不大，却无比协调，宛如一只灵巧的雨燕般，凌空而起，再轻盈落下，带起一阵尘沙。

裁判老师弯下腰，惊讶的声音传来："这位同学不错啊，3.2 米！"

傅松华正拿着块巧克力往嘴里塞，差点没被噎了一口。

立定跳远要求的是下肢与髋部肌肉协调有力，灵巧性更不能少，方离的身高肯定不到 175 厘米，这个起跳和落地距离？

平时也没觉得方离这么强健有力又灵活啊？

四周观战的同学也反应过来，有人窃窃私语："这不是 9 班那个方离，平时特文弱的那个？"

有女生小声地接话："哎，你们觉得没，他不仅姿态好看，跳得还特轻松，一点也不咬牙切齿的。"

"对对！"另一个班的女生嘿嘿直乐，"我刚刚抓拍了一张，你们等我发个对比图到年级群里。"

傅松华赶紧拿过手机，飞快地看了一眼年级群，差点一口血喷出来。

"这位美女，你和我有仇是吧？"

上面一张是方离，正轻盈地跳在半空，清秀的脸上迎着阳光，果然没有半点脸部变形，却因为一瞬间的用力，显得比平时英气。

下面一张是傅松华的对比，真是太吓人。

正抓拍到他起跳的瞬间，整张英俊的脸上肌肉扭曲又狰狞，一口白牙龇着，像是要吃人。

那个女生不是他们班的，笑得那叫一个幸灾乐祸："我又没 PS，都是高清直出，谢谢。"

傅松华悲愤地掐住了身边的男生："说好的照片呢？我们前方将士在流血流汗，你们连张帅图都跟不上，叫别的班的人抹黑我的英姿！"

他迅速把那张方离的照片存了下来，再劈手抢过一袋零食，跑到了方离旁边。

"给你。"他龇着雪白的牙笑，撕开一个酸奶盒，递过去，"补充一下能量，待会儿能跳得更牛！"

方离正默默独自活动着脚踝："不用了。"

傅松华的手僵在半空，有点郁闷地嘟囔着："那你加油啊。"

方离看看他那失望起来的脸色，犹豫着解释："吃太饱，顶着胃，运动起来不舒服。"

"哦哦，有道理。"傅松华恍然明白，"那你跳完了再吃，我给你留着。"

另一边，1 班的男生扯着嗓子叫："体委你站在沙坑边摆个 pose，我给你

不愧是你

拍张帅的刷屏！"

傅松华忽然伸出手，拉着方离："来，给我俩来张合影！"

"咔嚓"，照片完成，笑容定格。灿烂阳光下，清风吹过来，掠过少年们飞扬的黑发，也掠过他们流着汗水的脸颊。

肆意又热烈，青春又温柔。

1班的后勤点，秦渊拿着计分表，叮嘱宣传委员："傅松华的最终成绩只要一出来，就把名次填上，立刻送去广播站。"

宣传委员是个文静的姑娘，笑着说："嗯嗯，今天第一个出成绩的项目，我们一定要拿下！"

秦渊低头看了看手腕上的限量电子表，已经是九点五十分了，广播里再次响起了催促："高二组男子短跑100米的决赛运动员，请立刻去报到！"

秦渊忽然站了起来："我去一下，马上回来。"

他身边的男生赶紧点头："哦哦，老大你要亲自去看老傅啊，刚刚群里说，他已经跳完了第三次，肯定妥妥的第一！"

秦渊迈开长腿，向着操场另一边飞奔而去，越跑越急！

"哎？我们老大去哪儿？老傅跳远在南边啊！"另一个男生疑惑地问。

100米从来都是最受瞩目的项目，激烈又好看，高二6班的那个体育生练的就是短跑。

跑道尽头，6班的啦啦队已经早早地守在了那儿，整齐划一地叫："林桦林桦最神气，脚踩高二全年级！全、年、级！"

赛场边，8名决赛男生已经全部站在了赛道上，活动脚腕的、压腿拉伸的，一片热闹。

裁判老师来了九个，一个负责发令枪，另外八个分别负责八条赛道的掐表，还另外配了八个学生辅助掐表，最终算平均成绩。

没办法，100米的成绩太容易受计时误差的影响，肉眼不易分辨，往年出过几次计时争议，现在就越来越严格。

白竞抱着阮轻暮的衣服，看了一眼6班的人："喊，神气什么？"

阮轻暮懒洋洋地在地上做拉伸，修长的腿左右压下，位置极低，白竞看着看着，有点狐疑："体委你劈叉好厉害？"

旁边的唐田田忽然小声叫起来："啊啊啊！方离立定跳远得了第三！"

阮轻暮猛地一抬头："什么？"

唐田田刚刚在女子 100 米直接就被淘汰了，现在一直在关注着各个群里的消息："沙坑那边的消息，还有高一的学妹在打听他是谁呢！"

阮轻暮忽然叫："去找他的宣传稿，快！"

唐田田一愣："什、什么？你还写了他的？"

阮轻暮赛前递了十几篇宣传稿给牛小晴，得奖名次和姓名都空着，万一有谁得了奖，就填了立刻送广播站，可无论如何，也轮不到写方离的跳远啊！

阮轻暮摆摆手："对的，快去！"

唐田田慌忙地应了一声，拔腿就往铅球场地跑："小晴！咱们班的稿子……"

白竞目瞪口呆："体委，你还提前写了方离？你未卜先知啊？"

阮轻暮自己都觉得有点匪夷所思："我就是心血来潮写了一篇，这……"

忽然，旁边一个声音响起来，带着讥讽："哎呀，这不是靠溜须拍马挤掉了刘钧的那个小白脸吗？"

阮轻暮缓缓回头，看着那个又高又壮的黝黑男生，又扭头看着白竞："刚刚有只傻鸟在叫，你听到没？"

白竞一本正经地接茬儿："没啊，我听不懂鸟语。"

那个男生正是 6 班的林桦，他怒了："少装蒜，9 班的，说你呢！"

阮轻暮叹了口气："你和刘钧什么关系？"

林桦一拍胸脯："老刘是我哥们儿，他早就和我说了你那些手段，恶心！"

阮轻暮也不生气，瓷白精致的脸上带着轻蔑，微笑地看他："哦，物以类聚啊。"

林桦大怒："你说什么？"

四周各个班的同学都停下了笑语，抻长了脖子往他们这边看。怎么回事，6 班的短跑冠军和 9 班的新体委杠起来了？

没记错的话，那个阮轻暮前一阵还瘸着，经常能看到他拄着拐杖，慢吞吞地走呢？

"我说你和他是一路货色，听不懂？"阮轻暮扩了扩胸，慢条斯理，"那一丘之貉、沆瀣一气、狐朋狗友、狼狈为奸、同流合污……你喜欢哪一个？"

6.100 米冠军

9 班的几个男生立刻哈哈狂笑："阮哥，你成语这么好，语文怎么考那么低的分？"

旁边别的班女生也都掩着嘴偷笑：以前怎么没发现 9 班体委这么好玩啊，骂人水平一流，看把 6 班的人给噎的！

林桦鼻子都气歪了，刚想动手，就被路过的裁判老师揪住了。

"谁敢给我找事？"体育老师伸手指着两个人，"有种赛场上拼个高低，场下逞能算什么本事！"

林桦悻悻地咬牙，悄悄向着阮轻暮比了一个中指："等着跪吧，死瘸子！"

阮轻暮和气地挥挥手："等你啊，孙子。"

校广播站里，学姐扭头问团委老师："那就定这篇宣传稿啦？高二组男子立定跳远第一名傅松华，上午决出的第一个冠军？"

团委老师是个刚从师范大学毕业的年轻人，目光落到桌上的一份稿子上，是刚刚有个女生急匆匆送来的，还专门打印了出来，看上去整洁又清爽。

他随意地扫了几眼，忽然就冲着播音的女生喊："等等，换这篇！"

女生微微一愣："老师，这只是第三名啊。"

团委老师连连摇头："冠军报道听得太腻歪了。这个稿子角度好，我觉得比报道第一名有意思！"

虽然稿子不长，可是写得文字激昂，分明是一篇极有水平的宣传稿。

大喇叭里，传来播音学姐甜美的声音："大家好，现在选读一篇来稿，《挣脱樊笼、绽放自我——记高二 9 班首次上赛场的方离同学》……"

沙坑边，傅松华愣愣地昂起头，一拳擂在方离肩膀："快听，你们班的稿子，专门表扬你的！"

短跑赛道上，各位高二的男生们屏息弯腰，发令枪响，青烟冒起，八道矫健的身影脱缰而出！

围观的跑道边，响起了震耳欲聋的加油声。

赛道终点，人群的背后，一个高大的少年默默站定，望着起跑线上的阮轻暮，拳头紧攥。

一百米，十几秒的时间转瞬即至，男孩子们迈开腿，向着前方那道红线狂奔。

中央的赛道上，阮轻暮身影清瘦矫健，宛如一道闪电，又像一支离弦的利箭，和隔了两个赛道的林桦，齐头并进，双双触线！

轻扬的红线粘在阮轻暮纯黑的背心前面，被带着冲出了十几米，才缓缓落下。

另一边，林桦同样激烈地喘着气，扭头向阮轻暮狠狠望来。

守在跑道边上的学生们忽然有一阵短暂的寂静。

"到底是谁……谁先？"

"一直紧咬着林桦寸步不离的，是、是那个阮轻暮吗？"

"我怎么有点恍惚，觉得林桦慢一点？是我眼花吗？"

9班的女生们死死把手握在了一起："是我们体委第一吗？啊啊啊——"

几位裁判老师紧张地凑在一起，亮出手中的秒表，一一报上自己记录的成绩。

阮轻暮停在赛道上，微微弯下腰，扶住了自己的膝盖，刚刚激烈地跑完一百米，阳光照过来，他瓷白的脸上仿佛笼罩着微微的金色。

他微微地喘着气，准确地在人群中找到了一个人。

他修长指尖轻挑，挑起了胸前的那条红丝带，嘴角的微笑透着倨傲，向秦渊伸出食指，同时做着口型。

"1500米，不见不散哦。"

"第一名，2910号阮轻暮，成绩12秒24；第二名，2616林桦，成绩12秒45！……"

围在裁判身边的学生们都炸了，6班的人更是狂叫起来："老师搞错了吧？我们林桦是体育生啊！"

"读秒器出问题了吧！"

林桦猛地扒开众人，脸色通红："老师，这成绩不对，我撞线了他才撞的！"

总裁判不乐意了，扬着成绩登记表："一个老师加一个学生裁判，两个成绩取平均值的，你有什么不满意？"

林桦梗着脖子："这个成绩我不服，要不我和他再单独比一次！"

"呸，要点脸！"牛小晴猛地扒开人群，叉着腰冲上来，"输不起就耍赖啊！"

林桦额头青筋直跳："我不和娘儿们说话，滚！"

"你才娘儿们呢！"牛小晴丝毫也不发怵，"还重新比一次？全世界都围着你转就好了，你怎么不叫你妈重新生你一次，别出来丢人现眼了！"

"哈哈哈哈！"旁边一群学生哄堂大笑。

林桦一下就炸了，伸出拳头就想打她："臭女人，你骂我妈！"

硕大的拳头刚刚扬起来，旁边一只皓白的手腕急伸出来，抓住他往后一拖。

阮轻暮面无表情，脸上带着奔跑后的微红，显得少有的面如桃花，可是眉眼却依旧锐利："你动我们班的女生试试？"

总裁判老师急了，大吼："都给我住手！再闹，全都取消成绩！"

阮轻暮漫不经心地笑了笑："再比一次也行。先说好，这一次谁输了，谁跪在地上叫爸爸。敢不敢？"

林桦怒叫："来，现在来，不来的是孙子！"

裁判老师在边上生气了："胡闹什么，你俩还来劲了是吧！"

"老师，不用重新比。"一道突兀的声音响起，带着沉静和安然。

1班大佬秦渊分开众人，身形英挺笔直，穿着雪白的运动鞋站在黑色的沥青赛道上，格外醒目。

他淡淡地举起手机："我刚刚碰巧抓拍了一张照片，老师您注意一下我的站位。"

裁判老师接过来，看了看屏幕，笑了。

"行了，没什么疑问。"他把手机向四周的同学亮了亮，"秦渊同学这张照片看得很清楚，他站在终点线的中心位，不存在角度偏差。"

阳光在一角射来，小半张照片都洒满了跳动的光点，奔跑着的阮轻暮黑发扬起，胸口刚刚触到那艳丽的一抹红。

他身边的林桦在第二赛道，镜头中，清清楚楚可以看见他表情狰狞，可是胸口距离红线还差了那么几厘米。

秦渊冷冷看了一眼林桦："跪下就免了吧，叫爸爸还是叫爷爷，你可以挑一个。"

林桦大怒，可却没发出声音。

秦渊成绩优异，又是学生会干部，积威之下，这么眼神锐利地看着他，竟然叫人不敢顶撞。

"妈呀，好清楚，完美证据！"

"啊，正义感爆棚的大佬这么仗义吗，太帅了！"

也有人震惊无比："可是阮轻暮怎么做到的？他不是刚刚还瘸了一个月吗？"

林桦的脸色红得要滴血，恶狠狠瞪了一眼秦渊，猛一甩手，大步跑开了。

"啊啊啊！我们体委真的第一！"9班的人放声尖叫。

忽然，牛小晴一拍脑袋，激动地掏出通讯稿，从里面找出一张，拔腿往外冲："啊啊啊，接着投稿去！"

白竟激动得语无伦次："天啊！第一！一百米！王者啊阮哥！"

阮轻暮转头看向秦渊，一双桃花眼中笑意依稀："喂，谢谢了。"

"提供真实成绩的证据而已。"

阮轻暮探过头，又欣赏了一下那张照片："我是谢谢你把我拍得这么英姿飒爽。对了，能传我吗？"

秦渊看看他，低下头，在手机上点了几下："等等，帮你把垃圾P掉。"

白竟伸头一看，扑哧一下就乐了。

真狠，整个半边都裁没了，林桦的一根毛都没剩下，画面上，就他们阮哥自己一个人，像是披着红丝带在跳舞。

远处，傅松华和方离肩并着肩，跑到了近处。

大广播还没报成绩，方离急促地小声问："体委，你们这边怎么样？"

白竟急不可待地叫："我们阮哥第一！哈哈哈哈，林桦输给了他！"

傅松华一个趔趄，差点惊得崴了脚，猛地叫了一声："真的？"

秦渊立在那里，和阮轻暮并肩站着："嗯。"

阮轻暮伸手把方离拉过来，冲着他竖了竖大拇指："厉害。"

方离的脸"腾"地红了，局促地笑了笑，眼睛里有微弱的光芒跳跃："嗯……你才厉害。"

傅松华犹豫着，正想说几句酸溜溜的恭喜场面话，广播站里就传来了今天的第二篇班级投稿。

"亲爱的同学们，我们刚刚收到了高二组男子100米的决赛成绩，恭喜高二9班的阮轻暮同学！现在，请大家欣赏他们班的最新供稿：

"《霍如羿射九日落，矫如群帝骖龙翔——记赛场新锐、田径新王者，阮轻暮同学》……"

傅松华抚着胸口，直接做了个呕吐的动作，不要脸，形容古代女人舞剑的

不愧是你

被拿来吹捧他!

白竞不怀好意地凑过来:"怀孕啦?有喜事记得说啊,大家给你想想对策,吐啊吐的不是办法。"

方离"扑哧"一下,平时怯生生的表情没了,清秀的脸上带着少见的明媚笑意。

傅松华正要扑上去揍白竞,一看方离的笑脸,忽然动作停住了。

算了算了,能叫小方离开心地笑出来,白竞说啥都行,别说怀孕,说他生孩子也成。

他转头诚恳地看着自家班长:"班长,我觉得我们班这方面输了,论到脸皮厚,9班宣传委员没话说,我们写不出来这么恶心的东西。"

秦渊淡淡看了他一眼,一副欲言又止的模样。

阮轻暮看向傅松华,潇洒地一捋头发:"不关宣传委员的事,我自己写的。"

傅松华:"……"

秦渊:"嗯。我帮着修的。"

傅松华:"……"

怎么有种被老大和敌人联手背叛的感觉?

7. 逆风飞扬

秋季运动会第二天的下午,1班的男生早早地到了操场,树荫下,傅松华挠着头,英俊的麦色脸庞上一片凝重。

他嘴里喃喃计算,半天舒了口气:"老大,保住第一没问题,6班林桦那个大傻被抢了短跑第一,他们班没戏了,哈哈!"

秦渊接过他手里的表,迅速浏览了一遍……总觉得哪里不对。

"你确定9班的奖项就这些?"他忽然问。

傅松华愣了一下:"虽然他们班今年是黑马,可还是比不上我们呀。"

阮轻暮那个奸诈的家伙,竟然隐藏着那么大的实力,阴险得很!

从昨天到今天上午,他就像开挂了一样,男子100米得了个石破天惊的第一;400跨栏不小心碰了一下栏杆,还得了个第三;今天上午竟然还和他同台比了一场跳高,就阮轻暮那个身高,竟然又拿了个第二名。

还有就是方离,昨天立定跳远得了一个第三,也是特别叫人惊讶的事儿。

但是再怎么算，总分还是远不及他们。他可是拿了跳远和跳高两项冠军，班长也刚刚在 400 米和 800 米上拿了一个冠军和一个亚军。

"班长，我算过了。今天下午无论什么状况，9 班的总分也绝对比我们低。"他拍了拍胸，"就算你在 1500 米输给了阮轻暮——"

一抬头，正看见秦渊静静地看着自己，他连忙干笑一声："当然了，他怎么会赢你！……"

秦渊的目光越过他，不知道望向了哪里。

9 班的报名在他眼中都有章可循，的确做了排兵布阵，尽最大的可能做到了优化和调整，可这没用。

就像傅松华说的，在他们的双保险下，单靠阮轻暮并没有办法力挽狂澜。

他微微蹙着眉："我总觉得好像漏了什么。"

傅松华挠挠头："能有什么？"

旁边的男生凑过来："就是，他们班真的一盘散沙哎，可怜得不行，都没人去给同学加油的。"

秦渊默默听着，一双漂亮至极的凤目里，忽然有一道光芒急促闪过。不对，他知道为什么 9 班没人去加油了！

还没来得及说话，操场上的大喇叭响了："亲爱的裁判，亲爱的运动员们，下一个赛事即将开始，现在，请高二男子组 1500 米的决赛运动员，到相关赛道报到……"

1 班哗啦啦站起来一大群："走走，给班长加油去！"

下午剩下的比赛都是大项目，1500 米和 5000 米没有预赛，直接留到了最后半天，一决胜负。

高二男子组 1500 米的报到点，观战的、来加油的，甚至不少高一的女生们也都成群结队地跑来，兴奋地等在跑道边。

"啊啊，那个是阮轻暮吧，近看比照片上还好看耶。"

"皮肤太好了吧，还白！"

"哎，那个不是高三的黎思吗？"

赛场边，一个身材高挑的漂亮女生黑发飘扬，齐刘海下一双眸子明亮又甜美，静静地独自站在那里。

这时旁边传来了一阵隐约骚动："啊啊，秦渊来了！"

秦渊身后跟着几个1班的男生，傅松华亲自拿着啦啦队的小旗，精神抖擞地在前面开道。

秦渊换好了比赛用的运动服，主体色调纯白，胸前和短裤边镶嵌了一道极暗的金色，偶然被阳光射到时，有点点闪烁，脚下是一双限量版运动鞋，同样是白色夹着几道暗金条纹。整个人慢跑过来时，仿佛一座远山披着冰雪，山顶有阳光镶着粼粼金光。

不远处，林桦和几个6的男生站在一边，神色不善地看着跑道边的阮轻暮。

"上午老袁竟然没撞倒他，算他运气好。"

上午的男子400米跨栏，他们班的人看准了阮轻暮偷偷去撞，结果那家伙像是装了雷达似的，一下跨栏就闪开了，却害得老袁自己摔了一跤。

林桦咬着牙骂了一句："贱人，待会儿1500米，看我怎么阴死他。"

秦渊正从旁边慢跑过，忽然抬起头，用锐利的目光看了他们一眼。

"来来，点名签字，报到了。"裁判老师站在起跑点，大声叫。

聚在阮轻暮身边的9班同学哗啦啦散开了。

"体委加油拿第一啊！"

"赢了1班的！"

白竞和黄亚他们正在激情呐喊哪，就被人猛地一扒拉："让开让开，好狗不挡道。"

白竞一扭头，1班的一群人就在身后，一个个气势汹汹的。

傅松华凶巴巴瞪了他们一眼：还想赢他们班长，瞧把9班这些人一个个给能耐的，咋不上天呢？

秦渊走到了阮轻暮身边，气定神闲地站着，开始做简单的拉伸。

阮轻暮扭过头，斜着眼看着他："来啦？"

阮轻暮一身样式极简的纯黑运动背心加短裤，长胳膊长腿露了出来，肌肤白得耀眼。头发比开学时又长了不少，怕碍事，他找了条红发带，在额头上随意绑了一圈，黑发被束到了后面，洁白的额头全露了出来，有种别样的嚣张。

秦渊淡淡地应了一声："嗯。"

阮轻暮冲着旁边招招手，牛小晴立刻跑上来，恭恭敬敬地递过来一张纸。

阮轻暮接过来，把纸酷酷地递给秦渊："给，有本事把这篇稿子赢过去。"

秦渊低头看看，嘴角有那么短暂的一瞬微扬："好，我用定了。"

《喜看 × 班再夺冠,赛场捷报又频传!——小记 1500 米跑道精彩瞬间》,名字空着,可以随时换个名字上去。

"对了,你们班现在来加油的人多了。"秦渊忽然突兀地说了一句。

阮轻暮眯起了一双桃花眼,细细地看了他一眼:"你看出来了啊?"

秦渊轻轻叹了口气:"也才刚刚想明白。"

可惜傅松华那个傻瓜,还蒙在鼓里呢。

阮轻暮忽然轻笑起来,得意又张扬。他弯下腰,和秦渊一起活动着脚踝:"任何事想赢,都要动脑子啊。"

秦渊一双凤眼中光芒闪烁:"可就算你们班全员都上,总分怕是还差我们一点。"就在刚刚,听到那男生说到 9 班到处都没人加油时,他终于想到了一件事,而且他和傅松华都忽略了。

因为阮轻暮身边的同伴们一天天多起来,现在的 9 班,早已经不是当初的模样,更不可能是一盘散沙。

他和傅松华都忽略了一件事。

第一天的 9 班没有后勤、没人加油,只有一种可能,那就是他们班报名率奇高,每一个人都在赛场上!

得不到名次不重要,重要的是只要参赛,就有 0.5 分的基础分可以拿。

他们班有他和傅松华在,没人有危机感,整体报名率就低,假设 9 班报名的有三十几个,那么基础分就能比别的班多出来十几分。

十几分,不少了!

裁判老师的声音响起来:"所有运动员预备上赛道。"

十几位参赛的男生站在了跑道上,随着一声发令枪响,齐刷刷地飞奔出去!

"啊啊啊!班长加油!"1 班的学生尖叫着。

"阮哥快跑,甩下那些弱鸡!"白竞他们疯狂地喊。

1500 米没有预赛,所有的运动员都是一窝蜂地挤在一起。可很快,差距就拉开了,最前面的第一梯队,两个人始终紧紧咬着,互相丝毫不让。

"活久见啊,1 班秦学霸和 9 班的体委又杠上了?"

"那可是秦渊,去年两项长跑的冠军啊!"

"百晓生开赌局啊,我要赌软轻木赢!以前在他身上输的,我要一把赢回

不愧是你

来！……咦，这赔率不对啊？"

就这么一会儿，学校贴吧里真的冒出了一个下注帖，就是百晓生发的，稀奇的是，这一次给出的赔率不相上下！

那个叫嚣下注的男生目瞪口呆："押阮轻暮的这么多啊？这还怎么以小搏大？"

他的同学不屑地看他："你脑子被门板夹了？昨天阮轻暮可是刚赢了林桦，大黑马好吗？"

阮轻暮匀速迈动双腿，领先一个身位，跑在秦渊前面。

9 月的天气还有点热，下午的阳光照在赛道上，依旧能点燃火花。

第二圈，两个人已经将第二梯队甩开了一大截，齐头并进的身影一黑一白，都开足马力，用力狂奔。

两个人心里都有一个隐约的认知：跟这个人比，一开始就不能留力，一旦拉开距离，后面翻盘可能就彻底无望了。

还剩 500 米……200 米……

两个人冲得太急，都没有科学地分配体力，临近终点，同时开始加速。

裁判老师看了看计时器，吓了一跳：今年的 1500 米得破校记录啊，而且恐怕提高的不是几秒！

红色的丝带紧紧地横在远方。

阮轻暮眼角的余光望向了秦渊，那张晃动的英俊脸上，挂上了亮晶晶的汗，就在阮轻暮看过来的瞬间，秦渊心有灵犀地，同样侧过脸，看了他一眼。

然后，秦渊忽然深深吸了一口气，落后一个身位的距离瞬间拉近。

阮轻暮心中警铃大作。来了！几乎没有任何停顿，他也拼尽全力，开始最后的冲刺。

这明显的共同加速立刻点燃了围观者，欢呼和加油的声音骤然加大。

"啊啊啊！阮哥加油！"

"老大快跑啊，超过他！"

人群后，林桦悄悄弯下了腰。他一边装作系鞋带，一边盯着冲刺而来的阮轻暮，手中一罐没开封的可乐罐，忽然脱了手。

震天的喧嚣声中，饮料罐在人群脚下滚过，滑向阮轻暮的脚下！

1. 我背你吧

这一瞬间，几步之遥的秦渊眼中林桦的脸一闪而过，心里忽然警铃大作。

虽然没有完全捕捉到他投掷的动作，可是赛道上忽然冒出来的东西，被他第一时间发现了。

这种圆滚滚的硬物，疾跑中一旦踩上，轻则崴脚，重则骨裂。

秦渊眸子一缩，忽然偏离了跑道，向那个滚来的易拉罐狂踢而去！

可乐罐被重重踢开，他自己却失去了平衡，一个趔趄摔向旁边。

一切只在电光石火之间，前面毫不知情的阮轻暮，胸口撞上了终点的红线。

秦渊身子后仰，摔在了地上。

震耳欲聋的加油声戛然而止，惊呼声此起彼伏："啊！"

阮轻暮愕然回头，正看见秦渊挣扎着快速爬起来，疾跑几步，终于第二个到达终点。

他身后，第三名呼啸而过，懊恼地挥了一下拳头。

1500米跑起来极累，结束后不能立刻停下，黄亚他们赶紧冲上去架住了阮轻暮，带着他慢慢往前走。

阮轻暮满脸是汗，眼睛越发地亮。他望向被人围起来的秦渊，急速地问："他怎么了？"

白竞也有点不太肯定："他刚刚不知道怎么踢到了一个饮料罐，摔了一下。"

不愧是你

阮轻暮难以置信地看着他："什么？"

跑道上在比赛，怎么会有障碍物！

那边，傅松华正在怒气冲冲："谁干的，这玩意也能掉下来？"

秦渊微微闭了一下眼睛，额前的头发被汗水染湿了，冷峻的脸结了一层淡霜。

"好像是林桦。"他在傅松华耳边说，沉静中带着怒意，"我刚刚看到他弯腰。"

那是冲着阮轻暮去的。明知道阮轻暮挂了一个月的拐杖，万一重新受伤，后果一定很严重，却还能干出来这种事！

傅松华张大了嘴："老大，你、你确定？"

秦渊说："不确定，但赛前我隐约听见他说要阴阮轻暮。"

他的话还没说完，傅松华就松开了他，几个箭步奔到林桦面前，举起拳头，照着林桦的脸猛挥下去！

"啊！"女生们尖叫出声，可林桦心里有鬼，早有防备，身子一跳，就闪开了。

他也是正经的体育生，哪能轻易就让傅松华占到便宜，两个人再要扭打，早已经被身边的同学拉开了。

"怎么回事？"白竞他们扶着阮轻暮，纷纷往那边看，"1班的人和6班干起来了？"

沸腾的人群里，只听见傅松华在吼："姓林的，你老实说，往赛场上扔东西的是不是你！"

林桦的声音比他还大："呸，血口喷人！输了就到处咬人，你疯狗啊！"

"垃圾，有胆子做，没胆子认？"傅松华愤怒地叫。

两个班的男生围在一起，拉架的拉架，劝说的劝说，体育老师赶过去，劈头盖脸地骂傅松华："你有证据吗？还随便打人？是不是想叫我找你班主任？"

阮轻暮远远看着那边，目光越来越冷。

黄亚惊讶地嘀咕："不对啊，林桦害秦大佬做什么？和他没仇吧？"

阮轻暮忽然扭头看白竞："你帮我找线索，花钱找。"

"啊？找什么？"

阮轻暮眸子里的戾气遮掩不住："如果真是林桦，那我不信他是不小心，你看看能不能找到证据。"

那边，傅松华骂骂咧咧地回到了秦渊身边："老大，那个贱人不承认！"

秦渊无语地看了他一眼，低声问："你不去看方离比赛了？"

"哎哟！"傅松华一拍脑袋，"是啊，方离那小子的5000米要开始了。我先走一步啊！"

9班的人看着没啥大事，全都激动起来："走，去看最后一项去，给方离加油。"

阮轻暮挥挥手："你们先去，我歇一下马上到。"

"阮哥要不我留下来陪你吧？"黄亚殷勤地说。

阮轻暮冲他屁股踢了一脚："快滚，去那边站成一排，给方离扯开嗓子叫加油。"

1班的学生围在秦渊身边，学姐黎思温柔的大眼睛里满是担忧："有事吗？受伤就糟了。"

陆涟漪咬了咬娇艳的嘴唇，瞥了黎思一眼："是啊，班长我们陪你去医务室吧。"

秦渊微微活动了一下："没事，我心里有数。"

"有什么数啊？"阮轻暮额上挂着汗水，分开了众人挤进来。

他蹲下身，打量了一下秦渊的站姿，伸手握住了他的左脚脚踝，略略一探："疼吗？"

秦渊眉头轻轻一跳："没事，就崴了一下。"

阮轻暮抬起头望着他："去校医务室。"

"不用，明天就放假了，我回家擦药。"

阮轻暮叹了口气："一夜过去，脚就成猪蹄子了，我扶你去。"

1班的几个男生立刻冲过去："老大我扶你。人家9班体委说得对，脚崴了不能硬扛！"

"对，瞧人家，腿好了都还挂着拐杖，金鸡独立跳了一个月呢。"

一想到这个就觉得憋屈，这9班的体委刚刚扔了拐杖，就又是短跑又是跳高，还趁乱抢了他们老大的1500米冠军。

这么牛，咋不上天呢！

秦渊站在那里，俊美的脸上有一片浅浅的红。他抿着薄唇，伸出胳膊，搭在了阮轻暮的肩头。

"去5000米那边。"他低声道，"看完了，再去医务室。"

阮轻暮无语："那边和你有什么关系？"

"如果我们班有人跑 5000 米，他累死累活跑完的时候，我一定会在终点。"秦渊看着阮轻暮的眸子，"你其实也特别想去，对吧？"

阮轻暮微微一怔，半晌轻轻笑了一声。

这个人啊，就和梦里时一样，不管怎么样厮杀敌对，自己心里想什么，他其实都懂。

他伸手扶住了秦渊，把他的重量移到自己肩头："走吧。"

李智勇躺在上铺，下面坐着刘钧，两个人连线打吃鸡。

窗户外传来广播声："高二男子组 1500 米项目成绩刚刚出炉，恭喜 9 班阮轻暮同学，喜获第一！"

刘钧手一抖，游戏里就被爆了头，他一扔手机："不玩了。"

李智勇从床上探出头："阮轻暮那小子又拿了个第一？"

刘钧阴沉着脸。

"王立他们几个也去操场了，说一直不露面不好。"李智勇愤愤地骂，"就是墙头草，恨不得去抱那帮人的大腿呢。"

刘钧脸色阴沉："方离才真恶心，抱大腿就数他最勤。"

那天报名本来没什么人，结果方离第一个响应，那帮男生才一个个都跟上的。

真是看走了眼，方离这小子，平时柔柔弱弱的，跳远居然能拿第三？还有这个最累的 5000 米，他竟然也报了名。

李智勇点头："这是拿命去支持阮轻暮吧？大傻蛋！"

刘钧忽然问："上次女生寝室丢东西那天，方离为什么说谎？"

李智勇挠挠头："啊，我也迷糊呢。总觉得他那天神色特慌张！"

刘钧盯着方离的柜子："他的柜子一直锁着？"

男生的衣柜大部分都是敞开的，放的都是衣服，现在都是电子支付，也很少有人在寝室藏现金，这么鬼鬼祟祟的，好像在防着人一样。

刘钧若有所思地拧了几下锁头，转身走到卫生间，找了根硬铁丝出来，开始往方离的柜锁里面捅。

男子组的 5000 米正在进行，这个项目又苦又累，选手们跑到后面速度也都越来越慢，全靠毅力强撑。

以前这个项目观战的人都挺少，可是今天的赛道边，却有点不一样。

几个男生小声嘀咕："9班就一个参赛的，怎么来了半个班的人。"

"9班好歹有人在场上啊，1班都没人参赛，来这么多人干啥？"

两个班一大堆人乌泱泱的，都在给那个方离打气，特别是1班的体委傅松华，跟打了鸡血似的，关他什么事啊？

9班那个清瘦又怯懦的方离一看就没练过长跑，在跑到第五圈的时候，忽然就趴到赛道边吐了起来，脸色惨白得像纸一样，可是吐完了，却没退场，喝了几口水，他就又回到了赛场上，不知道哪里来的力气，竟然又在一圈内，慢慢把落后的距离给抢了回来。

阮轻暮的肩膀上搭着秦渊，两个人靠在一起，他们后面，有几个女生偷偷摸摸地拿着手机，一会儿按一下快门。

"我觉得方离能得第一，你觉得呢？"阮轻暮紧张地看着远处跑来的两个人问。

秦渊"嗯"了一声："我也觉得。"

阮轻暮若有所思："我还觉得，他应该练过点什么，不然只靠拼，可跑不了 5000 米，更拿不到跳远名次。"

秦渊狭长凤目眯着："可是看不出来具体练的是什么。"

方离虽然直接跑吐了，可是耐力很好，步伐依然均匀，大腿虽然显得清瘦，可跑起来时，肌肉的线条非常清楚，柔和又流畅。

"加油加油！方离加油！"眼见着快要到终点了，9班的男生女生都激动了，一起扯着嗓子狂喊。

傅松华沿着跑道，在里圈和方离一起跑着："再坚持最后一下！马上就到了，结束了我请你吃好吃的！"

旁边的白竞冲他翻了个白眼：这人怎么这么烦，看到方离跑吐了劝他退出的是他，现在叫方离再坚持一下的也是他。

不知道的，还以为方离是他们1班的人呢。

方离早已经跑得脸色惨白，嘴唇也微微发抖，可是一抬头，看见终点处的一大群人，再听着耳边傅松华的大喊，忽然咬住了牙，拼尽了全身最后的力气，他一点点地赶着前面的那个男生！

不愧是你

无数人惊呼起来，前面的那个男生实在双腿像是灌满了铅，无论怎么用力，也提不起速度来。

眼睁睁地，方离一步步地逼近了他，最后真的第一个冲到了终点！

"啊！方离太牛了！"

"完美谢幕啊，最后一个冠军是我们班的！"

9班的人都快疯了，一群人抢着冲上去，争着去架住摇摇欲坠的方离："不能停下，喝点盐水，别大口灌。"

傅松华猛地扒开众人，抢到方离面前，不由分说，把他的胳膊架到了自己肩膀上："来，跟着我走，撑着点。"

9班男生一阵笑骂："这哪儿来的，不认识啊，这是我们班的人吗？"

傅松华理直气壮："这是我罩的人，你们走开……啊，方离你还想吐啊，别吐我身上！"

方离脸色苍白，虚弱地靠在他身上，声音轻得听不清："没……我没想吐。"

"哦哦，那我带你走半圈。"傅松华松了口气，"你晚上想吃什么，我请你啊。"

黄亚他们亦步亦趋跟着，呸了一口："我们晚上聚餐，撸串儿给英雄庆功，有你什么事？"

傅松华大叫："我怎么不知道？"

"我们班聚餐你为什么要知道？就刚刚决定的！"白竞冲着阮轻暮大喊，"体委，我们晚上去撸串儿去！"

女生们也大着胆子，推着牛小晴站出来："我们也要去，可以吗？"

"牛姐也去啊，那谁把谁灌趴下可难说。"

"哈哈哈哈！"

阮轻暮站在那里，嘴角微微扬起来。

"我们班人挺牛的，是吧？"他眼睛晶亮，看着秦渊。

秦渊淡淡地："还行，主要是他们班体委负责任。"

阮轻暮瞪着他，终于忍不住笑起来，骄傲，又有点小得意。

"他们班体委还说，有个人的脚快肿了。"他低头看看秦渊的脚，"啧啧，已经肿了。"

操场西边的太阳微微沉向树梢，橙色的光芒映在他们的发间，闪着金红的微光。

阮轻暮抬头看着秦渊，轻轻咳嗽了一声，若无其事地开口："行了，怪可怜的……我背你去医务室吧。"

秦渊一怔。

阮轻暮弯下了腰，纯黑的背心被汗浸透，漂亮的蝴蝶骨若隐若现："五秒钟，不上来，自己跳着去啊。"

2. 年级冠军！

校医务室里挺繁忙，两天的运动会下来，多少有一些崴脚的、擦伤的、摔跤的。

龚校医也就二十来岁，单眼皮，瘦高个，戴着副金边细腿眼镜，一张脸冷得像是谁都欠了他几百块钱，正麻利地给排队的学生们做简单诊断处理。

"你这个擦点药，国庆节几天自己在家揉揉。

"就这擦破点皮也来，还想开病假条？你做梦比较快一点。

"你这个伤明天要是疼痛加重，自己上医院去拍 X 片，耽误了变残废别怪我没提醒。"

来看病的男学生们大气也不敢出，一个个乖乖点头，挨个出去了。

龚校医一抬头，看着门口两个男生，眉毛一扬："这么严重？"

一个肤色极白的男生，背着大名鼎鼎的秦渊，正站在门口："嗯……他崴了一下。"

龚校医"哦"了一声："那这么金贵？还背着来？"

那男生深深吸了口气："医生麻烦您认真看看，我怕搞不好有肌肉拉伤、韧带撕裂或者关节囊损伤……"

龚校医抱着手臂，单眼皮耷拉着："你这么厉害，以后是准备去学医？"

阮轻暮忍耐地闭上了嘴。

这小郎中怎么一点儿也不医者仁心！

龚校医看见他闭了嘴，这才拍了拍简易诊台："坐着。"

秦渊坐上去，龚医生仔细地检查了一下，再摸着他足踝探查几下："应该没大事，就是崴了。"

他转身从小冰柜里拿出冰袋，麻利地放在秦渊脚踝上："现在就得冷敷，忍一下啊。"

不愧是你

冰袋刺骨地凉，秦渊猛地一皱眉，阮轻暮赶紧奔过来："怎么样，疼？"

秦渊咬着牙："没事。"

阮轻暮不乐意了："喂，医生同志，这立马冰块？不涂点活血散瘀的药？"

他就只记得梦里那些歪门邪道了，总觉得跌打损伤就该用药油草药来治，怎么能一袋子冰就打发了？

龚医生一双茶色的眸子带着讥讽："哎哟，小伙子你家有江湖郎中？"

阮轻暮瞪着他，告诉自己要忍。

龚校医伸手隔空点点他："听好，免费给你们这群多动症儿童科普科普。

"第一，运动扭伤什么的，立即冷敷，不能热敷；第二，不准立刻乱涂什么红花油、云南白药，太早活血，会加快水肿，别听江湖郎中瞎说。"

阮轻暮抿着嘴，强忍住想要揍人的冲动。

"第三，停止一切活动，休息再休息。"龚校医看了看阮轻暮，"这个呢，你们倒是做对了，背着来是最好的。"

他转身坐下来，唰唰写了几行鬼画符一样的病历，又从柜子里拿了瓶药油："冷敷以后不肿了，24小时以后再热敷揉着散瘀，明白没？"

阮轻暮伸手接过去："医生，能给他开个假条吗？不上体育课的那种。"

龚校医倒没为难，开了张假条，刚开完，他手边的手机就响了。

他看了看，脸色有点阴沉，点了接听："干什么？再来电话拉黑你啊！"

电话那头是个男声，不知道说了些什么，龚校医冷笑一声："行，见面说，我看你能说出个什么花来。"

他愤愤地扔下手机，站起身，开始脱白大褂。

白大褂脱了后，露出里面一件亮银色T恤，下面是破着洞的牛仔裤，他冲着两个男生挥挥手："我出去吃饭，你们俩在这儿冷敷完了再走。"

他指了指阮轻暮："你，待会儿从小冰箱里换一个给他重新敷。对了，你们感情好是吧，接着给我背回去！"

阮轻暮脸色涨红。

龚校医走到洗手池边，慢条斯理地洗了手："完事了把门带上，锁死啊。"

阮轻暮恨恨地看着他出了门，才在诊疗台边坐下："这什么烂庸医……"

话还没说完，秦渊眼睛就急速眨了几下。

阮轻暮诧异地凑过去："眼睛进沙子了？那个庸医在的时候你不说？"

217

秦渊猛地咳嗽一声，阮轻暮猛然一回头。

半个银色亮片的身子从门口探出来，龚校医的表情阴冷："小子，以后别落在我手里。"

医务室安静了，两个人面面相觑，侧耳听着外面真没了声音，才齐齐松了口气。

"什么人啊……神经病。"阮轻暮嘀咕着。

秦渊慢慢躺平，仰头望着雪白的天花板，忽然说："他人挺好的。记得入学时，我们做了个简单的心理测试吗？"

阮轻暮愣了愣："啊，记得。"

秦渊低声说："我测出来正常，可是他来找过我。"

秦渊在某些答案选项上看到了明显的倾向性，所以没按照真实的情况作答，他也以为没人看得出来。可是这位看上去又冷又不耐烦的龚校医专门来找过他一次，和他谈了挺久。

阮轻暮看着他："找你干什么？"

秦渊淡淡地笑了笑，那笑容转瞬即逝："他说我不仅有点心理问题，还善于掩饰。

"你虽然最后得分正常，可是有些选项呈现出完全不正常的相关性。你太聪明了，实在不想和别人谈，要不就自己看看心理学的书——这是龚校医当时的原话。"

阮轻暮怔了一下，点点头："那他是有点本事。"

"你不问我有什么问题？"

"有什么好问的？"阮轻暮眸子漆黑，"你这天天板着脸郁郁寡欢的样子，心理有问题很奇怪吗？"

秦渊扫了他一眼："彼此彼此。"

校医务室就在操场边上，学生们的笑语隐约飘进来，夕阳的橙黄光芒铺满诊疗台，各种医疗器械闪着冰冷的光。

阮轻暮伸手摸了摸秦渊脚踝上的薄冰袋。温度升高，里面的薄冰也有点化了。

他站起身，从小冰箱里找了替换的出来，重新往秦渊脚上放去。

男生穿着薄薄的运动短裤，露出了微肿的脚踝，隐约的青色血管在皮肤下

不愧是你

透出来。

冰冷的冰袋盖上去的时候，秦渊忽然把脚一缩，抿住了薄唇。

阮轻暮慌忙问："疼啊？"

秦渊脱口而出："烫……"

脚踝被冰冷的东西敷了这么久，温热的手指碰上来的瞬间，他只觉得像是被什么烫了一下似的，一直烫进了心底。

空气里有种奇怪的安静。

外面的广播里，忽然传来了甜美的女生声音："谢谢所有运动员的努力拼搏，经过紧张的计算和再三复核，每个年级的班级名次，已经出炉，下面进行播报。"

两个人同时抬起头，看了对方一眼。

"你们班赢了。"秦渊看着他。

阮轻暮沉默了一下："嗯，应该是。"

忽然，他的手机响了，接起后，电话那头一群人的声音激动得厉害："阮哥阮哥，第一手消息，说我们班好像是高二组第一！"

旁边傅松华的声音怒吼："绝不可能，就算是阮轻暮和方离都第一，还差我们班十几分呢！"

唐田田弱兮兮的声音在旁边响起："我们班有 37 个人报名，虽然初赛都被筛下去了，可是基础分高哦。"

"不会吧！基础分比我们……要多 10 分？"傅松华大叫，"那总分也还差我们班 2 分啊？"

阮轻暮对着免提，笑了一声。

"傻大个。"阮轻暮悠悠地提醒，"我们班还有 5 篇宣传稿上广播了。"

牛小晴哈哈大笑："不是吹，我们体委提前写了十五篇稿子备用，就问你服不服气？"

说起来也羞愧，她绞尽脑汁写的七八篇稿子，全被无情地毙了，隔了一晚上，他们体委就弄了十几篇新稿子出来。

电话那边，只听见傅松华气急败坏的叫声："可恶！阮轻暮你到底安排了多少阴险的招数！……"

阮轻暮竟然上了 5 篇广播稿，所以，最后总分反超了一分！

他郁闷又愤懑地大喊："太阴险了你……哎呀，方离你别踩我！"

旁边方离的声音小小的："不准骂我们班的人。"

白竞他们在吼："这人到底哪个班的，一直混在我们这儿，趁他一个人，拖出去打死吧！"

秦渊抬头看了阮轻暮一眼，素日的淡漠就像是破了冰，露出了下面的一湖春水。

"宣传稿你也算好了？"他轻声问，"那我们输得不冤枉。"

阮轻暮微微一笑："哪能真算这么准？尽人事，听天命呗。"

电话里，白竞回归了正题："阮哥，大家说晚上去门口的'来几串'撸串儿庆祝，六点整，你待会儿过来？"

阮轻暮叹了口气："我可没钱请你们。"

"知道体委你穷，别怕。"那边哈哈地笑，"班长说班费还有六百多，不够的 AA 制。"

"对，晚上把所有得奖的灌趴下！"

阮轻暮笑着轻骂一声："你们能不能有点良心。"

放下电话，他盯着秦渊的脚，忽然说："不如和我一起撸串儿去吧，再捎带上傅松华也行。"

秦渊抬头看着他。

"哎，算了，我就随口说说。"阮轻暮有点狼狈地笑，"看我们庆祝，好像往你们伤口撒盐似的。"

男生寝室里，李智勇的手机也响了。

"勇哥啊，你和刘哥在哪儿呢？"王立在电话里小心地说，"班里人说了，去集体撸串儿去，大家难得高兴。"

李智勇看了看刘钧冷起来的脸，连忙大吼："呸，王立你就舔去吧你！"

王立也恼了："爱去不去！唐田田叫我喊你们的，你以为我想叫你啊？"

刘钧手里一用力，倒腾了半天的柜锁应声被撬开了。

他打开柜门乱翻一气，失望地皱了皱眉，忽然目光落在了柜子一角，伸手从里面拿出来一个尼龙包。

随手拉开拉链，他把里面的东西往外一倒，忽然瞪大了眼睛："这是啥？"

不愧是你

李智勇揉了揉眼睛，也惊呼了一声："啊！"

他慌忙爬下床，伸手在那堆诡异的东西里扒拉着，呆呆地挑起一件："这……这是女生上次丢的？我们这算不算帮学校破案了？"

刘钧饶有兴趣地接过那双白色蕾丝长袜，目光好奇又猥琐："啧啧，学校得表扬我们。"

他拿起手机，挨个把桌上的东西拍了照。

虚掩的门被推开了，隔壁寝室的两个男生冲进来："来来，王者还是吃鸡……哎，这些是啥？"

李智勇兴奋地拿起一管口红："我们刚刚发现的，厉害吗？"

两个男生大吃一惊："哇！这么劲爆，你们寝室的？"

3. 大佬仗义

刘钧抬头望了望方离的床，又爬了上去翻找："我看看还有没有别的恶心东西。哎？"

方离的枕头下面，赫然躺着一部手机！

李智勇眼睛一亮："对哦，比赛时怕手机丢了，就没带？"

刘钧捣鼓了几下，失望地叹口气："要密码。"

他忽然想起了什么："我这里有当体委时大家填的表，有身份证号。"

他搜了半天，在自己的手机里迅速找到了方离的生日6位数。

开了！方离的手机页面缓缓滑开，几个男生急切地找到了相册，一张张翻看起来。

"奇怪，这个女星有点眼熟哎，什么女团偶像吗？"一个男生困惑地看着里面大量的照片，全是一个人的，漂亮又清纯，长长的黑发，琥珀色的漂亮眼睛。

刘钧索然无味地往后翻照片，忽然手指顿住了。

还是那个少女，正在一边化妆一边自拍，假睫毛还没戴上去，口红也还没涂，菱角一般的小嘴娇嫩水润。

"这一张怎么感觉特别眼熟？"他喃喃地嘀咕。

忽然几个男生同时反应了过来，愕然张大了嘴："啊，这、这是？"

李智勇扭头就想往门外冲："我们去找保卫处，再告诉班主任去！"

刘钧一把拉住他，眼睛里精光一闪："别急。这种小偷的事，说不定学校会压着呢。我有主意了。"

校门口外面的支巷里，小饭店布满了整条街道。

这里主要都是学生消费，大多是菜价便宜的家常菜饭店。

"来几串"是一家规模挺大的烧烤屋，大厅里能挤得下好几桌人，这里也是班级聚餐最常来的地儿之一。

阮轻暮和秦渊进来的时候，大厅里坐得满满的，不少桌的学生已经开始大快朵颐。

"这么多人？"阮轻暮吃了一惊，扶着脚不方便的秦渊，两个人慢腾腾地往前挪，狼狈不堪。

大厅角落里，有人一眼看见了他俩，欢快地招手："阮哥，这里这里！"

两个人费力地挤过去，那边角落里有三张桌子，两桌男生一桌女生，坐满了9班的人。

除了刘钧和李智勇没来，班里其他人全到了，就连和刘钧玩得好的几个男生，也都讪讪地坐在一角。

"主桌主桌，阮哥必须上座！"黄亚他们闹哄哄地站起身，让出正中间的位置。

看着静静伫立的秦渊，白竞不知道为什么，特别殷勤，拉着他往里面送："大佬也上座，专门留了位置等你呢。"

傅松华憨憨屈屈地缩在边上，不服气地嚷嚷着："你们9班的什么意思啊？远来是客，就把我安排在这儿？"

黄亚翻了个大白眼给他："随便乱坐的啦，人家方离大功臣，都陪你坐那儿呢。"

傅松华趾高气扬地说："我可是沐浴更衣，隆重赴会的，新衣服上菜粘上油怎么办？"

运动会一天下来，他流了满身汗，还真的洗澡换了身衣服才过来，上身是宽松款的潮牌明橙色衬衫，下面是一款膝上短裤，搭配得虽然随意，却是天生的衣裳架子，在一群男生中显得格外耀眼。

方离悄悄拉了拉他的胳膊："别叫了，真脏了，我给你洗。"

不愧是你

傅松华乐了："除了洗衣服，你还会做饭吗？"

"哈哈哈哈！"男生们哄笑起来。

方离又气又急地瞪了他一眼，小声骂："滚。"

"哎呀，你们方离会骂人了，好可怕！"傅松华笑着叫，"果然得了冠军脾气见风长啊。"

阮轻暮捡起几粒瓜子，冷冷往他脸上砸："闭嘴，免费带你吃，还叽叽歪歪。"

傅松华斜着眼睛："谁要你免费，我是 AA 的！"

阮轻暮冷笑一声："好。待会儿收他钱，别忘了。"

秦渊掏出手机："多少钱，我的也一起给。"

白竞忽然伸出手，牢牢地把秦渊按住了："不用不用，大佬你免费，我们全班请你！"

阮轻暮诧异地看了他一眼，白竞又拿起桌上的点菜单："阮哥和秦大佬看看还有什么想吃的吗？"

阮轻暮想起什么，拿起那张菜单，还真加了一个："我要吃这个，烤鱼。"

秦渊默默看了他一眼。

白竞赶紧冲着远处的伙计招手："老板，每一桌加两盘烤鱼！"

伙计一声吆喝，端着个巨大的盘子上来了："好嘞，加六份烤鱼！先上荤串儿啊，每桌秘制羊肉串 20 串、牛板筋 20 串、猪脆骨 20 串、烤香肠 20 串，剩下的马上到，可乐雪碧各一箱……"

"嗷嗷嗷，开吃开吃！"没人再聊天了，一个个眼放绿光上去抢。

小店简陋，就连杯子都是廉价的一次性塑料杯，可是烤串的味道真心不错，食材新鲜，香料十足，烤得油花花的，香气四溢。

刚抢了几串在手，还没咬呢，女生桌上唐田田柔柔的声音响了："大家等等，先别吃呀。"

她站起来："我们先举个杯吧，庆祝一下今天的好成绩。"

她红着脸看了看阮轻暮，认真地用双手端平了塑料杯："主要是谢谢我们班的体委，没有他，我们 9 班得不到这个荣誉的。"

三桌的人一起站起来，左手抓串儿，右手端杯："敬 9 班，敬年级冠军，敬我们阮哥！"

"阮哥，我们先干了这一杯，等会儿吃点东西垫垫肚子，再轮流敬你！"

阮轻暮站了起来，举杯向着四周晃了晃："我敬大家吧，敬所有上场的。无论得没得奖，少了任何人的 0.5 分，这个第一名，就都成不了。"

他笑着，又特意向着方离挑了一下大拇指："跑吐了不要紧，别再喝吐了。"

男生们一片善意的哄笑，方离的脸涨得通红："不会的……"

男生们跟着起哄："对对，方离今天也牛！"

阮轻暮低下头，轻轻和秦渊碰了一下，利落地手起杯干。

"哇，阮哥真男人！"一堆少男少女尖叫，明亮清澈的杯子撞在了一起，激起一片泡沫。

旁边，白竞赶紧举起杯，冲着秦渊恭敬地说："我也敬你。"

秦渊淡淡地和他碰了一下，低头喝了一口。

阮轻暮一边应付着蝗虫一样的男生来碰杯，一边瞥了白竞一眼。

奇怪，这小子今天怎么了？

伙计洪亮的声音又忽然炸响了："素菜串儿到！金针菇、烤年糕、鱼豆腐、烤平菇——"

傅松华靠得近，直接把盘子接过来，递到方离面前："你先挑几串。"

方离拿了一串烤平菇，小声说："够了，你赶紧给别人。"

傅松华毫不客气："你们班这些人饿死鬼投胎似的，放到桌上就没了，你都抢不到，信吗？"

黄亚满嘴流油："挑挑，方离你先挑！你是大功臣，一个人身上还弄了两篇广播稿呢。"

傅松华的脸差点绿了。

两篇稿子就是 2 分，他千算万算，也没想到最后总分在这儿栽了一个大跟头。

"得了吧！"傅松华忍不住了，"你们班能赢，还不是我们老大帮……"

秦渊忽然抬起头，静静看了他一眼，眼神锐利。

傅松华一下子哑巴了，悻悻地闭上了嘴。

他说的是班长帮阮轻暮踢了障碍物。阮轻暮狐疑地看了看他，什么意思？是说秦渊帮自己修改宣传稿吗？

秦渊低着头，夹了一块刚上来的烤鱼，斯文地吐着刺，英挺的鼻梁笔直，眉峰如远山般清冷。

不愧是你

白竞忽然激动地站了起来，又是一举杯子："大佬，我代表 9 班的人谢谢你！"

阮轻暮忽然伸出手，强拉着他："走，跟我上厕所去。"

挤在小饭店的男卫生间里，阮轻暮一把关上门："你到底什么毛病？"

白竞叹口气："阮哥，你看了以后，别冲出去打人。"

他掏出手机，点开了一个视频，晃动的画面上，几个女生吃吃笑着，显然在录像："他们俩真的好帅哎，一黑一白超配的……啊，要冲刺了！"

不知道被谁撞了一下，画面忽然往下一沉，几步外，林桦弯着腰，他的脸赫然出现，把手里的可乐罐扔了出去。

不是手滑，不是跌落，清清楚楚地看得出来，是扔出去的。

从这个角度看，那可乐罐并不是冲着秦渊的赛道，而是冲着阮轻暮。

人潮缝隙里，一双长腿猛然加速，狠狠踢上了那个可乐罐，然后晃了一下，重重地摔倒在地。

阮轻暮闭了闭眼睛，好半天才重新睁开，他声音平静："哪儿来的？"

白竞小声说："你们决赛时，很多高一的妹子来看，我就去高一的群里说悬赏征求线索……果然就有小学妹联系我。"

阮轻暮点点头："多少钱，我给你。"

白竞慌忙摆手："没、没，小学妹没要钱。她说很喜欢你们俩。"

阮轻暮站在洗手池边，忽然问："你说，假如他不上来帮我踢掉那玩意，我和他……谁能跑第一？"

白竞诚恳地叹了口气："阮哥，我真不知道。我觉得你俩不分胜负。"

阮轻暮发了一会儿怔："哦。"

"可假如秦大佬第一的话，那一正一负，咱们班和他们就得差四分，你看——"

阮轻暮笑了笑："明白了，那就是我们班输。"

"对……"

阮轻暮懒懒地抬头打量着他："所以你这一晚上，不停地给他献殷勤？"

白竞不好意思地挠挠头："大佬这么仗义，活雷锋啊，难怪他们班人都服他。我都感动了，真的。"

阮轻暮无声地笑了，黑亮的眸子里带着奇怪的骄傲："是啊，是个滥好人。"

他立在那儿，忽然拧开水龙头，掬了一捧水狠狠泼到脸上，一双桃花眼里没了笑意，像是淬了毒一样。

白竞心里一跳，慌忙说："阮哥，林桦身边有几个同伙的，你别冲动！"

阮轻暮眸子像是飘着碎冰："你不用管，这是我的事。"

4. 惊天秘密

外面的三桌上，气氛正浓。

牛小晴满脸通红，一屁股把傅松华挤到了一边，坐在了方离旁边："方离我敬你，你真爷们儿！"

方离脸色微粉，双唇大概被辣得一片娇红，晕晕乎乎地和她碰杯："没、没……我就是拼一下。"

黄亚在女生那桌中间，觍着脸合影："来来，给我和美女们拍一张。"

唐田田笑吟吟地举着手机："好，我都发群里了哦。"

"发年级群！哈哈，显摆一下，叫大家看看我们9班的庆祝宴。"

一眼看到阮轻暮出来，黄亚又扑上去："我还没和阮哥拍照呢，快，茄子——"

阮轻暮冷不丁地被他扑倒，正要抖肩膀把他掀开，却被死死抱住。

"阮哥，你真好！"他使劲拍着自己的胸脯，"我自从上高中以来，从来没这么开心过！"

阮轻暮起了身鸡皮疙瘩，没好气地使劲想挣脱："松手，说人话。"

黄亚抱得像只树袋熊一样，忽然"呜呜"了几声，说道："真的阮哥……我们9班吧，之前干啥都倒数，成绩不行，板报不行，运动会也垫底。我还以为我们班就会这么一直垃圾下去呢。"

周围热闹的饭桌上，忽然安静了。

唐田田和牛小晴几个女生低着头，眼眶都有点红。

阮轻暮眉头跳动，耐心地听着。

黄亚四下看看，用手一指傅松华："就他，他们！每次看着他们，整个班又团结、成绩又好、又趾高气扬的，你不知道我有多羡慕。"

傅松华啼笑皆非："喂喂，还不准别人好吗？"

不愧是你

黄亚叫得比他还大声："我现在不羡慕你们了！我们9班！不仅黑板报第一，我们运动会，阮哥带着我们也第一了！"

他忽然放低了声音，神秘兮兮地问傅松华："你猜，为什么我们阮哥……这么拼？"

傅松华翻了个大白眼给他："因为他处处想和我们班长作对。"

黄亚扯着嗓子叫："不是！因为我们阮哥他有第一名收、集、癖！哈哈哈哈！"

阮轻暮忍无可忍："谁把他按住，拿串儿堵住他的嘴？"

身边，白竞笑了笑，可是表情却有点像哭："阮哥，让他说呗。我们大家今天都特别高兴。"

忽然，一个女生揉了揉眼睛："黄亚你好烦啊，干什么这么煽情。"

她鼓起勇气，隔着桌子，冲着阮轻暮喊了一声："体委，我们班女生……都好喜欢你！"

牛小晴愣愣地坐着，忽然也跟着叫："对，我们都喜欢你！"

大厅里，别的班级吃饭的学生们都炸了，狂吹口哨。

"这是集体表白啊，牛！"

"哎哟，阮大佬赶紧回应啊，回应才是真男人！"

邻桌的外班男生起哄狂笑。

"饶了阮哥吧，人家现在也是大红人，学校贴吧里匿名表白的在排队了。"

秦渊脸上淡淡的，飞快地看了阮轻暮一眼。

阮轻暮终于架不住了，瓷白的脸上隐约有点红："都给我闭嘴，吃串！"

"哦哦哦，阮哥害羞啦！"

有嘴贱的9班男生跟着乐："别人表白就算了，牛姐太壮实，阮哥怕是压不住。"

一片哄笑中，牛小晴难堪地低着头，不说话了。

唐田田赶紧伸手搂住她："小晴别在意，他们嘴贱而已。"

牛小晴忽然大声吼："我就是喜欢不行吗？为什么别人可以，我就不可以！"

她越说越伤心，越发不顾："就是感激他啊，又不是要怎么样……呜呜！"

男生们呆住了，唐田田连忙拿纸巾帮她擦眼泪，扭头冲着男生生气地叫：

"讨厌死了，你们！"

黄亚忽然挠挠头："牛姐别哭啊，要不，我向你表白！"

牛小晴哭着拿起一串烤平菇砸他："滚啊……还来消遣我。"

一片混乱中，阮轻暮轻轻伸手，从半空截住了那串滴着油的烤串儿。

他举起面前的塑料杯，看着女生们："好啦，我也喜欢大家。"

他仰头喝下，然后又对着又高又胖的牛小晴道："我们班宣传委员超负责的，广播稿就写了七八篇，就是都被我毙了。"

唐田田眼睛红红的，默默看了一眼阮轻暮，小声说："体委……谢谢你啊。"

阮轻暮温和地笑了笑，也向着她举了举杯："班长也超级棒，真的。"

然后，他猛地转过身，狠狠去敲黄亚的头："就你废话多，就你爱表白！就你……"

黄亚被他敲得脑门生疼，忍不住哭号："阮哥，表白怎么了啊！你这么好，我也爱你啊！"

"去！"阮轻暮起身去扼他脖子，"真的欠揍是不是，满足你。"

身子刚动，他的胳膊就被秦渊轻轻拉住了。

一直安静看着大家笑闹的秦渊，英俊的眉眼就在他面前，眸光沉静。

他伸手从阮轻暮胳膊下面把黄亚救出来，递给黄亚一个塑料杯。

然后，在四周人的注视下，他认真地和黄亚碰了一下杯："你说得对，你们班体委值得人爱。"

阮轻暮："……"

对什么对啊？这胡说八道的，怎么就对了！

黄亚诚惶诚恐地望着秦渊，忽然扭头喊："秦大佬和我碰杯了，拍下来没，我要裱起来留念！"

一个女生拿着手机："不仅给你发班级群，还给你发年级群行了吧，多大的排面。"

刚刚要发，她呆呆地划了几下手机，脸色忽然变了。

"这、这是什么……"她惊惶地抬头看看同学们，"那个，你们看一下群。"

男生女生都去掏手机："哈哈哈，谁出洋相被拍了？有表情包吗？"

越来越多的人摸出了手机，一个个的，神色有点变了。

牛小晴看了半天，茫然抬头："这是说我们班？"

不愧是你

年级大群里，有人在匿名发消息，而学校贴吧也开了一个帖，里面发了一样的图片和资料。

《女生寝室被盗案告破，看看某人的私人藏货！》——照片背景是男生寝室，特写是寝室的床桌。

两管并排放着的口红，一管正红色和一管粉橘红，后面是一个粉底盒，假睫毛，还有个漂亮的小化妆镜。

重点是，后面还有两件裙子，杂乱地铺在桌上，一件是大红色的百褶长裙，一件是雪白的轻纱雪纺。

"前一阵女生寝室的内衣被偷、手机被盗，还记得吗？大家猜猜看，这是从哪位男生的柜子里搜到的？嘻嘻，高二的人哦。"

这帖子像是一道惊雷，瞬间把大家的注意力吸引了过去。

"什么什么，偷内裤的贼找到了？可这里没有内裤啊……"

傅松华也惊叫："高二的？到底是谁啊？"

方离没带手机，就着傅松华的手机看了几眼，忽然僵硬了，身子渐渐发抖。

傅松华丝毫没有察觉，在一边脱口而出："男生偷的？好恶心啊，这么变态吗？"

方离猛然抬头，怔怔看着他，原本被酒意染上了微红的脸一片惨白。

傅松华一抬头，吓了一跳："哎，你怎么了？是不是想吐？"

帖子下面，那个人又在回复："猜不到啊？是9班今天大出风头的人哦！"

所有的桌上都没人吃饭了，全在低头看手机。

阮轻暮冷笑一声："9班大出风头的，这是说我吗？"

沉默的男生们笑出了声："就是啊！这是哪个王八蛋，造谣到飞起啊。"

"贱人，我们去喷他个生活不能自理！"

帖子下面有人发了一串惊叹号："！！！这寝室不是李智勇他们的吗？后面那个海报我认识哎。"

"对对，是他们寝室，他们寝室有谁啊？今天大出风头的……"

忽然，饭桌上慢慢安静了下来，不少人开始眼神闪烁，看了看方离。

方离一动不动，宛如木雕般，嘴唇微微颤抖。

几秒钟后，发帖人又放了第二波照片。

全是一个女孩子的照片，眼波明媚，肌肤雪白，长长的睫毛上面像是能放下根牙签似的。

围观的同学都有点摸不着头脑，这又是什么？

阮轻暮望着那些照片，忽然，他脸色瞬间出现了一抹震惊，深深地望了方离一眼。

"好了，最后一张大杀器，是这个变态的自拍哦！"

随着最后一张照片跳出来，饭厅里一片死寂。

那是一个正在化妆的男生，刚上了淡妆，可依旧能看得出那个清秀的男孩子是谁。

"对了，我们已经报告给了保卫科了，叫他们来抓内衣大盗，哈哈！"

没人说话，甚至没人敢问方离。

傅松华看向身边的人，英武的脸上有点茫然："方离，这、这……"

阮轻暮脸色冷漠："你给我闭嘴！"

方离眸子里全是绝望，他默默看了傅松华一眼，又看了看担忧地注视着他的阮轻暮，沉重地低下头。

傅松华终于醒悟过来："哪些王八蛋冤枉陷害，我去打爆他的头！"

方离低声惨笑："傅松华，你眼睛瞎了是吗？"

他的声音很轻，脸上隐约的神采就像是见了烈日的残雪，迅速融化了："那就是我啊。我是你嘴里恶心的变态，你真的看不出来？"

看着傅松华脸上那片茫然，他忽然狠狠推开了他，拔腿往外冲，跑到门口时，不知道怎么就摔了一下，差点扑倒在地上。

烧烤店里，欢乐热闹的气氛消散无踪，大家彼此看着，谁也不说话。

忽然，傅松华猛地站了起来，饭厅里人多，他刚跑了几步，就被旁边的桌子绊了一跤。

邻班的一个男生嘿嘿笑了一声："化妆的男生哎，第一次在身边见到，简直比女孩还漂亮……"

傅松华脚步一停，狠狠一把揪住了他的领口，使劲一操："你说什么！"

上菜的伙计被他这么一撞，满盘子的烤鱼就撒在了那男生身上，汤汁淋漓，满头满脸。

那男生傻了，他旁边的人跳起来："干什么啊？1班体委打人了！"

不愧是你

四周一片惊叫声、怒骂声，黄亚他们赶紧扑上去拉架："老傅别动手……"

阮轻暮面无表情，目光和身边的秦渊碰在了一起，站起身来。

秦渊微微皱着眉："你不要冲动，有什么事，我们一起解决。"

阮轻暮轻轻一笑："好。你腿脚不便，坐着等我。"

阮轻暮再也不看屋子里的一片糟乱，飞身挤出人群。

外面街道人来人往，到处灯火通明，全是聚餐的学生们，却没有方离的身影。

阮轻暮顿了顿，在一片夜色里，向着学校飞奔。

5. 就是这么帅

傅松华一把推开几个纠缠的男生，正要冲出去，身后，秦渊却忽然喊了一句。

"傅松华，等等！"他目光冷肃，"我这里有正事。"

傅松华胸膛激烈起伏，看着他。

秦渊把他招到身边，声音极低："你信方离偷东西吗？"

"我不信！"傅松华怒叫。

"那你听我的。"秦渊一字字道，"你有我们全班女生电话吧，现在去给我找两个人。"

寝室里，方离疯了一样，拼命去抢刘钧手里的东西："你们还给我……"

刘钧抓起口红和化妆镜，戏谑地四散一扔："来销毁证据吗？晚了。"

李智勇接口："保卫科的人马上要来了哦，可没人栽赃陷害你。"

一个男生把那条白色的雪纺裙披在了身上，哈哈大笑："老刘，你们班真是出人才，来，给我拍张照，我也要扮女生。"

方离眼睛都红了，转身拉他身上的衣服："你放下来……"

刘钧身强力壮，一把就把他扯了回去："你的？那你穿上我们看看，要是合身才说明是你的啊。"

方离被他猛地一拉，身子重重跌倒在地上，头磕在了桌腿上。

刘钧蹲下身，随手拿起地上掉的口红，眼睛里闪着恶意："不如我们给他画上，现场看看效果？"

李智勇心领神会，伸手捉住方离的手："你们来画。"

方离死命挣扎着，声音终于带了哭泣："放开我，你们这些浑蛋……"

刘钧怒了："还敢骂人？一个偷东西的贼！"

方离猛地抬头，恶狠狠地看着几个人："我没偷东西！"

"还嘴硬？"刘钧冷笑，"你不仅是贼，还是个恶心的变态呢！"

方离蜷在地上动弹不得，忽然一脚踢了出去："你才是贼！"

刘钧没防备，腿上一阵疼，大怒地抬起脚："反了天了你！"

他脚刚伸出来，身后的门就被人猛地撞开了。

一个身影旋风般冲进来，长腿凌空飞起，正要下脚的刘钧被踹得直扑在了地上。

"我给你们脸了是吧？所以你们一而再、再而三地没事找事？"阮轻暮眼睛里带着点血丝。

刘钧怒叫一声，就想挥拳，阮轻暮动作快得不可思议地避过，随即把刘均的手反扭在身后，刘均痛得直咧嘴。

阮轻暮眸子里散着戾气："想死吗？"

寝室里几个男生看他周身散发的狠厉，一时不敢上前。

阮轻暮转身蹲下来，看了看地上的方离，目光掠过他的额头，那里被磕了一个包，正慢慢肿起来。

"谁打的？刘钧还是李智勇？"他慢声细语地问。

"打死你！"刘钧气急败坏地扑上来。

阮轻暮眼睛里冷芒闪过，顺势往下面矮了一下，单腿扫了出去。刘钧一个趔趄，被这个急速的扫堂腿绊倒了。

李智勇赶紧去抱阮轻暮："我按住他，刘哥你上……"

旁边的方离颤抖着手，拿起一本练习册，狠狠扇在了他脸上。

李智勇哇哇狂叫："你敢扇我！"

几个人扭打在一起，狭小的寝室里乱成一团，惊叫声、痛骂声，此起彼伏。

傅松华闯进来的时候，方离正被李智勇反手按在桌上，他一眼看去，额头青筋就暴了。

傅松华从后面一把按住李智勇，使劲一扭，扭得他杀猪一样惨号："你干什么！"

黄亚他们终于赶到了，互相一使眼色，七手八脚地按住了刘钧："理智，冷静，都停停！"

不愧是你

"怎么回事，不准打架！"两个保卫科的值班人员跑了进来，"刚刚谁打电话说寝室抓到贼了？"

刘钧指着方离："是他！他偷女生的内衣和袜子，还有化妆品！"

李智勇也拿着方离的手机叫："我们有证据！"

保卫处犹豫地看了看方离："他们说的是你？那跟我们走一趟，我们问问话。"

方离的脸色变得煞白，眼睛里慢慢浮上泪来："不、不是我……"

傅松华急了，冲着保卫处的人怒叫："你们凭什么叫人去问话？我们不去！"

门口忽然传来了一声清冷的话语："老师，就在这儿。"

秦渊站在门口，恭敬地向身边的一位男老师说："有人偷东西，请您来看看现场，亲眼做个证。"

阮轻暮愕然抬头，惊讶无比地看着他。

刘钧他们高兴了："对对，老师来了就好了，快点抓人！"

那位老师是今晚负责寝室楼总值班的，刚刚正在值班室批卷子呢，就被秦渊挂门打断了，听他一说，赶紧就跑来了。

男老师皱着眉，看着刘钧几个人，问道："证据在哪里？"

李智勇亮手中的手机："我们这儿有他的手机，里面有他的女装照片……"

秦渊冷冷地打断了他："老师，我说的就是他们。"

他飞快地扫了一下被撬坏的柜子和锁，向老师示意："这几个同学趁着室友外出聚餐，不仅毁坏学校公物，还侵犯个人财产，价值大，影响恶劣。"

屋子里的同学们一个个嘴巴张得老大：哇……这样的吗？

刘钧慌忙叫："老师，他是上次偷东西的贼，我们才撬锁的。"

李智勇急切地抓起地上的口红，还有被踩脏的女裙："您看！女生丢的。"

秦渊淡淡看了他一眼，眼神锐利又厌恶。

他点开自己的手机："老师，这是上次被盗的两位女生，我们刚刚联系上了她们。"

音频打开，培优 1 班的一个女生声音清晰："不不，我看了帖子，那里面没我的东西。"

另一个女生也在说："也不是我的呀。这裙子和丝袜我可没见过。怎么，上次的事有线索了？"

屋子里的人惊讶地听着，表情又困惑，又茫然。

阮轻暮忽然轻笑了一下，望着秦渊，他眼中光芒闪烁。

那位老师也怔了："是啊，丢的东西不在这里面，那一次还丢了两部手机，就更不在了吧？"

这一次，秦渊却表情凝重："不，真的有人偷手机。"

他紧盯着拿着方离手机的李智勇："他们几个人偷窃方离同学的手机，现在人赃并获，由不得他们狡辩。"

傅松华狂喜地接口："对对，我们做证！"

他恶狠狠瞪着刘钧他们："方离回来讨要自己的东西，这几个人恼羞成怒了，还打人！"

阮轻暮叹了口气："老师，我也做证，我跑来的时候，一进门就看到他们在打方离。"

李智勇急了："别栽赃好吧？我们是拿他手机看看，又不是偷。"

阮轻暮冷笑："不告而取之谓之偷，你爸妈没告诉过你吗？"

刘钧急了："老师，您看清楚，他包里这些东西，都是女生的，不是他偷的是谁！"

李智勇慌忙点头："对对，看这照片多恶心……"

秦渊猛然抬头，目光如箭射向他们："那是方离同学私人的东西，他没有妨碍任何人！"

他一直平缓的口气，忽然变得咄咄逼人："无论那是他帮家中姐妹买的，还是要送人的，甚至就是他自己喜欢，那也是他的自由。如果能因为一点毫无根据的怀疑，就撬开别人的锁，因为一个人的行为喜好和大家不同，就要羞辱和欺负他，那我们的学校算什么？"

他站在那里，俊美的面容充满厌恶："是霸凌的温床，还是施暴者的天堂？"

阮轻暮静静站着，一双晶亮的眸子里光华流转，带着赞赏和感激，看着那张熟悉的脸。

虽然手里没有利剑，没法子一剑斩恶、快意恩仇，可是只靠几句话，依旧锋利如刀，能叫这些宵小之辈屁滚尿流。

不愧是你

和梦里的那个人拿剑时，一样的帅。

小小的寝室里挤满了人，刚刚还有男生嘻嘻哈哈地笑着，表情古怪，可是现在，秦渊那冰冷的声音，却把四周压得一片寂静。

忽然，脸色惨白、唇上口红狼狈的方离，慢慢哭出了声，绝望的哭声从隐忍，变得越来越大。

傅松华手足无措，赶紧找了纸巾出来，想帮他擦掉脸上的脏污，可是方离却猛地退了一步。

他眼睛红肿得厉害，没像往常一样冲着傅松华害羞地笑，却木然地躲开了。

秦渊郑重地向着老师一鞠躬："老师，高一进校时，校长亲口给大家念过实验三中的校训。我当时听着，觉得很骄傲，也很有道理。

"校训说：仁勇友爱，勤奋求实，气有浩然，德无止境。

"所以，我身为学校风纪部的副部长，一定会把这件事汇报上去，给受害者一个交代。我想去找校长，再问问他，到底什么叫同窗友爱，什么叫浩然正气。"

6. 为你亮灯

9月底的晚上，夜风退去了燥热。

明天是十一国庆节，运动会结束之后大部分学生都回家了，四楼的男生寝室那一场闹剧，也悄悄没了声息。

校园的大操场上很安静，白天运动会的喧闹沉了下来，墨黑色的跑道安静地躺着。

阮轻暮从远处跑到香樟树下，左手抱着两瓶冰果汁，右手拿着一包东西。

香樟树边有盏户外灯，照在亭亭如盖的枝叶上，半边亮绿逼人，剩下的半边树冠则黑黢黢的。

秦渊坐在树下，浅浅的淡色光晕映在他平静的脸上。

阮轻暮伸出手，把他的那只脚拉过来，手里的那包东西盖了上去。

秦渊体会着脚踝上一阵熟悉的冰冷："从哪儿弄的冰块？"

阮轻暮甩甩头发，浅淡的灯光照着他精致的眉眼："在小卖部买了条毛巾，找老板要的。"

秦渊拿起地上的果汁拧开，忽然问："你为什么总给我买这个？"

给他带过几次山楂锅盔不说，上次他拒绝了橙汁后，这个人就认定了山楂汁，同在竞赛班时给他带过，现在买的又是这个口味。

"怎么，你不是爱吃山楂吗？"

秦渊转过头看着他："我不喜欢吃甜食，从来都不。"

阮轻暮一怔："是吗？"

可是怎么会呢，在梦里，他俩一起在集市上漫无目的乱逛的时候，自己硬塞了一串糖葫芦给他。这个人初时满脸嫌弃，可尝了一个以后，却默不作声地一口又一口，把整串都吃光了。

他那时笑吟吟地问："你是没吃过这种街头小食吗？怎么吃得这般不斯文？"

素来矜持骄傲的秦少侠很严肃："家父说过，甜美香腻的食物易动摇心志，口舌之欲更是修炼的大敌。"

"呀，那你活着岂非特没意思？"他那时看怪物一样看了这位秦少侠半天，又拉着他进了一家糕点铺，硬逼着他试了一堆甜点。

最后发现，这人还是爱吃酸甜口味的。

山楂糕、糖葫芦，就连酥果子中带了点山楂馅儿，他也吃得格外香甜。

阮轻暮歪着头，看着他俊朗安静的侧脸，目不转睛。

秦渊终于忍不住看他："我脸上有什么吗？"

阮轻暮在心里叹了口气。

这个人啊，本来就生得好看，现在越看越帅，好想厚着脸皮狠狠夸一下。

秦渊随口问："方离那边安顿好了？"

阮轻暮点点头："嗯，白竞他们已经帮他搬好床铺了，先住我们寝室。"

刚刚的事情闹得太大，李智勇那边是住不得了。

秦渊有点迟疑："你们寝室还有空床铺？"

阮轻暮轻轻咳嗽了一声，夜风下，他额头前的碎发轻扬着，露出了一小片青紫："没了啊，我把床让给他了。"

所以今晚，我无处可去啦，所以快点开口，请我去你那里！

不知道为什么，明明经历了那么糟糕的事，片刻前心里还充满戾气，现在一想到又能住回 106，好像心情都飞扬了起来。

不愧是你

身边的高大少年却没有回应他那雀跃的心事："你对方离真好。"

阮轻暮斜着眼看他，灯光从大树的叶片中洒落，在他的眸子里闪烁："你对他不也很好？"

秦渊闷闷地说："不一样。"

阮轻暮嘴角笑意依稀："还没好好谢你呢，刚刚那番话，太酷了。"

秦渊瞪了一眼阮轻暮："要说谢谢，难道不是应该他自己来说，要你越俎代庖？"

阮轻暮"扑哧"笑出了声，慢悠悠地仰头喝了一口饮料，又酸又甜："你不喜欢我对别人好呀？"

秦渊修长的脖颈似乎有点僵硬。他低着头，俊美的侧脸隐藏在一片树影中，看不出表情。

阮轻暮微微凑近了些，收起了调笑的表情："以前刘钧他们就欺负我们两个。"

秦渊默默听着。

"可我记得，方离帮过我。"阮轻暮和他并肩坐着，声音微微变冷，"他胆子小，可是心肠比很多人都好得多。"

有时候他被刘钧他们堵着不放的时候，方离这种自身难保的人，还敢鼓起勇气来解围。

"所以，我不能看着他被那些人毁了。"阮轻暮淡淡说，"有时候，毁掉一个人真的只需要几句话。"

秦渊终于轻声回应："嗯，明白了。你是真的信任他。"

阮轻暮点点头："对，我信他，比傅松华那个蠢货还信。"

秦渊微微皱了下眉："别这么说，人家好歹也是年级前十名。"

除了性格有点没心没肺，智商可不低。

阮轻暮冷笑："年级第一名也没用，跟个大傻子似的，我瞧他这次把方离给得罪狠了。"

秦渊一怔："怎么了？"

刚刚在饭桌上秦渊没太注意方离的脸色，更没听到傅松华那句随口的"恶心变态"，只看到傅松华挽起袖子打人。

阮轻暮叹了口气，他是听见了傅松华那句话的，更看到了方离那一瞬间变得惨白的脸色。

他恹恹地说："没什么，我怕方离以后日子不好过。"

若真是个强大自信、特立独行的也就罢了，可方离偏偏不是。

秦渊沉思了一下："方离他到底……是怎么回事，你知道吗？"

阮轻暮有点茫然："我也真不清楚。"

不知道方离是单纯的喜欢化妆，还是就觉得自己是女孩子啊？没人知道，也不方便去打听。

阮轻暮顿了顿，忽然说："我今晚和方离换床，住到李智勇他们那边去，我倒要看看，他们夜里敢不敢套麻袋黑我。"

秦渊猛地回头，脸上震惊："什么？你住到李智勇寝室？"

阮轻暮咬牙，额头上的青紫显得有点儿张牙舞爪："要不然呢？我今晚住哪儿？"

这个人是傻子吗？怎么还不开口请他！

秦渊一双凤目灼灼发着亮，定定地看着他："晚上被人闷上枕头时，设置个快捷拨号，按一下，我就冲上楼砸门救你。"

阮轻暮目瞪口呆："就你那一瘸一拐的，等你跳上来，我都成了枕下亡魂了！"

他烦躁地踢了一下身边的粗大树干："行了，回去了。"

秦渊悠悠看着他："要不，模拟一下有人晚上袭击你的情形？"

阮轻暮还没反应过来，秦渊已经飞快地伸出胳膊，巧妙地从侧边揽上了阮轻暮，轻轻一勒。

他的动作迅疾凌厉，却温柔又克制。

阮轻暮身子一僵，脖颈间挨着秦渊手臂，肌肤相接，仿佛过了电。

微微的压迫感一触即分，秦渊松开手，口气若无其事："测试过了，根本就不行，会被人打闷棍的。"

阮轻暮猛地跳起来："呸！那是我没防备……"

"所以为了安全，还是回106来睡吧。"秦渊低声说，毫无征兆。

夜风渐渐变得凉了些，秦渊抬头看了看远处的男生寝室楼："高一的时候，我每次上晚自习回去，寝室里都是黑着灯的。"

英俊冷漠的少年声音平静，却又暗哑："就跟我每次回家一样，进门的时候，总有点不想进去。"

阮轻暮呆呆地问："你爸……每次都不在家？"

上次秦渊说过，他母亲在他四岁时就死了。可他又不是没爸，家里还那么富裕。

"小时候还行，我爸虽然生意忙，不至于放学回家，家里还黑着灯。"秦渊淡淡地说，"可一个中年男人，事业成功、家资丰厚，总不能这样一直单着。"

阮轻暮观察着他的脸色："哦，那倒也是常事。"

毕竟这世上，像他妈这样，为了孩子不愿意再嫁的女人多，肯为孩子不再娶的男人却很少。

"你后妈对你不好？"阮轻暮小心翼翼地问。

"那倒没有，能入我爸眼的，怎么也是温婉贤淑。"秦渊摇摇头，"只是我爸生意越做越大，她就催着我父亲搬家，把新家安置到外地去了。"

"那就去呗，你爸生意做大了，去北上广也好。"阮轻暮挠挠头，"有钱人都愿意去大城市定居吧？"

"只是觉得住在原来的房子里窒息而已。"秦渊淡淡地说，"那里面到处都有我妈的痕迹。"

阮轻暮怔怔地"哦"了一声："那你怎么办？"

"我不想走。"秦渊定定地望着远处，目光幽远，"我妈的坟还在这儿呢，我干什么要跟他走，看他们一家子和和美美？"

几年前，他就无意中听到魏姨在厨房里，小声地向父亲撒娇，说想要个自己的儿子。

"那你现在没和你爸住在一起？"阮轻暮惊诧无比。

"我上初三时，我爸要给我办转学，说全家要搬走。"秦渊笑了笑，"我和他说，马上要中考，他这样会耽误我的学习。"

"啊……那他同意了？"

"他没敢强逼我，然后他带着我后妈和我那个新妹妹搬走了。"秦渊的表情淡淡的，"留下我在本地继续中考。"

阮轻暮勃然大怒："你爸疯了？你一个小孩子，怎么能留下你一个人！"

秦渊淡淡地笑了笑："放心，留了四个人照顾我呢。"

一个专门做饭的大厨；一个做家务的钟点工；负责安全的严叔兼职做司机，

负责接送；还有个高秘书留在本地，打理他的一切杂事。

阮轻暮定定地看着他。

明明这人在微笑，可不知怎么，却叫人看着那么难受。

秦渊笑了："你那是什么表情啊，我爸又不是真的彻底把我扔了，每星期会专门回来陪我吃饭。"

阮轻暮心里堵堵的，低声问："所以，现在每次回家，家里都没有人吗？"

"是啊。做家务的阿姨都是白天来，做完了就走。"秦渊顿了顿，才说，"也习惯了。"

反正在寝室还是回家，都是一样的。

寝室楼那边，在外面打闹的学生们渐渐都回去了，隐约可以看见男生们的身影在寝室里晃动。

阮轻暮看着身边孤独又安静的秦渊。

"哪有什么习惯这回事。"阮轻暮低声说。

"我决定了啊，不准反对。"阮轻暮随手把饮料瓶往垃圾桶里一扔，准确无误地入了桶，"国庆节以后，我就给老简递个报告，换回 106 去。"

星光和灯影都洒了下来，映照得他眉目飞扬，眸如寒星："我回寝室早，以后保管你回寝室时，都永远亮着灯。"

7. 给你送去？

国庆当天，出行的人多，公交车挺拥挤。阮轻暮转了趟车，回到了家。

一进门，迎宾台上没人，今天假期，来按摩放松的人多，就连穆婉丽也在忙。

阮轻暮路过两间按摩房，看了看，果然，都客满。

他妈穆婉丽和小郑在一间，里面两个金毛小弟正乖乖地躺着，一个在捏脚，一个在推背。

阮轻暮叫了一声："妈，我回来了。"

穆婉丽回头一看，就急了："哎呀，这脸怎么了？"

阮轻暮摸了摸额头的伤，那是昨天和刘钧他们厮打时弄的，笑嘻嘻地说："运动会摔的，有个王八蛋绊了我一下，可是我得了第一名哎。"

穆婉丽心疼地看了看："厨房里有早上做的鲜肉锅贴，我给你煎一下，再吃点？"

阮轻暮点头："好啊，再吃几个。"

穆婉丽拿着干净毛巾擦擦手，对着低头玩手机的金毛小弟说："行了行了，起来吧。"

金毛苦着脸："丽姐，我这脚上还泡着牛奶浴呢？"

他旁边的兄弟舒服地趴在床上，享受推背："叽叽歪歪什么，自己接着泡，我女朋友都用牛奶做面膜呢。"

金毛悻悻地坐起身："丽姐，你也真不讲究，刚给我捏过脚，这就给你儿子做早饭？"

身后，阮轻暮笑着说："妈，你忙吧，我自己去锅里热热。"

穆婉丽只好作罢："那行，你自己弄，可别砸锅摔碗的啊。"

阮轻暮随口问金毛们："你们花臂老大呢？"

两个金毛小弟异口同声："邱哥帮你妈去买卤菜去了，说隔壁街'黄记老卤'的卤牛肉才好吃。"

穆婉丽啐了一口："那当然，来蹭饭还敢不带菜？"

阮轻暮又路过另一间，往里面看了看。

小芸站在按摩床边，给一个大姐敲背，阮轻暮探头进去："芸姐，小桩呢？"

小芸半侧过脸，笑着冲外面指："李叔带他在隔壁小卖部玩呢。"

阮轻暮转身出去，果然，小卖部旁边，老李头怀里搂着小桩，逗他玩呢。

"这个好吃，还是这个？"阳光下，老李头手里拿着几个花花绿绿的东西，"这是黄桃的，这是草莓……"

阮轻暮蹑手蹑脚走进去，阴森森地开口："拐孩子呢？"

老李头一哆嗦，猛地跳起来："小坏坏子，老人家心脏病都要被你吓出来了。"

小桩一扭头，眼睛就是一亮。他使劲挣脱了老李头的怀抱，扑过来抱住了阮轻暮的腿。

阮轻暮从老李头手里抓过来一个果冻，剥开，递给了小桩："吃。"

小桩立刻张开嘴，高高兴兴地吞了一口。

小卖部老板说："别给小桩多吃，他可馋了。"

阮轻暮又从老李头手里拿了一个："吃呗，小孩子贪嘴多正常，又不是不给你钱。"

小家伙比前些天精神多了，身上的各种伤痕都淡了些，头上被砖头拍花的地方也拆了纱布，细细的毛绒碎发长出了点。

他捧着大杯果冻，叼出里面的黄桃，珍惜地在嘴巴里吧嗒着。

小卖部老板叹了口气："老李一上午喂了他十几个了。"

阮轻暮吃了一惊，看看小桩的肚子，伸手拍了拍："瞧不出来，这么能吃啊？"

天气有点秋老虎，依旧热得很，小桩只穿着个小背心，肚子露出了点儿，被他这么一拍，小桩立刻"咯咯"笑起来，小身子扭来扭去，像个小牛皮糖。

老李头在一边酸溜溜的："拿吃的逗他半天都不笑，瞧见你就笑得跟朵花儿似的。"

阮轻暮斜着眼看他："那当然，我和他有缘分。"

他伸手把小桩拉过来，指了指他的肚子，做了个爆炸的手势："不要多吃了，肚子会炸！"

小桩聪明得很，一下子就看明白了，惊得往旁边一躲，手捧着肚子，小脸吓得蜡黄。

小卖部老板被逗得哈哈笑，老李头恼怒地瞪着阮轻暮："你一个大人，吓小孩做什么，坏得很！"

阮轻暮哈哈大笑，心情大好地放开了小桩，跑进厨房。

锅里果然有一排锅贴躺着，还微微带着热气。他简单热了一下，夹起来吃了五六个。

其实在学校已经吃过了。

秦渊的脚情况还不错，早上起来时没肿，活动时也没有明显的疼痛。

可是阮轻暮还是怕他加重，一个人跑到外面的早点街，拎了两笼小笼汤包，还打包了两碗赤豆粥回来。

一路上小跑回来的，到了寝室一看，老板给的醋还洒了不少出来。

两个人猫在 106 里，吃得满屋子醋味，久久不散。两个人吃完了早餐才各自回家。

阮轻暮忽然想起什么来，拿着手机"咔嚓"对着煎饺拍了几张，随手发给了某人："鲜肉锅贴饺，不比李记汤包差。"

不愧是你

很快，秦渊的回信到了："早上没吃饱吗？"

阮轻暮笑着回："我妈做的，不吃点，她多难受啊。"

秦渊顿了一小会儿，才平静地回答："一定很好吃吧？"

阮轻暮回到自己的小房间，看着那行回话，心里忽然又酸又软："下次回校，我给你带点？"

秦渊安静了一会儿，才回："好。"

正和阮轻暮聊着天，他的手机响了。秦渊凝视着号码，点了接听："爸？"

对面的背景音一片嘈杂，他爸的声音焦虑又为难："小渊，实在抱歉，我本来正要去机场，家里忽然有点状况……"

这时又听到保姆尖着嗓子："秦先生！太太又肚子疼了，你是不是来看看？"

电话中的男人似乎是捂上了话筒，微弱的语声漏了一点出来："好，我这就去，你们小心看着点！"

话筒声音又大了，他爸万分尴尬："你魏阿姨肚子一直疼，怕是要生了。"

秦渊淡淡听着，不说话。

他爸的声音渐渐低了："我给你卡上打了五万元，对了，高秘书给你买了两双限量版球鞋，你看看喜欢不……"

秦渊"嗯"了一声："还行。爸，魏阿姨的身体要紧，该去医院您就陪着去。"

他漠然地望着自己的脚："我这边一切都好，您放心。"

手机的屏幕熄灭了，偌大的公寓里，一片孤寂。

刘嫂打开厨房门，问了一声："小渊，银鳕鱼吃香煎的，还是盐焗的？"

秦渊抬起头："刘嫂您看怎么方便怎么来。"

厨房门关上了，秦渊怔怔地望着手机，忽然低下头，把脸埋在了自己的臂弯里。

阮轻暮打量了一下房间。

他的小床已经给小桩用了，枕头边摆了一支小水枪，一个小抱熊，虽然都是新买的，可也显得寒酸。

房间里还多了一个小柜子，打开看了看，里面装了些小男孩的物品，可怜兮兮的，没几件衣裳。

他在桌前坐下，把书包里的试卷掏出来，随手发了一条："做卷子吗？"

这次，秦渊回答得很慢，很久以后，才发了一张照片过来："已经做完一套英语了。"

阮轻暮放大了照片一看，背景是一张实木大书桌，试卷摆得整整齐齐，学霸同学已经在刷第二套数学题了。

十一长假只放三天，各科老师却一个个狂发试卷，生怕学生们这几天把自己这门课给冷落了。

阮轻暮拿起那套英语卷子："行，我也做吧。"

他闷头"唰唰"地做，不一会儿，卷子就做完了，立马发了条信息过去炫耀："速度怎么样？"

秦渊那边回："拍几张照片过来，我帮你对一下答案。"

阮轻暮挠挠头："算了吧？这多麻烦。"

用手机那么小的屏幕一道道地对答案，多费眼睛啊。

秦渊沉默了一下："其实，还是当面对答案比较好。"

阮轻暮盯着那行字，总觉得好像有什么暗示，可是又觉得是自己想多了。

门轻轻地被推开了，小桩探进头来，瞪着乌溜溜的大眼睛，瞧见他桌上打开的课本，"噔噔"地跑进来，爬上床抱着小熊，默不作声地自己玩。

阮轻暮扭头瞅瞅他，有点头疼。

真的跟梦里那个贴身小侍卫太像了。

那个小侍卫也是这么寸步不离的。他练武也好、外出也罢，总是默默跟着，赶也赶不走。

那孩子如果练会了一招一式，就巴巴地立刻跑来，练给他看。

阮轻暮盯着小桩，指了指自己面前的书："乖乖自己玩，哥哥忙啊。"

小桩虽然听不见他的话，却立刻点点头，无比乖巧。

阮轻暮这才又打开手机，那边已经又跳出来一条微信："你要和家人吃午饭了吧？那不打扰你。"

阮轻暮盯着那行字，明明客气又礼貌，可就是有种隐约的落寞似的。

一定是想多了，为什么会脑补这种强势的人幽怨和孤单，还在撒娇！

"是啊，一大家子呢。"他慢吞吞地回，"我，我妈，两个在店里工作的，还有那个小桩和一个社会哥。"

外面传来了邱哥洪亮的嗓门："丽姐，卤牛肉买好了，好险，我刚刚到那儿，就剩最后一块了！"

这一次，阮轻暮手机跳出来的信息更加冷淡："快去吃吧，我这边有面条。"

阮轻暮："……"

这个骗子。

昨晚在寝室里，两个人睡不着，头挨着头聊天，那家伙说得清清楚楚，专门做饭的阿姨会按时来做四菜一汤，现在说面条是怎么回事！

快到午餐点了，破旧的居民楼间隔近，到处都飘着饭菜香。

从窗户看出去，对面的厨房窗口有不少主妇在掌勺，不知道谁家在下锅煸炒香料，各种家常菜香混在一处，热烈而浓郁，灌进了房间。

阮轻暮咬咬牙打字："你在厨房里跳来跳去，自己做面条啊？"

秦渊回了一个"？"。

"你要拐杖吗？我上次用过的，不如废物利用啊。"

秦渊沉默了一阵，低头看了看自己没啥大碍的脚。

他嘴角抽搐一下，勉强回了一句："行……你返校时给我带来吧。"

"不如这就给你送去吧？"阮轻暮鼓足勇气，"不然你三天都得跳着走呢！"

秦渊望着那行字，压在心底里的那些郁结，都迅速消融了。

"好啊，我发我家定位给你！"

阮轻暮把小桩从床上抱下来，伸手摸了摸他的头，心里忽然有点儿跳得厉害。

"乖，我带你去见一个人。你看看……是不是和我一样，觉得他似曾相识呢。"

1. 你对我更好

豪华的大书房里，秦渊忽然站了起来，跳到门口叫："刘嫂！别做了。"

刘嫂拿着锅铲，探出头："什么？"

秦渊深深吸了口气："马上我同学要来，您把食材都带回家好了。"

刘嫂慌忙摆手："哦哦，我做好了给你放冰箱。"

香煎银鳕鱼、爆炒猪肝、清炒芦笋、凉拌野蕨菜，营养搭配均衡，色香味俱全，现在的年轻人，都爱吃那些垃圾食品，大概觉得什么炸鸡、比萨才时髦。

秦渊洁白如玉的脸上有丝尴尬："嗯，我和同学会自己做的。"

刘嫂忽然茅塞顿开，心想，哎哟，这是女同学要来吧？下厨显摆手艺，给腿脚不方便的男朋友做点吃的？

"好好，我这就走。"她笑眯眯地说，"我还是给你放在冰箱里吧，你晚上吃也行啊。"

秦渊四下看了看："刘嫂，家里有面条吗？"

阮轻暮冲出了房门："妈，我不在家吃午饭了，去同学家！"

穆婉丽正在摆碗筷呢，一听就急了："一星期就回一次家，同学不是天天见吗？"

"妈，你认识的，上次我第一次住校，记得那个帮我拎行李的同学吗？就

不愧是你

是他。"

穆婉丽恍然大悟："记得记得，小伙子长得特俊。"

阮轻暮叹口气："他妈早就去世了，他爸给他找了个后妈，住在外地很少回来，平时就他一个人在家，特别孤苦伶仃。昨儿运动会，他因为我把脚扭了，现在在家吃清水面条呢。"

穆婉丽一声惊呼，心里立刻又软又疼，也是个穷苦人家的孩子啊，身世简直比她家暮暮还可怜。那天晚上匆匆看了一眼，她印象深刻得很，看样子平时怕是也缺吃少穿的，真是穷人家的孩子早当家啊。

"那你去吧。"她热心地说，"我给你找饭盒，带点饭菜去。"

阮轻暮想了想："早上的锅贴饺子还有吗，给我带点。"

穆婉丽赶紧进了厨房，把剩下的锅贴饺全都装了进去，又出来，把桌上没动的饭菜使劲往里面塞："多带点菜，没娘的孩子可怜。"

阮轻暮跑进屋子找到拐杖，又匆匆抓起书包，小桩不明白阮轻暮在做啥，赶紧跑上去抱住了他的腿，使劲往饭桌上拉。

阮轻暮扭头冲着小芸说："芸姐，我带他去我同学家玩玩吧。"

小芸慌忙感激地点头："好啊好啊，那就太谢谢了！"

她眼睛看不见，根本没办法带弟弟出去，穆婉丽日常也是忙得脚不沾地，偶尔邱哥和老李头会带小桩在附近转转，阮轻暮愿意照顾，那真是再好不过。

阮轻暮接过他妈装的大饭盒："行，我去了！"

路过饭桌，他看了看邱哥面前的塑料袋："这卤牛肉好吃吗？"

邱哥骄傲地一昂头："那是，下酒好菜，十年老卤菜店啊！"

阮轻暮点点头，一把抓了起来："不准在我家喝酒，我全带走了啊。"

身后，邱哥凄厉的叫声响起："丽姐你管管你儿子！我辛苦买的最后一块，这孩子咋就全带给同学了！"

阮轻暮伸手拦了辆出租车，带着小桩坐了进去。车辆开起来，小桩又惊喜又好奇地趴着车窗往外看。

出租车到了秦渊所在的商业小区门口，停下了。

阮轻暮吃力地钻出车，左手拿着拐杖，右手拎着饭盒和牛肉，身上斜背着书包，屁股后面，小桩揪着他的上衣后摆跟着。

他走近保安室，客气地敲了敲窗："您好，我……"

"嘿，这里。"不远处传来声音。

阮轻暮讶然转头。

开阔的小区里面，常青的草坪碧绿如茵，点缀着一丛丛修剪整齐的灌木，上面开着不知名的米白色小花。草坪前方有个漂亮的喷泉，水珠晶莹，水泉边上，秦渊正静静站在那里，穿着一身随意的深蓝卫衣。

芝兰玉树，面容俊美，迎着四周漫天阳光。

阮轻暮有那么瞬间的愣神，带着小桩跑过去："怎么下来了？"

秦渊微微笑了一下："下来扔垃圾，顺便。"

旁边有穿着讲究的老大爷，正带着小孙子在喷泉边玩耍，热心地插话："小伙子刚搬来吧？楼梯后面有专用的垃圾通道，扔下去就完事了！"

秦渊："……"

秦渊绷着俊脸，看着阮轻暮身后的小男孩："这就是你上次说的那个小哑巴？"

为了他，这个人可是放过自己一次鸽子呢。

阮轻暮手忙脚乱地把小桩拽出来，比画着："看，大哥哥！"

小桩抬起头，只看了一眼秦渊，就猛地一扭头，把脸埋在阮轻暮的双腿缝里，不再看他了。

阮轻暮"啧"了一声，小声自言自语："果然不喜欢他，是吧？"

他叹口气，指了指小家伙："聋的，听不见，所以也不会说话，没法叫人。"

秦渊看着小桩："从小就这样？"

阮轻暮并肩和他往小区里走，一只手牵着小桩："是啊，生下来就是这样，他家里人开始没注意，等发现都挺晚了。"

秦渊细细看了小桩一眼，看到孩子胳膊上隐约的旧伤，带了怒意："这么虐待儿童，就没人管吗？"

"有人管啊。这不是我妈找人从老家抢回来了吗，现在住我屋里呢。"

秦渊默默看了小桩一眼。小桩磕磕绊绊地跟着两个人，正好也抬起头看了看秦渊。

两个人大眼瞪小眼，小桩鼻子皱了皱，又主动扭开了头。

阮轻暮瞅了瞅秦渊的脸色："喂，问你啊，觉得他眼熟不？"

不愧是你

秦渊一怔："我应该认识他？"

阮轻暮笑笑，没再说话。

刚开学时，他第一次在走廊上遇见这个人，这个人好像也依稀问了这么一句："我该认识你？"

秦渊果然什么都不知道，不过是他一个人的怪梦而已，又怎么能指望秦渊知道这个他身边的小随从。

阮轻暮以为小桩会有点不一样的，毕竟在梦里他死后，小随从看到秦渊披星戴月、仗剑而来，就重新能开口说话了。

明明已经失声了那么久，明明对一直追杀他的秦渊恨之入骨，可是那孩子竟然也分得清，谁才是真正能为他报仇的人。

他不屑解释的那些事，他傲气满满想要维护的自尊，都忽然被人全都倒了出来，他并不觉得有什么开心。

他宁可这位名门少侠和别人一样，认定了他心狠手辣、死有余辜，最多嗟叹惋惜几句，偶然想想他，然后就去过那前途似锦的好日子。

也绝不想这位名门少侠为了自己，去和那些人生死相搏，最后一条命换了六条命。

自己死都死了，再搭上别人一条性命，又是何必呢？

秦渊打开密码锁，看了看有点发愣的阮轻暮："到了。"

阮轻暮"哦"了一声，终于回过神来。

小桩跟在他后面，怯生生地停在玄关，不敢进来了。

小桩长在乡下，这种地方从来没见过，光滑的地板一尘不染，硕大的沙发柔软又气派，比他见过的任何房子都大。

秦渊看看小桩畏畏缩缩的模样，伸出手臂，把小桩抱进了门，小桩在他怀里不安地扭动着。

秦渊把小家伙放在沙发上，安置好："叫什么啊？总不能就叫小哑巴。"

"叫小桩，他姐姐说，农村都取贱名，希望孩子像小树桩子一样壮实。"阮轻暮叹了口气，可没想到不仅不壮实，还残疾呢。

秦渊从茶几上拎起一串晶莹剔透的玻璃脆葡萄，做了个请吃的动作。

小桩呆呆地盯着，却不敢伸手去接。

阮轻暮走过去，亲自把葡萄揪下来几个，小哑巴这才张嘴吞了，怯生生的眼睛一亮。

毕竟是昂贵的新疆火焰山品种，空运过来的，保着鲜，刚从冰箱里拿出来一会儿，吃着正是最好的口感。

"不吃人家给的东西，不是他家教好。"阮轻暮淡淡地说，"是因为以前在亲戚家，要是敢抢东西吃就会被打，打得狠了，自然就不再敢主动去拿了。"

秦渊默默看着小家伙，蹲下身子，轻轻摸了一下他的头："以后就好了。"

阮轻暮点点头："那倒是。"

秦渊默默瞥了他一眼。

阮轻暮平时大多数时候都懒洋洋的，极少的时候会有点突然的戾气，可这样看过去，只见他看着小桩的眼神有种平日少见的忧伤。

秦渊不由得低声道："你对他真好。"

阮轻暮抬起头，一双桃花眼眯起来："我对方离不好吗？还是对唐田田和牛小晴不好？"

秦渊轻轻"嗯"了一声："你对谁都好。"

忽然有一颗葡萄掉在了地上，小桩"噌"的一下就跳下了沙发，正一脚踩在秦渊脚背上。

阮轻暮急了，一把拎着他的衣领，直接提了起来："小祖宗啊，怎么踩人！"

他忽然又反应过来，尴尬了，踩的根本就不是秦渊崴到的那只脚。

他赶紧把小桩按到了沙发上："接着吃接着吃，别停！"

秦渊却开了口，声音极低，也极轻："你对我也好。"

阮轻暮好半天才反应过来，秦渊的这一句，是接着上一句"你对谁都好"。

阮轻暮昂起头，眼神有点怔忪，漆黑的眸子里，像有明亮的星光闪烁。

空旷的豪宅里，安静得厉害。

秦渊的脸靠近了点，或者只是想看清楚一点阮轻暮眼里的星光。

小桩一直在边上警惕地看着他俩，看到阮轻暮退后，再看到秦渊似乎又逼近了一点，他忽然扑过来，一把抱住秦渊，使出吃奶的劲往后拽。

这个大哥哥虽然长得好看，可是看上去要欺负阮哥哥！

秦渊被他拖得往后一仰，一回头，只看见小桩正瞪着他，又紧张又警惕。

秦渊慢慢地移开了，正襟危坐，半晌才淡淡道："他以为我要欺负你吧。"

不愧是你

阮轻暮目瞪口呆，忽然一伸手，就把胳膊肘架到了秦渊的脖子上，凶巴巴往后一压："秦少侠，就你这又瘸又弱的样子，谁欺负谁啊！"

小桩在边上，看着两个人打打闹闹，心里迷糊，低头看见脚下有颗葡萄，赶紧捡起来，殷勤地递到了阮轻暮嘴边："嗮——"

阮轻暮狼狈地跳了起来，脸也瞬间涨红了。

他一把搂过小桩，狠狠地揉小桩的头："地上捡的，也不洗就往我嘴里塞。小傻子，以后我考大学考到外地去了，你可怎么办呢？"

2. 一起变强吧

秦渊默默看着他满嘴胡说，唇边隐约浮起了一丝浅浅的笑："喂，饿吗？"

阮轻暮放下小桩，满脸骄傲地站起来："就知道你会活活饿死的，我妈叫我带了一堆吃的来。"

他跑到玄关，把大饭盒打开，转身往厨房跑："我来热。"

秦渊伸手拦住了他，从橱柜里拿出来几个漂亮的青花餐具："盛进来，不带金边的，可以微波炉加热。"

阮轻暮使劲摇头："折腾啥啊？"

秦渊却很坚持："不，吃饭要有仪式感。"

阮轻暮瞥见他那期待的眼神，忽然心里一酸，他总是一个人吃饭，才会觉得有人陪着一起，值得隆重对待吧？

穆婉丽做菜的水平当真可以，就算是阮轻暮这张挑剔的嘴，也觉得甚是满意。这次国庆回家，穆婉丽足足弄了七八个菜。

可饭盒实在装不下，只能带了四个菜来，香煎带鱼、东坡肉、山药木耳和清炒芦蒿，颜色配得也好。

阮轻暮看了看秦渊的脚："你去餐桌那儿坐着吧，我端出来。"

秦渊没动，和他并肩站在操作台边："我的脚真没事，早上还发了照片给龚校医看，他说没事。"

看了看桌边的拐杖，秦渊慢吞吞地道："先说好，上学后，我不会用这个的啊。"

"呵呵。"阮轻暮悻悻地嗤了一声，"巴巴地送来，不用拉倒。"

电饭锅里的米饭香气四溢，秦渊盛了三碗饭出来，面不改色："听说你要来，我临时煮的饭。"

阮轻暮瞧瞧他："哦，不是面条？"

宽大的橡木餐桌上铺着蓝白条纹桌布，旁边放着盆素雅的马蹄莲，阮轻暮身边坐着小桩，对面是秦渊。

餐桌上摆着他带来的四个菜，还有邱哥买的卤牛肉，颜色酱红，肉香四溢，面前是雪白的大米饭。

阮轻暮咳嗽了一声，看着对面秦渊正襟危坐的样子，忽然挠了挠头。

"这么坐着真奇怪。"他尴尬地说，"像是电视剧里那些……哈哈！"

秦渊夹了一块带鱼，放到了小桩碗里："像什么？"

"就那种嘛，豪门恩怨狗血剧，一家三个兄弟，老大腹黑阴险，老二天真善良，还有个收养的孤儿。"

前几天牛小晴正好在班级群里分享了一个泰剧，说是太带感了，各种家族关系匪夷所思、错综复杂，他匆匆瞅了一眼，好像大意就是这样。

秦渊斯文地吃着鱼："腹黑阴险的老大，说的是你自己吗？"

阮轻暮一愣：哎呀，还真不知道自己和秦渊两个谁更加大一些。

"肯定你大。"他嘟囔着。

他明明记得，在梦里问过秦少侠的生辰，就比他大半岁呢。

秦渊看看他："我二月十八生日，挺好记的。你呢？"

阮轻暮低着头，一瞬间，心里酸楚如潮水，压制不住地翻滚着。

竟然和梦里分毫不差，现实里的他，也比自己大了半岁呢。

一顿饭吃完，洗碗机轰隆隆地工作，客厅里开着电视，调成了静音状态，喜羊羊与灰太狼追逐打闹。

小桩津津有味地看着，时不时地张着嘴傻乐，面前是一大串玻璃脆葡萄。

阮轻暮从书房探出头，看看他乖巧又安静，感慨地摇头："他倒好，看电视不吵人的。"

秦渊眉头微蹙："他的耳朵去检查过吗？"

阮轻暮苦笑："芸姐说生下来就是聋的，小时候应该去看过病吧。"

他们偏远农村地区的孩子，十有八九没去过大医院做治疗。

"就算是全聋了，也可以上特殊学校。"秦渊沉吟着，"难道就这么把他放在店里？"

阮轻暮半晌才说："没办法，她姐是个盲人，就挣那么多钱。"

这世间的穷苦人多，还不是都挣扎地活着。芸姐能养活他就挺吃力了，哪里还上得起花销不菲的特殊学校。

他隐约听过他妈和邱哥聊过这事，特殊学校一年学杂费最低也要五六万，要是好点的，那还得更贵些。

秦渊半晌点点头："行，那做题吧。"

书房有二三十平方米，侧边是一整面墙的书架，上好胡桃木打就，上面摆着不少根雕、刺绣，古色古香，就是没有男孩子常见的手办和动漫书之类的东西，这些摆设和秦渊的年纪不太符合。

向阳的大落地窗前，是一张超宽的书桌，试卷铺在上面，雪白一片。

阮轻暮坐在书桌前："先做数学？"

秦渊坐在边上的电脑桌前，应了一声："你先做，我帮你把英语卷子对完。"

国庆期间的作业简直是太多了，就算是秦渊这样的试卷王者，不老老实实沉下心来做个两天，怕是也做不完。

阮轻暮趴在书桌上，一会儿扭过来，一会儿扭过去，手下的笔倒是飞快，秦渊安静地对着他和阮轻暮的英语试卷，不时地做个标记。

半晌抬起头，他轻声规劝："坐直了，不然对脊椎不好。"

阮轻暮怏怏地应了一声，坐直了身体，过了一会儿，伸出手从旁边拿了张草稿纸，开始折纸玩。

秦渊淡淡瞥了他一眼："做题就做题，别分神。"

阮轻暮这一次理直气壮："就在做题啊！"

秦渊看了一眼他面前的试卷——几何选择题，求一个三角立方体内某边中心点到另一点的距离。

他随手在三角体上添了两条辅助线，算出了答案，再一看，阮轻暮的选择竟然也是对的，可是试卷和草稿纸上，都没有解题痕迹。

阮轻暮得意扬扬："怎么样？"

秦渊疑惑地盯了他一眼："接着做。"

阮轻暮做着做着，没一会儿又开始摆弄草稿纸，拿眼睛对着折出来的东西看，又拿着尺子比画，然后信心满满地选了个答案。

秦渊一看，果然又是立体几何，答案依旧是对的！

他盯着那皱巴巴的草稿纸，看了几秒，忽然明白了。

这两道题都是简单的多边体，对长度计量衡敏感的话，按比例大致折出来，用眼睛估算，的确有可能得出正确答案。

但是这得目力好、控制准，不然答案中有接近的干扰项，还是容易会错。

"你这种歪门邪道不行的。"秦渊皱起眉。

阮轻暮撇了撇嘴："你管我怎么做，我把答案找出来不就得了？"

"那要是大题呢？要解题过程的。"

阮轻暮瞪着他："那就不做了呗，现在有办法拿分，为什么不要？"

秦渊定定地看着他，把对好答案的英文试卷拿过来："要现在看吗？"

"看就看。"阮轻暮老实地浏览了一遍，目不转睛地把几个错题默记了一遍，"OK了，谢谢。"

秦渊心里默记着他的时间："真记住了？"

阮轻暮托着腮，明亮的眼睛看着他："在你心里，我到底是有多笨啊？"

秦渊表情淡淡的："那倒没有，我是想看看你到底有多聪明。"

"哦，那满意吗？"阮轻暮斜睨了他一眼。

秦渊凝视着他半天，才认真地问："你到底有没有个正经的想法，关于将来考什么类型的大学，又或者有什么不一样的路想走吗？"

阮轻暮怔了怔："干什么忽然这样正经啊？"

秦渊神情肃穆："你明明能学得这么好，为什么要浪费天赋？因为老师的一句闲话，就赌气式地发奋学两个月，过一阵子没目标了，就又放弃吗？"

阮轻暮眯了眯眼睛，恍了一会儿神。

这世界，既不能巧取豪夺，也不能恣意妄为，得遵守一套成型的规则，不然就会被这些规则毒打。

"我没目标。"他犹豫着，"应该还是会考大学吧，我妈老了，我还得养她呢。"

冲着客厅的方向望了望，他又说："万一小桩以后不能养活自己，我也得照顾一下他。"

秦渊定定地瞧着他："那就学得再苦一点，这两年熬得再狠一点。"

不愧是你

阮轻暮愣愣地看他："啊？"

"想要承担责任，想要善待家人和朋友，只靠着好心和善意可没用。"秦渊一字字地说，眼睛里有灼热的光芒闪烁，"既然有要负责的人，那就索性让自己再强大一点，不好吗？"

"怎么样才算强大？"

"强大起码得是，可以自己掌握自己的命运，可以随心所欲地生活。"秦渊凝视着他，"想对一个人好的时候，能有勇气，更有资格说：嗨，和我在一起吧！"

阮轻暮心尖微微一颤，忽然有点不敢去看对面少年的眼睛，那目光和以往不同，像是在冰山下燃着一团暗火。

他低着头看着桌上的一堆试卷："你说的好像还蛮有道理。那个……"

他的舌头打着结："首先得独立，得赚钱，最好有份高薪的工作，对吧？要是连一件给朋友的生日礼物都买不起，那也的确蛮悲惨的啊！"

为什么会忽然想到买生日礼物啊？难道是因为刚刚听到这个人的生日了吗？

他在心里哀号了一声，低头抓起数学卷子："要不，你给我讲讲这个，不折模型不用尺子现量，怎么做？"

身边，高大的少年慢慢靠近，眼睛里发着光："好，我给你讲。"

秦渊伸手抓住了草稿纸，温热的手掌覆盖在上面："靠折纸不行，还是要画辅助线。"

他低垂脖颈，修长手指动了动，标准的线条在纸上跃然而出。

阮轻暮盯着眼前那骨节分明的手，忽然有点走神，梦里他也曾这样近距离看过这个人的手的，只不过那时候，这个人拿着的是一把长剑。

抽出剑鞘的时候，光华灿烂，宛如他的大好人生，锦绣前程。

"咚咚！"秦渊停下了讲解，敲了敲桌子，一双凤目微带责备，看着他。

"要学就认真学，要玩就认真玩。"

阮轻暮看着他的神色，心里倏忽一软。

秦渊叹了口气，落地窗外明亮温和的午后阳光映上他的脸，眉目精致，神情认真到极点。

阮轻暮笑了笑，声调懒洋洋的，双眸中却光华闪耀："那么秦少侠，以后的日子，请多多关照，一起考大学吧。"

然后，一起变强大。

3. 失踪的方离

夕阳慢慢沉下去，消失在小区高耸的楼宇间。

秦渊望了望外面微昏的天色："吃晚饭吧？"

阮轻暮猛然抬头，糟糕，他妈一定眼巴巴地等着他回去呢。他犹豫着："晚上也在这儿吃吗？"

秦渊表情幽幽的："嗯，你也该回去了，我这边有面条。"

阮轻暮："……"

他无意中打开冰箱，什么都看见了！什么面条，这个骗子。

他冷不丁地问："也行，那我和小桩再在这儿吃一顿，晚上你要继续吃带鱼，还是吃冰箱里的银鳕鱼？"

秦渊脱口而出："都吃。"

阮轻暮神情似笑非笑："这么爱吃鱼，那全铺在面条上，下面再放点儿冰箱里的炒猪肝。"

秦渊瞪着他，终于明白了什么，微跛着往书房外走："我去看看小桩。"

阮轻暮飞身上去一把拽住他，按在了电脑椅上："够了啊，给我坐着！"

阮轻暮威胁地瞪了秦渊一眼，拿起手机拨个电话："妈，跟你说个事儿，我那个同学吧——"

他斜睨着秦渊，在秦渊没受伤的脚上点了点："腿肿得老高，躺在床上不能动弹，吃喝拉撒都下不了床……"

秦渊昂起头，一双凤眼中透出了点危险。

阮轻暮脸上笑意依稀："看了医生了，医生说得有人伺候着。怪可怜的，我晚上帮他再随便弄点饭，再请教点作业……好，回去我打车。"

刚刚放下电话，手臂就被秦渊抓住了。

秦渊目光灼灼："吃喝拉撒都下不了床？要人伺候着？"

阮轻暮斜着眼，微笑反问："怎么，没有过动弹不得、被人伺候的经历吗？"

秦渊微微一怔，竟有点呆住了。

有吗？幼年关于母亲的记忆已经几乎没有了，再大一点生病的时候，他爸爸总是在外面忙，家里都是保姆阿姨照顾着。

脑海里，忽然就有一个片段跳了出来，自己浑身赤烫，动弹不得，胸口中了毒。

有个少年在暗夜里不耐烦地照顾着，虽然口气嫌弃，可是动作却温柔。

他闭了闭眼睛，把这荒唐的片段从脑海中赶走。

好半晌，他才低垂着眉眼："只有保姆照顾过……没别人了。"

阮轻暮看向他的眼神有点奇怪的怅然，然后嗤了一声："隔壁不是有沙袋吗，有空比试比试。现在不欺负伤残人士，等你好了，我再打到你下不了床！"

客厅里电视播放的《喜羊羊》已经换成了《熊出没》，小桩看得聚精会神，一眼看到阮轻暮出来，赶紧跳下沙发，眼巴巴地凑过来。

阮轻暮伸手指了指他的肚子，又指了指厨房，小桩立刻懂了，又跑回到了沙发上。

阮轻暮进了厨房，拿出冰箱里藏起来的菜，挨个放进微波炉里热，顺手掏出了手机。

昨晚上的事虽然算是解决了，可是心里还是有点不安。

打开学校的贴吧，搜了一圈，没有找到昨晚那个恶心的所谓爆料帖。

看来被删了？真好。

再去看其他的帖，就有点震惊了——可真是热闹！

最新的热帖都是关于运动会的新闻，各种好看的照片和花痴讨论，各个风云人物都有专楼，秦渊、傅松华、他自己也有专楼，回帖热闹。

每一个专楼后面，都有红红的"hot"字样。

一大片火的专楼帖里，有一个特殊的高楼屹然挺立，高居榜首：

1 班大佬和 9 班学渣的激萌瞬间

这个专楼帖存在不是一天两天了，他也偷偷看了很多遍。

开学第一天他和秦渊面对面站着的那张照片是镇楼照，接下来，就是那次早晨外出吃小笼汤包被拍下来，再往后，就是他俩站在后面黑板前，一起出板报的照片。

再往后，是各种体育课上的远焦距照片——有他和秦渊"较量身手"的，有他们一起跑步的，还有一张他俩坐在香樟树下的。

香樟树下的那张照片上，阳光炽烈，他正侧过脸去，似笑非笑看着身边神情恬淡的秦渊。

毕竟都是偷拍，照片有点模糊……这些女生真是闲得够呛，什么都拍。

拍就拍了，还一个个煞有介事地虚化了背景，搞得每一张都像是他俩的写真集一样。

再往下看，傅松华顶着大名路过留言："喂喂，美女们不带这样的，把我都P掉算怎么回事啊？"

下面有女生笑嘻嘻地回复："谁叫你总跟在秦学霸身边，很碍眼呀。"

傅松华："呸，本人比'软轻木'帅无数倍好吧！"

"哈哈哈，又不是只P你一个，方离老是跟着阮轻暮，也被我们P掉了嘛。"

傅松华："走了走了，拉着方离一起，这个帖气氛太压抑了！"

阮轻暮嘴角不由得轻轻扬了起来。

再后面，就到了前两天的运动会。

照片忽然就爆了。

他跑一百米时，秦渊站在远处静静看着；一千五百米时，他俩齐头并进奋力奔跑；跑到终点时，他愕然回头看向摔倒的秦渊；再后面，夕阳西下，校园曲径通幽，他背着高大的秦渊，正往医务室走。

还有昨晚最新的，背景是"来几串"熙熙攘攘的大堂里，他和秦渊紧紧挨着，正相视着举起杯来。

"放心吧。"身后，秦渊的声音响起来。

阮轻暮手一抖，慌忙把手机塞进口袋里，嘟囔着："放心什么？"

秦渊瞥了他一眼："我昨晚就联系管理员删了。"

阮轻暮愕然："啊？"

秦渊伸手把微波炉里热好的菜端出来，语气淡淡的："看得这么入神，不就是在担心方离吗？贴吧是我们学生会的人在管理，我请他们删了。"

很多学校的贴吧都有专人管理，基本上都是学生负责。

负面的新闻和三观不正的讨论，当然都会被删除，但是大多数时候，删帖的标准都比较宽泛，像校花校草大赛、匿名表白、不带大名的骂战之类的，通常负责管理的学生也都睁一只眼闭一只眼。

不愧是你

阮轻暮松了口气："厉害，昨晚干了那么多事。"

"嗯，你负责踹门打人，我负责善后。"秦渊说，"不然怎么办？"

他用最快的速度联系到了失窃的女生，求证了那些东西并不是她们丢的，再去值班室找了老师，路上联系贴吧的学生会管理员，这么紧赶慢赶的，还是晚了一步。

这个人啊，都说了叫他不要冲动了，结果推门一看，还是动手了。

阮轻暮点点头，深以为然："好啊，以后就这么定了。"

秦渊瞪了他一眼："还有以后？再有下次，没人管你。"

阮轻暮笑吟吟地看他，不说话。

见秦渊不理他，他又"啧"了一声："真的啊？不管我了？放心，我下手有分寸。"

秦渊淡淡垂下眼帘："暂时没事了，没人敢再冤枉方离。"

阮轻暮叹了口气，心里还是有点隐约的不安。

帖子虽然删了，可同学们又怎么可能不私下议论，到处传播呢？

正说着，手机响了，阮轻暮愣了一下。

阮轻暮接起来："找我啊，傻大个儿？"

傅松华有点吞吞吐吐："问你件事，你和方离要好对吧，你知道他家住哪儿吗？"

阮轻暮心里有点不爽，冷笑一声："那我哪知道啊？"

秦渊微微摇头，眼神示意一下，阮轻暮收起了调侃："为什么急着找他？"

傅松华沉默了一会儿，蔫蔫地说："昨晚他不是换到你们寝室去了吗，一大早，我去寝室找，结果他不见了。"

阮轻暮皱眉："有什么问题？"

傅松华说："我打他电话，给他微信留言，他都不理我。"

他心神不定地补充了一句："白竞说，他的床铺，收拾得好像太干净了，洗漱台上，连牙刷什么的都没了。"

阮轻暮用的是免提，秦渊眉头皱了起来，凑近话筒："9班别人都联系不到他吗？"

傅松华有点焦躁："是啊，百晓生他们全都联系不上，要不然我怎么来问阮轻暮呢？"

他后知后觉地叫了一声："咦？你们怎么在一块啊！"

秦渊："……"

阮轻暮赶紧接过话："你等着，我试试看打给他。有消息，我第一时间通知你。"

挂了傅松华的电话，他开始拨方离的手机号。

果然，响了一阵，没人接。

阮轻暮的脸色有点难看，点开方离的头像，进去看了看朋友圈。昨天晚上到现在，没有朋友圈的动态。

两个人对望了一眼，都有点莫名的不安。

阮轻暮脸色有点难看："你说，方离会不会……"

秦渊摇了摇头："不要想太多，牙刷什么的没了，或许只是旧了想换个新的。"

一直到晚饭后，方离依旧没有任何讯息。

没一会儿，傅松华的电话又打来了："到底有消息没啊？他连你也不理？"

"你怎么知道他故意不理人，没准他就是平时不爱看微信呢？"

傅松华脱口而出："不可能，我平时和他聊天，他都是秒回的。"

阮轻暮沉默一下："你和他私下很熟哦？"

傅松华："……这不是重点好不好？"

阮轻暮脸色有点沉，忽然拿过手机，重新找到方离的微信，直接发了一条语音过去。

提高了声音，他冷冷地叫："方离你再缩着试试？我已经找老简要到你地址了，再不回话，我这就杀到你家去信吗！"

4. 长得好看

没一会儿，终于来了一条信息。

阮轻暮和秦渊正在书桌前心神不宁做着卷子，同时抬起头。

阮轻暮飞快地点开语音信息，果然，是方离。

他声音弱弱的："阮哥……我没看到你们的消息。我没事的，你不要担心。"

阮轻暮直接拨通了他的手机号码，响了好半天，方离实在躲不过，终于接了。

不愧是你

阮轻暮直接开口："方离你听着，我不管你的想法是怎样，可你不准被那些人打趴下！"

秦渊眉心一跳，不赞同地轻轻摇头，阮轻暮只对着话筒冷声道："那些人怎么想、怎么说，关你什么事？你要挺直脊梁，好好活给自己看！"

电话里，方离没开口，可是背景声里有点嘈杂。

好像有女声在尖声锐叫，不知道是不是电视在响。

阮轻暮声音放缓了点："方离，你在听吗？"

方离终于低低开口："在的。"

阮轻暮松了口气："论坛的帖子被删了，学校也会处理刘钧他们。节后，你抬头挺胸来上学，明白吗？"

方离轻轻"嗯"了一声："好。"

阮轻暮终于松了口气："对了，傅松华找了你一天，你记得给他回个话。"

这一下，方离不吭声了。

阮轻暮正要再说话，忽然电话那边，一声刺耳尖锐的女声歇斯底里地叫着："方离！你又在干什么，缩着像只老鼠，不知道挺胸抬头吗？"

方离慌张地对着话筒说了一句："阮哥，我挂了，家里有点事。"

歌舞团的老旧寝室楼里，咿咿呀呀的评弹小调在昏暗的走廊里响着，带着旧时光的风情和颓废。

方离缩在自家客厅的角落里，胆战心惊地看着屋子中间的女人。

那是他亲妈。

多年不当台柱子了，可是依旧身段曼妙，风姿优雅，只是一双眼睛亮得吓人，说话的语气有点病态的亢奋。

"方离你那是什么眼神？"她拿起茶几上一碟落花生，劈脸向方离砸去，"你也嫌弃我又老又丑，给你丢人了是吧！你和团里那些人一样，我死了你们就都眼不见为净了……"

方离慌忙拿手臂挡了一下，低着头不敢动。

等他妈骂骂咧咧地回了卧室，他才爬起来，去厨房煮了点面条，把中午的剩菜热了热。

他小心翼翼地盛了一碗，敲了敲他妈的房门："妈，你吃点东西好不好？"

他妈妈高声骂道："我晚上不吃东西，你不知道吗？就想把我喂成肥猪，再也上不了台了，你才高兴！"

方离在门口站了一会儿："妈，那你记得吃药啊……"

房门上传来一声响，不知道他妈从里面把什么摔了过来，方离吓得抖了一下，赶紧端着碗回到厨房里。

方离坐在小凳子上，他就着剩菜，无声地吃了起来，吃着吃着，泪水就慢慢地落到了碗里。

桌上是白天没做完的试卷，他呆呆地看了一阵，拿起了手机。

各种未接电话和消息，最多的，是同一个人。

他默默地看了一会儿，把相册打开了，里面的照片不多，把那些女装照删光了，只剩下四五张，是几个同学一起在操场上，还有大家在一起聚餐的照片。

这些照片都少不了一个人的影子，那个人没心没肺地咧着嘴大笑，露出一口健康洁白的牙，在阳光下打着球，领着操。

最后一张，是刚刚拍了没两天的那张合影。

清风拂面，操场上彩旗招展。沙坑边，他笑得羞涩，那个人笑得阳光。

他怔怔地看着，颤抖着手指，按在了整个文件夹的"删除"上。

阮轻暮皱着眉，看了看断掉的电话："好像是他妈在吼他，挺吓人的。"

秦渊沉默一下："方离现在这样子，怕是和家里脱不开干系。"

阮轻暮苦笑："是啊，很多小孩子长歪了，都是被家里那些破事害的。我听白竞说，那个大傻子刘钧的爸一喝酒就揍他，踹得他整个人都能飞出去。"

秦渊轻叹："从小被暴力对待的人，往往长大后很容易成为暴力狂，变成施害者。"

"可还是看自己。"阮轻暮摇摇头，"有人在泥巴地里依旧活得很干净，有人长在富贵窝里也能长出歪心。"

秦渊忽然说："你就长得很好。"

阮轻暮一怔，嘴角微微翘了起来。

他悠悠地笑着问："怎么个好法呀？说说呗。"

秦渊静静地看着他，看着他幽深晶亮的瞳仁："出一道中文四级题给你，现在作答。"

不惜是你

阮轻暮有些蒙，莫名其妙忽然搞学习？

"不是问怎么个好法吗？"秦渊浓密的睫毛呼扇着，"长得好，长得也好。两层意思，做一下阅读理解。"

阮轻暮惊诧地扬起眉："哎？第一层意思是……家境不好，却长成了好人？"

秦渊唇边笑意淡淡的："嗯。"

阮轻暮困惑地接着想："第二层意思是……"

好半天，他忽然"啊"地叫了一声，没有防备就被夸了，就算是他脸皮厚，也有点吃不消。

他指了指自己的脸："真的长得好看吗？"

秦渊轻声说："嗯，好看的。"

比我见过的任何人，都好看。

外面天色晚了，电视机没有声音，屏幕忽明忽暗地闪烁着，透了点光进书房，映在两个人的眸子里。

远处楼宇间有万家灯火。

忽然，阮轻暮猛地跳了起来，瓷白的脸上一片绯红。

完了。秦大班长变了！以前说话做事宛如烈日骄阳，现在居然会夸人好看了？

坐在出租车上，阮轻暮抱着小桩，手里抓着一个大塑料袋。

来的时候是装了满满饭盒的菜，走的时候，带了满袋子的零食，各色坚果、进口巧克力，还有冰箱里剩下的一大串玻璃脆葡萄。

秦渊给装的，几乎把冰箱搬空了，一定要都给小桩带回去慢慢吃。

小孩子晚上困得快，在沙发上看了一天电视，虽然看得津津有味，可是还是敌不过睡意，现在趴在他怀里，细瘦的胳膊吊着他脖子，睡得无声无息。

他把小家伙横放下来，头枕在他膝盖上，身子放倒在车后座上。

小家伙迷迷糊糊睁开了眼，抬眼看见他，才又安心地闭上了。

阮轻暮摸了摸他的头，轻声自言自语："喂，你也讨厌他对不对？都不愿意理他的样子……可是我死了以后，你不是也拼了命去找他吗？"

前座的出租车司机竖起了耳朵，悄悄看了一眼后视镜。

妈呀，这小伙子脸怎么这么白，这大晚上的嘴里还说着什么死了活了！膝盖上躺着的小孩子一动不动的，也不出声。

阮轻暮怔怔地望向窗外。

梦里那位秦少侠呢，办事一向是靠谱的。听了小随从的话以后，临走前也把这孩子安顿得很好。

找了庄子叫小随从住下，留了足够的银两，这才独身去找桃花树下的阮轻暮，收拾了他的尸骨。

说实话，像他这样的邪魔外道，满手鲜血也是事实，只是恣意骄纵惯了，却没想过哪天被人反杀。

还是大意了，没料到那些阴险小人竟然暗中联了手，先找了弱女子假扮被戕害，引得他一路杀到了荒郊野外，再齐齐现了身。

一共六个高手，个个都和他仇深似海。

这里面有霸占民宅逼死屋主、被他杀了的唐门大公子的亲弟弟；有青庐帮那几个害死小随从全家的漏网之鱼；还有亲生儿子被他射瞎的那位林帮主。

呵呵，射瞎双眼其实还是他手下留情了，毕竟他那宝贝儿子虐杀手下侍女的时候，可是把那个十几岁侍女的眼睛也戳瞎了的。

只是这世上也真的有现世报，他杀那些人有多痛快淋漓，结果自己也就死得有多惨。

啧啧，惨得过分了点，就连秦少侠那么一个素日冷静自持的人，在找到他的残骸，仔细勘察他的致命伤处后，竟也趴到一边，猛然干呕起来。

大概是没怎么多吃饭，吐啊吐啊到了最后，吐的都是清水了，里面甚至还夹杂着点血丝出来，刺得人满眼生疼。

他的魂魄飘荡在空中看着，也觉得颇替秦少侠难受和嫌弃。

想来一向白衣胜雪、衣冠端正的秦少侠，看到他那死无全尸的模样，是有点觉得恶心的吧？

不过毕竟相识一场，这个人还是尽到了故人之谊。

秦少侠郑重地掩埋了他的尸骨后，还默默解下了腰间的那枚双鱼玉佩，放在了他的棺木中。

说来也怪，以前两个人搏命厮杀时，他顺手抢走了这枚玉佩，秦少侠冷着脸又抢了回去，怎么现在又不要了呢？

不愧是你

再低头时，小桩已经醒了，躺在他大腿上，愣愣地揉着眼。

阮轻暮忽然有点恨恼起来。

他伸出手，使劲地揉着小桩的脑袋："都怪你，都怪你！谁叫你巴巴地跑去跟他说我是怎么死的！"

前面的出租车司机浑身一个激灵，一踩油门，拼命地往前狂开。

不敢往后看了，那男孩子的脸越来越白！

小桩被他莫名其妙一顿狠揉，身子怯生生缩了起来。

阮轻暮低声嘟囔："他和我有什么关系，你非要去告诉他？我死我的，他好好做他的名门少侠，本来也不相干啊……"

他一个不慎中了唐门的毒，又看到几个血海深仇的仇家一起出现，拼了命挡住那些人，叫小随从赶紧逃命，谁想到这孩子，会去找秦少侠呢？

秦少侠这个人疾恶如仇，听说了那些旧事，又怎么会袖手旁观，装不知道？

秦少侠偏偏也不懂得暗中行事，忽然疯了一样，公然宣称要击杀那几个凶手，为魔宗小少主正名，还要再还一个公道给他。

纵然他的魂魄在边上急得快要一蹦三尺高，也没什么办法阻止秦少侠。

秦少侠一意孤行，数月找寻，最终将那六个人一个个地堂堂正正击杀，自己也最终倒在了千里大漠中，血染黄沙。

可就算是拼尽了最后一口力气，秦少侠还是坚持着把那位唐门二公子的双腿膝盖斩碎了，就像他死前遭受过的一样。

阮轻暮瞪着眼睛，无意识地望着前方越来越黑的街景。

城区周边设施差，路灯也坏了些，忽明忽暗的灯光从外面映照进车窗，就像以前他们偶然路过灯会时，河水里斑驳的灯火一样。

他心里忽然一阵痛，又一阵酸。

小桩虽然不会说话，可察觉人情绪的能力却强，看着阮轻暮怔然的眼，忽然摸了摸他的脸，小嘴一瘪就要哭出来。

阮轻暮低下头，撸了他脑袋一下："小傻子，哭啥，现在不是好了吗？你瞧我俩都重新活过来了。"

"嘎吱——"

出租车一个急刹车，司机声音有些颤抖，指着前面的收款码："同学，扫、扫一下就好。"

阮轻暮微信里正好没零钱了，兜里倒是有一百元，张口说："给纸币行吗？"

司机偷眼看看他的唇红齿白，再一瞥小桩那小鬼般的蜡黄小脸，心想，不是冥币吧！

"算了算了，没钱就算了，你下车吧！"

阮轻暮诧异极了："那怎么行？"

他从后面塞过去那张百元钞票："麻烦找一下，谢谢。"

"行行……你先下车再说。"司机大哥声音有点发抖。

阮轻暮刚拖着小桩下了车，车窗里那张百元大钞就被扔了出来，司机大声说道："真找不开，小同学你慢走！"

出租车落荒而逃，像是有厉鬼在后面追着。

阮轻暮捡起大钞，狐疑地对着光左看右看：别被这司机趁黑换成假币了吧？跑得这么快，都没来得及要发票。

5. 毒蛇和蛇毒

熟悉的小巷子里，路灯破损得厉害，隔了半条街，烧烤夜市的炭火气和肉食的香气糅在一处，飘在空气中。

阮轻暮一只手牵着小桩，另一只手的手臂上挂着秦渊给他带的零食袋。

手机上那个人发了条消息："带着小桩注意脚下，路黑，别叫他绊着……你也一样。"

阮轻暮看着那行字，慢吞吞往家走，心里又软又酸。

"喂，我也出道语文题给你吧。"他懒洋洋地停在路灯柱边，"用毒毒毒蛇把毒蛇毒死——这里面的毒，有几个名词、几个动词、几个形容词啊？"

秦渊从卫生间里走出来，刚刚洗完澡，看到这条微信，忽然愣住了。

毒蛇……蛇毒？

他心跳一点点加快，拿雪白浴巾慢慢擦了擦头发后，犹豫着回："一个名词，两个动词，两个形容词。太简单了吧？"

阮轻暮嘴角微翘："答对了，有奖。"

他调出手机里的简易画图板，在上面用手指涂了几笔，画了一朵写意桃花，又用颜色编辑，涂了点浅红深粉上去，截了个图，得意地发给了对面。

不愧是你

秦渊："？"

"今生无所有，聊寄一枝春嘛。"阮轻暮开着玩笑，"送你的。"

秦渊擦拭头发的手忽然顿住了，今生无所有吗？不是江南无所有？

看了那朵桃花很久，他点了保存，然后动手把微信头像换了，换成了这朵小小的桃花，然后矜持地回："嗯，收下了。"

敞开的家门里，穆婉丽擦着手，从屋里走出来。一眼看见路灯下长身玉立的儿子，她愣了愣。

看惯了儿子以前阴郁的脸，她是第一次看到儿子这样。

不知道在手机上看到了什么开心的东西，儿子站在那儿，昏黄的路灯在他身后拉出长长的影子，平时锐利的眉眼中散去了戾气，漂亮的脸上安静又专注，还带着点隐约的神采飞扬。

他身边，小桩默默揪着他的衣摆，像是找了很久很久，怕一不小心再丢了一样。

秦渊抱着手机，看了好一会儿新头像，转手把自己的QQ头像也换了。

他换完了，又发了一会儿呆。

终于忍不住，他在班级QQ群里发了一句话："作业真多，做累了。"

有人立刻惊讶地跳出来："班长？换了头像都认不出来了！"

有人迟疑着打了一个问号："？？被盗号了吧……"

一向是深暗色系的头像，忽然换成了粉嫩风骚的桃花，还主动抱怨作业多？

画风不对，疑点众多。

"@管理员 出来一下查查看，接下来找大家借钱就踢他出去！"

秦渊："……"

他对准桌上的物理卷子，拍了最后一道大题，发到了群里。

这一下，群里热闹了，在线的学生纷纷扑上来围观。

"真是班长？"

"大佬终于走下了神坛，露出了人性，他也开始抱怨作业多了！"

也有人开始八卦："班长班长，你的头像是什么意思，怎么换了呀！"

"深秋将至，春天还远，桃花是什么情况？"

沉默的学霸终于又纡尊降贵地回了一条："嗯，朋友画的，就用了。"

1班的优等生们素来算是克制的，这时候也纷纷发出了意味深长的话。

"桃花俏，桃花报，桃花朵朵迎春到！"

"咳咳！春天在哪里呀，春天在哪里？春天在那小朋友的眼睛里……"

然后，就看见一向高冷的班长大人不仅没生气，还很友好地发了一个微笑的表情。

众人："……"

怎么办，还是觉得班长被盗号了！

秦渊关了QQ，凝神想了一会儿，拨通了一个号码。

电话通了，高秘书的声音恭敬又礼貌："小渊你好，有事吗？"

"高叔叔，我有件事要拜托您。我刚认识了个穷苦的聋哑孩子，我想从我的卡上拿点钱，资助他上学。"

高秘书一怔，慌忙说："少爷，您卡上的钱是生活费，怎么能……"

"根本花不完。"秦渊淡淡打断他，"高叔叔您知道的。"

高秘书语塞了，他当然清楚，老板从来都不吝啬给这个优秀儿子生活费。

他在心里叹了口气，郑重地说："小渊，我有个办法。咱们秦家一直有捐助本地商会的慈善基金，如果符合条件，我去问问看。"

商会的慈善基金是本地知名企业家捐助的，虽也是为了图个名声，但的确每年也办了不少实事，这种举手之劳，又有什么难办的？

秦渊平静地点头："那多谢高叔叔费心。我待会儿把具体情况发您。"

高秘书在那边挂了电话，身边的妻子好奇地问："秦家小少爷啊？难得他主动找你。"

高秘书摇头："以前叫小少爷，现在得叫少爷了。"

他妻子笑了："那也是，转眼就长成大人了呢。"

高秘书在秦家已经做了十年，眼看着秦渊从一个六七岁的小男孩变成了今天的青葱少年，再叫小少爷，也的确不太对。

高秘书叹了口气："倒不是因为这个，你想想，老板的新夫人这二胎马上就要生了，万一是个男孩，那才是真正的小少爷呢。"

他妻子撇了撇嘴："秦老板那新夫人啊，当初信誓旦旦说自己能把原配留下的孩子当亲生的养，现在倒好，一进了门，就火速生了个女儿不说，现在还

不愧是你

非要生二胎。"

高秘书不以为然："还不是觉得争家产，有个儿子才保险。"

他妻子杏眼圆睁："那也得秦老板同意！他要是真的念着前妻死得惨，念着孩子从小没妈，那狐狸精还能得逞？"

高秘书赶紧"嘘"了一声："别胡说，我们就是个打工的，背后议论老板做啥？"

他妻子悻悻地嘟囔："不就我们关起门来说嘛。说起来，你们老板这儿子也真是可怜。"

高秘书摇摇头："那孩子像个小大人似的，我瞧也不是那种自怨自艾的性子。"

他妻子哼了一声："再像大人，终究是个孩子。哪个孩子一个人住个大房子，没爹没妈在身边，心里能真的好受？"

从小没娘不说，还被那些知情人嚼舌头，说是克母，说是不祥。

国庆三天假后，返校的第一个早操，挨处分的学生数量创了纪录。

运动会结束后那天晚上，几个人打架的事惊动了校方。值班老师第一时间做了说明，国庆节几天，教导处的领导就加班做了决定。

大喇叭里，教务处主任的声音严肃洪亮："首先，前一阵学校的被盗案件，学校辖区派出所已经结案，并且通知了我们。"

静立的学生们在操场上一阵骚动：哇！破案了？

"入室盗窃的是附近工地上的一个惯犯，抓获后，承认了偷窃两部手机、多件女生衣物的犯罪事实，派出所的同志向我们保证，一定会加强学校附近的安保……"

不少人就悄悄地往 9 班队伍里看。

这两天在家，各个班级群的学生可没闲着，到处都在偷传方离的事。

他柜子里被发现女生的东西是事实，口红和裙子的照片也传得满校都是，虽然当晚的爆料帖也很快被删了，可是依然挡不住流言蜚语。

9 班的队伍里，方离一动不动地站着，身影孤单，没有了运动会上的精神气儿。

"下面播报一则处分决定。9 月 30 号晚，高二 9 班的刘钧和李智勇同学，私自撬开同学的衣柜，损坏公物和他人财物，涉嫌拿走他人手机，且和赶来阻止的同学发生了肢体冲突，造成极坏影响，"教导主任的声音变得更严厉，"学校决定给予两位同学记过处分。"

"哇哦——"学生群里一片骚动，这是今年开学以来，最重的一次处分了吧？

边上，李智勇沮丧地垂着头，以为帮学校抓到了小偷呢，可是这能怪他们吗？明明要怪方离，要不是方离那么鬼鬼祟祟的，谁会怀疑！

另一边，刘钧的脸色阴沉得不行，头上被阮轻暮打伤的地方还包着纱布，脸上红肿一片。

可这脸上不是阮轻暮的功劳，而是被他爸暴打后留下的巴掌印。

教导主任还在继续："另外，高二9班阮轻暮同学在阻止冲突时，打破了同学的头，责令赔偿刘钧同学医药费三百元，鉴于阮轻暮同学多次和同学打架斗殴，再次给予其警告处分。"

阮轻暮站在最后面，别的班往后看时，第一眼就能看见他的脸。

依旧站姿散漫，眉眼不羁。

牛。开学两个月不到，接连被点名。

就这样，学校还是没有给更严重的升级处分，算是网开一面了吧？

早操散了。成群的学生往教室走，阮轻暮没动身，目光落到了隔壁班的方阵里。

那边，林桦正在和同学聊着天，一扭头，就看见阮轻暮那又沉又专注的双眸。

他心里一虚，狠狠回瞪了一眼。

阮轻暮冷冷一笑，忽然伸手，以手在自己脖子上轻轻一划。

没等林桦反应过来，他已经转身走了。

林桦的同学诧异地问："9班体委又发什么神经，刚刚被处分，又来挑事？"

林桦怒叫："谁理他，像条疯狗似的。"

阮轻暮刚走几步，秦渊已经拦在路上，神色略带探究："你和林桦说什么？"

阮轻暮若无其事地耸耸肩："我连嘴巴都没张，能说什么？"

前面不远处，傅松华急匆匆地大步跑着，撞了好几个人，追上了方离，一把抓住他肩膀："喂，等等！"

方离被迫顿住了，脸色有点发白。

傅松华虽然焦急，但放软了声音："你干什么几天都不理人？电话不接，微信、QQ都不回，我都急死了。"

270

不愧是你

旁边的学生们好奇地偷偷往这边看。

方离的眼角余光里，全是同学们的窥探目光，他涨红了脸："家里忙，还要做作业。"

"连个回短信的时间都没？"傅松华浓眉拧起来，"你明明有时间接阮轻暮的电话。"

旁边偷窥的学生们走得更慢了，1班体委这是干什么呢？那不是这几天八卦的中心人物方离吗？

"就是那个穿裙子化妆的方离？近看真挺像女的呢。"

"嘻嘻，红颜祸水啊，为了他，三个人受处分呢。"

方离看着身边越来越多的人，嘴唇轻颤着："我……"

话还没说完，他们身后响起了一声冷哼："傻大个儿，放手。"

傅松华焦躁地一挥手，瞪着双手插兜、站在他们背后的阮轻暮："你别管，我找他说句话。"

阮轻暮嗤笑一声："你不上课，别人还要上课呢。"

秦渊走了过来，拍了拍傅松华的肩膀，低声说："有什么话另找时间，别叫人都看着。"

傅松华咬咬牙，再一回头，方离已经小跑着向教室冲了过去。

他懊恼地看着方离的背影，忽然冲着四周偷窥的学生吼："看什么看？不去上课啊！"

6. 咬你啊！

秦渊低声说："叫他自己处理吧。"

阮轻暮踢飞了脚边的一颗小石子："他自己能处理好什么？一天到晚不是没头脑，就是不高兴。"

"那你也不能一辈子照顾方离。"秦渊站在楼梯边，高挑的身形笔直。

第一节课的预备铃响了，学生们呼啸着冲进教室里，走廊的分岔口没了人。

楼梯间很安静，教室里都传来了隐约的讲课声，秦渊没向本班教室走。

他静静地望着阮轻暮，眼神里看不出喜怒："方离要是一直这样，你是不是毕业了也要罩着他？小桩要是不能照顾自己，你是不是也要养他一辈子？"

阮轻暮眯着桃花眼盯着他："你不喜欢我管方离的事就直说，扯上小桩干什么？"

秦渊看着他似笑非笑的脸，薄薄的唇抿着。

"行啦，不用回答。"阮轻暮得意扬扬地挥挥手，"Bye——上课去了。"

秦渊脸色却忽然一变，猛地伸出手，一把抓住了阮轻暮，把人带进了楼梯附近的柱子后面。

斜斜的阳光从窗栏边照过来，远处有琅琅读书声，近前有阳光飞尘，跳跃在两个人的眼睫间。

阮轻暮猝不及防被压在了柱子上，后背一片冰凉，眼睛猛地睁大了。

秦渊伸出手指，按在了他的薄唇上："嘘——"

不远处，胖乎乎的教务处主任威严地在各个班窗口巡视。

阮轻暮的嘴唇被他紧紧按着，死死瞪着他。

秦渊目光盯着外面，随着教务处主任的移动，一点点在柱子后面轻挪，避开主任的视线。

教务处主任的身影慢慢走远了，阮轻暮一动不动。

秦渊微松了一口气，终于扭过头来，目光落到阮轻暮脸上的一瞬间，却僵住了。

阮轻暮瓷白的脸上一片通红，还狠狠地瞪着他。

这不是过去那些纨绔子弟调戏路边小娘子的路数吗？什么好学生大学霸，怎么也跟着电影电视学了这一套！阮轻暮猛地把头往后一仰，动作太急太大，狠狠撞到了墙上，"咚"一声。

没等秦渊脸上变色，他已经张开嘴，锋利雪白的牙齿露出来。

一低头，他重重咬住了秦渊尚未缩回去的手指。

又狠又准。

秦渊："……"

距离最近的一个教室里，忽然传来了一阵整齐划一、气势如虹的英语集体朗诵声。

阳光映照，落在阮轻暮的眉宇间。

他满面通红，像是被洪亮的朗读声吓了一跳，松开了嘴，头也不回地，向9班教室飞奔去了。

不愧是你

没跑几步，他又犹豫着回头看了看。

秦渊站在那里，高挑挺拔的身影立在阳光下，眼睛幽幽，又深又黑。

阮轻暮恼怒地瞪着他，表情张牙舞爪，阳光下，有种别样的嚣张。

他无声地做个口型，冲着那边："秦渊你个浑蛋！"

教室里，老简站在讲台上，正在激情讲演。

"国庆节，我们本着人性化的原则，没有提前叫大家返校，而是足足放了三天假。"老简自我感动着，话锋一转，"本以为大家会珍惜这几天时间，起码也把作业好好做完，可是你们是怎么回报老师的？"

下面的学生一个个坐得端正，毕竟这是班主任的课，都不敢太造次。

老简扬了扬手里的名单："早上突击查了一下，各科的作业全部做完的，整个班才六个人。"

他低头看了看名单，孤零零的几个名字："唐田田、学习委员郑柳宇、白竞……嗯？阮轻暮？"

下面的9班学生齐齐发出了一声"哦——"，纷纷回头往后面看。

哎，刚刚还在早操队伍里的体委呢？

老简脸黑了："他人呢？"

白竞赶紧熟门熟路地打掩护："报告，体委忽然肚子疼，上个厕所就来！"

老简这才脸色好了点。

这几天假期，他为了阮轻暮的事和教务处进行了卓绝艰苦的斗争，阮轻暮本来也被记过的，结果处分终于降级，依旧只给了个警告处分。

看到好朋友被人冤枉和欺负，他忍不住打抱不平而已。脾气是暴躁了点，可是心肠是很好的。

看看，就连作业都做完了，起码态度端正嘛。

黄亚悄悄冲着白竞递了个眼色："你卖阮哥答案了？"

白竞压低声音："那不可能，阮哥自有答案来源。"

一定是秦大佬终于肯把作业给阮哥抄了，毕竟那是宁愿自己受伤，也要帮阮哥踢易拉罐的交情！

老简开始说新话题："上课前，我要再强调一遍，马上就快期中考试了，所有人，要真正地重视起来……"

"报告。"阮轻暮微微喘着气，站在门口，"不好意思迟到了。"

老简疑惑地看着他："你干什么去了？"

阮轻暮僵了一会儿："刚刚有只流浪狗一直追着我咬，我满校园跑才躲掉。"

老简黑着脸，伸手点点他："学校有什么野狗！你当我傻啊？"

白竞伸手捂住了脸，阮轻暮走过他身边，他苦着脸小声说："阮哥，你找理由也找个常见点的，我说你拉肚子呢。"

台上，老简语重心长地交代："总之这次期中考试，我要看到你们的态度，好不好？"

"好！"台下稀稀拉拉地应和着。

安静的教室里忽然突兀地冒出了一声："好。"

又脆又亮，却又带着点迷迷怔怔。

众人纷纷回头，谁这么爱拍马屁，还要单独吼一声吗？就看见他们的体委茫然地看了看大家，众人又纷纷扭过头，只当看不见。

算了算了，阮哥干什么都帅。

晚自习上，明显气氛比平时紧张。

老简白天的话不是全无作用的，高二上学期已经快过了一半，高考远在天边，却又似乎近在眼前。尽可能考上一个自己喜欢的学校，选择一个中意的专业，是每一个人心里不会放弃的梦想。

平时六点半以后，教室才会坐满人，今天刚刚六点，绝大部分同学都来到了教室里，做卷子的做卷子，温书的温书。

时间飞快地过去，值班查自习的老师也来了两趟。

阮轻暮看了一晚上的书，刚想休息一下眼睛，前面的白竞扭过头，冲着他使个眼色。

阮轻暮站起了身。两个人到了走廊上，找了个没人的地方，白竞四下看看，小声说："阮哥，打听到了。林桦那个贱人经常去外面的'田野'网吧上网。"

阮轻暮淡淡问："时间有规律吗？"

白竞犹豫了一下："只要晚上不在教室，就一定翻墙去网吧了。"

阮轻暮点点头："哪儿能翻墙？"

白竞说："食堂后面那片墙往东，有个小豁口，一看就知道。"

274

不愧是你

阮轻暮点点头："行了。"

他转身往回走，白竞着急，追着小声叫："阮哥，你真的不能再惹事了，事不过三，你会惹上麻烦的……"

阮轻暮笑了笑："那就叫他这么白干坏事啊？"

白竞苦着脸："咱们把视频给老师看，叫学校处罚他？"

阮轻暮嗤笑一声："做梦，这么便宜他。"

看了看白竞抓耳挠腮的样子，他心里微微一暖："放心吧，我会谋定而后动的。"

走廊另一边，傅松华低头做题，明显比平时沉闷些。

旁边，秦渊结束了今天的作业，坐在座位上，低头研究着自己的手指。

被咬的地方齿痕已经很淡了，几乎快要看不出来。

他皱着眉，拍了一下傅松华："借一下红笔。"

傅松华"哦"了一声，找了一支红笔给他，闷闷不乐地又低着头自己做题去了。

秦渊神情严肃，在指肚上涂了涂，抹了一点在被咬的那儿，又拿着红笔小心翼翼地画了一小圈，把原先看不清的齿痕描重了点儿。

阮轻暮慢悠悠下了楼，沿着学校后墙溜了一圈，往前找着。

果然，很快找到了个小豁口，寻常人翻不过去，可是却难不倒阮轻暮这样体力好、攀爬力强的。

远处教学楼灯火通明，这边漆黑一片，阮轻暮三两下一蹿，轻易地就爬上了墙头。

这时，兜里手机忽然一振，屏幕上显示着一个粉红色桃花头像，一条新信息。

他点开一看，吓了一跳。

是一张手指照片，拍得有点模糊，可一排牙印儿清晰可见，周围一片红通通的，像是被咬烂了。

下面配了一张凶凶的小狗图片，正在龇牙咧嘴。

阮轻暮骑在墙头上，觉得又好笑，又有点儿心虚：真的咬得这么重？……可是呸，谁是小狗？

上网搜了张图，他反手回了一张凶猛的藏獒过去，然后轻捷地跳下墙。

街对面，有好几家专门做学生生意的网吧，他双手插兜，慢吞吞地沿着几家网吧看过去。

手机又振动了一下，那个人又发了个张牙舞爪的小螃蟹过来，挥舞着钳子在夹人。

阮轻暮抬眼看了看那排网吧，果然，看到了一家"原野"，招牌陈旧，里面却坐得满满当当。

他不动声色地走近那家店门，一边又在手机上搜了张露出利齿的大鲨鱼的图片，发了过去。

网吧里烟雾缭绕，方便面的味道腻人，他站在窗户外面的阴影里看了一会儿，转身又开始往回走。

他重新翻过了围墙，刚跳下来，手机又振了一下。

这次是一条通体碧绿的小萌蛇，软软地盘成一团，吐着芯子，不像是要咬人，却像是在撒娇。

阮轻暮忽然有点发怔：这个人，怎么知道那条蛇是这样的呢？

当时在山洞里，他一把毒镖飞过去，把那条咬了秦渊的毒蛇钉死在山石上，走近一看，就是这么一条细小、毒性却很强的无名小蛇。

恍惚了一会儿，他打开手机的电筒，仔细看了看落脚处。

被偷偷外出的学生踩在同一处，这儿的乱草已经秃了一块，露出了一小块泥地。

他观察了一下凹凸不平的土地，再拿手电照了照附近的灌木和大树。

他转身向着学校文体楼走去，校广播站的房间就在一楼，现在早就没了人，里面黑漆漆的。

广播站里面摆放着一些机器，厚重的双开式大门上，挂着一把老式的大铁锁。

阮轻暮眯着眼，冲着锁眼里看了看，月光下，他脸色漠然，眼神却锐利，波光幽幽。

7. 策划和报复

来回这么小半个钟头，快到了下晚自习的时候，阮轻暮回到了座位上，又悄悄掏出了手机。

自己没接着发图，那个人无聊到又发了一条过来，是一个胖墩墩的小孩儿带着惊讶神色的表情包，旁边配着几个字：坏人呢？坏人哪儿去了？

阮轻暮好笑又好气，这个人疯了，以前对话都是简洁又枯燥，现在上晚自习不做作业，到处找图发过来，怎么就这么幼稚！

"秦三岁同学——"刚刚发了一句，耳边就响起了一声幽幽的问话。

"阮哥，跟谁聊天呢，这么开心？"

阮轻暮手一抖，差点把手机给摔了。

他又羞又恼，看着神出鬼没的黄亚："再偷看我手机，把你眼睛戳瞎！"

黄亚："……"

运动会后，阮哥说话越来越凶残，越来越冷酷。

阮轻暮忽然一皱眉："方离还没回来吗？"

离开教室的时候方离就不在了，怎么一个小时过去了，座位还是空的？

白竞看了看方离的课桌肚："干干净净的，课本都没了啊。"

阮轻暮看了看四周的同学，忽然开口："我有句话说，大家听一下。"

他不看刘钧他们，扫视了一下全班："方离的事，大家也都知道了。谁敢背后闲话，别怪我不客气。"

唐田田在前面小声说："嗯，方离又没有错。"

阮轻暮又说："别的我不管，我也没兴趣理人家喜欢什么。可我是体委，方离拼了命为我们班运动会挣分，他就是我阮轻暮维护的人。"

黄亚表情幽怨："阮哥，我也挣了不少分呢，你都只爱方离，不爱我。"

阮轻暮作势踢他："对啊，我就是唯分数论，他挣分比你多！"

几个男生哈哈大笑："行了行了，老黄别争宠，快闭嘴吧。"

女生们也都纷纷点头："嗯嗯，外班那些人怎么说，我们不给眼色，我们都会维护方离的！"

旁边，忽然有人插了一句："也不用我们维护啦，自然有人上的。"

"是啊，晚上在食堂，傅松华还因为这个差点揍人了呢！"

阮轻暮抬起双眸，冷冷问："怎么回事？"

白竞悄悄拉了一下他，小声说："阮哥，待会儿私下和你说。"

教室里的人走得差不多了，阮轻暮盯着白竞："现在能说了？"

白竞为难地叹了口气："晚上你去食堂晚，没看到。3班的几个男生在乱议论方离。"

阮轻暮脸色森冷："然后？"

白竞有点难以启齿："然后好像有个人说，方离是红颜祸水，都是为了他，一大堆人才被处分……傅松华就在他们身后，忽然就眼睛通红，抄起餐盘，准备对着那个男生的头扣下去，幸亏被旁边的人拉住了。"

阮轻暮冷冷一笑："哦，可惜，应该再加一碗滚烫的汤。"

四周的男生一阵发抖，觉得阮哥真是太暴力了。

白竞叹了口气："这么一闹，那些难听的话就又传开了。"

1班教室里，秦渊做完了作业，又拿了一套竞赛题，埋头做了一会儿。

偶然一抬头，正看见傅松华低头刷着手机，眉头紧蹙。

秦渊轻声叫了一声："傅松华。"

傅松华茫然地回过头："啊，班长你叫我？"

秦渊凝视着他："卷子都做完了？"

傅松华愣了一下："做完了啊。"

秦渊伸手把他桌上的一叠试卷拿过来，草草一翻，扬起了一张："全做完了？"

傅松华忽然惊叫一声："啊，漏了一张！"

秦渊把试卷往后一撇："傅松华，你确定你最近真的没事？"

傅松华家里父母都是高知，从小在对他的教育上极为用心，傅松华可不仅仅是体育好，成绩基本都排在年级前十，是名副其实的德智体全面发展。人长得高大俊朗，性格又大气仗义，在1班同学中人缘好不说，在学校里也是无数女生喜欢的校草之一。

马上就要期中考试了，要是在以往，他一定也是认真得不行，像这样忘记了一门卷子的事，又何曾有过？

秦渊不爱管闲事，平时也不爱观察别人，可即使这样，傅松华的不对头，也实在叫人无法忽视。

傅松忽然有点心烦意乱，小声地说："我没事。"

秦渊凝视了他片刻："不管你为了什么心烦，我只想提醒一下你，别耽误

不愧是你

学习，也别乱了心。"

傅松华沉默着，半晌才抬起头，眼中有着难以遮掩的难过。他看着秦渊，轻声问："班长，我这个人其实……是不是很惹人讨厌啊？"

秦渊摇了摇头，神情平静："并不是，你很好。"

傅松华沮丧地摇摇头："班长你骗我。"

秦渊心里隐约明白了点什么，他把试卷还给了傅松华："总之你要清楚一件事，自己都一团糟的话，又拿什么去拯救别人？"

阮轻暮正脸色阴郁发着愣，忽然，教室门口，响起了几声叩门声。

秦渊背着书包，一身校服整洁干净，挺拔的身形站在门口，正抬起一双漂亮的凤目看来，眼神有点幽幽的。

"还不回寝室吗？教学楼马上要熄灯了。"

校园里，通往寝室楼的小路上人已经不多了，白竞他们跑得比兔子还快。

两位大佬在一起时的世界，说冰冷也冰冷，说默契也默契，反正别人融不进去，也不想参加。

秦渊和阮轻暮肩并肩走着，都走得很慢。

一条小路平时五六分钟就到了，可现在好像十几分钟都走不完。

"你晚上去哪里睡？"秦渊低声问。

阮轻暮郁闷得不行："中午我去找老简，他死活不同意我调回106。"

方离已经搬离了原先的烂寝室，暂时住进了阮轻暮他们那间。

可阮轻暮找老简磨了半天，老简一句话就把他堵了回去："要不你就搬去黄亚他们那儿去。你是班干，要和本班同学打成一片，好好处一下感情嘛。"

秦渊有点苦闷地说："那我明天把拐杖拿来，装几天瘸，就说需要人照顾，你再跟你们老简提一下？"

阮轻暮苦笑："得了，你当老师傻啊？连个龚校医的病假条都拿不来，还想骗人？"

说到龚校医，两个人都泄了气。

那个校医看着毒舌又刻薄，可实在是太负责任了。不仅给来看病的学生建档病例不说，还一个个按时叫人去复查，不去就杀到午休教室里，现场勒令检查。

别的学校四大名捕都是老师，他们三中的四大名捕里，领头的就是这位抓假病号的校医！

秦渊换了个话题："我是不是打扰你了，上晚自习的时候？"

他语气平静，可是不知道怎么，就好像有点儿幽怨。

阮轻暮心虚地哼唧一声："对啊，图片一发响个不停。你作业做得飞快，做完了就骚扰我们这种学渣。"

秦渊似乎有点僵住了，半晌才小声说："咬了人就走，一句话都没有。"

阮轻暮斜睨着他，忽然把他的手腕抓住了。

"真受伤还是假受伤啊？"阮轻暮举起他的手，对着月亮眯着眼睛看，"有的人表面上看诚实又正派，其实不知道多会装。"

秦渊猛地把手抽了回来："别碰，疼着呢。"

阮轻暮瞪着他，纳罕地问："喂，你不知道吗？你撒谎的时候，连脖子都是红的。"

秦渊："……"

阮轻暮忽然凑近了他的脖颈，震惊地笑："真的红了啊？"

他就随口逗逗这个人嘛，天这么黑，哪里看得清脖子是红是白，可是现在，真的红到月色下面都可以清清楚楚看到了！

"消遣我这么开心吗？"秦渊低声问，月色下，眼神有一丝忽然的危险。

阮轻暮下意识地屏住了呼吸，小心地问："真的把你咬伤了啊？"

"啊，哈哈。"他尴尬地笑，"那个不好意思啊……"

"闭嘴。"秦渊低声打断他，抓住了他的手掌，"不然我咬回去了。"

阮轻暮猛然闭上了嘴。

风轻月明，身边草木的清新无处不在，空气好像都静止了，天边的流云也好像在这一刻停下了舒卷。

学校的生活大多数时候都枯燥无味，三点一线地平稳向前。

期中考试就在每一个人面前，越来越近。试卷越来越多，拖堂越来越常见，晚上上自习的人数也越来越整齐。

这一天是周五，班主任老简踱着步子，在9班教室里转了一圈，这才满意地出去了。

阮轻暮从试卷堆里抬起头，往教学楼下面看去。

不惜是你

九点钟，几个值班老师骑着自行车，晃悠悠地回家了。

高中班主任的确辛苦，早上来得最早，晚上还要轮流看晚自习，阮轻暮目送着值班老师的身影消失在校门口，才悄无声息地站起身，从桌肚里掏出个小袋子，溜了出去。

教室里时刻都有人出去上厕所，也没人注意他。

沿着上次勘探好的路线，他飞快地翻过了墙头，熟门熟路地找到了那家"原野"网吧。

躲在外面窗户下往里一看，很快，就在烟雾缭绕的角落里看到了一个身影。

又高又壮，正是打游戏打得正酣的林桦。

阮轻暮一动不动，藏在阴影里。

没过多久，林桦终于站起了身，愤愤不平地摔了一下鼠标，显然打得不太顺利。

他走到吧台前结了账，一个人出了门，向着校园的后墙走去。

阮轻暮看着他走出去了十几米，这才慢悠悠跟了上去。

林桦毕竟是体育生，翻墙的时候极为利落，刚刚跳上去，身后就追上了一个人。

那个黑影急扑而来，瞬间就到了他身后，一脚就踹在了他的膝盖弯上。

这一脚又狠又重，林桦毫无准备，整个粗壮的身子摔下去，脚下竟然没落到实地，卡在了个挖好的凹坑里，脚踝一阵剧痛。

"啊！"他惊叫了一声，"是谁？"

刚刚叫出来，他的脖子就被人勒住了。

那手臂狠狠一箍，紧接着又忽然一松。

林桦刚刚拼命张大嘴巴吸气，一团臭布团就塞进了他嘴里。

再接着，一个麻袋罩上来，裹住了他的上半身。

林桦只觉得眼前一黑，嘴里塞着东西，却叫不出来。

1. 深夜广播

校园后墙边上，四下一片黑。

林桦被人套着麻袋，很快被拖拽到了旁边的一棵大树边。三两下一捆，他的身子被几道玻璃绳绑在树干上。

然后，夜色里响起了一阵奇异的窸窣声。小型变声器里，传出"滋啦"的电流声。

"别出声，我就取掉你嘴里的臭袜子。"有个奇怪的女声说话了，阴森又诡异，"同意就点头。"

林桦气得几乎快要晕过去，嘴里"呜呜"闷叫。

遇上什么变态了？他又没钱，也不是美女，找他干吗？

他心里发慌，赶紧拼命点头。

那人这才满意了，慢悠悠地划开了麻袋，露出了一个大口子，露出了林桦的头。

袭击他的人在后面藏着，阴冷冷地靠近了他的后脖颈："我给你看个东西，别叫啊。"

手机屏幕亮了，一个小视频在他面前开始播放。

林桦瞪大眼睛看向手机，是他在运动会上扔易拉罐的视频！

"说，你为什么害秦渊？"

不愧是你

"你到底是什么人？"林桦终于反应过来，这哪里是什么变态杀手，就是学校的仇人吧！

身后的女声恶狠狠的："我是秦渊大佬的迷妹！你害他，我就要你死！"

林桦脱口而出："放屁，我是要害阮轻暮，秦渊他自己撞上来的。"

身后的人大怒，一脚踹在他腿上："你怎么不去死！"

林桦忍不住怒叫："又关你屁事？"

身后的人压着嗓子："我也是阮大佬的迷妹。"

林桦猛一回头，想要看身后是谁，可那人却反应灵敏，一巴掌把他的头又扇回去："再不老实，我扒光你的衣服，捆到明天早上，信不信？"

林桦怒吼："你敢！"

身后的声音带着讥讽："那要不试试？"

林桦心里早已经起了疑心，就冲着刚刚打他踹他这个力气，怎么可能是女孩？

秦渊绝不会做这种事，那么，是那天来打他的傅松华？还是……他心里忽然一动，想起了前几天阮轻暮对他做的那个威胁动作。

"你到底要怎样！这么下三烂的阴招，算什么英雄好汉！"林桦憋不住，愤怒地叫。

身后的女声冷笑："谁说我光明磊落了，我就是阴险狡诈，怎么了？"

身后的人劈头盖脸又打了林桦几巴掌："就你也配说英雄好汉四个字？卑鄙下作还差不多。往赛道上扔东西，怎么这么毒！"

这样害人的行为，甚至能造成骨裂和骨折，林桦是学体育的，能不知道这个严重后果？

林桦忍着痛叫："有视频有个屁用，我就咬死是不小心，谁也没办法定我的罪！"

林桦谅他也不敢真伤害自己，难道想坐牢不成？

身后的人慢悠悠地收回了手机，按停了录音键，然后凑在林桦耳边，轻飘飘地骂："蠢货，记得听广播。"

林桦的下巴被狠狠捏住，臭袜子塞了进来，眼前又是一黑！麻袋又拉下来了。

脚步声窸窸窣窣远去了，四周陷入了一片宁静。

林桦嘴里发苦，一股子泥土和脚臭味。

那人临走前说的话是什么意思？什么叫听广播？

林桦又惊又怕，拼命地挣扎，过了十来分钟，身上的玻璃绳总算松动了些。

忽然，安静的校园里，传来了响亮的声音。

声音是从校广播站传来的，校园里除了操场，各处草坪和路边也有隐藏的小音箱，这个女声忽然深夜冒出来，简直有点惊悚。

"大家好，周末愉快。在这秋风送爽的夜晚，临时加播一段广播，送给全校同学。"一个奇怪的女音嚣张又放肆，"下面请欣赏校运会特稿——《阳光灿烂，青春飞扬；阴沟角落，魑魅魍魉》。"

正是下晚自习的时间点，教学楼里的学生三三两两，都愕然停住了脚步。

秦渊站在男生寝室楼门前，第一时间，震惊地扭过了头。

他怎么会辨别不出来，该死，这个胆大包天的家伙，要干什么惊世骇俗的事！

广播里，"刺啦"的一阵电流声，传来清晰的对话。

女："说，你为什么在运动会上害秦渊。"

男："你到底是什么人？"

女："我是秦渊大佬的迷妹！"

男："放屁，我是要害阮轻暮，秦渊他自己撞上来的！"

…………

"哗！"校园里，各处的学生们齐齐惊叹。这是什么啊，好刺激！

很快，6班的人面面相觑："这男的声音，不是我们班的林桦吗？"

"一听就是，可他和女生说这些干什么啊？"

傅松华站在秦渊身边，震惊地转头："真的是他害人啊，你那天没看错！"

秦渊忽然小声道："待会儿值班老师带人出来，你想办法帮我拦一下，随便找个理由，拖一点时间也好！"

不等傅松华回过神，秦渊拔腿向着校广播站的方向急奔，身影如同一只敏捷的猎豹，转瞬消失在夜色里。

广播站里的声音还在继续，那个女生在冷笑："就你也配说英雄好汉四个字？卑鄙下作还差不多。往赛道上扔东西，你怎么这么毒！"

紧接着，就听见林桦不要脸的反击："有视频有个屁用，我就咬死是不小心，谁也没办法定我的罪！"

"咔哒"一下，录音停了。

不愧是你

校园各处的喇叭里，那个女声轻轻一笑："下面欢迎大家移步学校贴吧，观赏高二6班林桦同学的现场表演。"

寝室楼里，值班老师急急忙忙地冲了出来："快快，去看一下，谁在广播站瞎捣乱，是要吓死人吗！"

傅松华一个激灵，慌忙冲上去："老师，我刚刚路过那边，看到一个黑影，冲着围墙那边跑过去了！"

值班老师一愣："广播不是还在响吗？"

傅松华急中生智："这一听就是录音！人早就跑了，难道等您去抓啊？"

他一把抓住老师的手，硬往围墙边上拉："这边这边，您相信我！"

他在这儿和老师纠缠，学校里早就热闹得像是过年一样了，所有人全都摸出手机，飞快地上了贴吧。

崭新的一个热帖《人渣现形记》正飘在最前面，点开一看，是一段运动会的录像，画面有点抖，可是林桦那个姿势却被拍得清晰无比。

一看就是主动向赛场扔东西，根本不是掉下去的！

"6班林桦这一扔，看得我寒而栗。"

"是啊，只是在100米输给了阮轻暮，就这么报复，太毒了吧？"

9班的人更是都炸了："啊啊啊，气死了，害我们阮哥！"

"要是秦渊大佬没冲上去，而是我们阮哥踩上去，怕就不是崴了脚，而是会骨折吧？"

牛小晴在下面实名痛骂："贱人害人没人管吗？强烈要求严惩凶手，抓他去派出所啊！"

别的班同学开始思维发散："哎，1班大佬要不是仗义救人，就不会摔跤，就应该得冠军吧？"

"这么说起来，总分第一应该还是1班？"

有好事之徒忍不住添油加醋："不知道1班的人服气不服气呀？大佬这么帮别人，影响了自己班哦！"

挑拨的话刚发出来，一个温柔的发言就跟在了下面。

高三黎思："不好意思，我不太同意这个说法。眼见有同学即将受伤，为了争第一就视而不见？为了维护公平，宁可舍弃自己荣誉，我觉得，这反倒正是体育的精神呀。"

下面安静了好一会儿，没人敢说话了。

全校公认的第一校花，成绩拔尖，人缘又好，不仅各个年级的男生都爱慕，而且女生们都兴不起什么嫉妒的心来。

这番话看着温柔，却有理有据，就算是被反驳的人，都不敢再说话。

很快，1班文艺委员陆涟漪站了出来："黎学姐说得对极了，我们班长做的事，我们全班都只会无条件支持。"

9班的同学们也纷纷发言："就是，友谊第一，比赛第二，我们愿意得第二！"

还有人冷嘲热讽地冲着挑拨的人开炮："啧啧，我们1班的人都没意见，哪里来的癞皮狗在这儿吠啊？"

"跑题了，大家继续捶真正的贱人吧……"

学校围墙边，傅松华带着老师和两个学生会干部，到处乱转："这儿！哦哦，不是，好像是那边……"

冷不丁地，前面跌跌撞撞跑过来一个人影，值班老师大喝一声："谁在那儿鬼鬼祟祟的！"

傅松华就是随口胡说，知道肯定不是校广播站的人，心里一阵激动："这是翻墙过来的小偷吧！"

他趁着黑，飞起一脚踹在了那黑影身上："趴下吧，哪里跑！"

夜色里，林桦瘸着一只脚应声倒下，发出了一声惨叫："谁又打人！"

…………

秦渊独自飞奔到了校广播站外，喇叭里的声音已经停了。

他一步步走到门外，拿手机照了照大门。

大门已经重新落了锁，崭新的，上面还挂着钥匙。整个小楼安静，丝毫看不出片刻之前还有个人在里面肆意妄为地放广播。

秦渊望了望无边的夜色，叹了口气，转身向寝室走去。

远远看去，寝室楼灯火通明，人头攒动，各种兴奋和热闹。

106的灯，忽然亮了。

2. 不关你的事

秦渊推开了寝室的门，阮轻暮在灯光下笑吟吟地回过头，眉目如画，神态得意。

"玩得很开心啊？"秦渊淡淡地问，脸上看不出喜怒。

阮轻暮一扬眉："别乱说啊，我一直在上晚自习，哪有工夫去玩？"

秦渊居高临下看他："是吗？刚刚一个小时都在教室，有证人吗？"

阮轻暮明亮的眼睛里满不在乎："我肚子疼，蹲在厕所。还有，我为什么要为自己举证？"

秦渊盯着他的眼睛："真想要查，排除法还不够吗？和林桦有过冲突的人就那么几个，还真以为全班人都会为你做伪证？"

阮轻暮笑了："秦大班长，我都不知道你在说什么。"

"楼梯有监控。"秦渊一字字道。

阮轻暮笑得更加得意："那你一定不知道，从厕所过去，有监控死角。"

秦渊冷冷地看着他，不说话。

阮轻暮叹了口气，终于嘟囔了一句："放心吧，我准备充分，手脚干净得很。"

不说这句还好，一说出口，秦渊的脸色更加难看了。

"是啊，就连撬开校广播站的锁，都还准备了新锁挂上。"秦渊点点头，"你倒是说说，怎么套出林桦的话来的？"

阮轻暮偷眼看了看他的脸色："我突袭他，绑在树上，威胁加诱骗录的音……"

秦渊又急又怒："你说什么？现在林桦在哪儿？"

阮轻暮连忙摆手："拿的是细玻璃绳，也没打死结，他很快就能自己挣脱的……"

话还没说完，秦渊手边的手机就响了，只听见傅松华的声音传来："班长，跟你说个事，我刚刚把老师引到后墙边了，结果迎面撞上了林桦！"

秦渊眉心一跳："然后呢？"

"我以为是小偷，一脚把他踹趴下了。结果他爬起来拉着老师哭诉呢，说被人绑架殴打，还拿刀威胁，才说了那些话……"

秦渊挂上电话，一双凤目平静地望着阮轻暮："你厉害了啊，还拿刀？"

阮轻暮讪讪地说："拿的是刀背，不会有大问题的啦。"

"哦，你也怕问题大？"

阮轻暮为什么就不能和他商量一下？为什么天天和他同吃同睡，却一丝儿风声也没透露出来？

"你到底知不知道，万一挨上更严重的处分，将来高考投档，说不定会受影响！"

阮轻暮瞪着他，终于有点恼了："是啊是啊，我爸就是杀人犯，我有遗传！"

秦渊一向清冷淡漠的脸上，终于浮现出怒意："你疯了，胡说什么？"

阮轻暮耷拉下眼皮："秦少侠，你审犯人呀？我再说一遍，这事和你无关，他要害的人是我。"

秦渊眼中有抹失望："无关？所以在你心里，是我根本不值得商量，还是觉得你的事，我不应该管？"

阮轻暮焦躁地站起身："行了，我回楼上，这儿本来就不是我的寝室，就当我今晚没来过！"

他撞开挡在面前的秦渊，就要冲出去。秦渊一个箭步追上来，狠狠抓住了他。

"你站住。"秦渊双手按住了他的肩膀，"你敢走试试。"

阮轻暮恼火地转过身，拧着眉："我为什么不敢！"

外面的走廊里，学生们依旧在兴奋地聊着天，叽叽喳喳。忽然，寝室里的灯灭了，熄灯来得猝不及防。

一片黑暗里，门外是男生们渐渐消散的笑闹，身后窗户外是无边的月色。

那月色在秦渊的脸上覆了层秋日的霜，眼中像是有碎冰在寒潭中漂晃。

不知道是不是月色太清冷，这一刻，秦渊英俊的脸上褪去了平日的少年气，多了一分危险。

"阮轻暮……你这个人，是不是没有心的？"他伸出修长的手指，把阮轻暮额前的一缕碎发绕到他耳后，"你凭什么会觉得你的事，和我无关？"

阮轻暮咬着牙，一言不发。

看着秦渊那近在咫尺的脸，他忽然有点儿难过起来。

他举起手，隔着纯白校服，轻轻点了点秦渊的胸前，那下面，殷红的胎记被衣服遮住了。

这个人啊，皎如明月，性如骄阳，哪里该沾染这些阴暗狡诈的算计呢？

"秦渊，你这么好，所以——"他笑了笑，好像漫不经心，眼神却柔和，"你好好地做你的三好生，这些事，就由我来做吧。"

坏的阴的，见不得光的，统统由他来。

不愧是你

轻轻推开了秦渊，他打开了门，头也不回地出去了。

秦渊静静站在那里，无力地靠在了墙上。

半晌，他眸光沉沉，拿起了电话。

高秘书的声音亲切地响起来："小渊，这么晚了还没睡吗？"

"嗯。高叔叔，有点事要麻烦您。"

高秘书怔了怔："哦哦，什么事啊？"

秦渊简单地交代了几句，高秘书就笑了："哎呀，你放心吧，这点儿小事，我打个电话就好了。"

秦渊的口气淡淡的："电话不行，你亲自来。"

"好的好的，一定！"高秘书心里一颤，"对了小渊，上星期你说的那个聋哑孩子的事，我这几天都在跑，马上办妥。"

秦渊的声音柔和了点："好，高叔叔辛苦了。"

高秘书的妻子好奇地放下手里的电子书："秦家小少爷又说什么呢？"

高秘书有点儿感慨："现在可真不是小少爷了，气势足得很啊！"

刚刚他只微微表示了一点儿"打个电话就好"，那个小大人就直接把"您"字改成了"你"，他这种善于察言观色的人，差点就吓出了一身冷汗。

他妻子嗔怪地说："活该，瞧你再敢怠慢，毕竟还是秦家唯一的少爷呢！"

说到这儿，她笑嘻嘻地一撇嘴："你们老板那个新夫人，这么大年纪了拼命生二胎，不就是想生个儿子争家产吗，可惜天不遂人愿，又是个小千金。"

高秘书摇摇头："就算她真的生了小儿子，秦老板这偌大家业，也得照样留给这个大儿子。"

他妻子想了想："也对，前妻死得那么惨，要是不好好善待这个儿子，我瞧他老婆的亡魂得夜里找他！"

周一上午，9班教室里，阮轻暮皱着眉："什么？林桦的家长来了？"

白竞使劲点头："嗯！刚刚有人去办公楼看见的，说他妈号的声音比洪钟还大！"

旁边有人嗤笑："学校没处分他就算仁义了，还有脸闹？"

白竞凑近阮轻暮身边，声音低得快要听不清："阮哥，你想好了没，万一真的……"

阮轻暮冷冷地看着他："万一什么？"

白竞不敢吭声了，他心里明镜似的，这事要不是阮哥做的，他把头割下来当球踢！

"阮哥，老简刚刚把后排的几个人……"白竞悄悄指了一下，"叫出去问话了，问你周五晚自习在不在教室。"

阮轻暮不动声色："哦，他们怎么回答？"

白竞苦着脸："大家都抢着帮你打掩护呢，有人说你在寝室打牌，有人说你在蹲厕所，还有人信誓旦旦说你在 106 向秦大佬请教作业。"

阮轻暮气笑了："你们可真能编。"

"你也不先交代一声啊……"

白竞忧心忡忡地走了，阮轻暮慢悠悠地转着笔，心里却有点乱。

不是为了林桦的妈来闹事，是因为整整一个周末，那个人都没和他联系过，没再发来一句话。

真的生气了？小气鬼，一点也没梦里那位名门少侠的风范。

他板着脸，手里的笔飞快地转，"啪嗒"一声摔在了地上。

教务处办公室里。

一个中年妇女披头散发，不掉一滴眼泪地干号着："老师们，教导主任啊！这事不给个交代，我们家长可不依！"

她一把拉过边上的林桦："我们家的娃性子是急了点，人可没啥坏心！你们看看——"

她指着林桦的脸，锐声尖叫起来："这都被打成啥样了，毁容了可怎么办！"

几位老师无语地看着林桦脸上的几道小擦伤。

教导主任耐着性子："林妈妈，你儿子这伤，是被傅松华同学误会成小偷，踢到树丛里划伤的……"

林桦的母亲声音高了："我儿子说了，那个姓傅的兔崽子和他有过节，就是故意的！"

怀老师站在边上，不冷不热地维护着学生："这位家长同志，你儿子自己鬼鬼祟祟，深夜违纪翻墙出去打游戏，黑灯瞎火的，可真怪不得傅松华。"

林桦的妈尖叫："除了他，还有别人打我儿子！"

她"砰砰"地拍着桌上的病历："软组织挫伤，皮下有出血点！这黑心的

不愧是你

凶手，是要把我们家娃往死里打啊！"

教导主任无奈地苦笑："你儿子这点小伤吧，在司法鉴定上连轻微伤都算不上……"

"我儿子还被人绑架呢！有绳子，还有麻袋！"

6班班主任咳嗽一声："林妈妈，绑架不是这个定义，值班老师遇到你儿子的时候，他好好的嘛。"

林桦的妈一蹦三尺高："你们都是要保那个凶手是吧！好好，我一头撞死在你们办公室里！"

她跳着脚就作势找桌角撞，几个老师吓了一跳，赶紧拉住她："哎哎？干什么！有话好好说……"

办公室里一团糟，教导主任趁乱把老简拉到了门外。

"我可直说了，林桦怀疑是你们班阮轻暮下的手，你看怎么办？"

3. 你教教我

老简一睁眼："什么？阮轻暮是个好孩子，周五晚上在教室里上晚自习呢，几个后面的男生都能做证。"

"可你们班的刘钧和李智勇说，他很长时间都不在教室。"

老简脸色难看："他们俩和阮轻暮有私仇。再说了，那个视频不是假的吧？就林桦这种行为，假如真有孩子气不过来报复，也得各打五十大板。"

教导主任焦躁地一跺脚："我打开天窗说亮话吧，这事十有八九是你们班那个惹事精阮轻暮做的，你去叫他主动认错，再叫他家长来，赔点钱，赶紧把这事了了！"

老简也急了："凭什么逼着他认？学校有调查结果吗？再说了，怎么不追究林桦的过错？"

"老简同志！"教导主任提高了声音，"关键是林桦做的事没人来闹，现在来闹的是他的家长！"

正说着话，隔壁校长室的门开了，校长殷勤地把几个人送出了门："放心放心，我们一定会认真调查，给一个交代。"

为首的中年男人精明干练，礼貌地微笑："那就麻烦了，我们秦总现在焦急得很，要送儿子立刻去外地复查，落下什么伤病隐患就不好了。"

校长一眼看见教导主任："徐主任你来一下！这是秦氏集团的高秘书，他们要追究秦渊在学校受伤的事，你立刻接待。"

高秘书矜持地转过身："您好，我代表秦总来处理一下孩子的事。"

他指指身边两位手拿公文包的男人："这是我们集团特聘的大律师，专门打民事案件，打算起诉贵校的一位同学蓄意伤害，顺带提出民事索赔。"

教导主任："啊？"

老简："……"

刚刚老徐还说林桦做的事没人来闹，这转眼就来闹了个大的，老徐这是乌鸦嘴啊！

办公室里，林桦的妈妈还在撒泼："学校包庇凶手，纵容校园暴力！我要去找记者，好好给曝光一下！"

几个老师正焦头烂额着，就听见门口一个男人嗤笑了一声。

"找报社记者？好啊，一起嘛。"高秘书看着披头散发的女人，神情略显傲慢，"这就是弄伤我们秦渊的孩子家长吧？那省得律师再去找人了。"

林桦的妈妈愣住了，心里先怯了几分："你、你是什么人啊？"

"你家儿子害了我们秦氏集团的公子，孩子宽厚不想追究，我们家长可不能随便翻篇儿。"

林桦的妈妈急了："孩子之间打打闹闹，哪有什么害人，你不要血口喷人！"

高秘书身后的律师公事公办地开口："有录像有录音，你们在家等律师函和法院传票就是了。"

林桦的妈妈尖叫："你们家娃不就是崴了一下，讹人啊你们？"

高秘书冷笑一声："我们家公子身娇体贵，得找名医验看才能定夺。检查费、医疗费、营养费，到时候看法院怎么判。我们家秦总说了，官司打上几年也没关系的，一定奉陪到底。"

他威严地看了一眼旁边的林桦："有的孩子没有家教，心肠又坏，就欠缺社会教训。"

林桦比他妈妈还懂点法，涨红了脸："秦渊早就好了，法院才不会乱判呢……"

"谁说我好了？"一个长身鹤立的少年站在门口，剑眉微皱，神情冷到了

不愧是你

极点。

办公室里的老师们都一愣，是秦渊！

秦渊看也不看林桦，只看向班主任："怀老师，我是来向您说一声，我的脚最近这几天疼得厉害。"

怀老师吓了一跳："啊！别有什么大问题，赶紧去医院复查一下！"

秦渊淡淡垂下眼帘："我前几天一直忍着，可是看到别人都这么不依不饶，我想了一下，觉得的确不该这么轻易原谅。"

林桦涨红了脸："你是帮阮轻暮来了！我找阮轻暮的麻烦，你就找我麻烦是吧？"

秦渊面无表情看着他，脸上像是覆了层冰雪："他和我有半点关系吗？"

教导主任额头冒汗，尴尬地搓着手："秦渊同学啊，你一向对同学友爱宽厚，这也不是什么大事，要不和家里人商量一下……"

秦渊漠然地看着他，以往的礼貌恭敬消失了："抱歉。友爱宽厚是给朋友的，不是给小人的。"

林桦的妈妈尖叫一声："你们这是仗势欺人、胡搅蛮缠！"

高秘书面色猛地一沉："这事假如没有个圆满的说法，我们一起找报社、找媒体，看看这录像放出去，舆论向着谁！"

教导主任真的急了："哎哎，高秘书，秦氏集团和我们学校情谊深厚，损害了三中的声誉，又何必呢？"

"徐主任，不是我们不通情达理，实在是我们秦总也就这么一个金贵儿子。"高秘书皮笑肉不笑的，"等明年招生的时候，我们一定找媒体多多曝光，看哪个家长会把孩子送进有歹毒学生的学校。"

9班教室里，阮轻暮愕然地看着白竞："秦渊瘸着去办公楼了？"

早上在全校人面前还好好的，这又是为了什么装瘸子呢？

白竞压低声音："1班的人说，课间有他家里人来找，就一跳一跳地去了！"

阮轻暮皱着眉，有点不安，他会不会真的有什么病情反复，又或者是这两天遇到什么事了？

正疑神疑鬼，忽然，黄亚一阵风似的冲了进来："爆炸消息！"

"什么事啊，快说！"前排的男生急着问。

"我刚刚去补交化学作业，路过教导主任办公室，我的妈呀，里面可热闹了！"

黄亚眉飞色舞："林桦拉了他妈来闹，结果秦大佬家里来了一个经理和两个律师，说他们家少爷被蓄意谋害，要起诉呢！"

"哇！"教室里一片惊叹，"真的叫少爷吗？豪门秦大少！"

黄亚嘿嘿直乐："秦家的人说，还要找媒体把那段录像曝光，呼吁关注青少年犯罪什么的。"

"哇，这帽子有点大了吧？"

黄亚一瞪眼："人家律师爱怎么说就怎么说，你管呢！"

"就是，往我们阮哥脚下扔东西怎么不说了？"

阮轻暮抬起眼，看着黄亚："秦渊在哪儿？"

"冷着个脸站在办公室呢。啧啧，那架势，简直十足的霸道总裁范儿！"

学校教学楼外，一群人把高秘书一行人亲自送了出来。

"请务必转告秦总，我们一定会慎重处理的。"教导主任尴尬地赔着笑，"林桦的家长也拼命认错，求你们网开一面呢……"

高秘书不动声色地打着官腔："再说吧，回去看看医生怎么说，最终还是要请示秦总。"

他又接着说："真心认错的话，也不仅仅是对我们家少爷了，也得取得别的受害者的谅解嘛。"

"应该的，他们知道利害。"教导主任连声答应。

林桦他妈虽然又泼又无赖，可是又不傻。打官司耗几年，再在高考时弄点新闻出来，还不把她儿子给整得生不如死？

高秘书坐上了自己的车，对着前面的司机说了地址，很快，车辆驶向阮轻暮家所在的街道。

晚自习，一片繁忙景象。

期中考试就是下周一的事了，有人在埋头做卷子，有人在紧张地复习以前的错题集，有人在拼命背单词。

阮轻暮低着头正在做题，身后，黄亚悄悄凑近了他："阮哥好用功哦。"

不愧是你

阮轻暮在数学卷子上遇到难题，正有点焦躁，抬脚就踢黄亚："说了多少次了，不准在我后面冒出来！"

黄亚早有防备，胖乎乎的身子灵巧一跳："我闪，我闪闪闪！"

阮轻暮实在受不了他的幼稚："卷子做完了吗，这么浪？"

"哪里浪了，去放一下水嘛。阮哥最近猛攻数学啊？"

阮轻暮望着卷子上的几何题，冷冷地说："不行吗？"

"行啊行啊，抓紧学数学，不要偏科啊！"黄亚拱拱手，一溜烟地跑回了座位。

阮轻暮狐疑地看着他，前面的白竞回过头："阮哥揍他！他堵你英语和语文考不到前一百，所以希望你分心！"

阮轻暮："……"

他都把这茬给忘了。

他瞪着卷子上的圆锥体，胡乱画了几条辅助线，忽然拿起手机，飞快地拍了一张照片，发了过去："不会做。"

秦渊没有像以前那样迅速回复。

他犹豫半天，还是放软了口气："那个……你能教教我吗？"

依旧没有回应。

微信安静又冷漠，那朵自己亲手送出去的桃花头像似乎再也不会亮起来似的。

他沉着脸，忽然狠狠地把手机关了。

4. 无人的活动室

走廊上，秦渊站在角落里，小声地接着电话。

高秘书的声音恭敬："小渊，我今天亲自去了那家人的街道居委会，一切都办妥了。找了家特殊教育学校，学费一年十万，教育质量很不错。"

秦渊声音柔和："辛苦您了。"

"应该的。"高秘书赶紧客气地说，"我跟居委会说，慈善基金在寻找残疾贫困儿童，要亲自考察一下，他们就带我去了那家盲人按摩院，我们到的时候，小孩子就在外面的院子里一个人玩呢，的确可怜。"

秦渊轻轻叹了口气："不管不行的。"

高秘书连连道："是的是的，我把来意一说，那孩子的姐姐哭得像个泪人儿似的，差点要给我们下跪，瞧着都心酸。"

秦渊静静听着："一个盲人女孩，要养活自己和弟弟，挺不容易的。"

高秘书小心翼翼地试探着："对了，你同学的妈妈啊，人品真是没的说，雇了两个盲人，还给他们缴足了社保呢。"

秦渊微微皱了眉："负担很重吧？高叔叔，那有没有什么办法……"

高秘书心里一喜，哎呀，自己想对了！

"小渊，不瞒您说，我正琢磨着这事呢。慈善基金会做善事，是分内的事！"

晚自习下课，学生们呼啸而出，秦渊随手按熄了手机，和几个男生一起往外走。

106的窗户黑着。推开门，寝室里安静又冷清，和那个人刚刚搬走时一样。

他正要进卫生间淋浴，鬼使神差地，却抓起手机看了一眼。

忽然，他的眼睛就瞪大了。

他飞快地拨通了号码，听着话筒里传来的关机提示音，忽然转身，一口气冲上了楼梯。

白竞他们正在寝室里打闹，门就被推开了。

秦渊喘着气，仰头向原先阮轻暮的床铺看去："阮轻暮不在？"

白竞热情地跑过来："哦哦，他现在住在李智勇他们寝室了！"

秦渊没说话，转身又往隔壁跑。

他推开那边的寝室门，正迎上李智勇那警惕的目光。

他冷冷看向另一个男生："阮轻暮没回来？"

那男生赶紧回答："啊，他的床在这儿，可基本不睡这儿哎。"

秦渊怔怔地站在门口，忽然又转过身，向楼下急冲而去，重新回到106，依旧没有人！

他坐立不安地待了一会儿，又抓起电话："傅松华，帮我去看一下，阮轻暮回来了吗？"

很快，傅松华的回信到了："没有啊，一直没回来。"

秦渊忽然飞奔出寝室，向着教学楼大步跑去。

夜风有点凉，教学楼早就强制断了电。

不愧是你

他一口气冲上楼梯，狂奔到了9班门前。

一片漆黑中，最后一排，一个黑影坐在窗前，月光映照着他，一动不动。

秦渊深深吸了口气，慢慢地走近。

黑暗中的人抬起了头，看了他一眼，又把头低下了。

秦渊坐在他前面的座位上，看到他桌上好像放着数学试卷，上面隐隐约约有些乱七八糟的线条。

"你在干什么？"秦渊低声问。

阮轻暮的声音听不出喜怒："看不见我在死磕题目吗？"

像是带着恨，他又补充了一句："再也不求人了，我自己做。做不出来，我今晚不睡觉。"

已经快要气死了，又愤怒，又委屈。从来都不喜欢求人，好不容易鼓起勇气求一次，就被甩脸色。

秦渊定定地看着他，眸光乌亮。

"那我陪你不睡觉。"秦渊温和地低声说，"但别在这儿，我带你去一个有灯的地方。"

10月的夜晚，秋风正轻，月光如水，校园里的桂花隐约散发着甜香，飘荡在空气里。

阮轻暮跟在秦渊身后，一起跑向学校的文体楼。

文体楼里白天热闹非凡，来画室上美术课的，去器材库借体育课用品的，可到了晚上，却一片安静漆黑。

秦渊和阮轻暮沿着楼梯跑上三楼，停在了一间活动室门口。

他指了指那紧紧关着的门："我们学生会的活动室，晚上这儿没人。"

阮轻暮站着，忽然有点不知道来由的恼怒——这算什么啊！

这个人凭什么当这两天的冷战好像没发生过，又凭什么晾了自己一晚上以后，又能这么若无其事！

秦渊从书包里掏出串钥匙，打开了门。开关按下，只开了靠桌的一排灯，整间活动室一片静谧，半明半暗。

阮轻暮站在门口，冷笑一声："很僻静啊。这种适合幽会的地方，没少来吧？"

秦渊扭过头，微微一笑。他平时一向表情少，眉目冷漠锋利，这样温柔轻笑的时候，就有点惊心动魄的俊美。

"上一届的学生会会长，也就是上一届高三的学长，他和他女朋友以前会来这里温书，两个都是学霸。"他轻声说，"人家谈恋爱是幽会，他们俩就在一起比赛做卷子。"

阮轻暮硬着头皮："哦。"

"现在他和学姐都毕业了，考进了同一个城市的大学。"秦渊的眼神沉静，"他毕业的时候，请我们学弟聚餐时说，这儿亮灯，外面看不见。"

阮轻暮哼了一声："整栋楼都乌漆麻黑的，窗帘能挡住光？"

秦渊站到了窗边，向他招了招手："你过来看。"

阮轻暮慢吞吞走了过去。

活动室很大，中间摆着长条桌，上面有些学生会的海报和绘画颜料，窗帘布比一般的要厚，沉沉的丝绒垂在地上。

秦渊推开了窗户，外面满目的浓荫忽然跃入眼帘，堵住了整扇窗户，盛大又恣意。

阮轻暮眼睛瞪大了，醒悟过来。

实验三中有两棵著名的老树，一棵是操场上的百年香樟，一棵就是文体楼下的这棵大合欢树，同样树龄长。从这里望出去，活动室的窗户正好被大片的浓荫挡住了。

合欢树的枝叶是嫩嫩的浅绿，白天看格外温柔，夜晚的时候，透过铺天盖地的墨色枝叶，依稀看得见外面的疏朗星光。

树荫再加上窗帘，这里的灯光的确很难被人发现。

秦渊俊朗眉目映着外面的月色和细碎星光："学长说，他把这个风水宝地留给我们了。"

阮轻暮深深地吸了一口新鲜空气，干笑："啊哈？你们学霸们的世界真奇妙。"

秦渊轻轻笑了一下。

他的双臂搭在窗棂上，像是在自言自语："我没带任何人来过，你是第一个。"

以后也不会有任何人的。

阮轻暮和他并肩站在窗户边，忽然伸出手臂，用力向前一探。

　　秦渊就在他身边，被他这忽然的动作吓了一跳，下意识地就猛然一揽，抱住了他。

　　阮轻暮伸着手，浑身僵硬地揪着窗外的一根树枝，慢慢回过头，目光看向了自己的腰。

　　他就想揪片树叶，化解一下尴尬和沉默，这是什么状况？

　　"你……你干吗？"

　　"你干吗？"

　　两个人几乎同时发问，秦渊脸色有点白，阮轻暮脸色有点红。

　　阮轻暮从窗外的树枝上摘了片叶子下来，眼神斜睨："你以为我要跳楼？"

　　秦渊慌忙松开了手臂，玉石般的脸在清冷月色下仿佛染了层银光。

　　晚间的夜风清凉，轻轻拂过合欢树的枝条，也掠过窗边两个少年的脸，吹动了他们的黑发。

　　明月如钩，和那些梦境一样，无情又有情。迎面而来的风也一样缱绻无声。

　　阮轻暮的一双桃花眼，一眨不眨地迎着秦渊。

　　这个人这一刻的眼神，和梦里的某个夜晚真像。

　　那时正是春天，桃花烂漫，树下有酒，天边有月亮和星光。

　　他刚接到秦渊的一纸战书，不由得战意盎然。

　　叫随从在树下摆了小案几，买了清云居的桃花酿和同庆楼的糕点，等着那位名满天下的少侠踏月而来。

　　好在秦少侠也算风雅，来了以后，倒也没有立刻掀了桌子开打，而是平心静气地坐了下来，和他对酌了三杯，再三询问了他可有辩解。

　　真好笑，谁要向他这种道貌岸然的名门正派辩解！

　　他阮轻暮活了十几年，做过的事、说过的话早就被人传得面目全非，要是一一向人申诉辩解，还不活活累死？

　　再说了，他解释就有人信吗？

　　那些表面道貌岸然，背地里却烧杀抢掠的人，只恨不得有他这样的人把所有的黑锅都背着。

　　这位沉默高洁的秦少侠看上去是愿意听他辩解的，可他偏偏就是不想说。

　　他那时傲气满满，恃强行凶也不是一次两次，满心只觉得，这世上，本就没什么人值得他放下身段，去好好解释一番。

5. 深夜疑云

他还记得，三杯佳酿下肚，他就一脚踢翻了案几，叫这位秦少侠赶紧亮剑。

这个人看着他的眼神，有那么一瞬，也像现在这样又锐利，又明亮，双眸中像是燃烧着火一样。

阮轻暮忽然觉得，又有哪里不一样。

眼前的秦渊眼神依旧那么亮，可又不是战意和热血，而是幽幽的，像是埋在了更深的寒潭下。

秦渊忽然开口："我没看见你的短信，也从没想和你冷战。"

阮轻暮："……"

"我是有点生气，因为太担心了。"秦渊声音苦恼，"我怕你再被处分，怕你冲动做傻事。一想到这个，我就会很焦躁。"

阮轻暮静静地听着。

秦渊轻轻叹了一声："阮阮……为了他们那些人渣，不值得。"

眼前的这个人，这么好，这么发着亮。

一想到对方说不定会因为一个失手的动作、一次热血上头，就遇到更糟糕的事，他就心惊肉跳，呼吸不过来。

时断时续的那个梦里，山洞里的情节过去了，现在梦见的都是一些没头没尾的片段，他总是在和那个锦衣少年争斗厮杀，心里伴随着不明所以的锐痛和焦急。

阮轻暮动了动，眼神飘忽，"你叫我什么？"

秦渊静了好一会儿，才轻声说："阮阮。"

"哦……"阮轻暮认真地想了想，"不是软弱的软吧？"

秦渊平时冷峻的脸像是初雪消融的早春，明朗又清新。

"不是都一样吗？"他含糊地问。

"当然不一样！"阮轻暮恶狠狠瞪着他。

"喂！"阮轻暮扭头看看桌子，大叫，"你还要不要教我做题了！那道题我还不会呢。"

不愧是你

两个人终于坐在了长桌边。时间转眼即逝，阮轻暮依依不舍地收拾着书包，脸色沮丧："还是有不会的。"

这套数学卷子没大题，全是些日常的知识点，他半小时做下来，还是遇上了几道做不出来。

可恶啊！

这两个多月走路吃饭都在背单词，语文课本也被他翻了个遍，他素来记忆力极好，也算是聪慧多智，可要在短期内各科都迅速提高，也还是困难。

秦渊站起身，帮他把书包收拾好，顺手提在手里："放心。"

阮轻暮神色恹恹的："放心个鬼啊。"

秦渊认真地说："已经足够好了。难道你想在两三个月里，就把每一门课都考到培优班的水平吗？"

阮轻暮不服气地哼了一声，伸手去接自己的书包，秦渊却没松手："乖乖做了一晚上题，奖励你空手走到寝室。"

阮轻暮啼笑皆非地瞪着他："你在哄小孩子？"

秦渊一个人背着两个沉重的书包："你比小桩还不省心呢。"

阮轻暮忽然一把勒住了他脖子，整个人跳在了他背上，威胁地小声叫："秦少侠，给你最后一个机会，收回对我的评语。"

秦渊被他勒得微微后仰，侧过头，亮亮的眼睛斜睨了他一眼。

阮轻暮被他这么略带谴责地一看，忽然又有点心虚，自己好像太欺负人了吧，人家还背着两个大书包呢。

"你白天又装瘸干吗？"他讪讪地问。说起来，这人刚刚跑得像阵风一样，哪有半点腿脚不便的样子？

秦渊淡淡地说："林桦的事搞定了，装瘸的功劳。"

白天在办公室里，林家母子吓破了胆，一再地保证绝不再找麻烦，并且愿意公开做检讨，只求秦家别把事情闹大。

阮轻暮正想从他背后跳下来，身前的少年却笑了笑："别下来……我背得动你。"

阮轻暮一怔。

高大挺拔的少年肩头背着两个书包，身上挂着一个人，轻声说了一句："你好轻啊。"

他的声音在前面，贴着胸膛传来，带着点奇妙的共振，少年特有的清亮声音显得有点儿沉。

阮轻暮趴在他背上，心里忽然又酸又软，又疼得要命。

很轻吗？哪有梦里他附在这人背上时轻？

在怪梦里他死得凄惨，魂魄一直困在桃花树下不得脱身，可不知怎么，等到了这个人来帮自己埋葬了尸身后，忽然他就能飘飘荡荡跟着秦少侠走了，也是稀奇。

有时候飘在秦少侠身后，看他四处找寻仇家踪迹；有时候闲着无聊，也会顺势趴在他背上，反正他又觉不到身上趴着个冤魂。

可他也就是想多看看他，并没有想到会一直跟到他死的时候。

这个人满身是血倒下时，俊脸上像是结着冰，一向明亮的眼睛里满是血丝，慢慢闭上时，神采一点点散尽。

那么骄傲又整洁的一个人，就这么倒在了风沙狂舞的大漠里，都说魂魄没有心，他理应觉不出心痛，可那是他还是觉得，痛得像是被硬生生撕开了一样。

老天真是残忍！

他轻轻地用头碰了碰前面少年的脖颈。

"秦渊……你等我啊。"他低低地说，"我会和你考到一个城市的。"

学校有不定期的查寝，一旦查到没报备的晚归，轻则批评，重则处分，秦渊和阮轻暮加快了步子，小跑着出了文体楼。

边上是学校的舞蹈室，阮轻暮顺着走廊往回走，忽然脚步一停，微微侧过耳朵："你有没有听见什么响声？"

静夜里好像有轻轻的"咚咚"声有节奏地响着，就在附近。

两个人互相看了一眼，目光不约而同地望向了舞蹈室。

走廊黑漆漆的，没亮灯，细细一听，像是人的脚步落在木地板上的声音。一时间，两个人都同时想起了前一阵年级群里传的那件事。

好像不止一个人说过，在晚上听到过舞蹈室里有响动，而且有漂亮的女孩子的身影。

阮轻暮心里一动："是不是传说这里晚上有鬼？"

秦渊瞥了他一眼："别闹，这世上哪有鬼？"

不愧是你

“有的啊。”阮轻暮小声嘟囔着，“不信就算了。”

他踮起脚尖，拉着秦渊往那边走：“嘘——去看看。”

越是靠近那间舞蹈室，里面的声响就越清晰，在整栋安静的楼宇里显得有点瘆人。

站在舞蹈室外面的窗户边，他俩悄悄探出了点头，往里面看去。

一瞬间，两个人都有点儿汗毛直竖。银月如钩，硕大的舞蹈室里一片清幽，屋子正中，真的有个人！

身姿轻盈，动作柔美，那人影在月色下无声舞蹈。

连续的舞步跳跃下，绷起的赤足连续点地，一个凌空跳跃，他在空中旋转了半圈，目光忽然看向了窗户边。

月光从背后照射过来，一瞬间，这个人显然看到了他们。

像是猛吃一惊，那人影骤然停了舞步，就像是暗夜里胆怯的鬼魅，没给阮轻暮他们细看的时间，那人影一闪，躲进了舞蹈室的一角阴影里。

忽然，那片暗影里就陷入了死气沉沉，再没了动静。

阮轻暮背上有点儿凉，悄悄地开口：“怎么回事？忽然人就没了？”

秦渊皱着眉，一双眼睛锐利又冰冷，手臂忽然在窗台上一撑，纵身跳进了窗户里。阮轻暮大吃一惊，也赶紧跟着翻了进去。

两人飞身往那片阴影里跑。果然，那边忽然又传来了一点惊慌的响动，隐隐约约的，有团影子闪过。

两个人望着角落里那扇大开着的小后窗，急奔过去。推开窗，外面的灌木丛里树影乱动，一个影子瞬间就消失在树丛后。

阮轻暮还想翻窗去追，秦渊拉住了他，沉声说：“有影子，有脚步声。不是鬼，是人。”

阮轻暮望着那身影消失的方向，忽然问：“你觉得是男是女？”

秦渊心里隐约一动，开口：“是男的。”

虽然跳舞时的动作柔弱无骨，可是受惊后躲闪的背影，还有停下来的静立姿势，都更像是男生。

到了寝室楼，正好赶上男生楼关门熄灯。

阮轻暮推开自己原先的寝室，里面几个男生刚睡下，正在床上黑着灯聊天。

只听见白竟在问对面的男生："阮哥呢？明明一起下晚自习的，到现在也没回来？"

男生床头亮着微光，不知道看手机上的什么："会不会去秦大佬那里睡了？嘿嘿，我们阮哥现在和秦大佬好得能穿一条裤子。"

正说着，床边忽然冒出来一个头，手机的微光照耀下，阴森森地露出雪白牙齿："你再说一遍。"

那男生正在看灵异小说呢，冷不丁地看见一张青白的脸，吓得惨叫一声："啊啊啊，什么鬼！"

阮轻暮一把扯了他的被子，兜头捂住他："想死啊，成全你。"

白竟在对面摇旗呐喊："打死他！一点文化都没有，什么叫穿一条裤子，那叫与子同袍。"

阮轻暮恼羞成怒，随手捞起桌上一本书，又伸到白竟床头去打他："再不闭嘴，我把你也打成厉鬼。"

白竟飞快地往床里躲："我错了我错了，哎对了，阮哥你今晚怎么睡啊？"

阮轻暮没理他，在黑暗里看了看四周，忽然问："方离人呢？"

6. 女鬼真相

卫生间的门一响，一个黑乎乎的人影从里面走出来，方离的声音小小的："阮哥，我刚洗澡呢。"

阮轻暮眯起了眼睛，半晌点点头："哦，刚回来啊？"

"嗯……"

阮轻暮忽然伸手，一把将他拉进了卫生间，关上了门。

已经熄灯了，卫生间很小，里面狭窄又黑暗。阮轻暮一双眼睛在暗夜里灼灼闪亮："晚自习那么早就走了，熄灯才回来，忙什么呢？"

方离缩在角落里，一声不吭。

阮轻暮轻轻叹了一口气："我没窥探你隐私的意思。我是拿你当朋友，才想管。"

方离依旧不吭声。

"行，你真不想说，就算了。"阮轻暮转身要拉门，"早点睡。"

身后，方离终于颤着声音开了口："阮哥，你刚刚看到的人……是我。"

阮轻暮盯着他："你在干什么？大晚上的，已经吓到好几次人了。"

一片安静中，方离细微的啜泣声响起来，压抑又悲伤。

阮轻暮深深吸了口气："等老师查完房，我在楼梯口等你，十分钟，不来我就回去睡觉。"

值班的男老师挨个房间用手电照过去，查完了最后一间，打着哈欠，回一楼的值班室了。

阮轻暮起身下了床，悄悄走到拐角的楼梯时，已经有个人影坐在楼梯上，等在那里了。

墙角的应急灯幽幽亮着，照得拐角有点阴森，方离那瘦削的身影缩在那儿，半边脸上映着银色月光，半边脸上映着应急灯的绿光。

阮轻暮趿拉着拖鞋，慢悠悠地挨着他坐下："我说你吧，真会挑地方。这一脸半白半绿的，也就是我事先知道，不然也得吓疯掉。"

方离木然低着头，没说话。

"在舞蹈室里黑灯瞎火地跳舞，还穿着……"阮轻暮挠着头，把"女装"两个字咽了下去，"多吓人啊。"

难怪男生中一直传说文体楼夜里有鬼，方离这样偷偷跳舞，一看到人来就逃，谁遇上了不怕？

方离终于低声开了口："阮哥……我是不是很恶心？"

他低垂着头，细瘦修长的脖颈像是快要断了一样："阮哥你人好，不会说什么。可是我……觉得好难受啊。"

阮轻暮冷笑一声："方离你给我听好了，一个人恶心，只会因为他真的害人，或者心肠坏，至于那个人怎么与众不同，怎么特立独行，和别人有什么相干？"

方离声音哽咽了："可我没有特立独行啊……我特别特别想，和大家一样。"

阮轻暮叹了口气："没有关系的，就算和大家不一样，其实也没什么。"

他努力斟酌着字句："你是只爱穿女孩子的衣服，还是……觉得自己是女孩子啊？"

这些天，他和秦渊也有抽空上网搜了搜相关的知识，还是有点云里雾里的。

看方离闷着不吭声，阮轻暮又觉得后悔："算了算了，当我没问。总之一句话，你无论啥样，都是我朋友。"

暗夜里，方离肩膀微微耸动起来。

"阮哥，我……我也不知道。"他小声说，"我只是跳舞的时候那样，我从小……都是这样跳舞啊。"

他狼狈地举手擦了擦脸："我妈是歌舞团跳民族舞的台柱子，一直是主角，后来生病了。"

阮轻暮静静听着。

"不是那种身体上的病，是精神上的。"方离小声说，"我爸和我妈原先是舞台上的搭档，人人都说他们是天作之合，特别般配。可他在我妈怀我的时候，就和团里另一个女演员好上了，我妈性子烈，直接就和他离了。"

阮轻暮点头："哦，人渣。"

"我妈生我后身材走样，加上我爸的事对她打击特大，事业就荒废了一段。结果想要重新振作的时候，她的主角又被那个抢我爸的女演员给抢了……从那以后，她就精神状态不好。"

阮轻暮皱眉，忽然想起了那次和方离通话时，听到的女人狂叫。

"怎么个精神不好？"

方离声音有点绝望："狂躁和抑郁混在一起，精神病的一种。吃药后就好一点，发作起来就挺吓人。"

阮轻暮犹豫一下："你就这么和她一起过啊？"

方离默默流着泪："嗯，她平时能生活自理，大部分时间都挺正常的。"

传统歌舞团本来就效益差，正经的演出赚不到钱，越来越多的年轻舞者都外出去找活干，只有他妈执拗，哪儿也不去，满心里还是过去的荣光。

方离发了一会儿呆，才又说："我小时候那几年，她不服气上不了台，天天发狠去台里练功，也不送我去幼儿园。我被关在家里，没玩具、没小伙伴，就只能找到我妈的化妆品玩，还有我妈衣柜里的舞台服装……"

墙上是他妈过去在舞台上光彩绽放的照片，屋子里一片冷清，就只有那些东西陪着他。

照片上的妈妈笑得好温柔，跳舞的样子也超级漂亮，和平时那种歇斯底里完全不一样。

所以，跳舞会叫一个人美起来，温柔起来吧？

不愧是你

他妈一身疲惫回家的时候，看到他化着妆、跳着笨拙的舞蹈，不仅不会生气，反而还会抱他起来，笑吟吟地亲他一下。

而那样一个拥抱、一个亲吻，好像是他能得到的极少亲情瞬间了。

阮轻暮嘴里低低咒骂了一句。

同样是没有爹，只剩一个妈，阮轻暮妈妈把唯一的儿子当成心尖儿一样疼，方离这过的都是什么鬼日子啊？

"你后来专门学过跳舞吗？"他想起了方离在运动会上超长的耐力和体力表现。

方离木然摇头："没……但是我妈有不少舞台录像，她看到我喜欢跳舞，就很乐意把她的录像放给我看。"

阮轻暮心里的火又有点烧起来，暴躁得只想跳起来狠狠冲什么打一拳。

"再后来，她就会带我去团里的练功房，她练她的，我玩我的。"方离低低地说，"看多了，自然就会了。"

有时候她情绪平稳的时候，也会亲自指导他一下，学的自然也都是女性的舞蹈。

夜深人静，方离的声音极小，好半天，哽咽才慢慢止住了。

"阮哥……我一开始，不知道我这样很奇怪。"他抬头望着楼梯边的小窗户，就像小时候被关在家里往外看一样，"上小学的时候，就有班上的男生追着问我是男孩还是女孩。我进男厕所，就有捣蛋的男生跑过来扒我裤子。"

"我很怕，就开始改……"夜色里，方离脸色惨白得像薄纸一样，"可是越是改，我就越、越想那样。"

只有在穿女孩子的衣服，化着女孩子的妆，跳舞的时候，才会忘记那些不快活。

阮轻暮点点头："所以这是你解压的方式。"

方离小声说："嗯……难受的时候，就会很想一个人偷偷跳舞。跳完了，好像就开心多了。"

看阮轻暮不吭声，他绝望地苦笑："你们不会懂的。"

阮轻暮皱眉："别人懂不懂有什么重要，自己开心不就得了？"

方离眼神凄苦："不是这样的，大家心里明明都觉得……只有变态才这样。"

阮轻暮定定地看着他，一字字地说："变态个屁，你又没碍着谁。"

方离痛苦地使劲摇头："就连傅松华他、他都说我……"

"那天他那么说，我听见了。"阮轻暮长长地吸气，耐着性子，"他以为是小偷，也不知道是你。无心的话而已，你不要钻牛角尖。"

方离忽然激动地叫起来，声音尖锐："无心的话，才是最真实的想法！"

阮轻暮吓了一跳，赶紧伸手捂住他的嘴："你小声点，要招来宿管吗？"

手掌触碰到的地方，一片冰冷潮湿，方离的脸上全是泪。

阮轻暮慢慢把手放下来，在方离无声的抽噎中，冷不丁地问："你那么在意那个傻大个儿干吗？"

方离怔怔抬头，呆住了。

阮轻暮不是一个爱管闲事的人，更不会去关心别人的八卦。

可是方离和他这么熟，他不能不管。

方离嘴唇颤抖，惶恐地开口："他平时和我要好，我才在意啊。"

阮轻暮静静地看着他，像是同情，又像是理解。

方离避开了他幽深的目光，有点儿语无伦次了："我、我……没人对我那么好。"

抬头看看阮轻暮，他又急得想要哭出来："不不，阮哥你对我更好。"

他终于说不下去了，捂着脸，无边的羞耻感和绝望涌上来，淹没了他。

从小到大，都是他小心翼翼讨好别人，讨好妈妈，讨好同学。

只有傅松华不一样。

傅松华会在满场飞的时候，回头对着他得意地笑；会注意到他的伙食费不多，拿了饭卡来叫他多吃点；会在运动会上，献宝一样捧着零食包塞给他；更会在晚自习上，孜孜不倦地发微信："小方，小离！作业做了吗？不会记得问我啊，我可是年级前十名！"

一切都给人一种错觉，好像他也值得被人小心翼翼对待，也值得拥有美好的友情一样。

阮轻暮看了他半天，才伸出手，拍了拍他的肩膀。

"方离，别怕。"阮轻暮想了想，才认真地说，"无论怎样，都别为这些事羞愧，懂吗？"

方离怔怔地看着他。

阮轻暮轻轻笑了："无论是喜欢穿女装、跳女孩子的舞，还是希冀别人的友情，

不愧是你

只要没伤害别人，都不是错。"

他平时的神态往往有点懒散倦怠，可是在这原该困意满满的深夜里，他的眼神却比任何时候都亮。

"有人愿意对你好，那就说明你是很好的人，你值得。"他笑得温柔又张扬，"没有对错，更不该因为这个觉得抱歉。"

方离没说话。

阮轻暮站起来，伸了个懒腰："走吧，回去好好睡个觉。"

方离跟着他，默默地走到了自己的寝室门口，正要推门进去，身后，阮轻暮忽然叫了一声。

"方离。"

方离怔然回首。

阮轻暮冲着他竖了一下大拇指："忘了说了，特别好看。"

方离呆呆地站着，眼睛里泪光闪烁："什、什么？"

阮轻暮站姿散漫，可是神色却认真："无论是跳舞，还是在赛场上，你都特别好看，真的。"

7. 谁在作弊？

10月底，期中考试如期而至。不仅考试时间按照高考来设置，题目难度也比月考大得多，不少科目都有魔鬼大题在最后虎视眈眈。

按照老师们的说法，这是为了拉开成绩差距，狠狠打击骄傲情绪，从而引起自我反省！

一大早，学生们带齐了考试用具，提前了半小时，纷纷进了教室。

平时小考都是原班就座，监考也松。可是这种正规大考要做成绩排名还要通知家长，监考上严格得多。

首先一个约定俗成的措施就是，不同班级交换座位。

9班教室里，阮轻暮戳了戳前面的方离。

方离回过头，眼皮有点肿，眼睛里还有点血丝。

阮轻暮郑重地说："别乱想，好好考试。"

方离小声地"嗯"了一声，手里机械地转动着笔。

前面的同学们正小声议论："跟你们说，我昨天占卜了，是上上签，这次咱们班的监考轮不到三大名捕。"

黄亚耍贫嘴："万一冷血法医想挣点监考费呢？"

"你有病啊，就没见过他监考好吧？"

正说着呢，两位监考老师站到了门口，前面是教邻班的女政治老师，另一位身材颀长，金丝眼镜下眼神冰冷，一头长发抓了个小揪揪。

女老师倒是温和："有老师请病假，监考老师不够，龚校医临时替代一下。"

众人齐齐发出了一声惨叫："啊……"

阴冷的校医同志冷冰冰地看着下面："干什么，不欢迎？"

大家赶紧苦着脸叫："没有，老师您好！爱您哟——"

女老师站在前面："根据刚刚教务处的抽签，1班和9班互换教室，所有座位单号的，现在去1班相同位置坐下。"

龚校医板着脸："抓紧点。"

单号同学呼啦啦全都站起来，拿着文具，抱头就跑。幸好幸好，留下的才是倒了八辈子的霉呢！

走廊上，换班的人全都出来了，像是赶海时被大网捞上来的小鱼，活蹦乱跳，到处找座位。

阮轻暮不由自主地，坐直了身体。啊，1班一半的人要坐过来？

很快，1班的大部队就到了，一个熟悉的身影不紧不慢走到了门口。

"哇——"前面的女生兴奋地小声叫了起来，年级第一的秦渊啊！

秦渊手里拿着文具袋，一片纷乱中，视线在空中遥遥和阮轻暮碰上。

然后，他就迈着轻松的步伐，走到了阮轻暮身边的座位，坐了下来。

阮轻暮歪着头看着他，终于忍不住，轻轻咳嗽了一声。

神色严肃的学霸同学放好文具，欠着身子，掏出一罐牛奶，无声地送到了阮轻暮桌上。

阮轻暮看看桌上的牛奶，美滋滋地插上吸管，喝了一口，又笑吟吟地斜睨了秦渊一眼。

秦渊指了指阮轻暮的眼圈，眉梢一挑。

平时唇红齿白的，怎么今天有这么明显的淡青眼圈儿？

阮轻暮笑着摇摇头，无声地做口型："没事。"

不愧是你

昨晚和方离聊天聊得太晚，不过还行，没真的很困。

忽然，台上的龚校医敲了敲桌子："后面的两位，你们俩要交流到什么时候？要不要全班都等你们？"

全班的同学都齐刷刷回头，一半9班的土著，一半外来客。

阮轻暮脸上火辣辣的，恼恨地赶紧低下头。

这个江湖郎中大庸医！

女老师倒是和颜悦色："好了，不多说废话，总之别打歪主意，这样的大考，作弊的要想好后果。"

龚校医冷笑着接话："先说一声，我眼神可好。解剖课上每一根神经每一块肌肉，我都看得清清楚楚。你们眼角一抖、脸颊一抽，我都知道你们接下来要牵动哪块肌肉，懂了吗？"

学生们："……"

考试铃响了，上午第一门考数学，很快，教室里就只有沙沙的落笔声。

女老师在讲台上监督全局，龚校医拖了个凳子，坐到了阮轻暮和秦渊后面。

阮轻暮拿着卷子，开始埋头做。

天天和秦渊一起做卷子，最近也被逼着学了不少数学，他理解力又强，不少基础题看了一遍，也就能做出来。

做着做着，就遇上了一道大题，他皱眉想了一会儿，忽然，听到旁边龚校医口袋里的手机振动了一下。

阮轻暮眼角余光一瞥，就看到身后的冷面校医摸出手机看了看。

侧边看过去，那屏幕上是一张照片，好像是一个男人抱着吉他，没露出脸，微微敞开领口，黑色领带张扬又野性，视觉冲击力超大。

冷血校医私下看的这是啥，还追歌星吗？

阮轻暮不由自主歪了歪身子，想看清楚点，校医却察觉到了，抬头冷冷看向他："乱看什么？看你自己的卷子！"

这小鬼头，他记得可清楚了，上次喊他庸医来着。

教室里安静得很，不少人都悄悄回头。哇，阮哥被监考老师点名啊！

秦渊也第一时间扭过头，惊疑地看了过来。

阮轻暮悻悻地把目光收回来，撇了撇嘴。

这个细微的撇嘴没逃过校医同志的火眼金睛，他阴森森地对着阮轻暮说："你那什么表情？给我老实点。"

看着阮轻暮转过头，他才又扫视着附近偷窥的同学们："都回头干什么？想看后面的答案？"

大家赶紧扭回头：不敢惹不敢惹，一顶作弊的帽子这就扣下来了，真狠。

一个小时出头，秦渊就已经做完了，悄悄看了一眼身边的阮轻暮，果然，又在拿着草稿纸叠来叠去呢。

阮轻暮眼睛眯着，认真地拿着尺子瞄一个三棱锥的中轴线。外面的阳光照进来，映在他精致脸庞上，平时漆黑的眸子显出了点琥珀色。

秦渊静静地看着他，心里忽然一阵儿发软：那个家伙啊……也想尽力多考一点分数吧？

看着阮轻暮终于放下尺子，认真地在卷子上填了一个答案，他忍不住微微笑了起来，轻轻咳嗽了一声。

阮轻暮立刻扭头，有点羞恼地瞪了秦渊一眼。呵，笑话人啊？

秦渊脸色温和，轻轻向他竖了一下大拇指。"很棒！"他用口型无声地说。

忽然，他俩身后响起了一声响亮的发问："你俩做啥小动作？"

阮轻暮和秦渊一起猛地回头，瞪着后面的校医同志。

大意了……忘了这儿还坐着个监考的。

全班一阵骚动，再次齐刷刷回头。

最后排，秦学霸和阮学渣同学并排坐着，身体一样僵硬，脸色一样绯红。

数学一考完，前面的学生们纷纷往后面走。

1班的学霸们围着秦渊对答案，9班的学渣们围着体委表达敬仰。

"阮哥阮哥，你抄到答案没？"黄亚瞅着阮轻暮，挤眉弄眼。

冷血校医两次警告，说明阮哥在名捕眼皮子底下都敢搞小动作，这胆子，佩服。

阮轻暮抬头看他们，脸色很认真："说什么呢？说我可以，别造谣人家三好生，不然小心我揍你啊。"

9班的男生们："……"

阮哥现在越来越叫人捉摸不透了，叼着根牛奶吸管，脸色这么温柔，说的

不愧是你

话这么血腥。

另一边，秦渊也转过头，面色冷肃，望着黄亚他们："不要乱说，你们体委全是自己做的。"

围观群众全都拼命点头，懂懂！行贿受贿同罪，抄答案传答案也同罪，谁傻了才会承认。

话说回来，秦大佬真是头一次打破原则啊，以前都是绝不给任何人抄答案的。

期中考试持续了两天，学生们奋战两天整，这天一大早，老简一二节没课，拿着试卷开始改。

为了避嫌，主观题都是老师之间交换批改的。他手里拿的是隔壁 7 班的语文试卷。

老简改着改着，就有点心不在焉了，对着邻桌的老师说："老杨啊，我们班的卷子批好没？"

老杨笑着扬了扬试卷袋："改好啦，昨晚加了班。你们班有篇作文写得真不错，我给了个高分。"

老简"哦"了一声，赶紧接过封住姓名的试卷："高分？我看看。"他心想应该是语文课代表的吧，那孩子作文一向稳。

"不是范文的那种套路，看着挺耳目一新的，我给了 56 分，你瞧瞧有没有异议。"

老简吓了一跳，赶紧客气："杨老师给这么高，网开一面了吧？"

56 分，这绝对是可以做范文的高分作文了，就算是培优班的学生，能拿到这个分数的也不会有几个。

一看试卷上的字，他就一怔，这作文 56 分、总分 129 分的高分试卷……

他慌忙扒开被封住的姓名，果然！那潦草又飞扬的字，不是阮轻暮是谁？

旁边有老师好奇地凑过来："哎哟，这不是你们班那个出名的刺儿头吗？又打架又迟到的。"

旁边有人哈哈地笑："上次在办公室里背什么'满楼红袖招'的那个？名声可响得很。"

这么一说，几个老师都有印象，怀老师更是敏感地一扭头："老杨给 56 分？太随意了吧？"

她这么一说，老杨就有点儿不高兴了，他教了几十年的语文，还是年级优秀教师，怀老师一个英语老师，有什么资格对语文说三道四？

他脸一板，直接就在工作群里喊人："语文教研室的，来几个老师，这儿有作文评分争议。"

立刻就有两个语文老师从隔壁过来了，兴致勃勃地问："什么什么？闲着也是闲着，我们来瞧瞧。"

老简在一边没吱声，刚刚这一会儿工夫，他已经看完了阮轻暮的作文，心里满是震惊。

两位老师兴致勃勃地拿着阮轻暮的试卷，一起看了一遍。

一时间，办公室里有点诡异的安静。

两位老师慢慢抬起头，神色古怪。

旁边的怀老师有点狐疑："怎么了，抄袭的吗？"

【上部完】

不愧是你